# 蜂房之神

［美］劳拉·金（Laurie R. King） 著　王小米 译

*The God of Hive*

重庆出版集团 重庆出版社

**版贸核渝字（2016）第087号**

**图书在版编目（CIP）数据**

蜂房之神 /（美）劳拉·金著；王小米译. -- 重庆：
重庆出版社，2018.2
书名原文：THE GOD OF THE HIVE
ISBN 978-7-229-12851-7

Ⅰ.①蜂… Ⅱ.①劳… ②王… Ⅲ.①侦探小说－美国－现代 Ⅳ.①I712.45

中国版本图书馆CIP数据核字（2017）第280246号

**蜂房之神**
FENGFANGZHISHEN
［美］劳拉·金　著
王小米　译

**策　　划：** 华章同人
**出版监制：** 伍　志　徐宪江
**策划编辑：** 张慧哲
**责任编辑：** 张慧哲
**责任印制：** 杨　宁
**营销编辑：** 张　宁　初　晨
**装帧设计：** 主语设计

重庆出版集团
重庆出版社　出版
（重庆市南岸区南滨路162号1幢）
投稿邮箱：bjhztr@vip.163.com
三河市九洲财鑫印刷有限公司　印刷
重庆出版集团图书发行有限公司　发行
邮购电话：010-85869375/76/77转810
重庆出版社天猫旗舰店
cqcbs.tmall.com
全国新华书店经销

开本：880mm × 1230mm　1/32　印张：12　字数：278千
2018年2月第1版　2018年2月第1次印刷
定价：39.80元

如有印装质量问题，请致电023-61520678

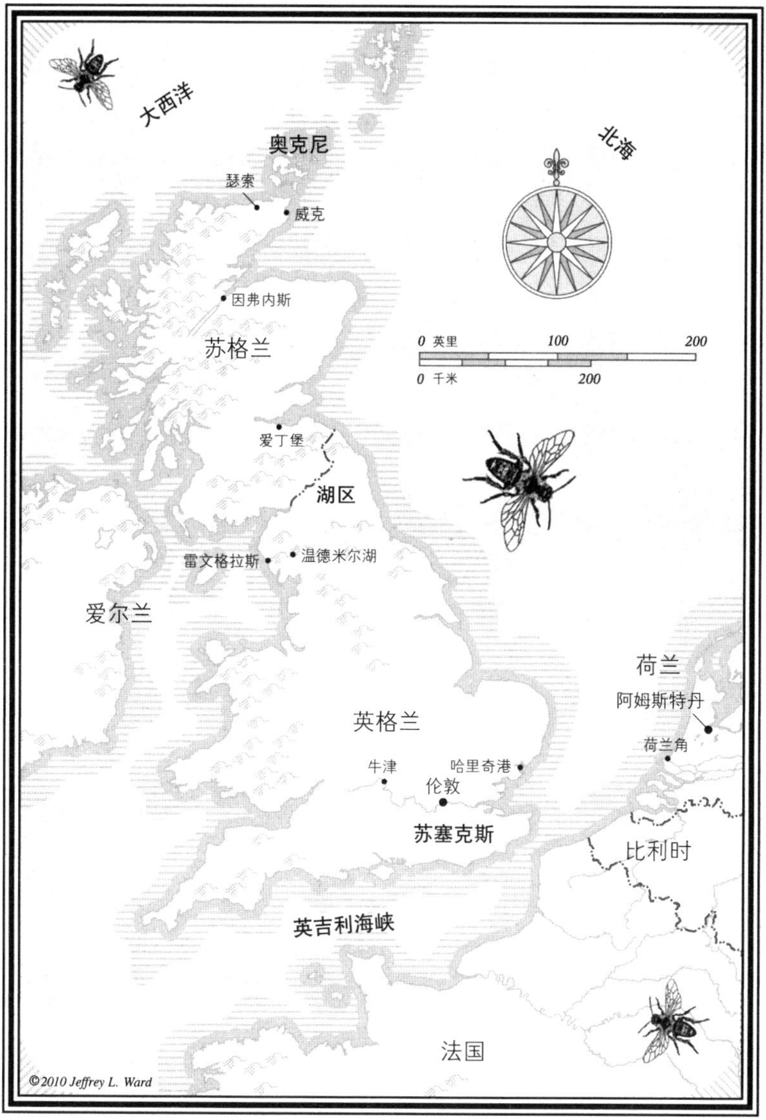
大西洋
奥克尼
北海
瑟索
威克
因弗内斯
苏格兰
0 英里 100 200
0 千米 200
爱丁堡
湖区
雷文格拉斯
温德米尔湖
爱尔兰
荷兰
阿姆斯特丹
英格兰
荷兰角
牛津
哈里奇港
伦敦
苏塞克斯
比利时
英吉利海峡
法国
©2010 Jeffrey L. Ward

# 序曲

1924年8月29日，周五

两位精明的伦敦绅士，一样西装革履，一样静坐在各自的房间，一样在思索着午餐的事。

年轻一些的正在欣赏他那油光锃亮的皮鞋，年长的则对着他那脏兮兮的袜子陷入了沉思。

一个在考虑最好去哪里吃饭，另一个在想他今天还能不能吃上饭。

一个精明的男人站了起来，用精心修饰过的手指调整了一下自己的领带。他稍微挪动了一下桌上银色的钢笔，让钢笔和桌子的边缘保持平行，接着走过柔软的地毯来到了门口。在那儿，他对着墙上的镜子审视着自己的脸庞，探出身去抚摸右侧太阳穴上面的白色疤痕——真够帅的——然后戴上他那整洁如新的帽子遮住了它。他又固定了一下领带，接着，伸出手去拉门把手。

另外那个男人也扯了扯自己的领带，并为之感到庆幸。将他锁在这里的那些人拿走了他的鞋和皮带，却留下了领带。他无法确定，他们，或者更确切地说，他们背后的人，是否已经判断出像他这样身形的男性如果要自杀的话，手里的这些布料完全不足，还是他们一直暗暗期望以此来摧毁他的精神：条纹的丝绸领带已经用了多年，它的长度仅仅能让他在站着的时候不至于让西裤滑落到脚踝。饥饿，寒冷，不能刮胡子，一只带盖的桶充当马桶，这一切已经让人感到极度不适，并不需要下垂的裤子来强化这种滑稽不堪、尊严尽失的感受。

二十分钟后，年轻的男人和往常一样与两个高级官员以及一个报业巨头随意地闲谈——这就是他选择餐厅的真正原因——当他的蓝色眼睛认真地扫视着那皮质封面菜单上的字时，另外那个男人那双浅灰色眼眸正凝视着一个简单的数学公式，他在一个角落里发现了一枚小钉子，正在用它把公式刻入砖墙。

$$a \div (b+c+d)$$

这俩人，实话实说，对于各自的进展都挺满意。

# 第一部

8月30日 周六—9月2日 周二

1924年

# 一

孩子就是个累赘，走了一英里之后，这种想法油然而生。

我一整夜都在跌跌撞撞地翻山越岭，不断地爬上山顶又下到谷底。之前那些不曾留意的烧伤和皮外伤此刻开始剧痛，加上之前在冷冽海风中跋涉的两英里，当晚行走的距离已经达到八英里，而其中的一半我还带着个四仰八叉的人，即便只有三岁半，但一路上一直昏睡不醒，实在是个累赘。

走到三英里的时候，浑身开始酸痛，脚底的碎石咯咯作响，让人畏缩不前，而腰部也传来阵阵刺痛，不过有一点我很确定，身后不知藏匿于何处的那个疯子正对我穷追不舍。就在这时，一声响亮的鼻息突然打破了夜的寂静。这声音离我如此之近，以至于我能感觉到它就在我身边。我艰难地拔出左轮手枪，同时还不能把孩子掉在地上，我此刻已经神经高度紧张到想大声尖叫。

紧接着，当我明白了这鼻息声出自什么的时候，快要引爆我神经的肾上腺素被穿透了：一个疯狂的杀手是不会在袭击之前发出那样湿乎乎的声音的。

我开始镇静下来，怦怦的心跳渐渐放缓，这突如其来的放松使我向前趔趄了一下，把抱着的孩子掉在了一堵低矮的石墙上，这石墙在晨曦中只隐约可见。奶牛猛地回过头，接着好奇地朝我们慢慢悠悠地走来，直到孩子轻轻地拍起了它那大鼻子。我低头看她，让内心恢复平静。

艾斯特蕾·艾德勒聪明可爱，有一半中国血统，是我丈夫失散多年的儿子的孩子：也就是夏洛克·福尔摩斯的孙女。两个多小时之前我才刚和她熟悉起来，知道她的存在也不到三周时间。但是如果那企图杀死孩子父亲的疯子——他显然想把这孩子据为己有——在夜幕中出现，我会毫不犹豫地用我的生命来保护她。

昨天夜里她被我提到的疯子下了药，这无疑正是她一路上昏睡的原因。但现在她正靠在我的臂弯里检查母牛那甩着白色鼻涕的鼻子，几乎是以一种学术的好奇心在研究这头母牛。这就意味着天色大亮，不能继续耽搁下去了。我整理了一下我的帆布背包的肩带，里面塞满了孩子的东西，显得鼓鼓囊囊。我伸出手抱起这个珍贵而麻烦的负担。

“你——”她大声说道。

“嘘！”我打断了她，“我们要说悄悄话才行，艾斯特蕾。”

“你累吗？”她继续说，尽管声音比悄悄话还是大了很多，但至少不会传很远。

“我的胳膊累，”我在她耳边轻声说道，“但我还好。”

“我可以趴在背上。”她说。

“你确定？”

“爸爸就是那样背着我的。”

好吧，如果她能趴在那个高个子年轻男人的背上，可能也可以趴在我的背上。我把帆布背包移到前面，让她爬上了我的背，她的小手紧紧拽着我的领子。我弯了腰，把胳膊背过去在她腿下面拢好，重新出发了。

感觉好多了。

艾斯特蕾知道该怎么做真是一件幸事，因为我可能是有史以来的保姆中最不称职的那一位。我基本上对于孩子一无所知；唯一一个有过短暂接触的孩子是在印度大街上遇到的那个流浪儿，比我身边的这位大了七岁，甚至比许多成年的英国人还要成熟。对于孩子，我有太多东西需要了解。

孩子的建议让我能沿着高低不平的路走得更快一些。我们现在位于奥克尼群岛，这些岛屿零星分布于苏格兰的北部。我们正在往下走的大山将主岛一分为二。每多走一步，就意味着离我的丈夫和艾斯特蕾的父亲——达米安——更远了一些，也意味着远远地离开了那血淋淋的、烟熏火燎的古老石头祭坛，在那里，托马斯·布拉泽斯差点要了他们俩的命。

为什么不去寻求警方的帮助？也许有人会问。报警会有些用处，毕竟，布拉泽斯至少已经残害了三条性命。但是，案情很复杂——夏洛克·福尔摩斯接手的案子都很复杂，这是一种常态，但是在这件案子里，复杂之处在于我的丈夫、我丈夫的儿子，以及我本人，都被下了通缉令。艾斯特蕾目前是福尔摩斯家族中唯一一个没有被苏格兰场大力搜捕的成员。

让人不可思议却又不得不信的是，被搜捕的成员还包括福尔摩斯的哥哥。四十多年来，迈克罗夫特·福尔摩斯每天早晨都会气定神闲地走进白厅[1]内一间灰色办公室，埋头在他那灰色的会计工作中——甚至他一直以来的私人秘书也是一个灰色调的男人，一个看不出年纪、生性冷淡的人，有一个听着像气球在漏气的名字，索萨。这么多年来，尽管英国首相换了一届又一届，维多利亚女王让位给爱德华，爱德华又把王位交给乔治，财政预算有增有减，有战争爆发，官僚和贵族们也历经宦海沉浮，但迈克罗夫特每天清早始终雷打不动地走进他的办公室，沉浸在账簿里。

除此之外，迈克罗夫特还有一个隐秘的身份，大英帝国的“灰衣主教”。他存在于神秘的情报世界里，既不隶属于国

---

1 Whitehall，伦敦一街名，许多政府机关所在地，也用来泛指英国政府。——编者注

内的秘密勤务局[1]，也不隶属于国际性的秘密情报局[2]。相反，他在财政部的高墙之内组建了自己的部门，成立了一个和秘密勤务局以及秘密情报局并行的机构。经过四十年的累积，他已经权倾天下，令人心生畏惧。

如果我停下脚步去想这件事，这样一个只手遮天却不受任何约束的机构不禁让人心惊胆战，尽管我也曾不止一次地利用过它。虽然迈克罗夫特·福尔摩斯除了偶尔冷酷无情之外，总是一副高深莫测的样子，但他同时也是一个清正廉洁、不会被收买的人。因此他成了我世界中的一个不动点，是我寻求帮助、请求庇护、获取信息和知识的最终来源。

他同样是不可触碰的，我这样想道。

一天前，我收到了一封电报，声称迈克罗夫特被苏格兰场问询，警方还对他家进行了突袭检查。这真是令人难以置信——想象迈克罗夫特在总督察莱斯特雷德面前大发雷霆的画面，让我险些笑了出来——但是，在能够自证清白之前，我没法向迈克罗夫特求助。我只能靠自己。

如果不是背上的孩子，我可能会直接走进柯克沃尔的警察局自首，这样就可以待在监狱里补补觉。因为我确信，约翰·莱斯特雷德总督察之所以对我们发出通缉令，是因为他在赌气——即使是在心情最为愉悦的时候，莱斯特雷德也严令禁止像我们这样的老百姓参与官方的案件调查。一旦他向公众重申了自己的观点，等他的气消了，我们自然会重获自由。

还有，如果不是为了这个孩子，我压根也不会出现在岛

---

1 Secret Service，成立于1909年，负责英国国内情报及安全工作，1916年更名为MI5,即军情五处，1931年又更名为Security Service（国家安全局）至今。——编者注

2 Secret Intelligence Service，缩写为SIS，成立于1909年，负责英国国外情报及安全工作，代号为MI6,即军情六处。——编者注

的这侧。我应该会待在石圈那儿，即便是此时此刻，我曾经受过的训练和本能也在内心深处呐喊着，让我去那里继续追踪布拉泽斯，阻止他坐船去其他地方，再次宣扬他那危险的宗教。

对于应该让女人和孩子远离危险的观念，我一直都无法苟同。

但正如我之前说过的，孩子是一个累赘，无论是三岁还是三十岁。要想安静地理清思绪，同时不给孩子造成更严重的精神伤害，或者避免将她那悲惨的、患有幽闭恐惧症的、身负重伤的父亲送进监狱的唯一方法，就是要躲开警察，躲开本地警察和英国大陆的警察。而要想躲开奥克尼群岛的警察，我唯一的希望是一架不堪一击的飞机，机舱内还奇冷无比。昨天下午当我搭乘这架飞机到达奥克尼群岛时，我曾发誓说再也不会坐它。

飞机的驾驶员曾是英国皇家空军的一位美籍飞行员，名叫贾维茨。毫不夸张地说，他驾驶着飞机，像龙卷风一样将我从伦敦带到了这里。他将我丢弃在了奥克尼群岛主岛南部的一片空地上，或者更确切说，是我弃他而去。我想他会在那里一直等我，直到我再次出现。

我希望他会等我。

# 二

横扫瑟索的狂风已经比前一天小了一些，但在日出时风力大增，海浪也随之再次上下翻涌。日光下，这间苏格兰渔船的船舱内所有陈设都在猛烈地摇晃。尽管达米安的手臂被固定在身体一侧，但从奥克尼群岛出发半小时之后，这艘破旧的五十英尺的小船开始剧烈地颠簸，让他发出痛苦的呻吟。盖在他身上保暖的几条毯子和旧衣服被晃掉了，包扎伤口的绷带呈现出猩红色。

夏洛克·福尔摩斯重新给儿子盖上了保暖的衣物，又往火炉里添了一铲煤，然后爬上开放的舷梯，来到了甲板上。年轻的船长正在努力地控制方向盘，看上去就像黏在了方向盘上一样。大风天气里，福尔摩斯只得提高了自己的音量：

“戈登先生，有没有办法让船平稳一点？”

年轻人收回了注视着船帆的目光，停顿了很久，才从这位老人的话语里领会到这让人感到意外的重要信息。然后他研究了一下海浪和头顶上方的桅杆：“唯一的办法是改变航线，顺着风向走，你知道的吧？”

福尔摩斯当然知道。从斯卡帕湾出发时，他们原计划是去斯特赛，一个沿着北苏格兰海岸更往西的地方——事实上，除了瑟索，其他任何一个有一定医疗条件的村子都行。

但是向西航行意味着要继续和狂风巨浪抗争，即便在空载的情况下，海浪也能猛烈地拍打上船头，即使对于健康的人来说，这条渔船的颠簸也让他们不堪其扰。

瑟索就在附近，那里可能会有大夫；但是他和罗素前天都曾路过那个镇子，尽管一个衣衫狼狈的英国男人在暴风雨的天气里雇船出海没有引起官方的注意，但有关一位年轻女士乘坐飞机的传言可能已经扩散开来。他希望罗素会指挥她的机长避开瑟索，但如果没有，好吧，最坏的情况是她面临被捕。而他，却不敢冒险驶入警察的领地。

“很好，”他说，“改变航线。”

“瑟索，好。”戈登听上去如释重负。

“不，威克。”威克是个渔镇，大到足够找到一位大夫——或许还能找到一家简陋的医院。当然也会有警察，但无论是否有通缉令，在一个停满渔船的港口里，什么样的警察才会特别留意这艘呢？

“威克？哦，但我在那儿一个人都不认识。我的表亲在斯特赛——”

“那个小伙子会在我们到达斯特赛之前就没命。”

“威克离我们更远。”

“但更平稳。”

戈登点点头：“抓着那根绳子，听我的指挥。”

航向的改变让船平稳了许多，不再那么颠簸了。当福尔摩斯再次下到船舱时，他如履平地，两步就跨到了床边——但这种平稳仅仅能让人安睡而已。

那个疯子射出的子弹沿着达米安的肋骨转了个圈，击穿了至少一根肋骨，然后深深嵌入了肩胛骨附近的肌肉里——子弹入肉太深，不是专业人员根本无法取出。如果是击中了左侧手臂，福尔摩斯可能会冒险试试，但达米安是一位艺术家，一个惯用右手的艺术家，一个在画画时需要精准控制右手做出细致入微的动作的艺术家。在取出子弹的过程中，如果肌肉和神经部分稍有差池，就会把他变成一个“曾经”的艺术家。

如果华生在，福尔摩斯会让这位老朋友拿起手术刀，虽然在上次会面的时候，他就发现华生的手微微有些颤抖。但是此刻华生正在从澳大利亚返程的途中——福尔摩斯怀疑他是和一个新认识的女朋友在一起——而此刻他们应该在印度洋上。

他只能寄望于在威克找到的大夫有一双不颤抖的手，而且没有饮酒的恶习。如果没有这么幸运，他就必须面对一个令人痛苦的抉择，冒着被捕的风险去找一个真正的外科医生。

达米安会更痛恨哪一个选择：失去自己的技能，还是失去自己的自由？

其实，这根本不是一个问题。即使是在此刻，福尔摩斯知道，如果他拿走让舱门敞开的楔子，几分钟之内，达米安就会惊恐万分，大汗不止，挣扎着站起来，大口喘息着逃离这个地方。

不，一个丧失了绘画技能的画家会过另一种人生；而一个因囚禁而发疯的人却不会有其他可能性。如果他们在威克找不到会医术的人，他或许只能去找外科大夫。

这样的想法让他冷静了下来。让他冷静的并不是外科手术本身——他想到了更糟糕的事情——他想到了达米安的表情，想到当他试着拿起画笔却无力控制时的表情。

想象一下：夏洛克·福尔摩斯逃避了责任。

站在儿子的身旁，他内心涌上了一种极其特别的感受，一种来自本能却几乎完全陌生的不安感。

托马斯·布拉泽斯主教（或詹姆斯·哈莫尼·海登或亨利·斯迈思或者他自称的其他名字）正死挺挺地躺在一个石圈里。如果夏洛克·福尔摩斯当时找到了这具“尸体”，他一定会挖出这个混蛋疯子的心脏，并毫不留情地将他的残骸从甲板上踢进汪洋大海。

## 三

拥有好几个名字的男人渐渐地恢复了意识，眼前漆黑一片。空气中弥漫着海水和香烟的味道。烟味清新，记忆……却飘忽不定。转世？是的，这件事已经谋划了很久，祭品也准备就绪，还耗费了数年的心血，但是……

他曾期待过自己身体的反应，但不是这种痛，也不是这充斥着烟味的黑暗。他现在所感受到的痛是转世过程中的阵痛吗？新生总是伴随着鲜血和痛苦，他自己曾这样写道，如果正确的鲜血被释放出来的话——但并没有。喷洒在石头祭坛上的是错误的鲜血。

是他自己的血。

毫无疑问，这种疼痛来自于他自己。他呻吟着，开始意识到有一双女性的手，接着，一个男人在说话，紧接着，门开了，突然亮了起来，他听到更多的说话声。过了片刻，一块浸了乙醚的布条捂住了他的口鼻，让他感到窒息，他的眼前瞬时闪过黑日如布，明月如血[1]的景象，然后一切都消失了。

当他醒来时，茅屋外面天色已经大亮。女人抬起他的头，一点一点地喂他喝下少量的某种烈酒。乙醚带给人的恶心感消退了。他的胸腔犹如烈火在灼烧，脑海中充斥着火和枪击的记忆，但在威士忌的帮助下，他的思绪和他的胃都渐渐平静了下来。

---

1 基督教《圣经·新约》中预言世界末日的景象。——译注

“现在几点了？”他声音嘶哑地问道。

“什么？”女人道。

“时间，现在几点了？”

“哦，亲爱的，让我看看。快中午了，今天周六。”

周六中午。在北方纯净而冰冷的海面之上，太阳将从黑暗中慢慢显现——日食在消退，随着日食一起消失的，还有他的机会。他的一腔心血，几个月以来的冥想和谋划，他不断收集权力的缰绳，他感受到能量在体内不断增强（哦，一种奇妙的能量，一种奇妙的感受——用工具剥离出一支鹅毛笔，心情愉悦地将笔尖浸入满溢的猩红之中，在鲜血凝固之前将其化为文字倾注于纸上：完美），这如泉水一样喷涌而出的能量，犹如茫茫大海上的巨浪，带他穿越时空，来到这个特定时间的特定地点，带他来到午夜时分石圈中央的祭坛上，祭坛上供奉着完美的祭品，这个至关重要的人正无助地躺在那里，他的喉咙裸露着，正如期待中一样……

就在准备工作进行到高潮时，却功亏一篑。祭品醒了过来，并引发了大火——是灯的原因。达米安试图举起手时打碎了那盏灯。但是接下来发生的事却模糊起来：噪音，混乱，火焰导致的热浪和其他？对其他人的印象——有两个人？接着传来一种巨大的轰鸣声，他的胸部受到了一次重击，然后他什么也不记得了，直到醒来之后闻到海水和烟的味道。

这些人会是谁？敌人？魔鬼？还是自己的幻觉？这些都不及另外一件事重要：他们破坏了他的转世大计。这项伟大的事业被中断了。数年的时间被浪费了。他的手剧烈地抽搐起来，恨不能要勒死谁。

那个孩子呢？她长大后会成为他的助手，要继承他的衣钵，他灵魂的女儿去哪儿了？那两个魔鬼偷走了她吗？还是她仍待在那曾是他的藏身之地但如今已被付之一炬的现场？

中午她就会醒过来，她早晚都会想办法出去，被人们发现。他必须要在他们找到他之前离开。

“冈德森？”他嘴唇翕动着。

“他明天早晨会到这儿来。”一个男人粗哑的声音响起。

“迈克奥利弗。”

“是我，布拉泽斯主教。您知道您发生了什么事吗？”

布拉泽斯努力地将眼睛睁开一条细缝，在袅袅青烟中扫了一眼：“我中枪了？”

“是啊。”男人咧着嘴笑了，伸手去桌上切了一片火腿肠，扔进了一嘴黄牙中，大口地嚼了起来。“把您从鬼门关救回来的是您胸前口袋里的那本书。如果不是那本书的话，子弹就会直接击穿您的心脏。实际上，我们从您的肩膀取出了子弹。您的手指能动吗？”

受伤的男人眼神下移，看见自己胸部缠着厚厚的纱布，一只手被固定在上面。他将手指慢慢攥紧又慢慢张开。

“没事了，”迈克奥利弗说道，再次从火腿上割下一片肉，“您会很快好起来的。”

“那是我的刀吗？”

雇来的男人举起一把弯刀：“这是您的？这刀邪性得很，差点割掉我的拇指。”

“给我！”虽然声音微弱，但迈克奥利弗却遵从了这个命令，在裤子上擦拭了一下油渍，将刀掉了个头，这样，他的雇主就能握住刀的象牙把手。

“我是在祭坛附近的地上发现这刀的，险些踩到。虽然不确定这是不是您的东西，但我也不想扔了它。”

布拉泽斯用没有受伤的那只手摩挲着这熟悉的物件，他的拇指滑过刀刃，这冷冰冰的金属从他出生时就属于他。他感到刀在诱惑着他，诱惑他将它刺入迈克奥利弗那令人厌恶的肚子，但是他现在很虚弱，没人帮忙，根本无法做到。还不到时候，在他能召唤朋友之前不能这么做。

于是，他将刀收好放在虚弱无力的手掌下，就好像这把刀蕴含的能量会传递到他的身体里一样。“我需要你给伦敦发一封电报。”

## 四

当我们到达海边步道朝着柯克沃尔的方向行进时，天色已经大亮。认清面前的路变得容易起来。之前，我不得不在黑暗中加速行走所导致的危险和被人发现所带来的威胁二者之间进行选择。现在，我将趴在身后的孩子往上托了一下，身子往前倾，以接近于慢跑的姿势往前走。她小小的身体随着我的一起晃动着，手臂肯定已经疲惫不已，但她没有发出任何抱怨。

又向前走了半英里，我远远看到一个农民从一间小屋中走出，爬上了一辆高栏板的马车。在他家院子的小路汇入大路的地方长着一片茂盛的灌木；我把艾斯特蕾放到地上，藏在灌木后面，肩膀终于能挺直了，我闷哼了一声。我在她身边蹲下（我的膝盖在过去的几个小时内衰老了二十年）压低声音说："我们必须等这个人离开才能走，我不想被他发现。我们必须非常安静，明白吗？"

"我们能让他带我们一段路吗？"她用小孩子耳语的方式哑着嗓子大声问道。

"不，不能，"我说，"从现在开始，一个字也不许说，明白吗？"

我感觉到她点了点头，便将她幼小的身子搂进了怀里。

马车上传来金属碰撞的声音，说明装的是牛奶罐。正如我担心的那样，这辆马车是去镇上的：我们必须等到他上路之后才能跟着。很显然，这是每日例行送货的马车，缰绳十分随意地散落着，所以赶车的与其说是车夫，不如说是那匹老马。这匹马走起路来不慌不忙——它的步子不比我们快，那高栏板……我盯着看了一下，接着拨开灌木树枝继续观察。

马车是特制的，有一个平坦的底座。底座上固定着一个大条形木箱，边长大约五英尺。开口的顶部朝着后面。送牛奶的人坐在前面，双脚悬空摇晃着。

他能看见马车内部的唯一方法是绕着马车走一圈并朝马车里面看。好在，他没有狗。

我一把抱起孩子，警告她不要出声，然后，我慢跑着跟了上去，同时对呼啸的狂风心生感激，感谢它掩盖了我的脚步声。我瞄准咔嗒作响的牛奶罐，心里怀着最大的希望，将孩子用力扔进了车厢内的阴影里，然后我纵身一跃，落在了她的身旁。牛奶罐子碰撞时产生的噪音说明罐子之间存在足够的空隙，让我和孩子能藏身其中并慢慢移动。路面崎岖，驾驶马车的人几乎没注意到我们上车时的动静，即使驾车的马察觉到了马车重量的变化，但马是没法说话的。

艾斯特蕾紧紧地依偎着我。牛奶罐子咔嗒作响，蜿蜒的海岛在马车后面渐行渐远，慢慢变得模糊起来，一阵睡意袭来，我们闭上了眼睛。

马车放慢速度，停了下来。我把孩子搂得更紧，用手指捂住了孩子的嘴。农夫的靴子在路面上咯吱咯吱地响，由于他跳下马车减轻了马车的负重，马车猛地摇晃了一下。我听着脚步声，准备应对这突如其来的变化。但是脚步声在离我们几英尺的地方又走远了，停顿了一下，接着返回。返回的脚步由于负重愈加蹒跚和缓慢。在马车的后方突然出现了一个隐约的身影，紧接着，另一个牛奶罐摇摆着被推了进来，他又推进了一个，然后回到他的座位，吆喝马开始继续前进。

每走半英里，他就要搬几罐牛奶上车。我们开始向马车的后部移动，以平衡牛奶罐在马车一侧的重量。路面越来越平，这就意味着我们一旦突然下车，就会很容易被察觉到。我在等一段崎岖的路，但还没等到，我就闻到一丝酒厂的味道，我知道我们已经没有时间了。

我把孩子抱在怀里，一点一点地从车的后部滚落到地面。那匹马有了反应，但在吃惊的车夫控制着缰绳让马停下来之前，我和艾斯特蕾已经蹲在了一堵墙后面。

如果车夫跳下车，走到后面，他就会发现我们。但对于车夫来说，马车的突然摇晃就像是马儿受到惊吓导致的，而不是相反。过了一会儿，我听见他再次吆喝起来，而路面上也再次响起了牛奶罐的咔嗒声。

我站起来，判断了一下我们所在的位置。我发现距离贾维茨将我放下飞机的位置几乎只有半英里远了。

“你能走一会儿吗，艾斯特蕾？我们马上要到了。”

作为回答，她把手塞进我的手里，我们沿着路往前走。为免迷路，我又确认了两次。但是我确信，飞机就停在那里。一片长方形的空地，四周是围墙和灌木篱笆。隔壁的房子有灯光透出来，我领着我的“责任”朝着那个方向走去。

我在大门外停了下来，对孩子说：“我的朋友，也就是驾驶飞机的贾维茨机长，可能在这儿。还有一位人很好的女士和她的儿子也在这。但是我们不要跟他们说太多。我们只在这待几分钟而已。”

“然后我们会坐飞机吗？飞在天上？”

“是的，”我说道，深吸一口气又加了一句，“上帝保佑我们。”

我上前敲门。

门开了，一个男人手持一支枪，对准了我的胸口。

## 五

中午时分，空气中开始散发鲱鱼的恶臭。他们很快到了威克，将船泊进拥挤不堪的港口。达米安面色苍白，但包扎伤口的纱布依然是褐色。

福尔摩斯从盖在达米安身上的衣物中挑了一件羊毛质地的水手衫替换了自己身上的外套，水手衫已经被缝补了多次，也散发着一股明显的臭鱼味。他又找了一顶同样材质和气味的帽子给自己戴上。接着，他取下油灯上的玻璃罩，用手指从里面刮下薄薄一层黑色油烟，胡乱地涂在手上和脸上。

当他无意间低头看时，发现达米安也在看着他，那张胡子拉碴的脸上努力地挤出了一丝笑容："你的样子看上去很像他们了。"

"对，"福尔摩斯说，"我打算划船进镇里去找一个大夫，把你身体里的子弹取出来，最好能在这儿完成，这样就不用把你从船上抬上抬下了。"他的声音中保留着北部的特色，并不是地道的苏格兰口音。

"我还是觉得你可以自己做这件事。"

"除非到万不得已。戈登会在这陪着你。"

"我特别想喝茶。"

"我会告诉他的，躺好，现在。"他转身要走。

"嗯，爸爸？"

"怎么了，儿子？"他们相互认识还不到三周时间，当对方说出那个陌生的称呼，彼此都在品尝着个中滋味。

“你觉得……”

“你的女儿很安全。毫无疑问，罗素会像母猫一样护着那孩子的。”

“那我的……”他实在无法说出那个名字。

“你的太太？尤兰达死了，是的，我看见了她的尸体，毋庸置疑。”

“你确定是海登？在石头那里？”

“是的。”这不是他第一次回答这样的问题了。

达米安吞咽了一下，好像是强迫自己接受这样的消息。“如果我在这儿，那么……她的葬礼呢？”

“迈克罗夫特会料理她的后事。”福尔摩斯希望能这样。的确，他哥哥与苏格兰场警方之间不清不楚的纠葛应该只是暂时的状况吧？

“你能帮我一下吗？”达米安说，他的左手在厚厚的衣物下摸索着，“我的口袋……”

福尔摩斯掀开衣物，把手伸进达米安的口袋，从里面拿出一个牛皮钱包。

“里面有一张画。”达米安解释说。

是一幅他为妻子和小女儿画的钢笔画，阴影部分处理得十分细腻，就像一幅精致的石版画。靠近达米安头部的墙面十分粗糙，钉着许多无头钉；福尔摩斯用一颗钉子刺穿这幅小画，放在达米安视线所及的地方。画里的女人头戴礼帽，满头黑发，长着一张东方面孔，一个小女孩和她坐在一起，虽然面孔没有那么明显的东方特征，但同样是一头黑发：两张面孔闪现出一种顽皮而狡黠的神色，被达米安准确地捕捉到了。

福尔摩斯站住了。

“对不起，”达米安说，“对……所有的事。”

这个道歉跨越了比之前的三周更长的时间范围，但是福尔摩斯依然不动声色：“你没做错什么，警察在追我们，是很麻烦，但这不是第一次。只要你到了安全的地方，其他的事我会处理的。”

“希望如此。”

“你好好休息。”福尔摩斯说，然后走上了楼梯。

十二分钟后，福尔摩斯最后一次狠狠划动船桨，将小船停在了港口边的一处沙滩上。然后他将船绑上一棵年老腐朽的枯树干，远离海浪。接着，他往下拉了拉帽子，混迹在周围的水手中，向镇子走去。一旦看见警察朝他的方向走来，他就点燃烟斗，呼出一口青烟给自己打掩护，当警察走过他身边时，他会微微点头示意。

在第一家药店，福尔摩斯一走进去，就听见铃铛在响。但店里没有人在意他：四处闲逛的水手在这里司空见惯。福尔摩斯来到柜台，买了一些橡皮膏、一盒喉糖、一管治疗顽固性皮疹和皮肤病的药膏。结账时，他一边摊开掌心数着硬币，一边说道：“我船上的伙计身上被划了个大口子，可能需要缝几针，镇上有大夫吗？”

“有一个，但是病了。不过他找了临时替他的人，是他的表亲。”

“也行啊。”福尔摩斯嘟囔道，接着索要了地址。药铺的人一边给他指路，一边冲着他乐。直到福尔摩斯敲开了医生的门，他才明白过来那个笑容的意思。医生的替班是个姑娘：二十多岁的年纪，身材娇小，一头红发闪着崭新铜器的光泽，面容白皙，但长着些小雀斑，眼睛是介于蓝色和绿色之间很特别的颜色，如果不是因为看到他的反应后将眉眼皱在一起，应该很漂亮。

“是的，”她有点无奈，“我是个女孩，但我是一个合格的大夫，还有，不，我表哥两周之内或者更长时间都不会回来的，所以除非你愿意去戈尔斯皮或者因弗内斯，否则的话，我就是你要找的人。”她一口苏格兰口音，但并不地道。圣安德鲁斯，他在心里判断，或者柯卡尔迪——虽然她曾在伦敦待过，但她大部分的童年时光是在……诺丁汉？

他的头脑飞快地做着分析，同时喘了一口气：“你会缝合伤口吗？”

基于福尔摩斯这种务实的腔调，她朝他扬起头：“我不是说过我是个大夫吗？我当然会缝合伤口了。给孩子接生，接合断腿或者切除阑尾，都需要缝合伤口。”

“好的，我确实需要产科护理和大手术方面的技术，不过我的这个伙计需要一点特殊处理，如果你愿意带着你的医药箱的话。”

听到他的回答后，她一脸的不可思议，这让他开始猜想她曾经遇到过多少位转身而去的病人。“天啊，”她说，“在你决定不得不让我来治疗的时候，他不会已经默默失血一周了吧？”

“从昨天半夜开始。”

她摇了摇头，戴上帽子，拿起医药箱，跟着他来到街上。

“伤口在哪儿？”她问道，几乎一路小跑才能跟上他的大步流星。

“肋骨附近。”

“他是怎么伤到的？”

“哦，我想你到了地方自然就明白了。”

“那这个地方是哪儿？”

“渔船上。移动他就会引起出血，我觉得最好还是让他躺在那儿让你给看看。”

“如果能动的话，我们必须把他转移到岸上才行。”

“如果必须这么做的话，我们会想办法的。来，船在那边。”

“你不能将船靠到码头吗？”

“不值得停船抛锚，也就两分钟的事。”

他领着医生沿着小巷走过去，绕过装满鲱鱼的房子，穿过排得整整齐齐堆积如山的威士忌酒桶，这并不是一条最快的路线，但是由于他已经在大路上看到一个警察，所以不想冒险和警察再次相遇。等他们到达小海滩时，医生为了跟上他的脚步不得不快速跑起来，而福尔摩斯已经察觉到他们身后又出现了一个警察的身影。

他远远地超过了小个子医生，在被她追上之前就解开了系着小船的绳索，让船能够自由地漂浮在水面上。“我们——”她刚想开口问，就被福尔摩斯抓住肩膀，从沙滩的淤泥里提起，并在她掌握平衡之前放了下来。她扑通一下跌坐在座位上，发出抗议的尖叫声。福尔摩斯一脚踩在船上，用另一只脚撑着地面，将船推离了岸边。小船离岸时的推力让医生突然向后仰倒，旋转了一百六十度。福尔摩斯快速地划动两只船桨，让小船成功掉了个头，很快就驶出了一段距离。岸上的人听不见船上的呼喊声了，留下一个一脸疑惑的警察在那里挠头。

女医生背对着镇子，完全没有察觉到对面同伴的焦灼和不安。她调整了一下帽子，整理了一下座位下面的医药箱，一脸不悦地对着正在努力划船的人：“我是否该问一句，我们很赶时间吗？”

“要涨潮了，我可不想为此失去这条小船，不过，现在好了，我希望你的医药箱里有手术刀。”

“当然，不过，为何缝合伤口需要用到手术刀？”

“呃，关于这件事，在那孩子的皮肤表面有一个洞，好吧，不幸的是，还有一块铅。”

“一块——你的意思是子弹？”

“对。”

“你到底让我做什么？”终于，医生的声音里听上去充满了焦虑和不安。福尔摩斯心里有点发酸，是时候让这个苏格兰人知道真实的情况了。

“事实上，你现在是和正义的一方走在一起，虽然这样，我对你的未来也有个建议，一个身高不足五英尺的人下次不妨多问几个问题之后，再决定是否跟陌生人走。我们现在的情况是……很复杂，但是我只需要你取出子弹并缝合伤口，然后会将你毫发无损地送回坚实的陆地。”不过，他在心里补了一句话：恐怕会离你出发的地方有点远。

医生瞠目结舌地望着福尔摩斯，接着回头往岸上看，似乎在目测如果想安全回到岸上需要游多远。岸上的警察还在视线范围内，但是已经转身离去，她需要一个扩音喇叭才能在强风中传递出她的声音。当再次转过头看着福尔摩斯时，她变得怒不可遏，白皙的面孔变得通红，愤怒的眼睛中闪烁着蓝色的火焰。

“虽然我不知道你要干什么，但是绑架可是重罪。”

“你只是上门出诊，或者，上船出诊，”他换了个词，“我会向你支付出诊费，很大一笔。我向你发誓，我和受伤的人都没有做任何违法的事。”

她仔细地观察福尔摩斯的脸，内心的愤怒和恐惧渐渐减弱：“如果你们没做违法的事，既然他已经中枪，为什么不报警？”

“如我所说，目前情况非常复杂。这里面有误会，但我们已经远离了家乡，所以一时之间很难澄清误会。”

“你家在哪儿？”

“曼彻斯特。”他不假思索地答道。接着他们靠近了渔船，戈登向下伸出手以便于帮医生登船。

“船长先生，”福尔摩斯在这个渔民发话之前抢先一步，“这位是海宁医生。但是，我认为，为了大家好，我们的名字就不必介绍了。如果她不知道我们的名字，就可以畅所欲言，不用担心后果。”

戈登怔怔地看着手臂前方那娇小的姑娘：“这是一位医生？”

# 六

奥克尼群岛上的一个茅屋内，托马斯·布拉泽斯主教坐在炭火前阅读迈克奥利弗带给他的电报，脸上露出了惬意的笑容。电报的内容如下：

如果健康允许，周四圣奥尔本斯一聚。冈德森知道具体地址。

他的健康状况并不允许，情况确实不算很好。但是有冈德森在他身边，他就有可能办到——经历了这么多事之后能有机会面见这位朋友，值得一试。除此之外，任何一个领袖都深知一点，在自己的下属面前展现出虚弱的一面从来都不是一个好主意，尤其是在你还需要他们日后为你效力的情况下。

南下要花三天的时间，正好利用这三天重新思考一下失败意味着什么。

如果这次的事情真的失败了。布拉泽斯从中明白了一件事，那就是命运之神用神秘之手参与了所有人类的活动。如果他长期殚精竭虑所构建的伟大事业土崩瓦解，如果洒在斯坦内斯石头祭坛上的鲜血无法与日食的时间互相配合，如果不断抛洒的鲜血和能量是毫无价值的，那么，要么是命运之神太过残酷，要么就是他还没有领悟到如何完成这项事业。

他真希望能有人和他探讨一下。但迈克奥利弗愚蠢得跟门外咩咩叫的山羊一样，冈德森也就只比一把工具好用一点。尤兰达会是一个理想的倾听者，即使完全听不懂他在说什么也愿意听。但现在这个曾是他妻子的女人已经香消玉殒，丧命于他曾认为的这项伟大事业的一个关键因素。

这让他再次回到最初的问题：发生了什么事?

布拉泽斯挪动了一下放置在黑黢黢的石头前面的椅子，但这个动作牵扯到了他胸部的伤口，一阵剧烈的疼痛让他的脸近乎扭曲。玻璃杯里盛着农舍自酿的啤酒，酒很烈，让他感觉不那么痛了，但可以想见的是，长途旅行绝对不会是一件让人幸福的事。

冈德森会帮忙的，会帮着处理各种问题。

# 七

午夜时分的伦敦，那个精明的年轻男子站在一面视野开阔的窗户前，正透过手中的红酒杯看自己的倒影。站在他现在所在的位置，他头部的阴影吞噬了议会大厦大部分的面积，太阳穴上的白色疤痕则覆盖了议会大厦那座著名钟表的表盘，他的上半身遮住了威斯敏斯特大桥以及那贪婪、平坦、漂着油污的泰晤士河，而当他抬起右臂时，手肘的阴影正好落在大主教的宫殿之上。

此刻，他俯视着众神。

他在此处出现是不合常理的，会令所有认识他的人大跌眼镜。那些身份隐秘、隐姓埋名的政府宠臣不会生活在伦敦萨瑟克区的仓库里，而那些在背后操纵政府，正如他此刻的倒影完全覆盖了白厅一样的人，也不会。不过他的同事们对他的雄心壮志并不了解，对于他的家世同样一无所知。

这栋建筑原本属于他的祖父，后来在其手中丢失了——或者说，有人从他祖父手中窃取了它——剩余的家族财产也被洗劫一空。这个年轻男子1917年因病离开了这里，病因是受到枪击。当年，他闲逛中走入了一间空荡荡的仓库，在里面受到枪击，子弹在他的头部留下了一道白色的伤疤。后来，他暗地里用极其低廉的价格将这栋建筑买了回来——也可以说，偷了回来——在他第一次有意隐瞒自己的身份时，成了它的主人。巴黎和会结束之后，他返回伦敦并得到了一个新职位。此刻，站在这套顶层的现代化公寓内，他面对着朝北的大窗户，看到自己的轮廓将大英帝国的权力机构统统框了进去。

他那隐约可见的轮廓是如此恰到好处。非常自然，既看不出政客的标志，也没有地产大亨的痕迹。只是一团阴影，将其覆盖的所有地方都上了色。

他发现隐姓埋名地生活简直轻而易举，这和打造一个魅力十足的形象或者因为在前线勇猛杀敌而名声大噪并无二致。男人们欣赏他，而女人们为他的智慧以及平易近人的魅力而倾倒，没有一个人意识到他们对这个男人的背景一无所知。

即使白厅也几乎不知道他在这儿。甚至当他去一些无名礼堂时，也很少会惹人生疑。

可是迈克罗夫特·福尔摩斯却是起了疑心的那个人。他觉得，最近几个月，福尔摩斯从他的某个跟班身上已经发现了一些蛛丝马迹：不然的话，他为什么开始减肥，为什么开始和一位女士交往？难道只是简单地想重返青春？无论如何，他从1921年就已经开始严密监视福尔摩斯了，从没有放弃过——不然的话怎么可能知道那封从上海来的邮件呢？

脚下这座大厦像一个庞大的蜂巢，里面少数几个听命于他的人都是职业罪犯。这些人一文不值，因为罪犯总是会被人收买或者被人干掉。至于福尔摩斯，嗯，正在进行当中。

他目前的处境让他想起曾经看过的一场杂耍表演，说来也怪，是丘吉尔极力鼓动他去看的。舞台上，一位衣冠楚楚的绅士向上抛接完全不同种类的物体，在抛接的过程中数目还在不断地增加：一个板球，一只烧鹅腿，一截蜡烛和一只狂吠的小狗。这场杂耍表演的看点是表演者在看似漫不经心甚至百无聊赖的状态中，要接住向他抛过来的所有千奇百怪的玩意儿，并随意地将其并入之前的运动中。整个表演试图表现出既疯狂又滑稽的效果，而低俗的观众确实也很买账。但是在他看来，如果能保持这种表演风格，杂耍的效果会更好：因为表演者的自信比道具更重要。

想一想从不列颠群岛的蛮荒之地发来的这封电报。可以预料的是，布拉泽斯一定震惊不已，无法相信自己原本想通过转世预言在奥克尼群岛获得永生，却最终一败涂地。但是他却忽略了一个问题，一个携带利刃、枪支和大量麻醉剂的人，怎么会不仅谋杀失败，自己也身受重伤？

他是另一个毫不配合却亟待解决的目标。

啊，是的，如果一个人精心设计的局里包含了太多变数，那么他的结局就只能如此。这个计划一直都太过精妙绝伦、气势恢宏、错综复杂且势不可当，直到那个画家居然令人匪夷所思地活了下来，还向运转的装置中扔了一个扳手。

即使如此，这也不能算是彻底的失败。机器的其他部件依旧运转良好，而且只需要自己进行操作就能继续运转。从现在开始，他将摒弃一切复杂，让事情回归简单、残酷。

街对面的挂钟告诉他到了休息的时间：他明天早上七点有一个预约，接着是一整天的会议，还要安排去圣奥尔本斯的行程。他将杯中的红酒一饮而尽，接着上床休息，无梦而眠。

# 八

穿着脏袜子的男人头发已经灰白，正站在伦敦的监狱里研究着墙上的公式。奇怪的是，囚徒的生活让他精神恍惚，所以他得很努力才能将注意力集中在这个公式以及它所代表的意义上。在佛教中，这种公式被称为“公案”，是思想的高度提炼，里面玄机重重，难以揣摩。

$$a \div (b+c+d)$$

讽刺的是，他要运用孩提时学过的数学知识——这将把他带回维多利亚女王还活着的年代——从他职业生涯里，从最为错综复杂、险象环生的政治谋略中找出规律。

同样具有讽刺意味的是，目前的整个局势都是政府审计工作中一个简单的事实所导致，这个事实是，一个完全不受预算削减影响的部门才是政府中权力最大的部门。

$$a \div (b+c+d)$$

公式中的a代表的是他在国王政府部门中的职位，这份工作曾被他的弟弟夏洛克突发奇想地描述为“审查某些政府部门的账簿”。这种描述恰如其分，同时解释了审计员的两层含义，一种是检查账目的人，一种是听取检查结果的人。

在他的职业生涯中，他已经听过太多的秘密。

第一次分析这个公式时，他用a代表他自己，但后来他用职位替换了人。b是目前在职者的年纪。倒不是觉得自己老了，但是他不得不承认，有时候也会被浴室的镜子吓一跳。c

代表工党政府，一股新生力量，却不堪一击，被很多布尔什维克党人视为一种威胁。d当然代表着他自己去年12月份发作的心脏病，在随后的康复期内，他常常感觉到生命的脆弱和无常。

他捏了一下手指间的钉子，停了下来。

e应该是他自己，半个世纪以来大英帝国账簿的审计大全。但是这第五个因数要放在哪一方呢？借方，还是贷方？

曾几何时，镜子里的老人也是一个身体强壮、头脑灵活的人。而如今，他生活在一个年轻就是一切的时代，在这个时代，浮夸被视为美德；在这个时代，一个刚届古稀之年的男人会感觉自己已被时代抛弃；在这个时代，情报机构门口聚集着大声抗议的农民，已经变成了封建制度的堡垒。

曾几何时，他生活在一个只需看一下双手和翻领的样式就能判断出对方职业的年代，而现在每个人都在平淡无奇的办公室里度日，即便是店里的掌柜也穿着定做的套装。

也许他的时代已经过去了……

不，还没有，e是他自己，其他的仅仅是怀疑：他在划出的一条横线上加了一条竖线，公式变化了：

$$a \div (b+c+d)+e$$

e，毕竟是迈克罗夫特·福尔摩斯。虽然有人将他困在这间阴暗的阁楼里，减少他的饮食，逼迫他用一条领带来充当皮带，一根金属充当铅笔，封锁了外界的消息和情报，切断了他和属下的联系，但最终的结果却毫无悬念，他会逃离这里。或早或晚，他的思维会摧毁这坚固的牢墙，用知识搭出梯子，用语言，用线索，用深思熟虑的行动编织出一对能飞越牢笼的翅膀。

他发现自己正坐在地板上，光线从头顶半透明的窗子射进来，可是光线的角度却偏移了。奇怪，这是什么时候发生的？有一瞬间，非常短的一瞬间，他意识到此刻的眩晕可能是因为缺乏足够的营养而导致的。

可以确定的是，过去八个月里他都在抑制身体令人惊讶的旺盛需求，并在这个过程中减去了四点一英石的体重，他开始对食物供给不足变得无动于衷了吗？

不是这样的，他想。这只是因为长期缺乏刺激而出现的定向障碍。可他却忍不住希望能拥有和弟弟一样的天赋，可以用饥饿来激发大脑进行思考。如果是夏洛克面对目前的情况，他会用思考燃起熊熊烈火，将沥青烧至白热化，熔掉这四周的高墙。

就自己而言，迈克罗夫特认为饥肠辘辘是一件会让人分神的事。

# 九

面对着枪口会让人顿时六神无主。毕竟枪能主宰世界。所以，直到面前的武器被人拿开，我才越过枪口看到了我那熟悉的满脸疤痕的机长，他一边叫嚷着一边向我伸出了手。

“是你啊！我值班的时候发现了几个麻烦的姑娘，但是甜心，你带了一个——哦，你好，宝贝，快进来。”

他后面的语气非常特别，还调整了手臂，把枪完全藏了起来。他打开门欢迎我们走进去，自己却站在门后面，生怕吓到我身边的孩子。

“我刚没看到你，小小姐。”他说。他的声音温柔而友好，这让我联想到他或许在战争开始之前有过家庭。“赶紧进来吧，外面很冷，罗斯太太会很高兴为你们准备早餐的。对，你进来啊，就当没看见一个大吼大叫又丑又高的男人。”

艾斯特蕾像胶水一样紧紧地黏着我。关上门之后，她绕过我盯着贾维茨看。我低头对她说：“艾斯特蕾，这就是那位驾驶飞机的人，他不是故意要吓唬你的。”

“你脸上的是什么？”她问贾维茨。

他的脸上没有一丝该有的不悦，每一个初次见到他的人都是这种反应。“我被烧伤过，很久以前。这些伤疤看着很滑稽，但已经不疼了。”

“那当时疼吗？”

“呃，是的，当时很疼。”

“对不起。”

过了一会儿，他把目光从艾斯特蕾身上转移到我身上：“你去哪儿了？”

“你最好还是不要知道，至少不是现在。飞机发生了什么事？”

“昨晚有人想偷走它。我正好在外面，听见了他们的动静，所以我站了一夜岗，不给他们第二次机会。天亮的时候，那孩子去跟我换了班，我正打算出去找你。”

“哦，我回来了。飞机能飞吗？在风变得更大之前，我们能起飞吗？”

“什么？你们两个？”

“艾斯特蕾可以坐在我的腿上。”

“她的——”他没有说下去，目光又回到了艾斯特蕾身上。

“她的父母让我照顾她几天，我们晚点儿就和他们会合。”

“我爸爸受伤了，”她奶声奶气地说，把我几个小时之前告诉她的事抖了出来，“他的爸爸正带着他去看医生。”

贾维茨看着我，一条眉毛向上扬起。我摇头示意他不要继续问下去。接着，我问道：“艾斯特蕾，我打赌你能很快吃完早饭，你能吗？”

“是的，请开始吧。”她一脸坚决。贾维茨笑了起来——满脸愉悦，开怀大笑中透着一种心满意足。我之前从未听他这么笑过。他领着我们朝培根和吐司的香气走去。

温暖的厨房散发着天堂一样的味道。贾维茨大摇大摆地走进房间，仿佛主人一般，问女主人能否多打几颗鸡蛋。我曾经和罗斯太太有过短暂的一面之缘——昨天下午，一起见到的还有目前正在看管飞机的小伙子，但没有发现这家男主人的痕迹。我决定不问这件事。

女主人对于我领着一个孩子再次出现显得有些意外，尤其是看到孩子还长着一张混血儿的面孔。但她向我们打招呼时依然热情十足，然后伸出手去拿装着鸡蛋的碗。她将盛满食物的两个盘子放在桌上时，我离开了厨房，接着朝贾维茨歪了一下头。贾维茨跟着我走进了走廊。

“你觉得是谁想得到飞机？”

“我只看到一个大家伙，他听到我出来的声音就逃走了。”

这意味着想得到飞机的人不是警察，我想，那样的话，事情就会变得很棘手：“好吧，一旦艾斯特蕾吃完饭，我们马上就走。我们还有多少汽油？”

“汽油是满的。”

“这家的孩子有力气帮我们转动螺旋桨吗？”

“应该可以。”

“很好。我希望你能带我们回瑟索——也许我们这次能找一块离镇子近一点的空地。艾斯特蕾和我要在那儿赶火车，如果你不介意自己回伦敦的话。”虽然我可以冒险让我的脖子在半空中像弹簧一样晃来晃去，也可以在玻璃罩的客舱内忍受冰火两重天的痛苦，但我认为将被托付的孩子带回坚实的陆地事不宜迟。在瑟索可能会有被捕的风险，但至少我能带她远离布拉泽斯。如果幸运的话，贾维茨可以迅速降落并再次迅速起飞，这样会将所有人的注意力都吸引到他身上，而我和艾斯特蕾就可以趁机溜进镇子，离开那里。也许镇上会有玛丽·罗素的通缉令，但我认为，看到一个带着孩子坐火车的女人，任何警察都不会将她和通缉令联系在一起。

贾维茨看着我，似乎反对这个计划，但想到我们来时所遇到的麻烦，他也很难继续认为坐飞机才是最安全的选择。

我给艾斯特蕾洗了脸（罗斯太太巧妙地暗示孩子去了一趟洗手间，我完全忽略了这件事），并领着她穿过花园，来到了四周有围墙的空地上。那里停着这个时代的偶像，在晨曦中闪着诱人的光芒。从伦敦来这儿的路上，我差点因为它送了命，现在我正给它第二次机会——这次还多了个孩子。我吸了一口气，用希伯来语为我们这些乘客祷告了一下，然后钻进了机舱。贾维茨将艾斯特蕾递给我，接着爬进了我们前方的驾驶舱，随后，我放下了玻璃机罩。

最后，是罗斯太太亲自为我们转动了螺旋桨，猛地一拉发动了机器。她的儿子站在石墙上监督着整个过程。艾斯特蕾把鼻子紧紧地贴在客舱的玻璃罩上，望着地面。地面渐渐地远去，一开始很慢，后来越来越快。当我们被螺旋桨旋转的速度狠狠地推回座位里时，她冲我笑了一下，我也冲她笑，不再去想关于伊卡洛斯和他的翅膀的故事。

接着，飞机头向上倾斜，跳离了地面，将我们带到半空中。当我们在风中飞行时，艾斯特蕾兴奋地大叫起来。眼前的景象让她惊叹不已，因为地面上的大房子变成了小棚屋，然后又变成了玩具一样的小房子，一群大马慢慢变成了一群小狗，接着又变成了小摆件，小轿车变成了玩具车，一个骑在自行车上的男人比爬行的昆虫还要小。我们乘风而上，越飞越高，离小镇越来越远。随后贾维茨朝着我们来时的方向掉头时转了一个大圈，飞机呼啸着在空中越旋越低。当他准备从罗斯太太的屋顶上掠过时，地上的房屋、动物和人又开始变大了。我注意到了地上那个骑着自行车的男人，因为他不是一个普通的路人，他戴着警察的头盔，正站在罗斯家的路上仰着脖子望我们。

如果我们再晚五分钟起飞，就只能在地面乖乖就擒了。

艾斯特蕾把脸紧紧地贴在玻璃上，瘦削的膝盖放在我大腿上以保持平衡。我把皮大衣的大部分都盖在了她身上，努力地忽略机舱内刺骨的冷空气正灌入我的领口，入侵我的鞋。到瑟索的直线距离不到四十英里，尽管对于一架久不服役的布里斯托尔旅游飞机来说会稍远一些，但在任何情况下，我们都可以在不到一个小时的时间内将这种冒险的交通方式改成乘坐火车安全出行，然后坐着火车一路向南，朝着文明进发，寻求我丈夫的哥哥的帮助，而他那时应该已经重新控制了局面。

我们接近了瑟索，盘旋在镇子和苏格兰边境之间的海岸线上。机舱外的风力很猛，但远远不如我们来时那样强劲。贾维茨不时地半站在驾驶舱内，观察机头前方的地面，做出一些微调。

突然，一个念头在我脑海中一闪而过：如果把照顾孩子的任务丢给贾维茨是不是太不负责了？——只让他看一天就行——我要返回岛上去看看布拉泽斯怎样了。很明显，这位机长在这儿有朋友，而且他似乎比我更懂得如何跟孩子交流。是的，我曾答应过艾斯特蕾的父亲，我会好好照顾她，可毋庸置疑的是，彻底消除布拉泽斯的威胁才能让孩子得到更全面的保护。或者，这只是我想做的事，而不是我该做的事？

飞机沿着海岸线向南飞行，同时开始下降。贾维茨在到达小镇之前减慢了速度。我们距离地面大概只有一百英尺了，即使我坐在座位上也能看到地面上的港口正在离我越来越近。突然，我听到一连串不祥的声响，穿透了此前不绝于耳的噪音：啪的一声，一声喘息，紧接着是瞬间爆发的刺耳哨音。

贾维茨之前半站在那里，现在狠狠地跌坐到了座位上，猛地扭动了控制装置，将飞机拉向一侧，使强劲的发动机发出了令人毛骨悚然的轰鸣声。

艾斯特蕾的头猛地撞在了窗户上，她大声尖叫起来。我一把抓住她，将她拽进我的怀里。我的耳边回响着她惊恐万分的哭声，混杂着发动机的轰鸣声和令人头疼的哨音。几秒钟后，机身单侧的下坠发生了改变，令人迷惑而恐惧。我模糊地意识到有些东西像雨点一般落在我胳膊上、肩膀上——

我终于明白过来这些动静意味着什么——飞机在螺旋式地拉升。玻璃，我想，是从一扇开裂的窗户上掉下来的。我将皮大衣盖在瑟瑟发抖的孩子身上，大喊着安慰她的话，但我自己都听不见我在说什么。

转瞬之间，世界消失了。我们被困在一个灰色的虚无中。随着最后一次快速的螺旋式拉升，机翼朝另一侧倾斜过去，然后我们渐渐回到了水平位置。

我能感觉到艾斯特蕾的抽泣，尽管我几乎听不见她的声音，因为窗户被打破了，风声掩盖了一切。我一边轻轻地摇着怀里裹着皮大衣的孩子，一边快速地打量了一下这个小小的客舱，想知道其他的玻璃都去了哪里。

但是吸引我目光的不是碎玻璃，而是那个穿透了客舱前壁的非常整齐的洞口。

贾维茨花了点时间让飞机保持平衡，然后从座位上慢慢地转过头来，看我们是否安然无恙。当他环顾四周时，他也发现了这个洞：从他的角度来看，应该有两个——其中一个在我们之间的隔墙上，另一个则洞穿了他座位的底部。如果他当时坐着的话，会正好穿透他的身体。我们透过玻璃互相看了一眼，我看到他的眼睛先落在那扇被击碎的窗户上，然后又落在我怀里的孩子身上。我看到他的嘴巴在动，尽管无法听见他在喊些什么，但我能读懂他的意思。

我撩起皮大衣，凑近孩子的头："艾斯特蕾，你还好吗？艾斯特蕾，孩子，我知道你吓坏了，但我需要知道你有没有哪里伤到了。"

她的头贴着我，一前一后地摇晃着作为回答。我将她背后的皮大衣弄平整了一些，朝着贾维茨做出口型："我们还好，发生了什么事？"

作为回答，他举起他的右手，做出了一把手枪的样子。

是的，我想，虽然我觉得应该是一挺来复枪，而不是一把左轮手枪。在我做出回应之前，他转回身去，操纵着飞机在云层下飞行。

我观察着他的背影，观察着他在操作仪表以及在控制双膝之间的操纵杆时头部和肩部的动作。弥漫在我们周围令人压抑的灰色氛围渐渐消散、后退，最终变成了窗外的云幕。

贾维茨伸长了脖子望着地面，调整了一下操纵杆，然后向前俯下身去，过了一会儿，将一个便笺本贴在我们之间的玻璃上。上面写着：

如果不去瑟索，去哪里？

我能做的就是耸耸肩，告诉他："南面。"

他透过玻璃看了看我怀里蜷缩的一团，继续写道：

要不要着陆修理窗户？

我坚决地摇头，如果他能在一架毫无保护的飞机前部幸存下来，那我们两个依靠围在身上的皮大衣也能撑到安全到达。

无论终点是哪里。

# 十

我们在空中飞行，机舱外飘着凄迷的小雨，雨滴偶尔会打在玻璃上然后顺着玻璃流下来。我曾经希望暖和的皮大衣和平稳的飞行能让孩子恢复过来，但她一直趴在我怀里，缩成了一个球，紧张得不停地颤抖着。

我还能回忆起我三岁的时候吗？不太能了，但我的童年一直都很安逸，直到十四岁时，我父亲过世。我臂弯里这个柔软的小东西太小了，她不会记得这些事的，也不会明白危险已经过去，爱回来了。在过去的这个月里——对她来说，是无法磨灭的——她的母亲消失了（死了，尽管我不会是那个告诉她这件事的人），把她留在了一个陌生的男人身边（而这个男人，事实上就是杀害她母亲的人）。后来她的爸爸出现了，和这个男人一路秘密车船辗转来到了一座冰冷、空旷、臭气熏天的房子里，她在那儿醒了过来，发现自己已经落在另一个陌生女人的手里。这个女人背着她在深夜逃亡，又将她放进一个噪音巨大的机器里，仅仅带给她十分钟的乐趣之后就演变成了一场噩梦。

我的手轻拍着她的后背，感受她那弱小的脊椎和肩胛骨的形状。事情到底多么失控，才会让一个人甘于接受陌生人的安抚？

我的手继续轻轻拍打着她，过了一会儿，我低下头对着从大衣露出来的一绺黑发和一只粉色耳朵说：“我给你讲个故事好吗，艾斯特蕾？”

没有任何反应，但是我继续轻轻拍着她，继续往下说：

“很久以前，有一位来自美国的女士。她是个歌唱家，美丽的歌唱家，她——抱歉，你说什么？”

她稍稍转了一下头，之前含糊不清的话语变得十分清晰：“我的祖母就是一位歌唱家。”

“我知道，我说的就是她的故事。”

我编造了一个关于她祖母的故事，有点像基于我对她仅有的一些了解做出的注释，更多的灵感来自达米安关于童年和故乡的画作，而不是事实。这是一个关于歌剧，关于她祖母的智慧，关于法国乡村的故事。这个故事不仅分散了孩子的注意力，也分散了我的注意力。渐渐地，一夜无眠的困乏和恐惧的消退起了作用，怀里的孩子身体渐渐变硬。最后，她战栗了一下，瘫软在我怀里。

我讲完了故事，将这个温暖而幼小的身躯紧紧地抱在我的怀里。几个小时以来，我第一次什么也没做，只是静静地坐着，脑子里一团乱麻。突然，一个想法闪过我的脑海，瞬间击溃了我。

一个狙击手？在瑟索？布拉泽斯可能已经活着离开石圈，但是他的身体情况应该不允许他将一挺步枪扛上肩头——虽然他之前在奥克尼有帮手，但战争结束后，会用来复枪的人非常少。要击中一架低空飞行的飞机有多困难？会和击中一头鹿一样困难。难道是在无人区的另一侧埋伏了一名士兵？

我认为不可能是枪支意外走火，我甚至没有考虑这种可能性——如果是打鸟打偏了还有可能，但我们遭遇的是单次射击——是有人想击落我们。

不会是警察。即使他们目前还不知道孩子也在飞机上，我的罪名也不至于遭到致命袭击。

应该是布拉泽斯或者他的一个同伙——他想夺回孩子：我在酒店发现了一本他和孩子的伪造护照。他是否决定如果他得不到孩子，其他人也别想得到？他是否在不知道孩子和我在一起的情况下下了命令？如果不是布拉泽斯和他在当地的同伙，那么又会是谁？

我的大脑不停在思考，考虑所有的可能性，思考这件事意味着什么，推测接下来会发生什么。我之所以会遗漏这显而易见的信息，是因为过于全神贯注，是因为让人注意力分散的恐惧，以及沉重的责任。当然，即使事先知道这一切，我也无能为力。我们乘坐的飞机在客舱没有配备双重控制系统。还有，令人惭愧的是，我花了很长时间才看到弹孔的位置，推算出贾维茨座椅后背和头顶窗户之间的弹道轨迹，然后将子弹的飞行轨迹跟我的机长当时所在的实际位置进行了对比。

当我进行对比时，我的全身涌起一股寒意，但这与机舱内的冷空气毫无关系。我从大衣里腾出一只手，往前伸去敲打玻璃。贾维茨慢慢地转过头来：他犹疑迟缓的动作已经告诉了我一切。

“有多严重？”我做出口型问道。

他假装听不懂我在说什么。我做出痛苦的表情，同时开始在玻璃的背面比画我的问题。

你的腿有多严重？

我看出他对于是否隐瞒这件事犹豫不决，但迎着我坚定的目光，他改变了心意。他写在本上并举起来给我看。

流血中，但还能用。我用了止血带。

作为回复，我继续写道：

尽快找地方降落。

他坚决地摇了摇头，我知道没有商量的余地，所以改了一下：

一个小时后？甩掉后面的人。

他往回转身，我打了个手势，又补了一句：

每隔十分钟松开止血带一次，否则你会失去你那条腿。

他点了点头，转了过去，用后脑勺对着我。我们整个早晨都飞在空中，飞机上有一个深陷险境的女人，一个沉睡不醒的孩子，而开飞机的机长，是一个即将失血而死的人。

# 十一

“他一直在流血，这样下去会没命的。”夏洛克·福尔摩斯耐着性子说道。之前跟很多性格固执的女性打过交道确实有好处。为什么这位就不能像华生那样，至少把治病救人而不是争论放在首位？尽管华生从未受过这样的胁迫，人还没上船，船就已经起锚了。一想到这一点，他就觉得应该心怀感恩，感谢海宁医生没有拿手术刀对准他。

“如果我的手术刀猛地晃动一下，只会加速失血过程，船不停稳，我没法下刀。”

福尔摩斯的手在头发里来回地搓动，低头凝视着已经处于半昏迷状态的儿子。他一言不发，转身爬上舷梯去找戈登。

“我们需要让船保持更长时间的平稳。”

“多长时间？”

“半小时，或者再长一点。”

“我告诉过你我们应该待在港口里。”

“我不能冒这个险。”

“那么，如果你想找一个理想而平静的港湾停船的话，你不该来苏格兰这侧的海岸线。”

“不去港湾，你能让船保持平稳吗？”

“那我只能让船顺风航行。”

“那就这么做吧。”

“你知道我开得越远，返回的难度越大。”

“顾不了那么多了。”

“事成之后你得给我买半条船才行。”戈登嘟囔着。

“如果你能带我们安全地离开这儿，我会给你买一整条船。”

“你可要说话算话。”

福尔摩斯帮助戈登调整了航线，然后逗留在甲板上看船进入新的航道。他望着远处的苏格兰海岸线在视野中飞速地后退。如果罗素——

不会的。他对于发生在陆地上的事和超出他控制范围的问题毫无办法。布拉泽斯已经死了，罗素不会有危险，剩下的都是精神上的痛苦和折磨。

渔船掉转了方向之后，用缓慢起伏代替了之前的颠簸。他走下船舱，朝着自己的人质扬起一边的眉毛，问道：“这样子可以了吗？”

“如果我说不呢？”

“那你只能站在旁边看着我用你的手术刀尽力一试了。”

她低下头停顿了片刻，用来判断船体的颠簸程度，接着突然问道：“你是怎么知道我名字的？”

“诊疗室的桌子后面放着你的毕业证。”

“你的视力不错，竟然站在桌子对面也能看清上面的字。”

“我很少有遗漏。”福尔摩斯表示赞同。

“这是你的儿子，你不希望跟警察扯上关系，而你又发誓说你没有做错事。”

“正确，这三条全对。”

自始至终，她的注意力都在渔船颠簸的频率上，现在她深深地点了一下头，表示勉强同意。“如果不会更颠簸的话，我可以试试。烧一壶开水，还有，我需要清洁的毛巾、一盏光线良好的灯和一个碗，一个干净的碗。”

“好的，女士。”福尔摩斯回答道，接着将水壶移到炉子上，往已经发红的炉膛里又添了些煤。

医生的手很小，但当福尔摩斯看着这双小手灵巧地拆开已经干燥打结的绷带时，他发现了这双手的优点，又稳又准。她用指尖在病人身上慢慢地摸索着，当发现达米安呼吸急促时就抬起手指，然后继续移动指尖以察看伤势。她停下来的时候，福尔摩斯说：

“这两根肋骨就是在子弹取出之前我不想移动他的原因。”

“肺部刺穿可不是什么好事，”她表示同意，“但是，我觉得肋骨只是开裂了，并没有完全骨折。帮我把他翻过来，这样我就能从背后进行手术——我会尽量不让肋骨扭得更厉害。”

子弹是从石头上反弹后射入身体的，如果击中的位置再往上几英寸，就会击中心脏或者肺部。那么躺在石圈那儿的死尸，就是达米安而不是布拉泽斯了。如果子弹的初始力道再大一点，就会在击穿肋骨后进入心脏或者肺部，那么他们的手里就多了一个三岁半的孤儿。但是现在情况相反，子弹在骨头和皮肤之间穿行时，被肩胛骨上强壮的肌肉群给拦截了。

海宁医生的手指灵巧地在湿冷的皮肤上探索着。“我的手冰冷，”她抱怨说，“请关上舱门，好吗？”

“你的病人患有幽闭恐惧症。”福尔摩斯告诉她。

她低头看向那张离她膝盖几英寸的脸，又抬起头看舷梯之上的舱口，自从离开奥克尼岛，甲板上的舱口就一直敞开着。“我的医药箱里没有麻醉剂。”

“可以不用那个。”达米安回答道，声音沙哑但很坚决。

“很好，那我们用吗啡。”

“不！”两个男人同时喊出来。当她的目光从达米安转向福尔摩斯时，她的眼睛睁得很大。

“毒品不是一个好主意。”福尔摩斯轻描淡写地解释道。

“我明白了，所以，没有镇静剂，我的手冰冷。还有其他需要我知道的问题吗？血友病？狂犬病？”

“只有子弹。”福尔摩斯向她保证。她摇了下头，继续检查伤势。

最后，医生终于对于手指提供给她的信息感到满意。她将枕头和床单围在病人周围，移动病人的手脚时，她十分镇定，就像是在移动茶盘里的杯子。福尔摩斯去看了一下水壶。

“你学过如何处理战争导致的枪伤吗？”福尔摩斯扭过头问道，他知道她曾经处理过枪伤，但不知道是在哪里。

“这伤口是左轮手枪造成的，而不是步枪或者刺刀。”

这个反应可能回答了他的问题。“我觉得他可能有感染的风险，他的伤口里有衣服的碎片。”

“这将是我第一次独立处理的枪伤病例，”医生说道，“但是战争期间我在志愿救护队工作过。我见过气性坏疽，是的。”

“你当时应该是十五岁。”

“十九岁。”

水烧开后，福尔摩斯将碗和工具清洗干净，然后端到临时手术室。海宁医生洗净手，放入碗中让手暖和起来。福尔摩斯爬上床铺，用双腿抵住儿子躯干的两侧。当他点头示意一切就绪后，医生在一块干净的布上擦干了那双灵巧的手，接着拿起手术刀，悬在达米安皮肤上的突起处。渔船倾斜了一下，晃动着，躲过了一次海浪的翻涌。在平稳来临的那一刻，那双手迅速向下精准地切开了伤口。在达米安强忍着还未发出惨叫时，切开伤口的步骤已经结束。片刻之后，她取出了子弹，福尔摩斯紧紧地按着年轻人拱起的身子，让他保持静止。那双手迅速地止血，接着动作精准地找到了一团凝结的血块，是子弹穿透身体时带进去的一块布料。对着那血迹斑斑的碎片，他们彼此看了一眼，脸上露出了笑容。

伤口需要缝十针，还需要在正面再缝四针来缝合子弹入口。接着医生用一条纱布紧紧地缠绕着达米安的肋骨进行了包扎。当达米安再次被轻轻放平的时候，他小心翼翼地吸了口气，嘴角抽动了一下，显得轻松了许多。他看着医生的眼睛说：“谢谢你。”

“荣幸之至。”医生回答道。

# 十二

意识到机长目前的处境，我把怀里的孩子搂得更紧了。我知道我在祈祷。

飞行了大概十五分钟时，我感觉到自己的嘴唇在翕动，我在喃喃自语地说着希伯来语。Yehi ratzon mil’fanecha，旅行者的祷告开始了。以你之愿，带领我们走向和平，引领我们踏上和平之路，让我们最终抵达和平之地。我在不停地重复沙洛姆这个词，它有和平和健康的双重含义，据说可以舒缓神经。我自然也要用它让内心平静下来。

可是邪恶的布拉泽斯到底是如何跟踪到我们的？这人只是一个宗教骗子，而不是一个能让一群武装分子对他俯首帖耳的罪犯头目。是的，他手下有马库斯·冈德森，但是我曾经亲自用刀抵着冈德森质问过他，没有迹象表明他是暴徒的一分子。

布拉泽斯所宣传的巫术在精神层面上等同于吃掉敌人的心脏。他偏执地相信只要在精心挑选的时间和地点泼洒鲜血——月食之际，夏至时刻，流星雨发生之时，以及发生日食的今天——就能让他吸收受害者释放的精神能量。不过，他似乎只将这种方法用在自己身上。在他追求成为神的过程中，我还没发现任何证据能表明他利用了核心团队的任何一个人，除了冈德森。

脑子里想着布拉泽斯的事，口中念着希伯来语的祷告词，这让我想到神的本质。希伯来的《圣经》并没有说神是不存在的，只是说我们不要去膜拜神。对于一个基督教徒来说，怀疑神的存在本身就是一个令人不齿的秘密，也是信仰的失败。但是犹太教的教士们长期以来却一直都欢迎这种怀疑，并将其视为热烈辩论的契机。对于犹太教教士来说，神的存在就和空气的存在一样毋庸置疑。怀疑只是我们跟神交流的方式。

一些小众的神可能会被认为是某种特质的高度浓缩：洛基是冲动之神，湿婆神是毁灭之神，威兰德是工匠之神。这些本地的神明就是布拉泽斯来到英国的原因，因为英国是一个遍布着挪威和罗马神明的国家。福尔摩斯兄弟和神有点类似：慷慨，对于弱小的人类总是心怀善意，但性情反复无常，有时候人类会被他们的无所不知所威慑。我迷迷糊糊地想，如果布拉泽斯成功地转世为神，他会代表着什么呢？或者说，什么样的神会带有飞行器的属性？哪一位神又会代表步枪？

机舱内噪音震耳欲聋，空间狭小又寒冷无比，我坐在里面，手里抱着一个无计可施的孩子，前面是一位濒死的机长。尽管面临如此的境遇，令人不可思议的是，我竟不知不觉地进入了梦乡。

窗外的乌云，犹如阵阵微风中翻腾的叶子。我也不是坐在一架摇摇欲坠、由金属和木头组成的机器里，而是在一个半山腰。这座山坐落在一片古老的土地上，让人感到温暖又安全。浓密的树叶还在，灌木篱墙围绕着一片夏季的麦田。微风吹来，麦浪翻滚。绿色的篱墙翩翩起舞，直到树叶中——或者是云彩里——我开始意识到移动的绿色或者灰色的色块里出现了一个东西：一双眼睛出现了一下然后消失了，和我对视了一下，然后又隐藏起来不见了。绿色，灰色，出现，消失，舒适，危险。

我肯定是发出了声音，因为怀里的孩子动了起来，将遮着她眼睛的沉重大衣推到一边，开始环顾四周。

“你说什么？”她问我。

“我什么也没说，宝贝。”

“不，你说了。”她不依不饶。

“我睡着了，做了个梦，应该跟梦有关吧。”

“好冷。”她抱怨着。

“不会太久了。”我说。从她的眼神可以看出她并不相信我的话。“来，在大衣里抱紧我。”我建议她。

我此刻的感觉就像是个伊丽莎白一世时期的贵妇人坐在一堆熊熊烈火前，前胸如火烤般暖意融融，后背却寒意袭人。

“你做了什么梦？”艾斯特蕾问道。

“就是一个愚蠢的梦而已，从树叶中探出一张脸。”

“我爸爸画过一幅这样的画。”

“是吗？哦，对，我想起来了。”我在一家伦敦的画廊见过——天啊，只是两周之前的事？绿精灵，达米安给画起的名字。以超现实主义的手法描绘了出现在大不列颠群岛上的异教徒的远古精灵，以及这片绿色大地上的人生百态。绿精灵的形象被雕刻在教堂的屋顶和靠背长椅上，画在小酒馆的招牌上，或是走在游行的队伍前面。在繁荣富足的生活中，他最常见的形象是一张从嘴巴和鼻孔中长出树枝的脸，树叶缠满了他的头：是一种神圣的生灵，可以用树叶说话。

出现在五月节庆祝仪式上的绿杰克，还有小精灵以及森林之主，都是绿精灵的化身：它代表的不仅是生命，还有生命的轮回和再生。它的权威性和神秘感出现在特别多的不同人物身上，比如罗宾汉和普克小精灵。达米安的画从刻画绿色开始，在一块画布上画满了树叶，树叶的颜色十分写实，像是对着一面绿色篱墙拍下的彩色照片。只有在检查了那面绿墙之后，再在树荫的阴影里仔细寻找，观赏画的人才会发现画面一角出现的两个亮点并不是树叶上的水滴，而是一双灰色眼睛。和那些雕刻在教堂的石头上被树叶缠绕的脸不同，这幅画根本看不到其他的特征，或者说，他的皮肤也像是树叶做的，而不是血肉——但是给观者以极大的视觉冲击力。当然不是一种威胁感，只是……呃，让人心烦意乱。

我当时的感觉是，下次我走进树林的时候，我的脖子后面会起满鸡皮疙瘩。

现在我调整了一下姿势，让画家的孩子在我的怀里更舒服一些，然后望向贾维茨。他保持着直立姿势，这让我的心稍稍安定了些，还没有迹象表明他马上就要不省人事，然后我们将被旋转着抛向地球。但我还是希望能尽快降落。我给他的时间已经不到半个小时了，这个男人迫切地需要进行救治。

我伸出一只手去敲击隔在我们之间的玻璃。他头歪了一下，所以我能看出他听到了我发出的动静。但他花了一分钟的时间才转过来。

当他转过来的时候，我伸出手，手掌放平，慢慢地往下放，告诉他我想让飞机降落。他举起一根手指，告诉我稍等，然后俯身在他的小本上写了一会儿。他举起他写的内容：

> 我很好。流血止住了。没有理由不去因弗内斯或者威廉堡。

因弗内斯距离瑟索八十五公里，以目前的风速，我们不到一个小时就能到达。而威廉堡几乎要远两倍。我坚决地摇了摇头，做出口型：“因弗内斯，不去威廉堡。”

他耸耸肩，我将这个反应视为同意，但我隐隐感觉到是他脸上的伤疤让他看起来不那么固执己见。他开始往回转身，我狠狠地敲打着玻璃，对着他的眼睛拼出下面的内容：

继续放松止血带。

不再流血了：好的，我想。那你现在为何要偷偷摸摸地弯下身子去解大腿上的带子？

对于这架飞机，我对它的第一个了解是，它配备了二百三十马力的引擎，能在一箱汽油的支撑下飞行五百英里。截至目前，我们的哪次飞行距离都没能接近这个数字，但眼下看来，医疗救助才是更为棘手的问题。理论上讲，五百英里可以让我们足够接近伦敦，甚至闻到伦敦的雾霾——即使贾维茨的双手无法控制飞机，我们也能轻易地降落在爱尔兰、法国或者北海的中部地区。

可是要如何强迫一个男人听从你的意见？尤其是在无法联系到他的时候——如果他选择不转过来，我甚至连跟他商量一下也无法办到。这种感觉真是令人抓狂。他这种大男子主义的刚愎自用正在将孩子置于危险之中。

我可能需要打碎将我们隔开的玻璃，即使这意味着我和艾斯特蕾将完全暴露于空气之中。我的左轮手枪的末端可以作为锤子用，但是就在我想这么做的时候，贾维茨再次转了过来，举着更长一点的内容：

我知道你担心这个小姑娘，但是坦白说，如果感到一丁点的头晕眼花，我就会毫不犹豫地选择降落。我之前受过伤，我知道要昏过去是什么感觉，有你们两个在，我不会冒险的。

但是我没法不想那个在瑟索拿着步枪的人，我在想苏格兰还埋伏着多少这样的人。我们往南边走得越远，就有更大的可能甩掉他们。不管他们是谁。

如果你一定坚持，而且认为他们不会在那儿等着我们自投罗网，我会在因弗内斯降落。

除非他们有一支军队，否则在威廉堡或者格拉斯哥就不会出现拿着枪的人。

你决定吧。

你走得越远，想要抓住布拉泽斯就会越困难。有一个声音在我心中响起。但我看了下我怀里的负担，赶走了这念头。

贾维茨和我透过模糊的玻璃认真地注视着对方，我试图从他脸上看出他的伤势比他承认的更严重的线索，而他在等待我的决定。艾斯特蕾动了一下，他的目光落在了她的身上，然后又回到了我这儿。他的表情没有任何变化，没有犹豫不决，也没有咄咄逼人。

我做出口型“威廉堡。”

他转身回去继续操纵飞机，于是发动机的噪音强度又提高了一个等级。

# 十三

莱斯特雷德总督察收到了来自苏格兰的最新报告，跟其他报告并无二致：没有发现他们的踪迹。

莱斯特雷德并不是一个有自我怀疑倾向的人，至少从来不这样对待他的工作。但在发布了逮捕夏洛克·福尔摩斯和他妻子的通缉令后，他开始怀疑自己是不是有点操之过急。诚然，他们拒绝出现并接受调查，让他别无选择，但即使这样，他也开始有点不相信这个男人和苏塞克斯发现的画家之妻的死亡有关。

但他现在已经被莫名其妙地牵涉其中。艾德勒这个姓氏应该不是巧合，那个画家肯定和艾琳·艾德勒有关。

而且，即使达米安·艾德勒和那个女人有血缘关系，福尔摩斯为什么非要掺和进来？一个业余的调查者对于社会来说是一种危险，而且这个男人对于警察的态度一向迂腐过时、妄自尊大，并且不加掩饰地挑衅。根本无须太多的努力就能让莱斯特雷德认同这样的看法：是时候让福尔摩斯知道，20世纪的苏格兰场不会继续忍受他的干预和蒙骗了。

无论此人处理了多少警察无法处理的犯罪案件。

无论莱斯特雷德的父亲对于此人是如何尊重。

无论政客和皇室成员们对于此人是如何推崇和敬畏。

是时候将这个老家伙投入监狱了，和他那傲慢自负的妻子一起。只要他能找到他们。只可惜，现在连这个人的哥哥也一起消失了。

他两天前曾将迈克罗夫特·福尔摩斯带到警局进行质询，不过——奇怪的是——他提出的任何一个问题，都没有得到令人满意的回答。可是，在迈克罗夫特离开警察局半小时后，他收到了一封信，是迈克罗夫特离开警局时留在前台的，这让他更加火冒三丈。因为在莱斯特雷德的办公室徒耗了两个小时后，迈克罗夫特竟然提议当天下午晚些时候再次会面。

莱斯特雷德将信扔进了垃圾桶，开始处理日常工作。但是下午五点的时候，他发现自己并没有回家，而是朝着提议会面的方向走去。

可是此人并没有赴约。莱斯特雷德站在拥挤的大厅里，感觉自己就像个傻瓜。他气急败坏地回到了家中。

第二天他的愤怒平息了一些，因为一大早他接到此人管家的电话，说她当天早晨来到福尔摩斯家时，发现雇主失踪了，想问下苏格兰场对于这事打算如何处理。

事实上，当他致电迈克罗夫特在伦敦白厅的办公室时，他的心情就开始忐忑不安起来。而当秘书回复说他的领导那天早上并没有去上班时，是的，他发觉这件事变得异乎寻常了。莱斯特雷德给迈克罗夫特在蓓尔美尔街的公寓门房打电话，被告知福尔摩斯先生自从周四早晨离开后，并未返回。

目前，莱斯特雷德能做的事并不多。迈克罗夫特·福尔摩斯是个成年人，虽然周四下午走出苏格兰场之后就没人见过他，但现在就认为这是谋杀，还为时过早。此人和他的弟弟夏洛克，还有玛丽·罗素、达米安·艾德勒，以及艾德勒的小女儿，同时消失得无影无踪，和他们一起消失的，还有布拉泽斯主教和他的随从，冈德森。

没有他们任何人的消息。

# 十四

自瑟索向南飞行了一个小时之后，窗外的云层渐渐稀薄，太阳出来了。我开始放松下来。但是太阳所在的方位却显示我们并没有朝威廉堡飞。相反，贾维茨要么是朝着他之前提过的格拉斯哥的方向，要么是格拉斯哥以西的爱丁堡方向。这两个城市都距离我们出发的海岛大约两百英里，以巡航的速度来飞，需要两个半小时。我们现在的飞行速度只比巡航速度稍慢一些。

艾斯特蕾再次睡着了。清晨微弱的阳光让机舱内的寒意退去了不少。或者是我的体温在渐渐降低。如果是这样的话，我将无法站起身来反对改变航线。

飞了两个小时之后，飞机强劲的引擎并没有减速的迹象，我估计我们的高度没有发生任何变化。贾维茨依旧保持直立的姿势，研究面前的仪表盘时，他不时地转动着头部。所以我盘坐在皮大衣下，打算像我的孙女一样也进入梦乡。

但飞机帮我们做了决定。我被周围突如其来的噪音惊醒，第一反应是我们已经远远地飞过了格拉斯哥，接着我意识到吵醒我的噪音来自机身下面某些剧烈的变化。贾维茨的第一反应是减速，推动襟翼以降低飞行高度。

刹那间，我明白了问题所在：飞机舱体上的洞口开裂，导致飞机的金属外壳正面临分崩离析的风险。

现在着陆，或者坠毁。

这是在我们飞行的数小时内第一次降至云层以下，尽管花了一点时间才看清楚眼前的景象，但我确定了我们所在的位置：在我无意中睡着的时候，我们已经飞出了苏格兰，现在我们应该是在湖区[1]的上空——对于面前这独特的瀑布，以及远处那一大片水域来说，这是唯一的解释。但是在飞机侧身俯冲时，我看到我们下方并不是理想的开阔山坡，甚至不是水面，而是树林。

满眼的绿色向四周延展开去，连绵不绝。这些高耸入云的树木会将我们撕成碎片。

哦，天啊！

贾维茨无疑也想到了这点。我看到他的下巴在动，他在咒骂这让我们被迫降落的时机。接着他站了起来，我才第一次了解到他的伤势：身体左侧从腰至膝盖的衣服上已经血迹斑斑，大腿根处用来当止血带的白色丝巾遍布着深浅不一的血迹，从深棕色到鲜红色。

我们脚下有一块裂开的金属片在不断增大，当贾维茨努力想抵消它从机身上脱落带来的不利影响时，襟翼的噪音也逐渐变大。

感觉像是有一只巨大的手控制了我们，并且拖曳着飞机，对包围着我们的机舱开始进行旋转和扭动：只要片刻工夫，这架飞机就将被撕成碎片。

贾维茨转过来大声地喊，声音足够让我听见："打起精神来！"

我无法振作，我犹如待在一间微缩玻璃房子里，房子的四周空空荡荡，无边无际。我用胳膊和身体护住艾斯特蕾，用坚定和亲切的语气——我希望是——告诉她我们即将

---

1 Lake District，在英国的西北角，靠近苏格兰边界，方圆2392平方公里，内有大小不一的十六个湖。——译注

着陆，但是会遭遇强烈的颠簸，所以她要蜷起身子，不要害怕——但是我的话还没说完，这只巨大的手猛地晃动了一下，我感到全身骨头都在噼啪作响。贾维茨关了燃料系统。有一个瞬间，四周寂静无声，我甚至能听到自己在吟诵希伯来语。接着，世界瞬间爆炸开来，金属碎片四处飞溅，树木连续断裂，中间还夹杂着三个人的高声尖叫。噪音、疼痛和混乱交错在一起，令人难以置信。我们翻滚着、哭喊着坠向了无边的黑暗。

# 十五

一只海鸥的叫声吵醒了达米安。他的眼睛微微睁开了一下，但马上又因为身体的疼痛而闭上了。当他能动的时候，他首先望向整晚都坐在凳子上的父亲，接着将目光转向对面被褥里的一个凸起，那是被绑架来的医生。

达米安舔了舔干裂的嘴唇，福尔摩斯立刻端了一杯水过来。当父亲朝着枕头低下头时，这个年轻人发出低语："我们这是在哪儿？"

"去荷兰的半路上，很有可能。"

"荷兰？为什么？"

"显然是风和海浪带我们来的。"

"但是我们不能去荷兰，这个可怜的女人怎么办？"

"事实上，她投了决定性的一票。给你做完手术后，她不想她的努力最后变成白费力气，因为船的剧烈颠簸会让你的伤口重新裂开。"医生的原话是，既然威克的人不愿意给我提供工作机会，那我情愿和一个需要我的病人待在一块儿。这悲伤而又无奈的话让福尔摩斯深感安慰，因为这对于病床上的小伙子是一件大好事，而且福尔摩斯同意医生的观点。海宁医生坚毅的个性实在令人惊讶。他在想，如果罗素见到她，不知道会有什么样的看法。

达米安再次闭上了眼睛，这次不是因为疼痛，而是一种绝望。

“先是一条船，接着是一个医生，我应该待在奥克尼让警察逮捕我。”

医生身上的被褥不易察觉地动了一下，达米安的最后一句话显然落入了她的耳朵。

“如果我们一起被关进监狱，”福尔摩斯用坚决的口吻说道，“就没有人能证明你的清白。一旦我找到证据，我们就把自己和证据一起交给警察。而在那之前，一旦被抓，就会永无出狱之日。我认为我现在必须争取到海宁医生的信任。”

海宁医生掀开身上的被褥坐起来，脸上没有一丝愤怒，她惊愕地看着两个人。“在搞清事情的来龙去脉之前，我想来一杯茶，”她对福尔摩斯说，接着又对达米安说道，“你现在感觉怎么样？”

福尔摩斯走向炉子，而剩下的两人则密切关注着纱布下的进展和感受。医生确认，伤口正在愈合，也没有发生感染。

他把茶递给两人后，拿出散发着恶臭的油布雨衣和一件外套穿在身上，在第三杯茶里放了几勺糖搅动了一下，准备爬上舷梯。

年轻的渔民一脸倦容，当他摘掉手套，双手捧着茶杯的时候，手指显得非常笨拙。福尔摩斯将一只手搭在方向盘上，看着身旁喝茶的渔民，说道：“我非常钦佩你的责任心，但是你已经在甲板上待了二十四个小时了，如果你能睡一会儿的话，会为我们提供更好的服务。我完全有信心在两到三个小时内让船保持直线前进。”

戈登一言不发，一边品尝着滚烫、香甜的茶水，一边观察着福尔摩斯的双手、船帆，还有大海。当茶杯见底的时候，他说：“如果有任何变化——任何的变化——你会叫醒我吧？”

“我觉得，如果有任何细微的变化，都不用我叫你就会醒，是的，我会叫醒你的。就算有一只海鸟停在甲板上，我也会叫醒你的。”

戈登沉默着朝舱口走去，当他的脚接触到舷梯的时候，他就已经快睡着了。当他的头消失在舷梯上时，福尔摩斯感觉自己三十六个小时以来第一次长出了一口气。

事实上，此时此刻的他需要一点无关要紧的东西来打乱自己的思绪：他全神贯注地望着在北部海域出现的船只的形状和航向，重新开始思考布拉泽斯的案子。他甚至点着了烟斗来帮助理清头绪。

将达米安神不知鬼不觉地转移到安全的地方才是现在的头等大事——虽然调查案件的紧迫性已经随着主要角色的死亡而降低，但他仍然希望罗素能够在毁于大火的酒店逗留一下，这里曾长期是布拉泽斯的秘密基地，应该能找到一些和他的秘密有关的线索。

但她只能在夜晚现身。因为警察肯定已经到了，而且罗素会把孩子的安全和自由放在首位，而不是收集证据。她应该会竭尽全力在烛光里展开搜寻，然后再悄无声息地离开——首先应该拿走或者毁灭那些可能指向达米安的证据。

不过，在结案之前半途而废，这会让能干的罗素有一种挫败感。事实是，他们并没有证据表明布拉泽斯的党羽参与了这个案子，也没有证据表明这些人会冥顽不灵地继续实施他们主人的罪行。但在他脑海的深处，有一个地方奇痒无比，让他感觉到拼图上有某个图案和其他的格格不入。尽管此刻他的心情前所未有地放松，但他依然无法确定这无法严丝合缝的地方到底是出了什么问题。

福尔摩斯让大脑机器继续对信息进行归纳并推演出各种假设，也许，这种格格不入的感觉不是因为错过了什么信息，而恰好是因为案件中心的这个人。关于布拉泽斯的一切——想法、野心、冲动、理智——都是失衡的，为什么这些不会影响到案件本身呢？还有，毫无疑问的是，最近几天这些事发生的速度之快，让他无法迅速地了解到所有的信息。仅凭这一点就能使案子变得扑朔迷离。

无法联系到罗素让福尔摩斯非常懊恼，他甚至不知道还有多久才能联系上她。迈克罗夫特也面临同样的问题。

这个问题让他的心情变得更糟糕：迈克罗夫特。如果布拉泽斯案子里的疑点能让他精神上奇痒难耐，那么他对于迈克罗夫特目前处境的了解就会让他患上荨麻疹。迈克罗夫特·福尔摩斯，被带进苏格兰场审问？如果是这样，莱斯特雷德也许可以轻易地提审国王了。

当他第二次把烟斗里的烟灰敲出倒向大海的时候，一头蓬松的红发出现在开放的舱口处。医生脸上古怪的表情说明她刚跟达米安交谈完，而他的儿子几乎向她和盘托出了所有的事。

“夏洛克·福尔摩斯？”上扬的声调并非怀疑，而是一种求证病人是否神志清醒的语气。

“女士。”福尔摩斯答应着，同时向医生举帽致敬，接着继续研究东方的地平线。

“我是否应该相信他的话？”

“一位女医生或许更能相信很多不可能的事。”

“这件事完全没有可比性。”

福尔摩斯叹了口气：“你希望我能证明我自己。我可以给你看我的身份证，但文件是可以伪造的。我可以向你列举我职业生涯的细节，但你可能会表示反对，认为我只不过在《海滨》杂志上读了柯南·道尔虚构的小说而已，我是否需要举一个例子来展示一下我独有的常识判断力？需要我告诉你，我能从你的声音判断出你在柯卡尔迪出生，在诺丁汉读书吗？你父亲是一位医生，他要么已经不在人世，要么已经无法行医，所以你才能在成为一名合格的医生后使用他的医药箱。你在威克做那台有点过时的手术时带在身边的书和器械，让我确信你的医术不仅涉及范围广而且是最先进的。我还知道你有护理经验，因为你手指上留有独特的伤疤，这伤疤是一个持续接近被感染的伤者的人身上才会出现的。你脚上的鞋子跟你的发型年代差不多，这告诉我你待在威克不到四周。你左手上曾戴着一枚戒指，而且戴了很多年，你摘下戒指的时间大概是你开始学医的时候。还有——"

"好了，够了！"她研究了一下自己的左手，跟自己的右手比较了一下，然后把两只手猛地插进自己的口袋，"有人经常质疑你的身份吗？"

"常被喜欢用假名字的人质疑。"

"还有……你的儿子，他却姓艾德勒。"

"他的母亲认为这样最好。"

医生扯了一下身上的外套，将自己裹得更紧一点。接着若有所思地望着甲板："我的父亲1919年因传染病而过世。那是一枚订婚戒指——我的未婚夫在离世时留给我的唯一的东西。我一直戴到1922年才摘下来。"

福尔摩斯沉默着。

"艾德勒先生的太太非常美丽。从他画的画像来看，确实很美。"

"我也这么认为。"福尔摩斯表示同意，尽管当他在太平间里见到她时，她并不是特别可爱。这个女人是一个无畏的小白痴，她迷恋上了一个疯子，这才使他们全部陷入今天的困境之中——但这么说既不够宽容，对她也不公平。

"他告诉我，他妻子是被谋杀的。"

"在两周之前。达米安昨天才得知这个消息。她叫尤兰达，一个来自上海的中国女人。我在她活着时从未见过她，但是她的第一任丈夫，在遇到达米安之前他们已经分手，后来被证明是一个疯子，他相信在关键地点和特定时间用活人献祭，能将受害者的精神能量转移到他身上。他杀害了尤兰达和至少其他三个无辜的人。你取出来的子弹就是他射出的。”

“精神能量？”福尔摩斯感觉到她死死地盯着他的侧脸，像是要看穿他，“你在开玩笑吧？”

“我情愿自己是在开玩笑。”

“他计划把自己变成……”

“有点像诺斯底教[1]的超人，我猜。”

要么是她理解尼采关于超人[2]的解释，要么是她心烦意乱没有听见。“警察觉得这太难相信了？”

他瞥了她一眼，海宁医生觉得这件事一点都不荒唐，让他非常惊讶。他认识的大多数人都只会认为这种疯狂的理论不可理喻：而海宁医生透过现象看到了本质。真是一个令人钦佩的女人。

“他们也许最终会得出结论，但是，在他们抓到达米安之前，我不能将达米安交给他们。如我所说，他无法待在一个封闭的环境里。”

“那你打算怎么做？”

“如果海风不是这么一意孤行，在沿着英格兰海岸航行时，我就已经给达米安找到了一个‘安全港’，然后我自己赶

1　Gnosticism，罗马帝国时期流传的秘密宗教——该教的基本教义是相信有两个神，一个叫至高神，据说他是人类灵魂的来源；另一个比至高神低，叫“巨匠造物主”，据说世上的物质和人的身体，都是从他而来。诺斯底教认为人的身体束缚着人的灵魂，只有毁灭人的身体，灵魂才得释放。——译注

2　尼采所宣称的“超人”是在他宣称“上帝死了，要对一切传统道德文化进行重估”的基础之上，用新的世界观、人生观构建新的价值体系的人。超人具有不同于传统的和流行的道德的一种全新的道德，是最能体现生命意志的人，是最具有旺盛创造力的人，是生活中的强者。——译注

回伦敦。而现在，我要在欧洲给他找一个藏身的地方，然后绕更大一圈赶回家去。”

她看见绞盘旁静静躺着一个结实的篮子，便将篮子颠倒了一下，坐在上面，面朝着苏格兰的海岸线，看漫长的海岸线在眼前若隐若现，越来越远。“他说他才认识你没多久。”

“我们在1919年的夏天短暂地见过一次，那之后他就去了上海。我们失散了，直到十九天前，他出现在我位于苏塞克斯的阳台上。”

“当时，他的妻子被一个疯子杀害了，你接手了案子，发现了还有其他死者，最终在遥远的奥克尼群岛上发现了凶手的踪迹，艾德勒先生在那儿受了伤。而那个疯狂的宗教领袖被杀死了。”

“大致如此，是的。”

“你杀死了那个人？”

“枪走火了，他死了。”

“可是你说过，你并没有犯罪。”

“为保护自己或家庭成员而杀人不是犯罪，我的儿子救了我的命。”

她眨了眨眼睛，没有料到她的病人竟然是个会携带枪支的人。过了一会儿，她问道：“那个人是要杀了你吗？”

“达米安是他下一个祭品，以配合昨天在北纬六十度到十五度范围内发生的日食。我赶去阻拦，结果现场起了争执。”

“哦，”她说，“过去的三个星期里，你一定非常忙碌。”

“我太太承担了大部分的工作。”

“你的太太——”拖长的音调表明达米安并没有向她提及这部分的内容。

“她在牛津大学读的是神学。”

“那是当然。”

“你为何这么说？”

“没什么。你打算怎么让警察听你的解释？还是艾德勒先生要永远隐姓埋名？”

“不会的。只要我有证据，他们就会听的。可是我需要在不引起警察注意的情况下先找到证据。”

“嗯，还有，我能问一下吗？艾德勒先生的女儿在何处？经过周五晚上的冲突后，昏倒之前他已经自顾不暇了。”

“那孩子跟我太太在一起。”

“在哪儿？”

“我最后一次见到她们是在奥克尼。”

“福尔摩斯太太当时也在奥克尼吗？”

“你可以叫她罗素，是的，当时她在那儿。达米安关于在石圈处发生的事情记忆并不完全。我和她当时都在现场。但是，因为达米安受伤了，我们不能冒险把孩子带在身边，这样会拖累我们的速度。所以我们分开了，罗素和艾斯特蕾留了下来。”

“你让你太太和一个孩子去跟警察解释疯子的死因吗？”

“如果罗素在警察到达之前还留在那儿，我会大吃一惊的。”

“她也需要躲避警察吗？”

“海宁医生，在这之前，我对你说起过，我们三个人都正在被警方通缉。对于我们三人的通缉令是不公平的。我再说一次，你不会受到任何伤害，除了本次旅程给你带来的不便，对此我真诚地向你道歉。”

他和她对视，一双灰色的眼眸凝视着一双绿色的眼眸，过了一会儿，她的反应让福尔摩斯感到惊讶不已。医生的眼睛灵动地眨着，嘴角动了一下，紧接着她大笑起来，笑声中充满了坦然和愉悦，完全看不出一个处于如此境地的女人可能会爆发的任何歇斯底里。她笑得如此用力，以至于屁股下的篮子滑了出去，医生顺势坐在了脏乱的甲板上。

“哦，天啊，”她说着掏出了一条手帕，“天啊，天啊，天，在你来我诊所前的几分钟里，我正在盘点已经盘点了十次的库房存货，我当时在想，如果接受爱丁堡一所公立学校提供的护士职位会不会有点晚。”

“是的，好吧，”福尔摩斯说，“我太太一般可不会抱怨无聊的事。”

“我能看出来。”她伸直了腿，将放在裙子上的双手紧握起来，这是一种下定决心的姿势。“非常好，我应该告诉你，我碰巧在荷兰海边有一个亲戚，你会考虑把那儿作为你儿子的‘安全港’吗？”

# 十六

我在黑暗中寂静无声地飞行了一会儿，接着，所有的感觉都回来了。疼痛、恐惧和汽油的刺鼻气味混合着扑向我。某个狂躁的小东西在我身上挣扎着，好像有一把刀插入了我的后腰，而我的头感觉像一只足球：被人踢来踢去，里面充满了气体，肿胀不堪。

为了减轻噪音和疼痛，我凭着一种动物的本能而非思考后的决定，轻轻拍了拍那个奋力挣扎的小东西。过了一会儿，它的动静渐渐平缓下来。但是对于大脑里依然回荡的重击声，我却束手无策。不过，随着我持续地轻拍肚子上的小东西，它放松下来，离开了我的腹部，减轻了我那种被刀刺穿的痛感。

我不知道我现在在哪里，但我绝对不想在这儿：横七竖八像墙一样的东西堆在我身上，我每动一下，都伴随着玻璃碎裂的声音，耳畔轰鸣着灾难般的声响，不停地在摧毁我的意志。使我受到打击的不仅仅是噪音——飞机的外壳很及时地抖动了一下，所以从外面又传来一声重击声。

我有一只手还能自由活动，下意识地将我那晃悠在半空中的眼镜戴回我的耳朵上。随着视力回来的还有意识：我鼻子前面的面板上有一个洞，是弹孔吗？

突然之间，汽油散发出的强烈刺鼻气味让人无法忍受，我整个人只有一个念头：必须离开这里，马上离开这里！无论罩着我的这个东西是什么，但另一侧的那人每敲打一次，它就令人担心地摇晃不已。

我说出几个词——也许说的是别动？——我努力让剧烈抖动的身体转过来。

我的膝盖比我的背部情况好一些。我的双手能抓住机壳的底部（也许是上部？）边缘并往上抬：外壳很重，但是动了一下。重击和噪音突然中断了，我继续往上抬，但这空间完全不够我从这狭小的缝隙中钻出，何况我还要带着另一个人。

如果这个小东西不在身上压着我，我应该有更大的空间可以活动。但是我有什么办法呢？我重新向上托起困住我的笼子的下边缘，说道："我举起这个的时候你就从这儿出去。"

我竭尽全力地往上抬，咬紧牙关，强忍着没有发出痛苦的尖叫声。手和地面之间出现了缝隙：先是两英寸，接着是五英寸，现在的高度和我的屁股在一条水平线上。我的身体因为用力而颤抖着，我的头近乎爆炸，我喘着粗气："出去！"接着我感觉到那个小东西从我身上慢慢地爬了过去，钻到这个危险而沉重的结构下面，虽然她用哭声表示抗议，但最终还是屈从了。一双小鞋子最后蹬了我的膝盖一下，接着就剩我一个人陷在里面了。我慢慢地将这难以承受的重量重新放下来，身子靠着它的一角瘫软下来，上气不接下气。

撞击声再次出现，形势比刚才更加危急。脑海闪过几个词语：首先是汽油，接着是火。

外面传来一个孩子的声音，和其他噪音混杂在一起，如同火神那粗犷的风箱上发出的声响，萦绕在我耳边。我的头，哦，我的头！如果能安静片刻也好啊。

艾斯特蕾，正是那小东西的名字。她离开了我，我才能将自己的身体调整成半蹲的姿势。事实上，我的背正好顶着机舱翻转过来的地板。这对我来说并不妙，因为我不能一边举起它一边往外爬，但是如果——

“艾斯特蕾？艾斯特蕾？”大声呼喊让我的头剧痛无比，过了好一会儿，我才注意到她停止了哭泣，而且那个人也不再大喊大叫了。

“艾斯特蕾，我需要你找到一个能顶在飞机后部的东西”——是的，还相当于一架飞机——“当我举起它的时候，你能找一根长的、重的棍子吗？差不多和你一样高就行。”她可以吗？她还只是个孩子，我对于她能做什么完全没有概念。

我听到了她的声音，但我听不见她在说什么。她似乎朝着我的右侧移动，像是对我的要求的回应。但声音中断了，接着又出现了。这样反复出现了两到三次。在和别人说话？这个小孩出现了幻觉吗？或者说一个人在精神受到巨大打击后跟想象中的朋友对话是很正常的事？

“艾斯特蕾，你能找到一根木棍吗？这真的很重要，宝贝。”

“不，我——”

但是她的抗议被机罩的晃动打断了，我不用想也知道，一个四十个月大的孩子不可能理解支点理论（尽管她是福尔摩斯的孙女）。但作为回应，我仍用全身的力气死命地向上推飞机。

机器被抬起来了，随着机尾抬升，沉重的引擎掉落在我的左侧。我试着让膝盖向一侧倾斜了一点；随着身体上的负重慢慢被抬起，我从飞机的残骸中猛地脱身，掉到了地面上。

“干得好，艾斯特蕾。”我说道，不过当我看到她时，她正一边吮吸着她的大拇指，一边目不转睛地盯着飞机的尾部。我向前走了三步，看到了那个举起沉重的飞机外壳的人。

当我说那个人的时候，我那经受了脑震荡的大脑非常清醒，这只是众多幻觉中最喜欢的一个幻觉，是我从近期的胡思乱想和幻梦中召唤出来的一个生物。肩上扛着飞机尾翼的这个生物有可能是周围的树木幻化出来的精灵：身形瘦长而结实，满头满脸的头发和胡须，穿着深褐色灯芯绒的裤子，浅褐色的花呢外套，其中一个袖子上打着橘色的补丁，里面穿一件已经褪色的红衬衫，一件淡紫色的花呢马甲，头上戴着一顶插满了树枝的帽子。帽子上插着一根羽毛。我目光扫向他的双脚，心里怀着一半的期待，期待着在他的裤边下面会出现动物的蹄脚或者是皮毛，但是他却穿着靴子，靴子的颜色跟泥土的颜色一样。

我在森林里遇到了一个傻瓜，一个打扮得像小丑一样的傻瓜，我的大脑像白痴一样回响着莎士比亚的台词。

我意识到他说了什么。这个森林精灵竟然会说话。我惊愕地看着他，他大声重复了一遍，但是我的注意力却被身边的孩子给分散了。一个小孩子——艾斯特蕾。艾斯特蕾用双臂紧紧地抱住我的一条腿，好像在飓风之中抓住了一棵生根的树。我用手轻轻抚摸着她的后脑勺，我依稀地感觉到，她在不停地颤抖。但直到森林之子情急之下从他已经重复三次的警告中选出了一个关键词，我才恢复了意识。

“汽油！”

汽油。火。贾维茨——这个可怜的人身上已经留下了烧伤后的疤痕。

很久以前跟孩子有关的微弱记忆突然让我惊醒过来，这个孩子需要分散注意力。我把手伸向口袋，拿出了一样东西，直到拿出来之后，我才意识到我一直装着这玩意儿：一个精美的瓷质玩具茶杯，几天前无意之中放进口袋的。我用手按了一下它，奇迹般完好无损，我把它放在孩子的手里。她看到这熟悉的玩具后，从我的腿上松开了手。在她跟我解释的时候，我领着她向远处走去（离开！远离火！）并把她安置在那儿。接着，我拼命地朝飞机残骸的后部跑去。

飞机残骸基本上是一支雪茄烟的样子——两侧的机翼已经折断，螺旋桨不翼而飞，整个机身都翻转了过来。我蹲下身子往下面看，看见了贾维茨的头和肩膀，但令人吃惊的是，他的头朝下冲着地面，却看不见他本应朝上的腿。他努力地转过了头。

“我的脚被卡住了，”他喘着气说，“离开这儿，汽油随时会爆炸。”

汽油顺着控制杆向下滴，已经湿透了机长的衣服。

“我能做什么？”我问他。

“把你的手枪给我，然后离开。”

我的大脑不停地运转，却怎么也无法将武器和如何取出一只被卡住的脚联系在一起。但是，我想到了，还有一种武器可能可以做到。

我脱下我的夹克，连同我的枪一起放在地上，接着朝毛茸茸的救援者喊道：“你能让飞机保持静止吗？如果飞机在移动的过程中产生火花，我们都会被困在这里。”

“我能。”我听到他的回答。

当我用我的方法慢慢靠近贾维茨时，他一直都在用狂躁来表达他的抗议。

他的右脚被机舱内某个看不见的部件给卡住了。我无视他的反抗，从靴子里抽出匕首，双手顺着他那浸湿的裤腿往上摸索，发现他的膝盖、小腿到脚踝上都是汽油。当我摸到他的脚时，我的指尖感觉到他的鞋带是被某种金属铸件给钩住了。他开始安静下来，因为恐惧而变得全身僵硬。我只能发出耳语般的警告：“打起精神来。”

刀尖从鞋带下方滑过，死结被打开了。因为全身的重量都堆积在他弯曲的脖子那儿，他发出低沉的呼噜声。我将他的鞋子从金属铸件上移开，等待他自己往外爬。

他只有一个方向可以移动，那就是向外。飞机的残骸悬在半空中，我们两人都在祈祷他衣服上的领结和扣子不要产生任何摩擦。头部，肩膀，躯干，腿，最后是他的脚，一只穿着靴子，一只光着，从我的脚面上移走，最后消失在我的视线里。我的脸离他的脚趾只有几英寸，我跟在他的后面匍匐前进，双腿用最快的方式乱蹬一气。

透过眼角，我看到了散落在客舱外的皮大衣和帆布背包。我站起身来，将它们一把抓在手里。

这时，我听到飞机内部传来微弱的叮当声。我惊恐万分，向前跳了三大步，离艾斯特蕾所在的位置还有一半距离的时候，身后突然传来汽油点燃后的轰隆声，我抱起她，一个后滚翻扑倒在地。腿、树叶和林间的青苔随着我们一起翻滚，全部混在一起，结束了。

如果汽油罐里的汽油不是已经消耗到只剩下四分之一，我们在这场爆炸中已经化为灰烬。

我抬起头清点人数。艾斯特蕾坐在那里，眼睛睁得很大，身上满是树叶，被吓到了，一言不发。我把大衣扔到一旁，抱起她。我近距离地观察了一下，她的表情看上去似乎更像是对眼前的景象感到迷惑和不解，而不是受到了惊吓。而贾维茨在一棵树前停下来，背靠着树干，正盯着燃烧的大火，脸色惨白，浑身发抖。救我们的人——救我们的人却不见人影。

我把孩子放在贾维茨旁边，我是这样想的，安抚孩子或许至少能分散他一会儿注意力，接着在熊熊燃烧的火光周围搜寻了一圈。我希望能找到这个心地善良的人，无论是被烧伤了还是被刺伤了——这时一双脏兮兮的靴子映入了我的眼帘，他站在螺旋桨下方的灌木丛里向我挥手示意，螺旋桨的一片桨叶正挂在一棵树干上摇摇欲坠。那双靴子深陷进泥土里，接着我看到了他的脸。他的眼睛死死地盯着螺旋桨，盯着大火，盯着我，嘴巴张得很大。他的眼睛，我的意识在脑震荡后特别清醒，我注意到和达米安那幅绿精灵的画里出现的眼睛轮廓一模一样。

接着，他大笑起来。“哈！”他大声喊道，他的笑声里洋溢着目睹荒诞时那种纯粹的快乐。“哈哈！”

他的头消失在灌木丛里，接着灌木丛疯狂地摇摆起来，等他从灌木丛后面再次冒出来的时候，他从一根树枝上捡起他的帽子，在腿上摔了摔，然后重新戴在头上，接着爬上小路站在那儿，双手插在裤子的后兜里，对着奄奄一息的火堆傻笑。他看起来像在盖伊·福克斯日[1]燃烧的篝火旁出现的农村小伙，我隐隐感觉他会捡起一些柴，向火堆扔去。

“哈！”他再次叫起来。

接着，他转过头，看见了我们三个。他脸上茂密的络腮胡子因为恣意大笑而被分开，非常明显地露出了一口洁白的牙齿。“谁知道今天会发生这样戏剧性的事？”他问，心情十分愉悦。

我的大脑一片混乱，我也只能朝他傻笑。我们一起看了一会儿火，燃烧的火焰——事实上——确实非常有趣——直到我极不情愿地想起了我肩负的责任，开始环顾四周。

艾斯特蕾正在轻轻地拍着机长的头，机长浑身是血，面如死灰。艾斯特蕾正安慰着他，而不是如我安排的那样接受机长的安抚。机长紧闭双眼，正努力地克制着自己。当这个男人脸上流露出绝望的微笑，阻止艾斯特蕾继续轻拍下去的时候，我没有靠近他。此刻他更需要的是蜷缩起身子，咆哮着战胜自己内心的恐惧。我给他时间，等他恢复之后再接近他。

艾斯特蕾坐在沾满了泥浆的皮大衣上。她一只手里拿着

1 Guy Fawkes，英国节日，放烟花纪念盖伊·福克斯。——编者注

玩具茶杯，另一只手里拿着个同样大小的橡碗[1]，一脸愁容地看着手里的两个东西。我摇了下头，不禁在想，我才带了这个小生命不到十二小时，已经感觉自己要崩溃了。她的父母是怎么熬过来的？

我在贾维茨身边跪了下来，看到他的面色已经平静如初。他用左手夹住大腿的上部，鲜血从手指之间渗出。曾经洁白的丝巾被鲜血染透，撕裂成布条状。可我依然认为路边的这一小块地方并不是检查他伤势的最佳地点。

一双满是泥浆的靴子进入了我的视野，我说："他需要一个医生，这附近有镇子吗？"

"没有，"贾维茨反驳道，"如果附近有镇子，就会有警察。"

我向上瞥了一眼，想知道听见这句话的这个满面胡须的男人此刻的表情——我心里有一种期待，也许一个对着火焰童心大发的人对任何事情都是一样孩子气——但是我看到他眉毛上扬，这说明他思维敏捷，能迅速对当前的状况作出判断。尽管他看上去并不怎么焦虑。

"有三个主犯要坐飞机逃脱法律的制裁，"他想了一下说道，"我进入了男孩奇遇记[2]的故事。"

他的声音让人吃惊。我紧紧地盯着他，想从这个外表像草一样的男人身上看到更多信息。他或许看起来像是住在荒野里的居民——一个烧炭炉的，或者是一个捕鼠者——但是他的声音听起来像一位牛津大学的老师。

我想开口问他问题来解答我心中的疑惑，但是一声细微的呻吟让我回过了神。集中精力，我对自己说，你的大脑受到了巨大的刺激，所以整个世界都看上去怪怪的。"他的伤势危急，需要尽快治疗。"我重复道。

---

1　橡树果的壳。——译注

2 《格林童话》中的故事。——译注

这个毛发发达的男人轻巧地蹲了下来，一双干净得令人惊讶的手轻轻地将大块头满是鲜血的手拨到一边。他注视着机长的眼睛问道：“骨头断了吗？”

“没有。”贾维茨从牙缝里挤出回答。

“这可有点奇怪。”

“我中了枪伤。”

这双绿色的眼睛把目光从贾维茨身上移到我身上，又越过我的肩头看着艾斯特蕾，此刻艾斯特蕾正好背对着我们在布置一场茶话会，用瓷质的茶杯，配着橡树果壳的盖子和叶子做的盘子。他皱起眉头，接着猛地跳起来走到艾斯特蕾对面。她抬起了头，那双绿色的眼睛瞬间睁大了。

我发现我已经站起身来向他走去，但他完全没有注意到。他慢慢地弯下腰。我看着他们，心生疑惑，因为这两个人已经看着对方研究了很长一段时间。我能清楚地看到他的脸，却无法猜测到他在想些什么。他研究着艾斯特蕾的脸，就好像她的脸上隐藏着某种信息，只有他的密码才能解读。

最后，他转移了视线。接着他开始在铺满树叶的地上摸索。一种微弱的声音进入了我的耳朵，这让我意识到连续运转的引擎噪音消失了，烈火燃烧的声音不见了，取而代之的声音则代表着宁静、幸运以及意味深长。

他找到了他想找的东西，并把它拿给艾斯特蕾，看她是否接受：一个橡碗。在艾斯特蕾接受了这个橡碗并和另外一个放在一起时，他打破了沉默，问道：“你愿意来我家吗？”

“是的，我愿意。”她毫不犹豫地答应了。

“那么把这些放进你的口袋吧，我们用它们来装茶。”

“谢谢你……”

“古德曼，”他补充了一下，向她伸出手去，“但是你可以叫我罗伯特。”

“我叫艾斯特蕾·艾德勒。”她宣布，神情庄重地握住他的手摇了两下。

“很高兴见到你，艾德勒小姐。”他说着扶她站了起来。

接着，他向我们走回来，艾斯特蕾在他后面跟着。他告诉贾维茨：“如果骨头没断，用夹板毫无意义。咬紧你的牙，朋友。”接着，几乎没怎么费力气，这个小个子男人将手放在这个高大的美国人身下，像举起一个孩子一样举起了他。

古德曼走了六七步之后就消失在树林里。我重新拿起皮大衣，帮着艾斯特蕾将最后一个橡碗装进了她的口袋，领着她朝着两人消失的方向走去。树木之间狭窄的小径不易被察觉，除非你看着他们从这走进去。我回头看了一眼已经被烧焦的飞机残骸，牵起了艾斯特蕾的手。

刚进入绿色丛林还没走三步，艾斯特蕾的鞋跟就陷进了泥里。我暗地里叹了口气，弯下腰抱起她。事实上她并不重。我疲劳的双臂已然忘却了伤痛，热烈地欢迎着她。

也许这就是我刚才问题的答案，她的父母是如何撑下来的。

“一切都会没事的，艾斯特蕾，”我说，“我在这儿。”

“但是，”她打断了我，用一种担忧的语气说，“难道我们不用留下一些面包屑吗？这样我们才能找到路从这儿离开啊！”

所以，并不是我一个人处于脑震荡的幻觉中，我们确实很像正在走进一个童话世界。

# 十七

跟着救命恩人的脚步往前走，童话世界的印象变得愈发强烈，我饱经摧残的大脑固执地将我们的救命恩人叫绿精灵。我竟然不知道英格兰境内还有这样原始的林区。在这只能被称作森林的地方，光线非常昏暗，以至于我之所以能跟上他的脚步，更多的是靠辨别声音，而不是靠他时隐时现的背影。过了一会儿，我怀里的孩子因为睡着而变得沉重起来，我停下来用皮大衣将她裹得更严实，当我站起来的时候，前方的声音再次响起。

天空开始下起小雨，雨点打在树叶上，听上去并不是滴答声，而是整片森林都在沙沙作响。我们穿行在无边的绿色之中，跟着前面坚定的脚步节奏跋涉，而路两旁几英尺外的地方就已经视线模糊。这趟旅程仿佛永远没有尽头，眼前的风景毫无特点，而陪伴我的只有吵闹的幽灵。

然后，噪音消失了。片刻之后，我踏入了一片空旷之地，我不由自主地抬头看了一眼天空：是的，仍旧乌云密布，这意味着我们确实还在英国境内。虽然天空一片阴霾，但我估计从飞机坠毁到现在应该不超过一个小时。

古德曼家的外观印证了我的想法，汉塞尔和格蕾特[1]应该就在不远处——不然就是奥伯龙和蒂坦尼娅[2]。这个结构——

1 Hansel and Gretel,《格林童话》故事的主人公。——编者注

2 Oberon and Titania，中世纪民间传说中的仙境之王和他的妻子。——译注

很难认为这是一所房子——位于一片郁郁葱葱的草地边缘，草地四周被树木环绕，林间长着一棵枝繁叶茂的橡树。这所房子很久以前或许是一个樵夫落脚的地方，现在却像是各种元素胡乱拼凑在一起：一间黄砖搭建的小棚子斜挨着一间石头房，石头上布满青苔，石屋连着一座红砖小屋，而红砖屋则倚靠着也许昨天才盖好的木头偏房才不至于倒塌。所有屋子的房顶上都铺着各式各样破破烂烂的东西，青苔斑驳的瓦片，光滑而簇新的黑色板岩，还有两片锈迹斑斑的波纹钢。屋顶上的水箱看起来就像是一个笑话，或者说是一只苍鹰的老巢。门口的橡树高达三十英尺，也许是森林里精灵们的家。稍微移动一下位置，可以看见另外一间木屋，没有窗户，角落处歪着一个铁丝围起来的鸡窝。

空气中飘荡着一种淡淡的香气，是炊烟的味道，这是这所房子最为真实的东西。

房子的前门敞开着，我向里面看过去，意外地发现十分明亮。走进房间时，我看到了贾维茨的腿，在朝向门口的床上伸展着，身下是已经铺好的整洁的床褥。那个绿精灵——不，他有名字——古德曼正在他旁边的地板上铺开一床厚厚的羽绒被。我走过去，一条腿跪下来，将我怀里的负担放在软软的垫子上；艾斯特蕾发出微弱的抗议声，紧接着蜷成一团，安静地睡着了。我将皮大衣围在她周围，站起身来，揉了揉我的上臂，心里不由得生出一种想法，母亲和装卸工其实很像。

从外面看，这个建筑包含了好几个看上去很怪的小屋子，但从里面看，却只有两个房间。卧室窄得只能放下两张小床，但是主屋却非常宽敞——或者说对于一个单身汉来说非常宽敞。房间内有一个壁炉，面对壁炉放着两把文艺气息十足的软椅，有一张简朴却结实的木质餐桌，一个小小的厨房，包括带有一个水龙头的水槽，镶嵌着瓷砖的工作台，和一个小型的烧木材的烹调用炉。

总体来说，这所带窗户的房子像被一只寒鸦装饰过的巢穴，又或是被孩子装饰过。整整一面墙，从地板到天花板，贴着颜色明亮的壁纸和许多闪光的小物件，其中很多东西都像是从林子里挖出来的：蓝色的药瓶，食品罐上光鲜的商标，从女士杂志上剪下来的彩色插图，磨损得太厉害而无法识别的硬币，几块破碎的镜片，两个不一样的发梳。墙壁的中央插着六根羽毛；在墙壁的四周，用各种马蹄铁围成了一个大圈，将这些乱七八糟的东西围了起来，马蹄铁各式各样，从矮种马到拉车马的都有。房间的其他布置也是这样，一个日式的茶壶，没有壶嘴，但是装着一束野花，窗帘没有一条是跟房间相配的。尽管如此，房间却干净得令人吃惊，散发着淡淡的芬芳，就好像在我们走进房间的前一刻，有人在地板上撒满了灯芯草。

我们的房主往火上添了几根木头，坐了一壶水，然后才开始脱身上的外套。当帽子和外套都挂在衣架上之后——衣架是由锯下来的鹿角随意改造而成——他终于朝我转了过来，这个身材矮小、精瘦的男人扛着一个体重超过十三英石的人，在林子里跋涉了四十五分钟，脸上却毫无倦色。

我判断不出他的年纪。即使除去毛发的伪装，他的皮肤状态也不会透露他的实际年龄，除非他一夜之间变成八十岁，否则你无法得知他的年纪。他敏捷的身手看起来像三十岁，但说话的语气却像六十岁；当他面色平静时，双眼炯炯有神，如同一位古代战壕里的战士，他笑起来时，不平整的牙齿一览无遗，有些大，就像一个青春期的少年，牙齿还在继续生长中。

“谢谢你救了我们。”我对他说，“我是玛丽·罗素。你带回来的那个人是我的机长凯什·贾维茨，他是个美国人。那个孩子是我丈夫的孙女，艾斯特蕾。”

“罗伯特·古德曼。”他说。

我几乎要脱口而出：不是好人罗宾[1]吗？但这肯定是脑震荡后遗症在作祟。

奇怪的是，他那双绿宝石一样的眼睛忽闪了一下，就好像猜到了我脑子里关于神话故事的联想。我回过神来，要抓住重点：“我们今天早上从奥克尼出发。我认为贾维茨原本希望能到曼彻斯特，但是飞机却在这附近变成了碎片。”

“我看到了。想吃点东西吗？”

“我认为——”

但是他已经从案板下的篮子里抓出两个大洋葱和一把胡萝卜，放在一把小刀和一个很重的铁锅旁：“把这些剁碎，我去看看你的机长。”

我一脸惊诧地望着他——我可不是个厨子——相反，我跟着好人罗宾去了卧室。他温柔地脱下了处于半昏迷状态的男人脚上仅剩的一只靴子，接着不知道从哪儿拿出了一把铮亮的长刀，手法娴熟地从裤腿一直划到腰带，划开了伤者血染的裤子。他观察着伤者受伤的腿，但没有去触碰它，接着拿起了一个带花纹的碗和一块肥皂，从我身边挤过去，到热水壶那儿接了一碗水。看他擦洗自己的双手，我受到了鼓舞。在清洗贾维茨的伤口之前，他甚至将碗里的水倒入水槽，重新接了一碗水。

大腿表面有一道十英寸长的口子，血肉模糊。由于没能及时处理，伤口大量出血，不过却没有感染。我认为伤口愈合后不会留下永久性伤害。

“缝针会有用吗？”我问房主。

1 Robin Goodfellow，英国民间传说中顽皮的精灵。——译注他摇了摇头："伤口会被撕裂。"我看着他忙碌起来，清洗伤口，检查还在流血的部位，这双又短又粗的手做起这些事来简直轻车熟路。"你以前做过这种事吗？"我问道。

"他……一个朋友……"他停下来，将注意力集中在伤口上，"我在战争中曾是一名救护车司机。在需要的时候会在急救站帮忙。一个送货的人。"

我脑海中突然闪过一个场景，《亨利五世》的第四幕，阿里尔大摇大摆地走过——然后我花了点力气才摆脱了这个想法。很明显，我的大脑还需要一点时间才能恢复过来。

我让这位看上去不像医生的医生继续处理伤口，而我则开始解决洋葱和胡萝卜的问题，关于这件事，我只能说，我很成功，没有让我们的房主处理另一个严重的伤口。

# 十八

周六剩下的时间里发生的事情，变成了一个个的记忆片断，从我完整的记忆幕布上割裂开来，又被我遭受重击的大脑重新组合。

吃过东西之后，我躺在那棵高大橡树下的一把折叠式躺椅里闭目养神，这把躺椅似乎经过很大的改装，出人意料地舒适。午后的阳光透过树叶洒落在我身上，就像有人给了我一个温暖的拥抱。

艾斯特蕾和古德曼坐在两个倒扣着的木头墩上，第三个木墩放在他们中间，成了他们的桌子。在那张桌上正在举行一场即兴的品茶会。参加品茶会的人有艾斯特蕾、古德曼，还有一只从起居室的墙上揪下来的毛绒玩具兔子，兔子紫色的绒毛已经残缺不全。第四位客人是古德曼告诉艾斯特蕾有可能会路过此地的小鹿。盘子是从古德曼的厨房里拿来的浅碟子，并不是一套。茶杯是两个橡碗，一个小茶杯，还有她珍爱的瓷质玩具茶杯。茶壶是一个缺了把手的奶油分离器，上面装饰着布赖顿码头的风景画，以及一条很宽的金边。一只银色的盐罐和一把汤匙充当着小糖罐。一块卡其色的手帕是桌布。

古德曼故作严肃地在瓷质的茶杯里搅动着一勺根本不存在的糖，茶杯只比盛盐的勺子略大一点。他将茶杯举起来放到唇边，抿着嘴小饮了一口，发出很大的声音，然后举起杯子开始赞美。

“这杯子真好看。”他对茶杯做出评价。

“我还有其他的茶杯，在家里，”她告诉他，“在伦敦。”

“你只带了这个吗？”

“是玛丽带的。她在我丢了的地方找到了它，在我妈妈的一个朋友那儿。”

“玛丽真是一个善解人意的人。”

“我们离开之前，爸爸从上海给我买的。他把这个给了我，这样我就有个理由记住美丽的上海了。但是，我没有，真的。”

“不过，这是一个很好的想法。”

“罗伯特先生，你认为小鹿会出现吗？我们还是让小兔子替它喝了吧。”

那天下午的晚些时候，我坐在壁炉前的长条靠椅上，艾斯特蕾在帮厨，负责清洗土豆，而我们的房主在一块板子上和面做面包。

“土豆好多呀。”艾斯特蕾轻声地抱怨着。

“要是你累了就别弄了。”

“不，我没关系的。”

“有时候，当我在做一件单调乏味的事时，我会唱歌来让自己不去想其他的事。”

“我喜欢唱歌。”

“我也觉得你会喜欢唱歌的，你愿意为我唱首歌吗？”

她十分开心地用中文唱起了一首欢快的歌曲。尽管是异国他乡的旋律，但她的声音纯净清亮，音准和节奏很好，向上滑半音时没有漏过任何一个音。最后，古德曼用沾满了面粉的双手热烈地鼓掌，我也跟着他一起鼓掌，尽管鼓掌的节奏会让我的大脑再次感受到撞击。

“哈！”他大笑起来，“真是太好听了。你哪天一定要教教我这首歌。”

“你现在唱。”她下了命令。

也许是揉面或者是揉面所需的节奏让他想起了一首歌，古德曼向后甩了一下头，用一种浑厚而出人意料的男中音唱了起来。

> 有三个人打西边来，他们要去挣大钱，他们信誓又旦旦，大麦约翰一定要完蛋。

我被歌词吓了一跳，抬眼看向他，但他正全身心投入演唱，满怀激情地在面团上打着拍子，根本无视我的反应。我镇定了一下，也许孩子还太小，根本无法理解这歌词的意思。

这首民谣曲调激昂，可以确定的是，他确实省略了那些更为成人化的歌词——这是一首非常古老的歌曲，也许是一首为生产祭祀而谱写的颂歌，或是对基督教圣餐变体论的宣传曲，又或是一首简单的饮酒歌，大麦约翰[1]在重生成为啤酒之前，历经了重重磨难——翻地，捶打，耕耘，播种并被埋入泥土——最后，大麦才萌发出新芽。古德曼一边唱着，一边捶打着面团，面粉随之四处飞扬，于是房间内笼罩着薄薄的轻烟，十分美妙。

当歌曲结束的时候，艾斯特蕾并没有要求解释歌词的意思，这让我松了一口气。她只是要求再听一首。古德曼开始唱《两只老虎》，她马上跟着古德曼一起唱起来。他的英语加上艾斯特蕾的法语，孩子清亮的童声和浑厚的男中音相互融合，营造出一种温馨而和谐的感觉，这种感觉几乎不可能出现在湖区森林中一片空地上的小屋里。

---

1 John Barleycorn，对啤酒或其他大麦酒拟人化的说法。——译注

那个下午，古德曼为艾斯特蕾表演杂耍项目，用四个圆形的栎五倍子[1]上下抛接，接着又玩起了捉迷藏的游戏，让我们每个人都因为艾斯特蕾极具感染力的咯咯笑声而面露喜色。后来，他们一起走向鸡窝，去捡今天的鸡蛋，还在半路上停下来观赏路边盛开的某种野花。

"让自然做你的老师[2]。"古德曼说——或者是，宣称。

"我还没有上学。"艾斯特蕾告诉他。

"想要有一个老师，任何时候都不早，或者不晚。"他说道，语气中有一种吃惊。

"自然老师是什么样的老师呢？她会拿着教鞭站在教室的前面吗？"

"我觉得华兹华斯先生的意思是，我们能从周围的世界里学到很多东西。"

"华兹华斯先生是你的一个朋友吗？"

"我们有很多共同的朋友，华兹华斯先生和我。比如说你今天晚上就会看到的刺猬。"

在去鸡窝的路上，他俩的声音离我越来越远。

黄昏时分。整个宇宙弥漫着小麦烘焙后的味道，令人垂涎三尺。尽管我已经从椅子上起来，也四处逛了逛，但还是再次回到了壁炉前的靠椅上。艾斯特蕾和古德曼并肩坐在敞开的门口，喝了一杯奶，正等待着刺猬的光临。他常常转过头来望着她，似乎被她的眼睛深深地迷住了。

"它来了！"艾斯特蕾激动地尖叫着。

"嘘，别吓到它。别担心，它马上还会回来的。看，这是它的鼻子，四处闻闻看看外面是否安全。"

"我们不会伤害它的。"

---

1 Oak galls，是栎属植物上常见的一种大而圆的、苹果状的瘿。——译注

2 Let nature be your teacher. 英国诗人华兹华斯的一首诗。——编者注

“刺猬会害羞。”

“害羞是什么意思？”

“害羞就是一个人害怕很多东西。”

“我害羞。”

“哈，我觉得不是这样。”

“我害怕飞机。”

“飞机只是让你变得敏感。”

“我害怕我们邻居家的狗。很大的狗。”

“那也许也是敏感。”

“你会害怕什么东西吗？罗伯特先生。”

“看，它喝完了牛奶，现在正在周围寻找，想找到更多的牛奶，贪婪的东西。”

“我们要再给它一些吗？”

“不，我们不希望它忘记怎么找自己的食物，牛奶只是小吃，不是晚餐。”

“刺猬平常吃什么？”

“植物的根茎，虫子。”

“啊。”

“胡萝卜也是植物的根茎，你吃了好多。”

“因为妈妈说我要对人有礼貌，别人吃什么就吃什么。”

“你不喜欢吃胡萝卜？那我以后不做胡萝卜了。”

“可是我不吃虫子。”

“那确实，但是刺猬喜欢吃虫子。如果你给它一块巧克力饼干，它估计要说‘啊’。”

“我们试试吧！”

“噢，真是科学的方法。不，我不想让它知道巧克力的味道，万一我错了，它喜欢巧克力，那么就等于是给它的一个小惩罚，这个可怜的小东西就要在下半辈子痴痴地想念巧克力的味道了。”

“你说话太有趣了，罗伯特先生。”

“在你之前已经有人这么说过了。”

“那么，你有害怕的东西吗？”

“逻辑和坚持——我害怕你在这个世界上走太远了，艾斯特蕾·艾德勒。”

“是吗？”

“是的。”

“什么？”

他叹了口气。“恐惧，”他说，接着转过来低下头看着身边的孩子，“我害怕恐惧本身。”

接着他猛地站起来：“如果你能说伏翼这个词，我会带你看外面的蝙蝠。”

晚上，如果不是突然想到要安顿孩子上床睡觉，我应该会和衣而眠，熟睡过去。艾斯特蕾和古德曼在壁炉前面，古德曼坐在地板上，膝盖上放着达米安的素描本，艾斯特蕾平趴在一个古德曼用来做脚凳的树墩上，向古德曼讲解那些画。我曾在我的帆布背包里见过这个素描本，到现在还能保存下来，真是让人意外。在把素描本递给她之前，我快速地翻了一遍，以确定里面没有写实的身体素描或者暴力的战争场面。虽然我对其中一些画有些纠结，但觉得一个小孩子不会注意到。

“那是我爸爸，”她说，“他的脸长得跟画并不是很像。”

“很高兴听到你这样说。”古德曼回答。而我只能笑了。达米安的自画像也许是一种杂交实验，他面容古怪，像一条狗，身上还长满了毛。

“那是我妈妈。”她说。

“她很漂亮。”我必须告诉他关于艾斯特蕾母亲的事，我想，明天。

“爸爸说我有她的头发。”

“那她会想念她的头发吗？”他问道。

艾斯特蕾花了一点时间才想明白这个笑话。接着，她咯咯地大笑着，说他好傻，解释道她的妈妈当然也有自己的头发！

我的脑海里出现了一个画面，一头浓密乌黑的长发散在一块冰冷的石板上，闪着森森的微光。这生动逼真的画面让我不寒而栗。

我听到画册被翻动了一页的声音，接着是沉默。我知道他们在看哪一幅素描，因为我也曾在这页停留过。

是艾斯特蕾，但又不是艾斯特蕾。在这幅画像里，达米安通过时间展望未来，在他小女儿的脸上画上了一个成年女子的轮廓。也许有人会根据画中人明显的中国特征而认为是尤兰达，但是任何一个认识福尔摩斯的人都不可能认错这双透出傲慢的灰色眼睛。

“我觉得是妈妈。”孩子说，语气不是很肯定。

“不，这是你。”古德曼说。

“一点也不像我。”

“会像的，你的爸爸认为你总有一天会的。”

她向前俯下身去，鼻尖几乎要碰到画了。

“他非常爱你。”古德曼说。

“我也爱他，罗伯特先生，我的爸爸会没事吧？”

“是的。”古德曼的语气非常肯定。我的手指抽动了一下，有一种要做出一个抵挡厄运的姿势的冲动。

艾斯特蕾没有马上回应。相反，一分钟后，我听见她的脚步声穿过了房间。我睁开眼睛，发现她站在我旁边，手里拿着那个素描本。“你能帮我把它拿出来吗？”

我坐直身子，接过那本画册。她指着那幅未来的她对我下了命令：“拿出来。”

我在做决定之前只犹豫了一小会儿，对于此前两天发生的事，我完全没有符合逻辑的判断，如果达米安想要这幅画，他就不应该受到谋害他妻子的骗子的蒙蔽。我伸手从靴子里拔出匕首，沿着页面边缘用锋利的刀尖划了一道，然后把那张画取出来递给了她。

我觉得古德曼不会接受这幅画。但他在接过礼物之前咽了一口口水，然后全身颤动着，用手捏住了画的边缘。过了一会儿，他站起来，将画拿到那面装饰墙前。“我要放在哪里呢？”他问她。

艾斯特蕾指着一块裸露的木头上的一小块地方。但是他却移走了原来标志着墙面中心位置的那束羽毛，把画放在了那儿。

艾斯特蕾神情严肃地看着这一切，然后问道：“这是你帽子上的那种羽毛吗？”

“一模一样。”他说，接着开始侍弄其中一根已经松动的羽毛。

“你为什么要在帽子上插一根羽毛呢？”

“Ich habe einen Vogel。”他用德语回答道。

我一下子呛住了，他那双绿色的眼睛朝我眨了眨。

“那是什么意思？”她问。

“意思是我有一只小鸟，或者一只小鸟的一根羽毛。现在你也有了一根。这是给你的。”他对艾斯特蕾说，“这是住在那棵大树上的猫头鹰的羽毛。它有时候会给我一些羽毛，感谢我给它抓老鼠。”

她拿着她的帽子向我走来，要求我在上面插上那根羽毛。

我照办了，全程尽量不让自己笑出来。因为那句德语的意思是“我的脑袋进水了”。帽子的羽毛插好了，我提示艾斯特蕾是时候上床睡觉了。让我吃惊的是，她竟然接受了我的要求，尽管当她爬上简陋的床铺时，那顶插着羽毛的帽子就放在她脑袋旁边的地板上。

她向我们都道了晚安，蜷缩着身子，脸冲着墙壁，渐渐睡着了，带走了我脑中一个连一个的记忆片段，不断延伸的故事情节，各种祈祷和很多杯水。

又过了很长一段时间，我终于要睡了。我脱下鞋子，坐在指定的窗座上，然后意识到古德曼还在卧室的门口待着，注视着艾斯特蕾。他发觉了我的目光，开始转过来看着我。他的眼睛满含泪水。“一个单纯的孩子，”他说，“呼吸轻盈，浑身洋溢着生机[1]……”

接着他转过头去，走出了房子，走进了夜色之中。

慢慢地，我将双腿叠在一起。

我的祖母曾经非常喜欢湖畔诗人华兹华斯的诗。当年我住在她波士顿的房子里时，她曾经一遍又一遍地朗读并背诵他的诗作。所以，我记得古德曼背诵的关于孩子那首诗的下一句：

关于死亡，孩子又能知道什么？[2]

---

1　华兹华斯的诗。原文为：A simple child，that lightly draw its breath，and feels its life in every limb... ——编者注

2　原文为：What should it know of death？ ——编者注

# 十九

周二下午五点半，托马斯·布拉泽斯主教的出租车停在位于圣奥尔本斯的一幢房子门前。他的左臂吊在胸前，外套披在肩上，在经过了南下的长途旅行后，他的身体状态比他预想的要好得多。一位罗马人用鲜血祭奠了这座城市，所以城市本身就让他感到愉悦：这是个吉祥之地。“这座小镇因维鲁拉米恩博物馆而闻名。”他对着已经关上车门正在给司机支付路费的冈德森说，“当年是罗马人在英格兰南部占领的最重要的城镇，以一位被处决的战士命名，这位战士是一位基督徒的烈士，死于304年。”

“是的，先生。”冈德森回答道。

冈德森一直都不是一个行事机灵的仆人，但是，在过去的三个月里，他办事利索，让人深感意外。也许是时候给他涨点工资了。

冈德森拎着他们的行李，跟在布拉泽斯的身后走上台阶，在门口等待门铃响起。门开了，布拉泽斯走上前，右手已经伸了出去。

“我们终于见面了。”他说。面前的这个人不可能是仆人，仆人可穿不了这样的套装。“谢谢你，先生，感谢你长期以来对我事业的支持。”

发丝里能看出一道白色疤痕的男人回答道：“布拉泽斯主教，你好吗？”他握住了布拉泽斯的手，尽管为了抵抗寒冷的天气，他的手上戴着手套，“冈德森，你可以把行李放在这儿。到后面来吧，布拉泽斯先生，我已经让人生了火。”

冈德森从他的雇主身上取下外套，又接过布拉泽斯的帽子和围巾。

花园房的窗帘被放了下来，尽管煤气取暖炉烧得很旺，但房间内阴冷依旧。当冈德森走进来时，布拉泽斯已经做好了准备，要解释过去两周内发生的事情。他选了个最靠近火炉的位置，接过了另外那个人递给他的咖啡，显得盛气凌人，仿佛递给他咖啡的是个仆人。显然，布拉泽斯把自己视为这个房间内最重要的人，而其他两人只是他祭坛下的膜拜者。

他向两名助手吐露了心声，脸上的神情幸福无比。只是他万万没想到的是，异教徒已在酝酿当中。

然后，他停顿了一下，脸上露出尴尬的笑容：“我要忏悔，先生。我必须承认我不记得你的名字。我确信你已经告诉我了，但是我接见过太多的人，而且我们之间的交流一向都不需要知道你的名字。”

事实上，发线里有白色疤痕的男人并没有告诉过布拉泽斯他的名字，也不曾见过布拉泽斯，虽然他早些时候曾经去过一次这个人的教堂，只是为了确认一下他不会当众表现得过于不可理喻。“彼得·詹姆斯·韦斯特。”他说，同时伸出仍旧戴着手套的手，正式地握了一下。

“能有机会和你面谈，我非常高兴。韦斯特先生。自从我11月份来到这儿，你和冈德森一直是我忠诚的朋友和合作伙伴，一直都是。所以我希望你能帮我想想过去几周发生的事。我知道我们都期待着上周五的事情能带来令人满意的结果，但我也是第一次深感困惑，甚至十分沮丧，因为看上去好像是祭品出了问题。然而，正如《证据》中所说，‘祭品越好，释放的能量越大’。我已经花了几天来思考这件事，我应该在你面前说出我的想法，看看你是否同意。还有，既然英格兰目前对我来说似乎有点麻烦，我下一步去哪里，也想听听你的想法。我在考虑也许可以去美国，那里——”

“布拉泽斯，我相信冈德森和我一样，都对你的胡言乱语感到厌倦了。”

布拉泽斯目瞪口呆地看着他：“你刚才说什么？”

“你听到了我在说什么。我之所以忍受你那些哗众取宠的假话，是因为这会让你成为一个有用的工具。这也是我把你从上海弄过来的原因。”

“你把我弄过来——看在上帝的分上，韦斯特，这也太荒谬了！”

“去年8月，当我在一位同僚身上寻找潜在的弱点时，你的名字第一次引起了我的注意。你的前妻让我找到了他们之间的联系——她嫁给了一个身在上海的画家，而这个画家正好是我同僚的侄子。这才让你变得有了利用价值。”

“你指的是达米安·艾德勒？这个人没有家人，他是这么告诉我的。”

“那么，他说谎了。不过，我们都知道，你惯于只听你想听到的内容，这对你身边的人来说，有时是一种最大的折磨。所以与其让你在这儿废话连篇，不如让我来给你讲个故事。

“有些政府机构在幕后工作。有些人把这视为一个机会，而另外一些人则视它为一种责任。我就在这样的部门里工作，但是我有一位同僚，他近乎偏执地夸大自我的重要性。他的存在对于我们这些人来说就是一个障碍，我们关心的是这个国家步入20世纪的能力，但是他却像白金汉宫一样根深蒂固，古老陈旧。

“三年前，我发现了他的弱点。可让人觉得讽刺的是，我却对此束手无策。接着，十三个月之前，我在他冠冕堂皇的外表上找到了一个切入点：我碰巧看见他收到一封来自上海的信，写信的人称呼他为叔叔，希望得到他的帮助，使他和他的家庭成员获得英国公民身份。

“我马上开始着手全面调查这个人和他的妻子，在调查的过程中，我发现了你，在你身边还簇拥着一小撮轻信他人的老姑娘和一群神经衰弱的人。你在8月份的时候收到一封来自西西里岛的信，信上是不是说英格兰是一个富饶之地，但也是一个没有被合成神学涉足的温床？你认为这封信来自于阿莱斯特·克劳利[1]，但实际上，是我写了这封信。我还准备进一步安排一些激励措施，包括令你陷入面临逮捕的危险境地，从而迫使你从上海离开，但是最终，你欣然想到一个主意，要在你父辈居住的土地上移植你那愚不可及的理论，然后便在艾德勒之前到了这儿。

“我为你铺好了路。我暗示你去哪里能找到像站在这里的冈德森一样的助手。我帮助他来改变你的身份，找到住处，还租到了一个可以做教堂的大厅。当你被自己异想天开的想法所摆布的时候，我就在一边袖手旁观。你开始残害各种各样不同的人，为了寻找——你想象中可以找到的东西。”

“我不——”布拉泽斯说，“你要——我的意思是，为什么？”

“我的……同僚一直都绝对正确，他的道德高度让人遥不可及，他的品格端正得无懈可击，是一众渺小的凡夫俗子中的神。我首先想到，可以利用他这个放荡不羁的侄子——组织一次吸毒聚会，或者一场放荡的狂欢——来揭开那张面具的一角。我需要的只是和我的同僚有关的一件事，这样就可以在那些比他还要自以为是的上级心里埋下怀疑的种子。一丝小小的怀疑就行，但是你——我的上帝，你让我来了个大丰收！我必

1　Aleister Crowley，英国的一名神秘学者。——译注

须赞扬你，布拉泽斯，我从来没有料到事情会如此容易——只需对证据做一些小小的改动，那个侄子就会变成谋杀尤兰达的头号嫌犯。我非常感谢你和你那疯狂的理论。”

“疯狂！但是，转世——”

“哦，发发慈悲吧。让我看看你的刀。”

“我的——你的意思是工具？”

“对。”

“为什么？”

“我的布拉泽斯，就让我看一小会儿，好吗？”

他的请求听上去如此合情合理，以至于布拉泽斯不由自主地将手伸向领口，解开衣服，取出了一直贴身存放的圣物。布拉泽斯从柔软而又厚实的皮质刀鞘中抽出了一把刀，刀鞘因为数十年都浸在他的汗液中，颜色已经发乌。他凝视着这件充满邪恶的物品。“我不知道你是否应该触摸它。”他告诉韦斯特，“它拥有强大的能量，你的手不要——哦！”

韦斯特迅速地后退了一步。

三个人的眼睛同时盯着从托马斯·布拉泽斯胸前向外凸起的象牙刀把。

几乎就在瞬间，托马斯·布拉泽斯的能量被释放出来，去探寻极乐世界的真理了。

# 第二部

8月31日 星期日—9月4日 星期四
1924年

# 二十

周日早晨，我在铺在窗户下面的垫子上醒了过来，因为我隐约感到有人正在注视着我，而且是在非常近的距离，以至于我能感觉到她呼在我右侧面颊上的气息。这是我全身唯一一个不会感觉到痒的地方。

“早上好，艾斯特蕾，”我闭着眼睛说道，“你需要什么东西吗？”

“我饿了。”她回答道，“还有，贾维茨先生一直在打鼾。”

这个美国人确实鼾声如雷。这让我整夜都对他佩服不已。我轻轻掀开身上的皮大衣，它充当了我的棉被。身子轻轻一动，昨天受伤的地方就全都开始痛，疼痛的感觉从扭伤的脚踝到挫伤的头皮，遍布周身。昨天晚上，我的房主检查了我背部被玻璃割伤的地方，在其中一处快速地缝合了三针。我不想起身，我不想配合这个孩子的要求。如果我一动弹，昨天的头痛也许会卷土重来。

“绿——古德曼先生去哪里了？”我问她。

“罗伯特先生出去了。他给我留下了这些。”她说道，举着她的两个小拳头。我看到了一对雕刻的小鹿，一只雌鹿和一只长着小角的雄鹿。

“很好看，”我说道，“但是你不应该喊大人的名字，叫他古德曼先生。”

“但是，他让我这样喊他——”

“我知道，但是我们可以有礼貌一些，喊他古德曼先生。”

“那我应该有礼貌地喊你罗素女士吗？”她声音里带着不悦。

“我——哦，没关系，喊他罗伯特先生也是可以的。”

我必须承认的是，面对罗伯特·古德曼时，基本的礼貌会自然而然地流露。她再次提出肚子饿了，要吃东西。

我突然想到，我应该对古德曼外出这件事保持一定的警惕，但是如果这个人真的想把我们交给警察，他可以在昨天这么做，这样他昨晚就能睡在自己的床上。我不知道昨晚他睡在哪里，但当我眼角的余光扫过桌子时，我知道他进来过，还留下了一篮子鸡蛋。奇怪的是，我竟然没有听到他进来时的动静。

艾斯特蕾向后退，挪开了她悬在我上方的身子，这样我才能挣扎着起来。我的头皮悸动着，发出警告，但是我最后还是站了起来。我虚弱地走向卧室，用一只手臂撑在床边，去看望我的机长。正如我期望的那样，他看上去睡得很安稳。所以我关上了门，去给艾斯特蕾找吃的。

我打算烤面包，接着又踩在一个脚凳上去取一罐蜂蜜，我能看见罐子在哪儿，但伸直了手臂也够不着它。然后我再次爬上脚凳，因为艾斯特蕾告诉我，她的两只鹿喜欢草莓酱。

柜子里竟然还有一瓶阿司匹林，我对此深感庆幸。

古德曼回来时，也就是三个小时之后，我的头痛消退了。我朝他走过去，帮他卸下身上的帆布背包。

他带回来一大捆香肠，包裹香肠的不是肉铺的包装纸，而是过期一周的报纸。我狐疑地看着香肠，但是他却会错了意。

“孩子需要吃肉，你的机长也需要，如果他要康复的话，”他说道，“一位邻居两天前刚宰了一头猪，我知道他会多出一些。”

他是对的：我们必须吃东西，昨晚的豆子汤并不足以让这个受伤的美国人恢复元气。“我需要和你谈谈。”我对他说道。

“很好。”他回答，从工作台下拿出一个黑色的大平底锅。

我看了一眼艾斯特蕾，她和往常一样偎依在我的脚边：“晚一点再谈吧。”

“她想跟你谈谈，但是不想让我听见。”孩子对古德曼解释道。

古德曼将一捆香肠倒进平底锅，问艾斯特蕾：“这样是不是很没有礼貌啊，你觉得？”

艾斯特蕾思索了一下：“也还好啦。”

古德曼那双绿色的眼睛朝我眨了一下。“我们吃完饭一起散散步吧。”他说道。

我们把贾维茨扶到壁炉前坐下，和艾斯特蕾待在一块儿。我跟着古德曼出了门。他走进稍远处的小屋，出来的时候腰间多了一把短柄斧头。接着，他迈着轻快的步子穿过草地，然后身形一晃拐上了一条小路。这条小路一直通向外面的世界，十分好找，就是一只鹿也跟得上。所以我也跟得上。二十分钟后，他伸出手示意我停下来。

“你看到了吗？”他问。

我看着面前的路，绕过了地面上的一块石头：“看——哦，那把树枝？”

一棵矮树的一根树枝被人用一根结实的麻绳绑在了后面那棵树上。我一边小心翼翼地尽量不去触碰树枝，一边在古德曼周围走了几步，在地面上搜索着，很快，我看到了一根完整的麻绳，颜色和脚下的泥土毫无二致——触发陷阱的麻绳。

这是一个陷阱，虽然并不致命，但足以使一个人突然受到重击向后摔倒在地，并在摔倒过程中碰断鼻子或者手臂骨折。我蹲在原地朝他望过去，问道：“你设置了很多这样的陷阱吗？”

“这是私人领地，这样会让来访者敬而远之。”

“可以想象。”

古德曼对于我的表现很满意，他继续往前走。

过了一会儿，古德曼放慢了脚步，开始仔细察看林下植被。我认为这是一个开始谈话的好时机，所以开始滔滔不绝地表达我对他的感激之情，感谢他不仅拯救了我们的生命，还给我们提供了一个安身之所。他嘴里嘟囔着，接着拿出那把小斧头。

我提高了嗓门：“我应该尽快带我的同伴离开这里。”

“他的腿需要休养。”

“至少让我们搬到主屋去，这样你晚上也能好好休息。”

“棚屋很舒服。”他回答道。

我审视着他的脸，想探究他隐藏在浓密毛发之下的真实想法。

三个不速之客突然出现在他远离人烟的隐居之地，但这似乎完全没有打扰到他——除了几句不关痛痒的评价外，他对我们的情况完全不感兴趣，无论是我们的过去，或者我们的未来。可以想象，他身处在如此梦幻的环境里，肯定会影响到他的思维方式，即使面对一件几乎不可能发生的事，他也不会提出质疑。

但是这种环境对我却毫无影响。即使我们可以待到贾维茨能走路的时候，我的头脑中也绝不会充斥着梦幻的色彩，而是重重的焦虑：布拉泽斯到底想干什么？福尔摩斯和达米安在哪儿？迈克罗夫特在伦敦目前是什么处境？附近哪里可以为贾维茨和艾斯特蕾找到一个安全的地方藏身？

这些问题一直在我脑海中盘桓着，不论我身处何地。

“我们在哪里，确切地说？”我问道。

一棵小树被砍倒了。古德曼一边砍去多余的树杈一边回答我的问题。

虽然这里一点也不像我曾经期望过的阿尔丁森林，但我问话中“确切”这个词也并不适用。我们所处的位置，如我之前推测的那样，在湖区，大概位于两个村子的中间地带，而这两个村子，我是第一次听说。但是如果一个人在格拉斯米尔和雷文格拉斯中间画一条线，顺着这条线去找的话，我们应该在它中间的位置，或者更靠近东部和南部一点，他觉得。

“你一般都在哪里买东西？”我问他，“如果不从你的邻居那儿买香肠的话。”

他说了一个村子的名字，补充道：“我给那个店家一份清单，写上要买的东西，等下次去的时候带回来。我今天早上就给了他一份。”

“什么，在周日？”

“他在家，当然，正准备去教堂。我告诉他我明天会去取东西。”

我有些不安地看着他：“我真希望你去之前能和我商量一下。让别人知道你家里住着三个陌生人可不是一个好主意。肯定有人已经发现了飞机残骸。”

他把分枝剪除完毕后，将刀放回了刀鞘，然后叹了一口气：“很好，告诉我你的故事。”

“这要从艾斯特蕾的父亲出现在我们位于苏塞克斯的家门口开始讲起。”我开始讲述。我们边走边说，他一直默默听着，基本面无表情。除了在我告诉他艾斯特蕾的妈妈死了时，他发出了痛苦的声音。

“她还不知道。”我说。

他侧过身子看了我一眼。

“在过去的三十六个小时里，我并没有时间去告诉她这件事，”我抗议道，“而在任何情况下，我都没法决定是应该由我来告诉她，还是等她的父亲来告诉她。我认为应该是他。”

“是的。”我等待着更多的反应，但是没有了。所以我继续往下说。我告诉他我们的问题，或者告诉他足够的信息让他了解我们面临的危险：我们面对的是未知而可怕的敌人，这些人拥有强大资源，我们和同伴失散了，无法得知他们的近况；一个宗教狂热分子和他的走狗在追杀我们；以及我们所面临的其他威胁。“我们认为布拉泽斯死了，但是我返回酒店的时候，却很明显地看出他是逃走了。”我告诉古德曼，“而且，不知他用了什么方法，通知了一个在瑟索的下属，告诉他我们来了。”

“那个下属对着你们的飞机开了一枪。”

“我不知道除了他还有谁会干这事。”

“难道不会是一次意外吗？”

“我也想这么认为，但是这需要你努力发挥想象力，想象一下一颗流弹是如何利落地击穿了一架飞行在二百英尺高空的飞机的，而且是飞机的中心部位中弹。同时我也不能接受苏格兰北部遍地都是疯子的假设，即使这里到处都是疯子，也不可能在相隔二十英里的范围内同时找到一个宗教狂热分子和一个能对着移动目标随意射击的人。”

他点头，表示同意我的观点。

“我必须假设布拉泽斯莫名其妙地跟一个狙击手有联系。如果他有两个助手，一个在奥克尼，一个在瑟索——那么他应该还有其他的助手。”

“这就需要你在一段时间内保持低调。”

“在我和我的同伴会合并共享信息之前，我无法知道是谁，或者为什么。或者即使会合之后，也不会知道。”

古德曼扛着木棍低着头继续往前走。在我给他讲故事的时候，他带领我围着这片无人踏足的森林绕了一个更大的圈——虽然被迫省略了一些细节，因为我不想让他因此而涉险，但我发现，即使让我自己去听这个故事，我也不会相信的。

最后，我描述了一下我们的飞机快速坠毁的事，我说："贾维茨机长将飞机降落在他能看清的最空旷的跑道上，虽然后来的事实证明，跑道不够空旷。剩下的你都知道了。"

我们回到了出发的地方，古德曼坐在一棵倒下的树上，审视着远方空地上杂乱无章的建筑：前面是树，树后有屋，房屋的后面是隐隐可见的果园。过了一会儿，我在他旁边坐下。即使在头脑清醒的状态下，这片草地也像是某些神话人物的居所。一张在角落的位置写着罗伯特·古德曼名字的契据有可能会出现吗？我有一种感觉，我们更像是被一架飞机带到了另外一个世界，在这个世界里，官方的土地契据和电报线路都是不存在的。

"整个故事听上去危言耸听、夸大其词，我知道。因为没有告诉你全部的细节和人名"——这只会让你完全不相信我，我脑补了一句——"但是这千真万确。"

"好。所以你们不会马上离开了？"

"如果你不介意我们再打扰几天的话，我们会再待两到三天吧。"如果没有其他意外，我想让贾维茨的腿在走之前好起来，这是我欠他的。

"好，"他重复着，又补充了一下，"如果路人无法看出这壮丽的美景，他的灵魂必是愚钝不堪的。[1]"我一下愣住了，接着顺着他的视线看过去：一百英尺远的地方，站着一只壮美的牡鹿，每根鹿角都有六到七个尖角。这只生灵用清澈明亮的双眼饶有兴趣地观望着我们，正如我们也在注视着它。美景就是这个世界。

1　出自华兹华斯的诗《威斯敏斯特大桥上有感》。——译注他吟诵的还是华兹华斯的诗。“威斯敏斯特大桥？”我问。

他看着我，一脸好像我疯了的神情：“不，牡鹿。”

说完这句话，这个长着金发的小个子男人开始走过草地，这动静让那头牡鹿跳跃着走远了，而我对着同伴远去的背影不禁笑了起来。被砍掉了分叉的小树扛在他的肩上，像一杆步枪的枪管，或者像是小孩子秋千上的第一个支架。

我觉得把孩子更久地留在两个男人身边是安全的——事实上，艾斯特蕾跟他们中的任何一个都比跟我在一块更开心——散步能让酸痛的肌肉放松下来，所以我沿着草地的边缘，顺着一条看起来像杂草丛生的马道向西走去。二十分钟后，我来到一处可以称之为房产的房子面前。

一座四四方方、普普通通、带有乔治亚时代风格的房子像盒子一样坐落在一个废弃的花园中间。杂草从石子之间钻出来，铺满了整个路面。所有一楼的窗户和一些楼上的房间都被木板封了起来，这说明房子是闲置的。我绕着房子走了一圈，没有看到任何有人居住的迹象。

一根断裂的排水管道最近刚被人修好，尽管并没有涂上漆——我认为这也许可以解释古德曼住在这儿的原因。这所别墅的主人并不愿意房子变得完全无法居住，希望有人能照管一下，于是允许这个热爱简单事物的怪人在这附近安家，就保护这栋房子来说，这不失为一个明智之举。

不过他可不是一个普通的看门人，在我返回草地时，我暗暗思索着。他的口音和教育程度说明他属于军官阶层，他宣称自己从事过急救服务，而他的技能也验证了这一点。一个假设是，某种身体的缺陷让他无法继续从事这种工作，但是目前从他身上完全看不出这种缺陷的存在。

古德曼墙上的装饰物之一是青铜质地的英勇十字勋章，当然，这勋章有可能属于任何人——他也没有佩戴过墙上挂着的二十三个马蹄铁中的任何一个——但是我怀疑这就是他的，虽然政府并不经常向级别很低的救护车司机颁发奖章。

不管怎么说，一个人在战争结束后居住在深山老林里达六年之久，应该在战场上经历了巨大的痛苦。

我回到那棵倒下的树那儿，坐在树干上给我的脖子做按摩，经历了昨天的撞击和我一直以来的顽固性头痛，脖子变得十分僵硬。他不同意我们立刻离开也好，我想，以我目前的状态，在我们走到飞机坠毁地点之前我就会瘫倒在地了。

古德曼从前面的台阶上走下来，朝着那棵参天大树走去，去取靠着树干的那把园艺叉。他心不在焉地拍打着树干，很像我的母亲去摸挂在门口的门柱经卷的动作，接着他朝着小屋旁边走去，那里种着蔬菜，四周是低矮的围墙。

我的视线回到了那棵树上。我并没有看到任何精灵出现。也许这是一棵宇宙之树[1]，是上帝接受子民朝拜的世界之树。虽然在传说中，宇宙之树是一棵白蜡树，而这是一棵橡树。挪威神话中的对于邪恶的执念不属于罗伯特·古德曼，而是属于托马斯·布拉泽斯主教。

这个名字打开了我思绪的大门，汹涌而出的是所有的焦虑和推测，在我和古德曼聊天的时候，这些都曾被压制了下去。如果布拉泽斯还活着，他去了哪里？是谁帮了他？我应该给莱斯特雷德总督察发一封电报，通知他福尔摩斯所说的嫌犯在苏格兰的荒野中逍遥法外？还是我这样做只会让孩子的处境更加危险？

这些想法在我脑海中萦绕着，让我的头痛再次发作。所以当我看到古德曼再次出现在我的视线里，我心里十分的高兴。他在他乱七八糟的房子周围转悠，拎着满满一篮子的东西，估计有一蒲式耳重。我从枯木上翻跳下来，走进房子。

1　北欧神话中连接天、地、地狱的巨树。——译注我发现艾斯特蕾正在举行另一场玩具茶话会，很简陋，但却有各式各样的客人。她给美国人用了瓷质的茶杯以表达对他的尊敬，而自己就凑合地用了一个橡子当作茶杯。谈话内容是关于她在家里的另一个玩具，语气十分开心。小孩子身上所表现出的顽强生命力，让我深感意外。

我坐下来，面前是一堆需要剥皮的干豆子，随意地滚落着。艾斯特蕾马上拿出两只橡树果实，并递给了我一个。我对她说了谢谢，她把另外一个递给古德曼，一脸期待地等着看他的反应。贾维茨冲我露出了慈父般的笑容，我一脸懵懂，不知道该怎么玩这个游戏，但是古德曼却没有任何犹豫。他把杯子举到嘴边，吧唧着喝了一口，然后咽了下去，一脸满足的表情。他惟妙惟肖的演技让我不由自主地瞟了一眼我手中的小橡子杯，有一个瞬间，我在怀疑他的杯子里到底是不是真的装满了茶水。

# 二十一

$$a \div (b+c+d)+e-(1/2c)$$

迈克罗夫特在周一做出决定，工党政府的选举对于他目前的窘境也许能起到比他认为的更大的作用；但是，因为并不能起到决定性的作用，所以他减去了一半。

虽然很难确定，但他觉得今天是周一。这令人痛苦的困境。他隐约感觉有人在他的某些饮食中添加了药物——但分量很小，仅能让他昏昏欲睡而已。他希望如此。如果仅仅因为孤独就能妨碍他控制自己的思想，想想他都觉得丢脸。

在这个房间里，只有两个地方能带来外界的刺激：头顶的窗户和看守。

当他站起身时，离头顶也就十几英尺的距离有一个天窗。那是一个四英尺见方的窗口，窗户是半透明的玻璃，或者说，这块玻璃原先就是一块普通的玻璃，但后来不知道什么时候被刷上了白色的涂料，而现在上面则积满了数十年的灰尘和过路鸟儿的粪便，十分昏暗。他倒宁愿当年那个刷玻璃的人干活时偷点懒，这样会让一个囚徒哪怕能看到一丁点的天空。但是没有，现在他面对的就是一个四方块，微光在黎明时出现，在黄昏时消失。光线在黎明和黄昏之间，弥漫在地板和墙面上。（从逻辑上讲，这个封闭的空间外面可能还有一个房顶，房顶之下安装着一盏灯，人为地升起或落下，用于扰乱他对时间的概念以及打乱他身体默认的饮食规律——但是如此居心叵测的目的是什么？这个主意非常恶毒，让人无法忍受，最终会把人逼疯。）

昨天（是昨天吗？），头顶传来微弱的刮擦声，让他心跳加速，但只是鸽子。如果躺着朝上看足够长的时间，他常常发现一道黑影会快速地闪过刷白的玻璃。有一次是一大群鸟在很长一段时间内从他的眼前飞过。

至于看守，有两名。年轻一点的穿着西提牌的鞋子，一般早上出现。从外面的走廊走过来，脚步轻快而有节奏，像运动员一样。坚硬的鞋跟踩在磨损的地面上，发出摩擦声。年纪大一些的，是一个矮一点的胖子。他穿着一双旧靴子，走路时有一点拖沓。他负责下午和大部分的夜间巡视。

不论是哪种情况，食物和水都被放在走廊一侧的顶部，顺着一个四周都被墙围起来的狭小通道放下来。迈克罗夫特对着墙壁上的洞口想象出了一个盒子的形状，这个盒子被固定在洞口之内，有坚硬的金属包边，盒子的盖子可以拆卸，以便放进食物和再次给杯子加满水。一天早晨，他扣下了一个杯子，想看看会发生什么，而他的看守——那个年轻一点的人——只是简单地将水倒在通道的地板上，然后离开了。

那个年轻一点的人对迈克罗夫特很感兴趣。

食物和水（加了药的，或者没有）总是按时送过来：早晨七点，下午三点，晚上十一点——他能听见国会大厦的大本钟的敲钟报时。穿尖头皮鞋来送早饭的人非常准时，和他快速的脚步一样。七点前后两分钟。年纪大一些的就比较随意，尤其是送夜间最后一顿饭时，十一点钟的饭食经常提前一刻钟送到。但是不管送饭时间是否准时，也不论送饭的人脚步是否一样，他们带来的食物都是一样的：一个圆面包、一个水煮鸡蛋、一杯水和一个苹果。那天早晨，苹果变成了橘子。他花了将近一个小时来考虑这变化意味着什么，然后才决定吃这难吃的食物。

剥开橘子的皮至少能改善房间的气味，哪怕就一会儿。

关押他的地方位于河边一所废弃的仓库的顶层，他偶尔能听到河上有船开过。

墙角和地板上的碎屑都说明这个地方曾经储存过各式各样的货物：茶叶和姜黄，堆积成层的染料，金属零件的凿子。他还发现了一片中国瓷器的碎片，也派上了用场，还有一个威廉四世时期都很少见的一种法新硬币。

外面的街区一片寂静——他几乎觉察不到楼下有日常活动，这也是唯一一个让他犹豫要不要打破窗户的原因：如果他打破窗户，也没有人能听到他的呼救声，而夜晚刺骨的寒风从窗户灌进来则可能让他冻死在这里。任何情况下，唯一能打破窗户的重物就是他的便桶，但他觉得还是不要将桶里的秽物泼洒在地板上为好。

他的思绪又一次处于游离的状态。他将自己从无用的胡思乱想中拉回来，再次将注意力集中在墙壁上的公式。

$$a \div (b+c+d)+e-(1/2c)$$

第一个字母再次吸引了他的目光。a 是会计[1]这个单词的第一个字母，小孩子的书也会有这个字母。达米安是否为孩子画过一本写着 ABCs 的书？艾斯特蕾是孩子的名字，e 是艾斯特蕾的第一个字母——不，e 代表着迈克罗夫特·福尔摩斯，他把自己叫会计，是监管大英帝国账本的人。

近年来，他的记账工作——国家财政和政治的资产负债表——已经开始考虑道德的因素。早些年它更像是一家非常简单的企业的资产负债表，简单得就像一页纸上黑白分明的数字，后来这张纸上慢慢地出现了灰色甚至彩色的阴影。他开始意识到一个热衷于为自己攫取利益的政府需要一个外界

1　会计在英文里是Account。——译注

的仲裁人。虽然政府本身并不认可这种需要。而即便迈克罗夫特做这个道德仲裁人，也将会是一个极其讽刺的选择。

他的思绪再次回到墙上的公式，他站起来，身形略微有些摇晃，在墙上刻下了另一个因子：

$$a \div (b+c+d)+e-(1/2c)-(f)$$

他心不在焉地吮吸着手指上的出血点——瓷器碎片虽然能轻易在泥灰墙上刻写，但是异常锋利。他在思考f。f是一个时期的总和，那时迈克罗夫特·福尔摩斯一直扮演一个故意和政府作对的角色。他认为自己这种绕过势力渐衰的首相的行为，直接代表着国王，但是实际上，所有的决定都是他一个人做出的。在他的职业生涯中，他有三次越权，超出了情报机构的职能，做出了其他人无法做出的决定。有两次，他利用手中的权力为自己谋取了更多的利益。

第三次中途遭到了破坏，四天前，他在新苏格兰场的门口被一个携带武器的人绑架到了这里。

迈克罗夫特在扮演上帝的时候，也有过陷入道德困境而左右为难的时刻。他能在自己的脸上看出自己的良知；如果说他曾做过一些不光彩的事，那么让他满意的是，他走的是正义的路。

不——从去年开始，他开始关注自己在镜子里看到的那张脸——稀疏的头发，下垂的脸颊。这是个回望人生的老人，尽管他只有七十岁。

迈克罗夫特对于扮演上帝的角色一直都很满意。但是谁又能说他的继任者，那个取代他位置的人，也会有一颗良知未泯的心？

# 二十二

周一时，虽然只有后脑勺还有些痛，但突然活动一下还是会让我感到恶心。所以我告诉自己，就算多休息一天，世界末日也不会来的，于是把所有计划都向后顺延了。

早饭后，古德曼送给艾斯特蕾第二只栩栩如生的木头小兔子和一只三英寸高的组装小熊，小熊的各个关节是用皮带连接在一起的。

上午，他用那棵小树给贾维茨做了一根拐杖。大个子将它架在胳膊下面竟然非常舒适。

午饭后，古德曼返回附近的村子去取他之前下单采购的东西。他带着我写给《泰晤士报》的一封信，并附了一英镑的纸币，要求他们为我持续发布一条消息，一直到将一英镑花完。这条消息是为了吸引像福尔摩斯这样的业余养蜂人的眼球：

> **数以千计的人享受养蜂的乐趣，养蜂是一种安全可靠的爱好，仅在周末的牛津大街到摄政公园之间进行训练。**

发一封电报则更为复杂。我给莱斯特雷德发电报的话，他不一定会发布针对布拉泽斯的通缉令。给迈克罗夫特发电报会和直接给苏格兰场发电报起到一样的效果。

古德曼回来时背了一个巨大的袋子。在打开袋子的时候，艾斯特蕾雀跃不已。从袋子里拿出来的袜子和衬衫，我估计，和裤子、靴子一样，都是贾维茨要求的，因为他在飞机坠毁的过程中基本上丢了所有东西，而我的套头衫还能穿。我当然没有提出买一条裙子的要求，尤其是一条仅宽三英寸，长两英寸的裙子。对于一个隐士来说，竟然为一个小孩子买了两条这样的连衣裙，我觉得不仅完全没有必要，而且很愚蠢。

他看出了我的不满，也明白原因所在："村子离外界有五十英里远。"

"你认为到目前为止还没有人发现那架飞机吗？"

"你需要换洗衣服，"他语气很坚决，"还有，这是你要的《泰晤士报》。"

很明显，他想用报纸来转移我对于装在袋子底部的东西的注意力：一套小卵石，用一个红色的棉布袋装着，还有一个已经放进艾斯特蕾手里的软布娃娃。我要想不听她高兴的尖叫声，就必须站得远远的。

我放弃了，拿着报纸往外走去。

周一，9月1日。我逐条扫视着福尔摩斯所说的私事广告栏里刊登的小广告和信息。其中有两到三个吸引了我的注意力——一个是对于健康有益的蜂蜜广告，另一个是女子驾驶学校的通知，我的驾驶技术一直以来都饱受伙伴们的批评——但是最后我发现这两则消息没有任何隐含的意义。

因为没有其他更好的娱乐活动，所以我从头到尾读了一遍报纸。然后我把报纸叠整齐，递给了贾维茨，希望他也能感激报纸让我们知道外面的世界并没有消失不见。

但是，完成这些之后，我找不到其他事情可做，只好返回屋内，加入了我孙女的玩具茶话会。

有了冰冻后的饼干，茶话会变得圆满了。而买来饼干的人居然是一个居住在密林中固执倔强的野人。

周二早晨，我头脑开始清醒，而我身上的擦伤也开始好转。清晨，当我们醒来时，古德曼已经出去了，但很快就回来了。后来，他和我一起出去散步，走了一条和我们昨天的路线正好相反的路。贾维茨留下来照顾艾斯特蕾，或者被艾斯特蕾照顾。我花了一晚上的时间改裙子，想着这样也许能让我不那么惹人注目，总比穿着一条膝盖破洞而且沾满泥浆的裤子要好，但是裙子并不适合在林中行走，所以我不得不每过几分钟就停下来，处理被荆棘或者树枝钩丝的裙子。

我注意到了两个由弯垂的树枝掩饰的陷阱。好人罗宾或许会接受不速之客，但这位隐士却完全不允许外人在他毫不知情的情况下闯入他的领域。

五分钟后，我们走到一面高墙前，墙上有一道狭窄的金属门。窄门上锈迹斑斑，但是，门上结实的挂锁却没有任何铁锈。

“我需要单独去村子一趟。”我告诉他，同时用手掸了掸身上的裙子，检查了一下我的靴子，看看上面是否沾了太多泥浆。

“大概需要多久？”

“最多一个小时，你确定那里有电报局？”

“那里有邮局，”他回答说，“邮局里可以发电报。”

“你的意思是如果发电报的人没有翘班去钓鱼或者不用在家照顾他年迈的老母亲的话？”

“买点牛奶，给孩子。还有，我觉得她需要一件暖和点的衣服——”

“哦，看在上帝的分上，”我说，“听着，当我回来的时候，你会在这里的，对吗？”

“或者在村子里。”

“好吧，半个小时后你再过来。如果你在街上看到我，要假装不认识。”

他从口袋里掏出钥匙，打开了那扇门。我迈到路上，朝着村子走去。

我意识到，我很幸运。这个村子坐落于湖畔，而这座湖是英伦复古旅游线路中一个风景如画的景点。从一艘蒸汽轮船上刚刚走下一船兴致高昂的游客，所有的游客都穿着舒适的鞋子，手里拿着旅游指南和导游册子。我的穿着并不像一个游客，没有戴帽子，也没有指南，没有一脸的兴奋和激动，但是作为一大群陌生人中的一个，我并不是特别显眼。

在村子的商店里，我选了三张明信片，一份当天的《泰晤士报》，一罐旅游糖果，然后排队购买邮票，接着咨询了一下发电报的事。村里负责邮政服务的女士相当迷糊，但不可否认，她的相貌相当出众。她确认这家店确实有邮政业务，也有配套的电报机，但是她建议我最好绕过湖去镇上发电报，因为一向是她丈夫负责使用这台令人头疼的机器，但他得了疟疾，正在卧床休息，不便打扰。

这位女士用一种悲痛万分的神情向我解释，总共花了漫长的六分钟。我身后的队伍已经排到了门口。我简直想翻过柜台自己敲出电报内容。但我清醒地知道，这样做对于自己不想惹人注意的初衷没有任何帮助。

所以，我耐心地听她哽咽着说完了自己的故事，然后目光犀利地看着她，告诉她我一定要发一封电报，而且是现在。如果发不了这封电报，我就会告诉我在伦敦电报局的叔叔，这个村子的邮电局需要特别注意一下。

她推开窗户，将她的丈夫叫了过来。

我给了他俩一个甜美的微笑，回到了商店里拥挤的人群之中。

这封我决定发出的电报收信人是迈克罗夫特，内容如下：

**一切安好很快回家但需要立即关注奥克尼·布拉泽斯句号能收到正常消息句号罗素**

对那位绅士表示感谢后，我走向他的太太支付费用。当我打开钱包时，眼角的余光瞥到了窗外，我看到了罗伯特·古德曼。

店主注意到我视线转移的方向，急忙向在伦敦有着强硬后台的危险客人做出保证："别担心他，他就是我们这儿的一个疯子。"

窗外一只绿色的眼睛对我眨了一下。"你确定？"我问道。

"千真万确。疯疯癫癫的，跟一只野兔一样，但却会付账。"

我也付了账，然后离开了。因为古德曼走进了隔壁店铺，所以我能看到的只是他穿着外套的背影。

好吧，罗伯特·古德曼出现了，应该没有人会注意到我了。

我们在分手的地方集合了。他的肩上又扛了一袋东西，里面装着食物和其他供给。我买了《泰晤士报》——还是没有发现任何来自福尔摩斯的消息，或者迈克罗夫特——几张明信片和一罐糖，都是为了掩人耳目而买的。

# 二十三

直到周二，夏洛克·福尔摩斯都有一种感觉，就目前的境遇来说，或许待在一间干净温暖的牢房里更好一些。

周日下午，他心情大好，因为即将抵达荷兰。作为戈登的船员在甲板上待了一天，持续的体力劳动让他不得不想到他的年纪。自从决定去投奔海宁医生口中隔了两代的远方堂亲并在那里避难之后，他和海宁医生并没有什么交流。他甚至和达米安也没说什么话，因为达米安一直都在沉睡。

他们此行的目的是一个小渔村，大概位置是在从阿姆斯特丹到荷兰角的三分之一处。看上去确实是个完美的隐匿之地，他必须承认。任何一个思维正常的人都不会想到来这儿寻找夏洛克·福尔摩斯。而也许要好几个月，关于他们在这儿出现过的消息才能传到英格兰。

当他们靠近海岸线时，医生来到甲板上给戈登指路，还告诉福尔摩斯达米安开始发烧了。

“情况不容乐观，关键是我们要把他转移到一个安静和平稳的地方。”

“我这两天来一直都在做这件事。”

“我不是指责你，只是想说，他需要静养。”

“你的堂兄能提供一个安静的地方吗？”

“是的，平稳是没有问题的，但我想，是否安静就要取决于他那里有多少客人了。”

福尔摩斯转向她，一条眉毛向上挑起：“客人？”

“别担心，如果房子住满了，他会将我们安顿在其他任意一个小屋里的。”

“海宁医生，现在还不算太晚——”

“不，不，没问题的，别担心。艾瑞克一向把自己看作艺术的赞助人。他非常富有，也是个特立独行的人。他还是美国内战专家，偶尔为一些主要的战斗部署作战计划。但是客人们一般只待一到两天而已。当然，里面会有一些艺术家。十年前艾瑞克退休时，他觉得为艺术服务的最佳方式就是给兴趣相投的艺术家们提供一个聚会场所。所以他买下了半个村子，邀请画家和雕刻家在空闲时住在这里。”

“这才是最不幸的地方。”

这次轮到海宁的眉毛向上挑起：“你反对艺术家？”

“一点也不，但是你在和达米安的谈话过程中，没有发现你的病人是一个艺术家吗？”

“伦敦半数以上的人都说自己是艺术家。”海宁不屑一顾，“他们既不是诗人也不是剧作家。”

“达米安·艾德勒是货真价实的艺术家。他，实际上，在某些艺术圈里还是一个很有名气的画家，一个画家的聚集地可不是一个能让他藏起来的理想之地。”

“我明白了。”她说。

福尔摩斯用手揉搓着自己的脸。年轻的时候，缺乏睡眠只会让他的思维更加敏锐。而现在，只要两三个晚上不睡，他的大脑就会变成一团糨糊。他变得软弱，衰老而且软弱，很容易就因为一张床和一个热水澡的念头而分心。现在他是多么讨厌指甲触摸到的络腮胡子。

在荷兰，还有其他的选择吗？他有一个同事在阿姆斯特丹——严格来说并不是同事：这人是一个罪犯，经营着好几家非法赌博的公司，不过有一两次证明他是很有利用价值的。

但是此人可靠吗？经不住诱惑而向警察出卖达米安的可能性也许太大了。

“我们必须隐瞒达米安的情况，而且避免用他的名字，”他告诉医生，“一旦他能够行动，我们马上离开。”

“很抱歉，我不是故意的。”

“是我的错。”福尔摩斯说，声音中透出一丝疲倦，然后走下甲板去跟病人解释目前的情况。

两个小时以后，他们接近了一个小海湾的入口处。福尔摩斯和医生并肩站在船栏处望向前方，一座宏伟的白色建筑进入了他们的眼帘。房子前面有几英亩的草坪，一直延伸至海边，树林后面还有六座小茅屋。完全是一个农场的布局，这里更像是弗吉尼亚州的殖民地，而非荷兰的海岸。

“我们到了。可以把他安置在船库。”医生说，然后转向戈登告诉他下一步怎么做。这无论如何是个很不错的主意。藏在船库会减少他们被人看见的机会，而且不会被问到一些不方便回答的问题，如护照和靠港的许可问题。

当他们把船拴好后，海宁身形敏捷地跳到岸上，向那所大房子一路小跑过去。当她跑到了草坪一半时，一个身材椭圆、身着优良质地的白色套装的男人走下台阶来迎接她。他给了海宁医生一个大大的拥抱，然后放开了她。海宁医生跟他解释了一会儿，接着他转身向站在后面台阶上的人下达了命令。三个人马上转身离开了，其中两人回来时手里多了个东西，当他们走近时，福尔摩斯发现那是一副可折叠军用担架。

当天晚上，尽管按照医嘱搬到了安静平稳的住所，达米安还是在发烧。福尔摩斯和海宁待在年轻人的床边，用湿毛巾试图帮他降温。达米安睡得很不安稳，还不停地出汗，用三种语言断断续续地说着胡话，用汉语跟尤兰达对话，跟他的母亲说的则是法语。

最终，凌晨时分，他比之前安静了一些。轻微的鼾声从医生坐着的地方传来，跟窗外的微风混合在一起。福尔摩斯坐在床尾，端详着儿子熟睡的面庞。

一个小时后，海宁医生动了一下，紧接着在黑暗中突然挺直了脊背。“他在睡觉。”福尔摩斯在她做出更剧烈的动作之前小声地说。

她站起来，摸了一下达米安敞开的胸口处，将被子拉回到他肩膀，盖好。接着她转动了一下自己的脖子和肩膀，露出一脸痛苦的表情。

“你去睡一会儿吧。”福尔摩斯告诉她，“如果有任何事情发生，我再叫你回来。”

她点了点头，尽管她并不急于离开她的病人：“二十天？从你认识他的时候算起？”

“今天是周一，三个星期。”

“他的母亲是谁？”

“一个比我聪明的女人。”

“他长得像她吗？你看着他的样子……”

“现在像。”

周一好像过不完了；福尔摩斯早就发现，在方圆二十英里之内，找不到一份《泰晤士报》。

达米安还在睡。福尔摩斯最终还是把病房交给了海宁医生，自己上床休息。

傍晚五点，福尔摩斯靠着茅屋敞开的门，听着达米安平稳的呼吸，内心的挫折感不停地翻腾着。阴影一寸一寸掠过草坪。他发现他希望眼前出现身着灰蓝色制服的士兵手持古老的火器互相开火的场面。

与他的想象正好相反，从那所房子里传出来的音乐声让他的手指不由自主地为小提琴打着节奏。

“你不用一直待在这儿，”医生的声音从身后传来，“他睡得很踏实，我有一本书。”

他没有作声，目光落在了位于茅屋和草坪之间的戈登身上，他赤裸着上身，正低着头在甲板上忙活着。

“去吧，”她催促道，“体力劳动会让你晚上睡个好觉。”

他想开口问，为什么她会觉得他有睡眠障碍，但他改了主意：“我的朋友华生会告诉你我从来都不听医生的话。”

“那就把我的话当成一个朋友的建议吧。”

他看了她一眼，内心隐隐有些不安。她肯定是从他日常的过激反应中捕捉到了信息——尽管这本身就是一个糟糕的信号——他将自己真实的想法泄露给了一个陌生人。

但是，她是对的。没有什么东西比艰苦的体力劳动更能让一个人摆脱挫折感。

他回头望了一眼沉睡中的达米安，然后穿过草坪向戈登走去。在走近甲板的时候，他挽起了衬衫的袖子。

干活起到了一些作用，但是，周一还是无穷无尽。

所以，周二的时候，福尔摩斯从被关押的感觉中重新振作起来，刮了胡子，跟房子的警卫换了点钱，穿上他唯一的一套西服（在过去几周诡异的旅行中，他竟奇迹般地将他的行李箱保存了下来），又问海宁医生，如果他坐火车去阿姆斯特丹，她是否想从那里给某人发一封电报？

确实，到目前为止，在威克镇，应该已经有人注意到海宁医生失踪了吧？

# 二十四

开往阿姆斯特丹的火车又小又旧。在一个能够高度容忍破损的国家，这种本来已经处于报废状态的乡间列车，却被擦洗得一尘不染。

另有两位乘客也在这个小站上车，是一对已经结婚许久的夫妇（两枚戒指都磨损得很厉害）。他们在车厢后面坐了下来，而福尔摩斯走向了另外一节车厢，用报纸挡着自己的脸。

他拿着一份荷兰报纸，在掩盖自己身份的同时也能分散一下注意力。

列车运行了三站之后，福尔摩斯收起了报纸，跟在两个公务员（一个袖口处带有墨水喷溅留下的痕迹，另一个的手指能看出他长期从事打字的工作）的后面下了车。他跟着这两个人一直走到车站报亭的位置，随意地浏览了一下。在最后一分钟，他改变了方向，跟在一个颓废的年轻诗人（他口袋里露出的一截小纸片上写着十四行诗）后面，缓慢地朝下一节车厢走去，并从那里上车：并不是因为预料到有人正追踪他的形迹，而是福尔摩斯还没老到忘记伪装。

他将报纸抖开，努力压制着自己的急躁，开始看报。列车每到一站就跳下去寻找《泰晤士报》的做法毫无意义。他将很快抵达阿姆斯特丹，在那里找到国际报纸的机会大得多。

他知道，这些报纸上也不会有任何他感兴趣的内容。毕竟，今天才周二。考虑到带着个孩子，以及离开奥克尼单一的交通方式，罗素有可能正在想办法从苏格兰北部区域沿路而下。

要想从《泰晤士报》上的私事广告栏里找到她留下的信息，可能性绝对微乎其微。

另一方面，还可以指望迈克罗夫特。罗素的报告里提到苏格兰场对他哥哥的住所进行了突击检查，关于这一点，福尔摩斯还是觉得难以置信。这有可能是谣言吗？虽然莱斯特雷德总督察是一个性格偏执的人，但此人之前从来没有显露出有彻底疯狂的迹象。

福尔摩斯在翻页的时候将那页报纸撕成了两半，同时陷入了思索中。这就是他避免将家庭和职业联系过密的原因：这会让事情变得更加困难。

他现出痛苦的神色，粗暴地将报纸收起来丢到一边。也许有人会说罗素拖延了他的进度，或者是迈克罗夫特。但不是这样的，或者说，这种情况很少见。

剩下的时间里，他倾听着其他人的口音，让自己的耳朵对于这种独特的语音熟悉起来，并练习着做出几个关键词的口型。

列车抵达阿姆斯特丹，福尔摩斯向前走，刻意地以一种荷兰式的礼貌下了火车，朝着报亭走去。正如他所料，这个报亭里仅有的《泰晤士报》是周一的。他还是买了一份，外加一份《巴黎新闻》，并向卖报的人询问这两份报纸的周二版何时到货，然后他沿着街道向下走去，在一家有着法国名字的服装店门口停下了脚步。

一个人不需要完全隐身，只要能自圆其说，不引人怀疑就行。

他离开服装店的时候腋下夹着一个包，里面装的是一身英式套装。他在寻找服装店店员推荐的理发店。理完发以后，他拿着采购的东西沿着街向前走去，进了一间小咖啡馆，用浓重的法国口音跟侍应生说，请给我一份咖啡和三明治。他点燃了一根法国雪茄，用刚刚修剪过的一只手不经意地滑过刚刚修剪的头发（头发和胡子都修剪成了巴黎最新款），衣服的法式领口配着里昂的领带，焕然一新地坐在那里。在阿姆斯特丹，这就是一副标准的绅士模样。他一直等到服务生将一小杯咖啡和一份三明治卷端到他面前，才开始阅读那份英文报纸。

仿佛过了半个世纪，他一直在分辨刊登在私事广告栏上的各种牢骚和八卦消息；他的眼睛对于这些消息的敏感程度如同一个雕刻家用手触摸一块石头的纹理。粗略地浏览过后，他知道这些密集排列的消息里并没有他感兴趣的内容。但他依旧按照自己的方式系统地审视了每一条消息，直到他确定，无论是罗素还是迈克罗夫特都没有在上面留下任何信息。

他在亚麻桌布上留下了一些硬币和两份报纸，接着开始进行今天的下一项任务。

他的第一站是邮局。他在邮局发了一封信给《泰晤士报》，内容是当天早晨他写好的，要发布在私事广告栏里的一条消息："蜜蜂可能会在异国他乡大量繁殖。"

但是，在苏格兰场遇到的麻烦事让他对于依赖皇家邮政服务的做法产生了质疑。信件太容易被打开了。他需要的是一种私人的沟通方式，不易被打断或干涉的沟通方式：一部电话。而且，从表面上看，没有任何理由可以阻止他走进一家公用电话局去打长途电话。

但是，为何"从表面上看"这个短语会让他想到去年春天深夜在太平洋上发生的那起意外？当时，他正和罗素靠在船的栏杆上聊天，眼光无意识地追随着从船头掉落海面的漂浮物，直到他大脑深处不断发出指令，迫使他正视它。当海浪持续不停地向前奔涌时，他才意识到一个漂浮在海面上的不明物体是不可能和轮船并驾齐驱的。突然之间，他看清了它的形状，也明白了它的身份：一条令人不安的大鲨鱼的背鳍。

他需要将注意力集中到布拉泽斯的案子上，但是莱斯特雷德不合常理的鲁莽和武断一直在打乱他的思绪，就像在月光照耀的海面上漂浮着的杂物。

那也许就是对方设下的陷阱。当然，同样貌似可信的也许是莱斯特雷德先是失去了理智，然后失业，而迈克罗夫特此时此刻甚至已经在那隐秘的政府办公室里就座，一边品尝着早晨的咖啡，一边思考着世界的格局。

他摇了摇头：一次只处理一件事。一旦达米安脱险，就有足够的时间关注迈克罗夫特。但是，谨慎并没有坏处。在缺乏信息的情况下，他也许会跳到一条如一辆车大小的鲨鱼身边游泳。

从车站离开二十分钟后，他找到了他想要的东西。一座富丽堂皇的酒店，刚刚装修过，目标客户是现代旅行者。他要了一间虽然不是最贵但也价格相近的套房，并告诉酒店经理他的行李会在晚上之前送到。他向酒店确认房间内是否配备了国际长途，对方向他确认酒店安装的是最先进的设备，只要电话交换局能转接，就能打通。

福尔摩斯对此表示很满意，所以让人护送着走进了位于东侧高层的房间。他摘下帽子，坐在一张桌子旁。桌上摆放着一束精心搭配过的鲜花。然后他拿起了听筒。

如他所料，从这个地址打出去的电话会被优先转接。在接下来的一刻钟里，他一直在跟一位操着英国口音，有着他很熟悉的声音的人通话。电话信号有时候会传出噼里啪啦的声音，也偶尔会听不清楚，但是整个沟通过程足够清晰明了。

这两个人已经认识超过三十年了，当年八岁的比利试图从福尔摩斯口袋里偷走钱包，两人却因此而结缘。这个年轻的小偷在被抓时所表现出来的厚脸皮和高智商让福尔摩斯当场决定雇佣他，并最终让他在哈德森太太的厨房里帮忙，成了最不可能的一个帮手。更重要的是，比利还是他和街面上的小混混们的联络人，他将这些小混混称作“编外人员”。现在两人互相寒暄了一下，这种专门设计的寒暄是用来表明他们现在都是独自一人，以尽可能地确保通话安全。接着，福尔摩斯切到正题，如往常一样，尽量使用含糊的表达，避免提起人名——没人能确保一个无聊的接线员不会偷听他们的对话。

“我需要你帮我联系一下我哥哥。”福尔摩斯开始了对话。

“你知道他被捕了吗？”

“被捕？迈——”在名字几乎脱口而出之前，他停了下来。他手里握着胶木的听筒，咯吱咯吱作响。

“你不知道？”

“我听说是突然检查，但是被捕？为什么？”

“实话说，好像是投机。我只听说他周三被传唤并被带到警察厅接受质询，但从那之后就没人见过他了。你需要我去他家看看吗？”

“不。”他尽量想象到底发生了什么事，竟然导致了被捕——迈克罗夫特被捕！这会将猫捉老鼠的游戏推向最高潮。这应该是苏格兰场一些人一时的心血来潮：权力游戏会更加微妙。不管原因是什么，这都是最麻烦的结果。他还指望用一下迈克罗夫特的关系网呢。

“不，我认为你也要远离他的寓所，也不要和苏格兰场有任何接触。如果有我哥哥回家的消息，你可以用公用电话给他打一个电话。仅此而已。我过几天就会回去，我确信，这是一个误会。”

“希望如此。”英国口音的人听上去非常不安。不管怎样，如果荷兰的电话接线员不喜欢英国人，就可能很快切断电话。

然而，在着手处理难题之前，福尔摩斯还得继续冒险问另外一个问题。

“我其他的……家人怎样了？”

“你的太太？”

“是的。”只有迈克罗夫特和罗素，现在加上海宁医生——知道达米安的身份。

“没有她的消息，想让我打听一下吗？”

“别担心，她只是出了趟门，我相信她很快会联系我的。”

“如果她联系我的话，你想让我告诉她什么？”

“睁大眼睛，你也一样。”

“我明白。”

“我需要你帮我做一件事。”

“任何事都可以。”

“一个自称托马斯·布拉泽斯的主教，他有一间隐蔽的教堂，教堂的名字是光之孩子，在……”

“在布朗普顿路，是的。”

伦敦发生的大事小情都逃不过比利的眼睛，这一点是可以确定的。“你看看能不能打探到有关布拉泽斯的消息，还有他的助手，一个叫马库斯·冈德森的重刑犯，曾在斯克监狱坐过牢。”

“马库斯·冈德森，”比利重复了一下，“托马斯·布拉泽斯，还有其他特别的交代吗？”

“我需要知道布拉泽斯是如何在这么短的时间内为自己弄到一个新身份的，他去年11月才从上海来的轮船上下来，根本没时间弄到一个新身份，一所房子，一个像冈德森一样的助手，还能找到一栋楼用来传经布道。”

“你认为有人在帮他？”

“我认为他曾和地下犯罪团伙有过接触，是的，我想知道他是怎么办到的。

“还有，比利，布拉泽斯死了，尽管很可能还没人知道这件事。你自己行事的时候要小心：我不知道他和犯罪集团是什么关系，所以也不知道这是否仅仅只是一笔交易，还是会有人出手进行报复。”

“我曾经有过一个老师，他总是告诫我说要睁大眼睛。”

“好孩子。你记得我家人和我互相留下消息的地方吗？不要说出来。”

电话线那头传来很长一段模糊的嘈杂声，比利怀疑他们的对话可能被人偷听了。不过，不管福尔摩斯暗示的是什么……

“我记得。”年轻人回答说。

“我需要你这几天都去这个地方看看，如果我们需要你，我们也会在那里给你留下消息。”

比利思索其中的含义，电话那头传来了更长一段时间的停顿。

“早晨去，是吗？”比利问。

福尔摩斯长舒一口气，面露微笑：《泰晤士报》是晨报。“正确，如果你想给我传递消息，你也可以这么做。虽然我确定这些天你忙得跟一只小蜜蜂似的。”

“一只忙碌的——啊，你说对了，政府。如果有其他的事需要我，任何其他事，尽管告诉我。”

“我们会的。”

福尔摩斯将听筒放回电话。过了一分钟，他又拿起了它，然后再次挂上，开始坐下来思考问题。不，他决定了：他最好还是明天再和荷兰赌徒联系，而不是今天。放弃打电话的他从桌上的鲜花中摘下一朵含苞待放的白玫瑰插入上衣的扣眼中，戴上那顶帽子（法国新款），然后离开了酒店。

半小时后，他朝北走了一英里的距离。他走进一间电报局，代他那粗心大意的同行者给威克和瑟索发了电报，报了平安。

接下来的时间全部用来进行单调的调查，随着恐惧不断在脑海深处噬咬，时间在缓慢地流逝。他坚定地告诉自己，罗素和小艾斯特蕾一定会安然无恙的，达米安在画家们的聚会地和在地球上任何一个地方一样安全，他也很快会回到伦敦，迈克罗夫特会跟他解释究竟发生了什么事。强制休假对于任何人来说都没有害处。他沿着运河走，参观了一座博物馆，吃了一顿没有什么胃口的休闲午餐，对所有遇到的人都用纯正的法式礼节打招呼。他买了一些衣服，包括给医生的替换衣服——她前一天被迫穿着借来的一件很不合身的长袍——给达米安的衣服——他身上的衣服是典型的波西米亚风格，在人群中显得特别扎眼。在一家文具店的橱窗外，他看到了一本精致的素描簿，所以就连同一套蜡笔都买了下来：一旦那孩子的伤势好转，这些东西能让他打发时间。在街道的尽头，他又在一家店铺里买了法国雪茄和英国烟斗丝。

报刊经销商曾告诉他外国报纸会在三点之前到货。在三点二十的时候，福尔摩斯回到了火车站附近的小商店，问店主那两种报纸是否已经到了。法国的已经到了，但英国的还得等。他向店主做出一个法式耸肩，买了一份法国报纸，然后回到了咖啡馆。

四点之后，他注意到一辆小邮车停在了报亭门口。他喝光了第二杯咖啡，因为时间太久，咖啡已经变凉了。他在桌上留了一些小费，作为长期占据这张桌子的补偿。然后他气定神闲地回到了小店。他还没开口，店主就递给他一份当天的《泰晤士报》。福尔摩斯将报纸叠好夹在腋下，然后向车站走去，在等火车的时间里，他仔细研读了首页。

实际上，对于在报上发现消息，他并不抱希望。不是吗？但是为什么他感觉到心情如此低落？

火车来了，他再次踏上返回海滨小镇的旅程，他需要的是离开荷兰，而不是更深入地走进荷兰，火车每行进一英里，他就得把这个渐渐强烈的想法压制一次。

# 二十五

彼得·詹姆斯·韦斯特俯视着椅子上的人。很奇怪，他想，人死了之后就变得渺小了。

“他正好把那刀放进了你手里，”冈德森目瞪口呆地说道，“他肯定想不到你会用它。”

“真是令人印象深刻，想想布拉泽斯是怎么凭借自己的臆想来为世界制定规则的。”

“他就是一个彻头彻尾的大骗子。”

两人对视了一眼，仿佛一场迅速而无声的对话。

你最好相信我也是这样想的。冈德森的眼睛透露出这样的信息。

确实如此，你已经告诉我了。韦斯特用眼睛回答道。

这就是我并没有提到我买了一份小额保险的原因，以防有一天你认为我不再有利用价值。

但是韦斯特在冈德森看到他的回答之前转移了自己的视线：是的，我很高兴你提到了那封信，我的朋友，这样我就能好好处理这事了。不过，如果你对此有所隐瞒的话，也是无济于事的。

罪犯也是员工，只不过这种员工的头脑非常清醒。金钱和恐惧是如冈德森一样的人所能理解的东西。金钱，毫无意外地可以买到力量和少量的智慧。一个人只需要记得一件事，金钱可以买来服务，但却买不到忠诚：而想要获得忠诚，需要的是恐惧。

过了今晚，冈德森就会慎重考虑背叛的问题。

韦斯特脱下他的西服外套，摘下手套，挽起衬衫的袖子，像一个外科医生般一丝不苟。然后他拔出了那把刀。鲜血从刀口向外大量地流出，不过，因为心脏已经不再跳动，没有了动力，在拔出刀的时候，血液既没有向外喷涌，也没有四处喷溅。这个经验需要记住：快速的致命不会造成混乱的现场。他把刀刃在死者的裤腿上蹭了蹭，接着从布拉泽斯上衣的口袋里拽出一条干净的手帕擦拭那把刀。擦拭完毕之后，他将亚麻手帕叠好放回了原处。然后他将这把邪恶的刀拿到了灯光之下。

“我觉得他认为这把刀是陨石锻造的。”

“他是这么说的。”

“有人可能会完全相信他。这是一个精美的物件。”韦斯特弯下腰打开刀鞘，然后将刀收入皮套之中，接着连同刀鞘一起装进了他的外套口袋。“这么说，你办砸了直升机的事。”

“好像是，我认为我击中了它，但我没有听到任何有关飞机坠毁的消息。你听说了吗？”

“没有，不过不要紧，击中飞机的机会虽然渺茫，但这并不是我们最后的机会。你知道那个女人在飞机上吗？”

“迈克奥利弗听说，那个女人和孩子都在飞机上。”

“我猜，他们把男人们留在了他们的渔船上。她离开奥克尼之前有没有打探到什么消息？”

“据我所知，没有任何消息。在她和那个美国人降落和起飞之间的时间段里，没有任何消息。”

“好。”

“可是，布拉泽斯落下了他的护照。落在了上个星期他和迈克奥利弗放火的那家酒店里。”

“什么？他和艾德勒住在那里？”

“完全正确。”

“蠢蛋。好吧，护照是清白的，不用担心。奥克尼的其他人呢？”

“其他人？”

“不要装傻，冈德森，这不适合你。”

“他们还活着，如果你指的是这件事。”

“这样明智吗？”

“像奥克尼那样的弹丸之地，应该已经注意到了他们三个人。我认为你也不希望这些尸首留下的线索指向你吧。”

“我发的那封电报怎么样了？”

“烧掉了。”

“也许我们应该考虑把报务员作为第四个要注意的对象。一个聪明的调查人员也许会问各种各样的问题，这样的话，就会发现一个像迈克奥利弗这样的人给伦敦发电报这件事很蹊跷。”

还有，他的兄弟，夏洛克，不仅异常聪明，而且很顽强。

“所以，你想让我回去解决他们所有的人吗？”

“暂时不用。”韦斯特说。冈德森尽量掩饰自己的不安，但是却显露无遗：因为某些原因，这个男人不喜欢对女人下手。他打算派巴克纳去，但是，巴克纳蠢得像一根萝卜。清理奥克尼需要的是干净利索。不过，也不用这么着急：即使布拉泽斯被人发现并且身份被确认，这个消息也需要好几天才能缓慢地传递到北部，让迈克奥利弗对此有所警觉。明晚过后，冈德森就会闲下来，就可以回到北部去善后。

冈德森手里拿着一条围巾开始在房间里转悠，消除留在表面的痕迹。韦斯特也加入了这个过程，小心翼翼地又擦了一遍冈德森处理过的地方，心想搞不好这个人会设计陷害自己。最后，他们检查了布拉泽斯的行李箱，从箱子里拿出几样东西放进了一个破破烂烂的帆布背包里。

当外面天色已经完全暗下来的时候，冈德森拿着帆布背包离开了。韦斯特目送着他离去，然后关上了门，对于冈德森的表现他感到很满意：冈德森一直都尽量避免和他目光对视，这说明恐惧的威慑教育起了作用。

他上楼打开房子朝北的窗户，回到房间面对着那个死人坐了下来。房间目前非常舒适宜人。

“一旦苍蝇进来，恐怕你很快就剩不下什么了。”他告诉这个即将成为神的人，“这样对待一个朋友确实卑鄙无耻，布拉泽斯，不过在必要的情况下，你也会这么对待我的，对此我毫不怀疑。”

两人就这么坐着共度了一个小时。一个正在冷却下来，另外一个却逐渐觉得燥热。感到燥热的男人时不时地说着话。他发现死者平静安详：他们不会争辩不休，也基本不会对对方的行为提出质疑，他们鼓励对方进行冷静的思考，这点在跟活人对话时很难办到。在对话结束的时候，双方达成了一致的意见，一直以来，布拉泽斯都被一种古老的巫术所驱使，而利用这种疯狂的巫术来扳倒情报机构里那只过时的恐龙，并将它变成现代机器的一个零件，真是再合适不过了。

最后，彼得·詹姆斯·韦斯特扣紧了外套的扣子，然后离开了这个男人。他调小燃气，关上灯，锁好了门。

在去火车站的路上，韦斯特停下脚步，将房门钥匙扔进了一个下水道。

以防万一。

# 二十六

火车在周二晚上十点半抵达了国王十字火车站。韦斯特是最后一批走下火车的乘客之一。他路过了冈德森寄存帆布背包的行李房，但并没去取行李。他会派另外的人来取。

以防万一。

他乘坐出租车回到了他的办公室，办公室里只有上夜班的员工，所以显得空空荡荡。他查看了自己的邮箱，为自己的秘书留了几个字条，批阅了下午送来的几份报告。其中一份是关于迈克罗夫特·福尔摩斯的失踪的。

处理完手头的工作之后，他回到了他位于威斯敏斯特大教堂阴影之下的一间更为私密的办公室，在那里，他怀着极大的兴趣阅读着从英国和欧洲港口发来的非正式报告。接着，他发了三封密码电报，然后给巴克纳打了一个电话，说了很久，对他明天的任务做出了调整。

等他再次回到街上的时候，天空中开始飘起毛毛细雨。他在大厦的门廊里点燃了一根香烟，接着开始朝河边走去。

当他打开那套寂静而现代的公寓大门时，他已经全身湿透了。这套公寓位于一个仓库内，外表极具欺骗性。他将自己的外套和帽子挂起来晾干，在鞋子前部塞了一些报纸后，把鞋子放进了晾衣橱。

他冲了澡，吃了点东西。现在是周三深夜一点，他站在窗前，摆出神一样的姿势，一手拿着酒杯，一手拿着香烟。

韦斯特并不享受杀戮带来的乐趣。当然，在战争中，杀人是工作的一部分。不过，他必须承认，行使生杀大权为他带来了某种满足的快感。当然，毫无疑问的是，对于一个心思缜密的个体，比如他自己来说，死亡是一个令人着迷的过程。在这个过程中，一个复杂的系统，一台呼吸机，一个天使一样的化身，最终变成了一块冰冷无比的冻肉。

不，彼得·詹姆斯·韦斯特只在必要的时候杀人。大多数情况下，他只发布杀人的命令。但是最好让人知道，如果需要他亲自动手，他绝对不会心慈手软。

他放下手中的酒杯，并把已经燃了一半的雪茄放在烟灰缸上，接着拿出那个布拉泽斯贴身存放的皮质刀鞘。虽然油腻腻的皮子让人觉得厌恶，但是这把刀本身却是一件精美的东西。刀刃，无论是不是由陨石锻造而成，都来自于一位真正的艺术家之手。刀身完美，经过精心淬炼，寒光闪闪。雕着花纹的刀柄也许是为他的手量身定做的，象牙质地透出暖意，诱惑着他去握它，并把刀刃置于灯光之下。

这就是那种能说话的刀，刀在耳语：用我。

一年之前，他不会考虑在迈克罗夫特·福尔摩斯身上用刀。但是现在，这个老头子的体重已经大大地减轻了：一把六英寸长的刀会轻易刺穿他的要害。

这有点像弑君吗？韦斯特在想。

他对于在冈德森离开之前谈论太多感到后悔。是的，犯罪团伙只能被收买或者因为恐惧而受到控制。但是一旦认为自己能获得更强大的武器，他们就会变得邪恶，这样的话事情就会棘手起来。

幸好他还没有泄露任何秘密，不过，一旦这件事处理完，冈德森也必须被除掉才行。吸取这个教训吧，彼得·詹姆斯，永远不要在手下面前讨论问题。

但是他却很庆幸能得到这把刀，这是一个独一无二的物件，一份意外的礼物。但是，难道这整件事不都是一件意外的礼物吗？三年前，秘密情报局的预算被削减到极点，史密斯·卡明病得十分严重，但每天早晨还是会出现。每个人都为了捍卫自己的一小块属地而陷入混乱之中，唯一一个脸上没有任何恐慌神色的人就是迈克罗夫特·福尔摩斯，他拖着一身肥肉，谜一般地如往常一样四平八稳地走进大厅。而只有他，韦斯特，想知道为什么。

迈克罗夫特·福尔摩斯，道德高尚，又清廉无比。他用美德覆盖在腐败的地基上，建造了一栋宏伟的大厦。他独揽大权，除了镜子中自己的那张脸，迈克罗夫特没有其他的上级需要汇报工作。

知道他的弱点，却什么也做不了，这让韦斯特着实痛苦了两年。直到两年之后他听说那封来自上海的信。

迈克罗夫特称自己为会计。那么，每个会计都应该知道结账日总会有到来的一天。

韦斯特感觉他和这个男人已经玩得够久了，在他的饮食里下药，每天清早伪装的脚步声，随身带着一块浸过月桂朗姆古龙水的布。这是一个私人的游戏，也许幼稚，但很快就将结束。迈克罗夫特·福尔摩斯最后一次为他的国家效力的时间到了。

韦斯特喝完了酒，熄灭了雪茄，接着上床睡觉了。

他睡着的时候，那把雕着花纹的刀就放在床头柜上。

第二天早晨，在离开公寓之前，他将刀放进了自己的口袋。

他随身携带着这把利器，朝着关押在阁楼里的迈克罗夫特·福尔摩斯走去。

# 二十七

$$a \div (b+c+d)+e-(1/2c)-(f)=g$$

周三，迈克罗夫特决定“g”代表对手。g就是那个将他困在这里的人，那个只留给他一条领带当皮带用的人，也是那个穿着皮鞋走过牢房门廊，身上偶尔能闻到月桂古龙香水味道的人。

虽然迈克罗夫特去年12月份心脏出了问题，但他的洞察力却更加深刻。一直以来，权力对他来说已经无甚稀奇，他正好需要一段时间的虚弱，来使自己看清他所拥有的权力到底有多大威力。他根本无须工作，他的职位几乎凌驾于政府之上，所以从本质上来说，没有人负责监管他的工作。他所拥有的权力全部基于难以公布于众的协议和不为人知的秘密，因此，迈克罗夫特在道德上是无可撼动的，他是这个国家的道德权威；事件所涉各方都接受他作为最终的权威进行最终的调停；所有人都对他有求必应。

三十年之前，他做出了一个本不该由他来做的决定。但最终这个决定让一切都有了可能。这个决定只有他和另一个活着的人知道。在12月之前，他自己都差点忘记了这事。

让一个人来掌控一个帝国的道德福利，这很美好也很脆弱。六个月之前，他不得不直面现实，承认这同时也是一件可怕的事，一件令人难以置信的蠢事。

$$a \div (b+c+d)+e-(\tfrac{1}{2}c)-(f)=g$$

这个公式，这个谜语，现在正随着落日而逐渐消失在视线里。如果g是将e关押在这里的人，那么，接下来，g要做的事就是取代e。g一直以来都对会计这个位置虎视眈眈，并极度渴望获得这个职位所带来的无上权威——或者说，觊觎这个职位所能带来的潜在权威，因为e背后的权力一直都被隐藏得很好。当迈克罗夫特将g刻在墙上的时候，他对于自己依然活着这件事，只剩下了困惑。

e当然很想活下去。实际上，迈克罗夫特已经逐渐适应了饥饿、寒冷，甚至是让人意识昏沉的无聊。

然而，他还活着的另外一个可能的解释是，g正在外面的世界里忙着组装武器。他正在设法将他们一网打尽——他们可以被称呼为m、s、n，和i[1]：也就是玛丽、夏洛克、侄子和孩子。将这些都放在方程式g的一边，那么e所拥有的武器就只剩下他自己了。

这就引发了更多的问题：这个e——作为一个拥有最高道德水准的人——是否被要求按照自己的推测进行下一步行动？作为国王陛下的仆人，他有义务用这弯曲的钉子割破自己手腕的静脉，去解除敌人手中一个潜在的武装吗？

他这残忍的想法被打断了：外面传来了一个声音，不该在这个时间出现的声音。对于他的晚间探视来说，这声音太早了。对于一只鸽子来说，这声音太大了。对于街道的喧闹声来说，这声音太近了。他猛地抓起房间内唯一的一块砖，挣扎着站了起来。他勒紧丝质的腰带，将身体转向了声音传来的方向。

在他们向他走来之前，他真心希望能让他先洗个脸，刮个胡子。

---

1　分别代表Mary，Sherlock，nephew，infant。——译注

# 二十八

周三，古德曼试着教艾斯特蕾学习如何玩抛接小卵石的游戏。不过，因为毕竟还是个小孩，她的小手不太协调，所以很难同时完成抛起、抓起和接住的动作。所以她越来越沮丧，眼看就要哭鼻子了。古德曼将玩具装进布袋子里，然后拿出他的刻刀和一块松木，问艾斯特蕾想要他再雕刻一个什么动物。

艾斯特蕾的决定是一只刺猬，而当我们看到她的注意力被转移了的时候，都长舒了一口气。

也就是说，古德曼为艾斯特蕾雕刻了刺猬的一家子。

午饭过后，当我在找他的时候，他又不见了人影。我和艾斯特蕾在他的果园里收集从树上掉落的苹果，并打算尽量在不烧掉他房子的情况下煮着吃。我们搀扶着贾维茨步履蹒跚地走到了花园，并在那里举行了一场激烈的比赛，看谁吐的李子核最远，当然是和身高成比例。（最终贾维茨获胜。）幸运的是，在我被迫要开始张罗晚饭之前，我们的房主再次出现了。他带回了一份《泰晤士报》，半打新鲜出炉的烤饼，一袋现磨咖啡，一罐覆盆子果酱，一块牛肉（只为我们烹饪，他自己并不吃，他也不吃火腿），一个小巧银色的发梳和一个小小的粉红色围裙。

我发布的有关蜜蜂的消息还在私事广告栏里，但没有其他的消息了。

周四下午，我们的房主去了一趟湖畔的小村子，回来的时候带回一盒软巧克力、三种不同风味的奶酪、两箱饼干以及当天的报纸。

我的消息还在——但是，在稍远处的报纸右侧，和我的消息大致相同的位置，出现了另一条消息：

**蜜蜂也许能在异国他乡大量繁殖，但却缺乏保护措施，周六在家附近遇到了危险。**

我几乎要跳起来了，悬着的心终于落了地：他们是安全的，福尔摩斯和达米安都很安全，他们现在待在一个远离伦敦或者苏塞克斯的地方，福尔摩斯会在周六的专栏里告诉我们会面的地点。

事情终于有了进展！明天我要想办法搭火车在周六报纸到达伦敦之前出现在街上。我现在唯一的问题是要不要把贾维茨和艾斯特蕾一起从这个乡间小院转移出去，还是等我和福尔摩斯会合后再来接他们。而做这个决定之前，我知道，我必须等待。我需要在无人偷听的情况下跟古德曼商量一下。

此时此刻，他正在教孩子如何制作李子酱。艾斯特蕾站在水槽前的一条凳子上，正在称要放进碗里的糖的分量，她小小的身子上套着古德曼的一件衬衫当围裙。他站在她旁边，正在往一个烤箱碗里涂抹黄油。我给自己又倒了一杯古德曼煮的茶，端着茶走到了午后的阳光下，悠然自得地仔细阅读今天报纸上剩余的内容。这些新闻对于我来说，倒有点像远远地听到从一个丛林寨子里传出来的鼓声。

我读到有关德国经济形势和英国皇室日常的消息，接着是一篇有关一位男电影演员的文章和一篇有关新型无线电设备的科学报告。我从容地将报纸翻了页，接着阅读有关日本地震的报道，然后再次翻页。杯子里苦涩的茶水即将见底，天色也渐渐暗了下来，这时，讣告栏进入了我的眼帘。

一个人的名字从报纸上跳起来直扑向我，我的大脑像遭受了电击，而我的心几乎要跳出胸腔：

**大英帝国荣誉勋章获得者**

**迈克罗夫特·福尔摩斯**

## 二十九

周二晚上，横扫欧洲海岸线长达一周之久的大风终于偃旗息鼓。在周三的太阳升起在东方地平线之前，戈登就从私人码头启航，驶入了北海。在他的口袋里放着一张银行汇票，金额十分可观。

而让福尔摩斯感到惊讶的是，海宁医生婉拒了和戈登一起离开的提议。她的理由是无法忍受自己的头发一股鱼的咸腥味，表示说要等一艘又大又舒适的轮船。她看上去并不着急回家，或者说并不急着摆脱她的病人。

福尔摩斯在室外享用过午餐后，换上了他昨天买回来的那身法式衣服，并安排庄园的司机将他送到另外一个车站，这个车站更靠南。他在车站买了一包香烟和前一天的《巴黎新闻报》，当他登上开往阿姆斯特丹的火车时，由于他流露出一种法国人的气质，加上他的法国口音，售票员用法语向他打招呼。很快，他在下午三点之前就抵达了阿姆斯特丹。福尔摩斯径直走向昨天来过的那个报亭，这次，今天的《泰晤士报》已经到了。他在昨天逗留过的咖啡馆对面另找了一间咖啡馆，怀着迫切的心情啪一下打开了报纸，瞬间感到心上压着的一块石头落了地：

**数以千计的人享受养蜂的乐趣，养蜂是一种安全可靠的爱好，仅在周末的牛津大街到摄政公园之间进行训练。**

“安全”：罗素和孩子都安然无恙，她还建议周六在牛津大街和摄政公园之间的藏身处接头——更确切地说，是在那栋朝贝克大街方向开门的大厦后见面。可以确信的是，她能在报纸的私事广告栏里看到他留下的消息，有可能的话，明天就能看到，或者周五肯定能看到；如果后续没有出现意思截然相反的消息，她就会理解为双方已经达成了一致。

他合上报纸，看了下怀表，发现离返程列车出发的时间还有半个小时，于是就利用这段时间给医生另外买了一身衣服。由于对医生的品位有了进一步的了解，所以这次他买的连衣裙比他昨天买的褐色和白色衬衫都时髦了不少。

次日，也就是周四，福尔摩斯第三次前往阿姆斯特丹，但是却发现有人正在等他。

如果福尔摩斯今早出发得提前一些，这两个人还处在头脑清醒的状态中，他也许已经落入他们之手。如果他放松了自己，没有保持终身强迫症一般的警惕性，如果他休息不足或者精力更多地倾注在他想打出去的那个电话上，他有可能就会自投罗网。

如果不是在看海洋中的漂浮物时看到了一条鲨鱼，他甚至有可能已经毫无防备地接近了他们。

这列火车是当日在这两人严密监视下进站的数十趟火车中的一辆，而他，只是数千个身穿黑色套装头戴礼帽的乘客中的一位而已。

在火车开始减速进站的时候，他发现了第一个探子，一个高个子男人，藏身在一个靠近出口的小摊位后面，对每个经过的男士和中等身高以上的女士进行严密的排查。福尔摩斯面色平静，一双灰色的眼睛死死地盯着远处拥挤的站台上那个并不起眼的身影，在非常短的时间里，他的双眼开始检索并排除了一百种微小的细节，包括服装、气质、发型和姿态。拥挤的人群如潮水般向前涌动的过程中突然出现了一道缝隙，时间非常短，但接着发生了两件事：这个人转了个身，仿佛是活动了一下发酸的双脚，然后朝街对面看了一眼。这个探子还有一个同伙。

是警察吗？没有一个警察在执行一整天的巡逻任务时会穿着一双并不舒适的鞋子。是便衣吗？但这两人并不是本地人：他们身上的衣服样式不像是欧洲裁缝的手艺，而且福尔摩斯能确定这两人头上的帽子来自于伦敦市面，甚至可以说出那条街的名字。

是迈克罗夫特的人吗？他在空气中嗅到了一丝突如其来的乐观气息；但尽管如此，他还是坐在已经空荡荡的车厢里。可以确定的是，这两个人看上去确实有些像是他哥哥的手下，沉着冷静，身手不凡，而且会置人于死地。从第一个人身上的外套款式来看，他是带着枪的，人人都知道迈克罗夫特的特工是配枪的。

但是，这两人却正在积极地寻找他，在拥挤的人群中努力地搜索着他的脸。如果迈克罗夫特想跟自己的弟弟取得联系，难道不是应该指示手下在某个地标性的地点简单地表明身份，然后等待福尔摩斯前去找他们吗？

但这两个人并不想等福尔摩斯去找他们：他们正在追捕他。

从他发现第一个人开始已经过了十秒钟，尽管他只想坐下来好好想一想这件事意味着什么，却不得不下车了。他扔掉了当天的报纸，微微调整了一下礼帽、领口和领带，这些配饰已经改变了他的气质，然后步伐沉稳地走到了门口。一位佝偻着身子，上了年纪的贵妇人，正拄着自己象牙手柄的拐杖，犹豫不决地要下台阶。“需要我的帮助吗？”福尔摩斯很有礼貌地用荷兰语问道。这位老妇人狐疑地盯着他看了看，用一只满是钻戒的手整理了一下大衣的毛领。最后，要么老妇人觉得自己认识他，要么是出于聊胜于无的考虑，将一只瘦骨嶙峋的手挎上了福尔摩斯的胳膊。他搀扶着老妇人走下车厢，在行走的过程中，将耳朵朝老妇人靠过去（所以也弯着腰），去听老妇人的满腹牢骚以及令人费解的长篇大论，并不时地点头回应，偶尔插一句“是的！”或者“这是不对的吗？”作为回应。他们就这样互相搀扶着蹒跚地走下站台，恰到好处地描绘出一幅一对饱经沧桑家道中落的老年夫妇，被迫辗转来到这个并不宜居的城市的画面。这样的两个人根本不是这两个英国特工要寻找的目标。

在出租车停靠站，福尔摩斯将老妇人扶上一辆的士，目送她离开了。

有一种强烈的想法在他心里升腾，他想原路返回，对那个持枪的男人发起反攻。只需要想办法分散那人一小会儿注意力，他就能将手伸入外套，让他缴械。等把他带到一个安静的地方，就可以逼问他到底是谁派他们来的。

但是现在有两个人。福尔摩斯对这个城市不熟悉，而且他的荷兰语也不够流利。如果没有达米安……但是，不，如果他被捕的话，这个孩子就有暴露的危险。谨慎行事从来不是不英勇；从另一个方面来说，离开这里反而能让他好好地谋划谋划。

他需要找一个能让自己沉思的地方。如果在家的话，他会将自己陷于一堆靠垫之中，点起装满粗烟丝的烟斗，双眼放空，让思绪在事实和推理中游走。现在，他既没有靠垫，也没有粗烟丝，甚至连小提琴也没有。不过，他可以找到放空的地方。

电影放映厅里只坐了一半的人，观众沉醉在一部浪漫的英语闹剧中，剧情从头到尾都令人费解。他走向后面的一个座位，然后瘫坐在座椅上，点燃了第一根香烟。

电影院里的灯光亮起又暗下，反复了两次，而他就静静地坐在那里，除了抽烟的动作之外，一动也不动。

火车站看到的那个英国男人就像是化学实验里加入的试剂一样击中了他的大脑：当化学反应产生的泡沫消退之后，留下来的已经是截然不同的物质了。

两天之前，他还在调查布拉泽斯的案子（尽管越过了北海，移动了二百英里），但却遇到了一个新的谜团：为什么苏格兰场要针对迈克罗夫特·福尔摩斯？不过，虽然他哥哥的问题令人很感兴趣，但他儿子的安全是第一位的。一旦他有了足够的证据让莱斯特雷德相信达米安是无辜的——或者，不管怎么说，即使有罪也只是在选择妻子时太过天真——那么，他会冒险去接近莱斯特雷德。

但是现在，布拉泽斯的案子突然变得不是那么简单。

能百分之百破解的案子非常罕见。人类本身是杂乱无章的，他们留下的证据也同样纷繁复杂：一个调查员的主要任务之一就是搞清楚那些细微的事实哪些是偶然发生的，哪些是一步步暴露出来的。

布拉泽斯的案子，跟其他很多案子一样，有很多无法解释的疑点。但有一点是毋庸置疑的，那就是，一旦福尔摩斯有充足的时间来认真调查这个案子，在不受通缉令和外科急诊的困扰的情况下，他就能得出甚至能让警方满意的解释。

他要求比利为他调查的就是众多明显的小漏洞之一：布拉泽斯是如何如此轻易地进入相对复杂的犯罪团伙的世界之中的。伪造的身份和谋财害命的助手并不是大多数人日常所需；还有，在到英国之前，布拉泽斯身上唯一明显的犯罪倾向是有预谋地敲诈一伙自己的信徒。来到英国之前，这个人的信仰貌似只停留在理论阶段；据某人所知（某人指的是迈克罗夫特在上海的天才特工，尼古拉斯·路福特上尉），只是在到了英国之后，布拉泽斯才长成了一朵狂躁的食人花。

哪一个是先发生的？犯罪还是信仰？

为了公平起见，福尔摩斯会考虑到所有巧合发生的可能性。有一件事是不太可能的，那就是这个案子竟然包含着两个不同的案子，其中一个和布拉泽斯有关，另一个像潜伏在水面之下的鲨鱼，一直让人无法察觉，直到一个漩涡的出现——迈克罗夫特的被捕——他才知道，鲨鱼一直都在那儿。

迈克罗夫特，被捕了。同样几乎无法想象的事情还有，他和罗素的通缉令。詹姆斯·哈莫尼·海登不费吹灰之力就摇身一变成了托马斯·布拉泽斯，托马斯·布拉泽斯又轻而易举地找到了一个为他所用的走狗。最后，阿姆斯特丹出现了两个手持枪械、眼神犀利的英国人。所有这些对于一个心思不够缜密的人来说，都可以看作巧合。但这让福尔摩斯想到，一个有能力对苏格兰场发布命令的人，也有可能向荷兰派遣特工。

那么，这和玛丽·罗素有什么关系？

如果报纸上的消息不是她留下的，又会是谁呢？这种想法让他惴惴不安。

托马斯·布拉泽斯是月光下海面上仅仅将背鳍露出水面的鲨鱼吗？他的真面目是被隐藏在宗教疯子的外衣之下吗？他悄无声息潜入英国的速度和这两个人锁定福尔摩斯位置的速度有关系吗？

福尔摩斯在自己毫不知情的情况下，成了留在水中的血迹，让鲨鱼一路从苏格兰追踪到阿姆斯特丹？这条鲨鱼不仅反应出奇迅速——立刻向阿姆斯特丹调派人手——而且非常强大——能在第一时间部署可用之人。

在他们想到沿着荷兰海岸线对私人码头进行搜索之前，他还剩下多少时间?

他将香烟扔在地板上，紧蹭着其他观众的膝盖走出了电影院，向远离车站的市中心方向走去。就让那两个探子蹲守在老鼠洞口，直到他们的双脚被磨穿吧。目前更紧急的事情是赶紧转移达米安，而不是从他们其中一人的口中获得消息。至于打电话的事，好吧，任何更进一步的消息，他可以从比利那里知道，不过他只能等。

他在有轨电车车站附近的一个报亭买了一份周四的《泰晤士报》，将报纸卷起来夹在胳膊下面，不慌不忙地向即将进站的有轨电车走去。

四十分钟之后，由于车上拥挤不堪，加上意识到自己内心的不安，他强迫自己站在最后一节车厢的台阶上，开始观察街道上的情况。这里看上去并没有人在监视——在一天中的这个时间段里，甚至没有一个人是站在哪里不动的。行人和骑自行车的人沿着街道和人行道穿梭而行，赶着回家吃晚饭。视线范围内唯一一个站着不动的人是一个小男孩，正在当街叫卖用纸包着的刚出锅的热花生。

既然在中央车站的那两个人的货要比这个卖花生的多出三倍，而且一看就是为了伪装而伪装，福尔摩斯觉得他现在足够安全了。

他朝街道前方的火车站走去，这个车站离市中心有好几站地的距离。在小心谨慎地对站台进行了一番检查之后，他发现站台也很安全，并没有异常情况。要么是他们(无论他们是谁)认为他会出现在中央车站，要么是他们的人手有限，无法覆盖城市的所有出口。

如果不是内心一直有个声音在小声地说：不是这样的，他们正在沿着海岸线进行搜索。目前这种情形或许会让人彻底放下心来。

他买了下一趟开往南部的火车票，到终点站的。不幸的是，火车一个小时之后才到站。在街道正对面有一家富丽堂皇的酒店，但是他不会坐进距离火车站仅一步之遥的房间里，何况房间光线太好。相反，他原路返回，走进了一家小酒店。

他的房间很安静，能俯瞰好几个花园以及花园里的晾衣绳。他将帽子和外套放在床上，然后窝进了沙发里，伸直了疲倦的双腿。过了一会儿，他开始读报。

在有轨电车上，他浏览了私事广告栏，已经看到了他自己留在那儿的消息——“蜜蜂有可能在异国他乡大量繁殖……”他也注意到了罗素之前的消息，但是没有更新的消息了。现在他再次仔细地研读这些专栏，以防错过迈克罗夫特留下的消息。

他将报纸摊在膝盖上，双眼朝密集排列的花园望下去。迈克罗夫特是他认识的最有智慧的人，但是如果相信自己的哥哥仅凭一己之力就能找到他，就完全是信任使然了。他不仅必须知道他们去了威克，还要知道为何而去；然后才能解释因为达米安受伤，他们只能选择阻碍最小的一条路，在那之后，还要对海风和潮汐进行足够精密的计算，才能绘出一条到达荷兰的大概路线。除了迈克罗夫特之外，还有别人能做出这样的推算吗？即使是罗素也无法做到。

但是，这两个人的上司，无论他是谁，已经知道了他在哪里。

他的同伴都没有出卖他。如果泄露消息的是戈登或者是医生的话，那两个身材高大的英国人应该已经敲开了艺术家聚集地的前门，而不是好几个小时都站在冷风肆虐中的火车站苦熬。

不，出卖他的人是他自己。他跟外面世界的接触点有两个，一个是他给比利打的那个长途电话——他像相信罗素一样对比利深信不疑——还有一个是发往瑟索和威克的电报。

那两个人看上去确实很像迈克罗夫特手下的特工。有没有可能是他误解了他们身上所表现出的那种咄咄逼人的态度？他们仔细盘查路人并非出于敌意，事实上，是不顾一切的迫切心情所致？是为了让他远离未知的危险？

福尔摩斯凝视着已经暗下来的窗户，竭力想为迈克罗夫特派人来的理由建立一个推理模型，以便于推理出一个合理的解释，但所有这些都是他的一厢情愿：他所掌握的信息非常少，完全不足以填补模型中的巨大缺口。在到达伦敦之前，他只能假设那里存在一个未知的敌人。这个人的道行远在托马斯·布拉泽斯之上，隐藏得更深。此人同时还掌控着苏格兰场和秘密情报局，能判断出何时才是将牙齿嵌入迈克罗夫特身体的最好时机。

不管是什么促使莱斯特雷德发布了通缉令并实施了抓捕，这个原因都不会是受贿：对于这一点，福尔摩斯非常确定。但是任何一个有家庭的人都容易受到攻击——正如他现在体会到的一样——而且并不需要做太多就能将莱斯特雷德的自以为是转化为彻彻底底的行动。

一个犯罪集团不仅会拦截电报或者电话（也会两个都会）而且会让一个像莱斯特雷德这样的人变成他们的帮凶，这确实是一件危险的事。

他只能祈祷自己比他们棋先一招。

首先，他要保证达米安的人身安全。接着，他要马上着手返回伦敦，那里所有的欲望都昭然若揭，任何人的秘密都无法隐藏。

他掏出怀表，离出发去火车站还有二十三分钟可以浪费。他站起身来放下窗帘，打开房间的灯，捡起了报纸。

他仔细阅读了所有有关犯罪活动的报道，但是没有找到任何蛛丝马迹，也没有发现任何一条线索按照自己的期望指向某个想要出人头地的强大犯罪集团。

他再次拿出怀表确认时间。还有四分钟。他收起怀表，向后翻了一页，然后感觉到自己的心跳停止了：

**大英帝国荣誉勋章获得者**

**迈克罗夫特·福尔摩斯**

# 三十

莱斯特雷德将报纸翻了一页，以遮挡讣告的消息。他感觉很不舒服，就好像是国王死了，更糟糕的是，还是在他眼皮子底下断的气。

这不是他的错——当然不是。在他的职业生涯里，他对待福尔摩斯两兄弟一向公平有加。他尊敬这两个人，但这不代表他可以为他们大开便利之门、罔顾国法。

上周迈克罗夫特失踪的时候，他给出的期限是周一，毕竟任何一个人都有权利外出一周。但是当莱斯特雷德周一早晨再次给白厅打电话确认迈克罗夫特的行踪时，他被告知迈克罗夫特依旧不见踪影，于是他也发布了一则失踪启事。

现在，这个人竟然死了，而莱斯特雷德不知道死因。或者说，他甚至对过程也不了解——也不会允许他调查这件事——或者说很明显，任何一个伦敦警察厅的警察都不会得到这种允许：尸体一经发现就在例行检查之前被国王陛下下令领走了。据说是警局的一个小探员横加干涉所致。

周四成了他职业生涯中最黑暗的一天。首先是发生在伦敦高档住宅区梅菲尔区的一件荒唐的人口意外失踪案，居住在那儿的某位中年大妈的儿子没有回家。这位大妈声称认识某些能对新苏格兰场的总督察发号施令的高级官员，但最终却被证明这些高级官员只是做着巡警的工作。在走进警局的那一刻——他迟到了十分钟，因为他必须在梅菲尔区停留——有人叫他上楼一趟。他被上司关起门来教训了一顿，斥责他之前对迈克罗夫特的公寓进行搜查，并对他进行了关押——虽然时间很短。他辩解说他并没有逮捕他，而且基本上只是奉命行事，但上司对他的这些辩解根本不予理会。迈克罗夫特·福尔摩斯在隐秘的情报界享有很高声望，远远超出一个苏格兰低级警察的职位。幸运的是，受害者的雇主可能会放弃对这件事进行公开的质询。

这背后隐含的意思是：如果不是白厅想息事宁人的话，你将工作不保。

然后，他像一个受过鞭笞的小学生一样缩手缩脚地回到了自己的座位上，接着他的电话响了起来。是那个梅菲尔区的大妈打来的，她心情愉悦地告诉他，她的儿子已经回家了，让他不必担心。

早晨上演的闹剧结束了，他坐在座位上，有气无力地看着讣告。

他不知道迈克罗夫特这六天都待在哪里，还有他那天在办公室里没法告诉莱斯特雷德的事是什么。

他不知道夏洛克·福尔摩斯和他的妻子现在何处。

他对达米安以及布拉泽斯案件中的其他关键人物的下落也毫无头绪。

他甚至没法证明画家达米安·艾德勒和艾琳·艾德勒之间有着什么样的联系。

他只知道，迈克罗夫特死了，死者生前，也就是一周前，最后一个与之交谈过的人，是约翰·莱斯特雷德总督察。

# 三十一

彼得·詹姆斯·韦斯特重新阅读这篇讣告，嘴角浮现出一丝笑意。

**大英帝国荣誉勋章获得者**
**迈克罗夫特·福尔摩斯**

**迈克罗夫特·福尔摩斯，国王陛下审计总署的长期雇员，于周三晚间在一间俱乐部门外被人发现身亡。该俱乐部最近已经成为警方多次突袭检查的目标。根据苏格兰场的报告，死者死于刀伤。目前警方正在寻求周三深夜在粉红塔附近经过的目击证人的帮助。国王陛下政府对福尔摩斯先生的死亡现场没有发表任何评论，但是有传言暗示福尔摩斯最近几个月来身体状况堪忧，并因此对兴趣爱好和生活习惯进行了调整。鉴于福尔摩斯先生长期以来在揭露欺诈和腐败方面做出的业绩，他在1903年被授予大英帝国荣誉勋章。本周日下午，福尔摩斯先生的私人葬礼将在伦敦圣高隆公墓举行。**

一个干净利落的虚构作品，令人满意，韦斯特想。可怜的迈克罗夫特，上了年纪之后才突然发现生活中充斥着很多疯狂的东西（其中粉红塔将会是最疯狂的）。这篇讣告的言外之意（是他的言外之意，事实上）是迈尔克罗夫特在某种程度上让他的政府感到难堪，一个表面上的大忙人（腐败事件频发），但在私底下却遭人唾弃。

是的，冈德森活干得很利落，处理了爱管闲事的人，而彼得·詹姆斯·韦斯特在事发当天从早到晚都出现在大众视野里。过去的十五个小时让他感到重担压身，在知道计划出了岔子之后的每一分钟里，他都提心吊胆。但是新的一天到来了，一切都好起来了。迈克罗夫特已死，冈德森已经将他放在了该被展示的地方，然后又悄悄地带走了他，现在冈德森已经在开往北方的火车上，去奥克尼清理那些逃窜的余孽。等到迈克罗夫特的弟弟及其美国太太出现在葬礼上的时候，如果冈德森还没有回来，他和巴克纳会看着办的。

接着，彼得·韦斯特终于能开始工作了。

他合上了晨报，目光落在了广告和消息栏那里，这个专栏就像是一首乱哄哄的大合唱，充斥着城市中各种愚蠢的私人问题。

蜜蜂和蜜蜂养殖，没错。

# 第三部

9月4日 星期四—9月7日 星期日

1924年

# 三十二

“你们不明白。”我对这两人说。此刻外面已经漆黑一片，从我读到迈克罗夫特的讣告到我走回古德曼的小屋之间的那段时间消失了，我把它消磨在草地边缘的一棵树上，我坐在那里抬头望着天，看天空从蛋青色变成靛蓝色，最后变成乌黑一片。

这是不可想象的。迈克罗夫特是自然之力，不是一个能随便被杀死的人。为什么这两个人没法领会到这点？还有，为什么他们无法明白我明早必须搭乘第一班火车南下的理由？而且我要单独一个人去。

我努力地厘清我的思绪。“迈克罗夫特·福尔摩斯——是——曾经是政府里至关重要的一个人。从某种程度来说，他有——曾经拥有比首相更大的权力。”

“但是讣告中说，他生前是一名会计。”贾维茨提出抗议。

“这是介于开玩笑和比喻之间的一种说法。他是一个会计，从这个意义上来说，他的责任是审计——”我停了下来：我无权泄露我所知道的国家情报，也无权披露这个关键人物的情况，他毕竟身处一人之下万人之上，只对国王陛下汇报。迈克罗夫特所审计的内容远远超过了基尼和便士。而且不管怎样，告诉他们我的丈夫是谁，让他们最终相信我所说的话，已经浪费了太多的时间。

“这些都不重要。总之，迈克罗夫特非常强大，而且是我的家人，我必须马上返回伦敦。我不能带着你和艾斯特蕾，所以我必须请求你帮我照顾她，我们得为你俩找到一个安全的地方先躲起来。”

“我记得你说过，在将那个疯子送进监狱之前，我们都不安全。”

我此时的感觉就好像和我一起逃离维苏威火山喷发现场的同伴突然停下来开始担心毛毯的事。其他任何小顾虑在讣告面前都已经不值一提：在我看来，布拉泽斯的案子已被封存在盒子里，暂时搁置一边。如果整个世界都将万劫不复，谁还会担心一个区区的杀手呢？

不过，贾维茨是对的。我担心，一旦我回到伦敦自由行动，就会面临危险。我不能忽视小的危险，比如那个将我们从空中击落的人。就算不是布拉泽斯，有一点也是毋庸置疑的，只要他找到我们，就会试图抢走孩子。我不能为了另外一个人的利益而忽略身上的责任。上帝啊，真希望福尔摩斯能在我身边！

“完全正确，”我表示同意，这样能让事情变得简单点，“布拉泽斯想抢走孩子。他有一个护照上有孩子的名字。”

“你认为并不是布拉泽斯杀害了你丈夫的哥哥？”

这个问题让我怔住了。“我认为不是——不，我不应该这么认为。他怎么可能将达米安和迈克罗夫特联系在一起？没有人知道他们的关系。”我说出了我的心声，“除了你们两人。还有，他五天前才因为枪击而身受重伤——难道他还能赶到伦敦，找到迈克罗夫特，贴身接近了他，并用一把刀杀了他？不，凶手不是布拉泽斯。”

“是昨晚发生的吗？”贾维茨说，然后探过身来拿起报纸，再次读了一遍讣告，“非常简单的讣告。”

“他是一个举足轻重的人物。”我说。为什么他们不能理解这一点呢？如果不是怕吵醒了睡着的孩子，我真想对他们大声喊出来。

“艾斯特蕾和贾维茨待在这儿很安全。”古德曼第三次重申他的观点。

“没有不敬的意思，”飞行员说，“但是如果我在这儿再待久一点，我会发疯的。”

“所以，哪里——”我强忍怒火，压低声音问，“所以，你们能去哪儿？”

“一个没有人想得到的地方，这样的话，我的几个老朋友和表亲那里是不能去了。”他也是在自言自语。既然我们在这个问题上已经讨论了两次，我也没指望能从他那里听到什么答案。我心里想了两三个地方，但都要等我先打电话确认一下才行。

我将椅子往后推，打算站起来。但是一声急促而迫切的嘘声打断了我。古德曼转向了半开的窗户，举起一只手向外指去。我全身僵在那里，竭尽全力去听是什么吸引了古德曼的注意力，但是什么也没听见。

可我们的房主听到了。他身手敏捷地关上了房间的灯，让房间陷入一片漆黑，接着一跃冲出门去。

“什么——”我开始移动，但是门被关上了，房间里重归寂静。

贾维茨耳语道：“你知道发生了什么事吗？”

“他听见了什么。你待在这儿。我出去看看是什么东西。”

我凭着感觉朝门口那模糊的长方形走去，希望今晚的月光能更亮一点，接着我慢慢地走下两级石头台阶。当我走到离房子几英尺远的地方时，我停了下来，全神贯注地侧耳倾听：什么声音也没有。

我在那儿站了五分钟，接着是第六分钟，但是我能听到的只是贾维茨移动时拐杖重重击打在地板上的咚咚声，还有一只狐狸的叫声。在我要返回的时候，远处传来一声尖叫，伴随着树枝断裂的声音。

“那是什么？”身后传来贾维茨的声音。

我笑了一下。“那是古德曼先生在引导那些夜间闲逛的人走进他的陷阱，并嘲笑他们自取其辱。我们房主的众多陷阱之一。”我必须假设来的人不止一个，而且对我们心怀恶意。

“有人来了？”他问道。

“或许什么也没有，但是我觉得我们应该撤回林子里。没有灯的情况下，你能看见吗？”

“一点点，”他说，“你呢？”

“我的夜间视力不好，”我承认，“但是我会试试看。你绕到房子的后面去，我去带艾斯特蕾。”

他一开始并不赞同我的提议，但马上就意识到一个拄着拐的男人并不是抱孩子的最佳人选。他一言不发，痛苦地抓着他的外套，小心翼翼地迈下了台阶。

我也取回了我的外套，检查了一下，确保那把左轮手枪还在口袋里，接着我返回卧室。当我抱起孩子的时候，她做出了一个睡眠中的抗拒姿势，但我小声地安抚着她，让她依偎在我怀里，这让我再次有了一种特别的感觉，既有一种母性的快乐，又有对责任的恐惧，这两种情愫混合在一起，让我一时之间心情十分复杂。

我将她紧紧地抱在怀里，走出房子，走下台阶，磕磕绊绊地走过高低不平的地面。走到离院子那棵树还有一半距离的时候，贾维茨小声呼唤着我的名字，我向他走去。密林深处几乎吸收了所有的光，我近乎一个盲人。在放下怀里的孩子之前，我的每个脚趾都被用来感知面前的路；在他的手触到我的后背时，我先是被吓了一跳，然后就是谢天谢地的踏实感。

“坐下吧。”我喘着气对他说道。

“你不觉得我们应该再撤得远一点吗？”

哦，一个不需要跟他讨论所有事的人。“我需要再去拿点东西过来，我不想把艾斯特蕾放在地上。”

“我去——”

“贾维茨！如果她醒了，她会哭。如果你站着的话，你抱不了她太长时间。我知道这样很不舒服，但是——坐下！”

虽然他小心翼翼，但还是能看出来受了委屈，不过他最终还是坐下了。我把孩子放进他的怀里，接着从我的口袋里拿出左轮手枪，放进了他的手里。

在他抗议之前，我转身离去。

回到房间之后，我站了一会儿，想一想我们仅有的几件东西都放在哪里。钱、衣服、艾斯特蕾的鞋子。经过厨房的时候，我想起古德曼给她刻的木雕，便统统装进了帆布包，另外还装了面包、苹果、奶酪，然后将背包和大衣一起甩上我的肩头。

贾维茨和我肩并肩坐在黑暗中等待。在我的眼睛感觉到前面有一个活动的身影几分钟后，传来了一阵故意拖着靴子行走的脚步声。

我用舌头舔了舔牙齿，我们的樵夫来了。他喘着粗气，满头大汗。他一定是在奔跑，我想到这一点后大吃一惊——在漆黑一片的森林奔跑，怎么做到的？

“他们是谁？”我小声问道。

“陌生人，有五六个，”他低声咆哮着，“还有一个熟悉林子的本地小孩。大概十分钟就能到这儿。或者更久一点，这要看他们会再撞上多少棵树。”他的声音中透出一种邪恶而扭曲的快感。这让我想到他的气喘吁吁不是因为长途奔跑，而是因为内心的愤怒。

在深夜的这个时间出现这么多陌生人的原因只有一个：

我们。贾维茨架着拐杖，我们根本无力反击。

“我们都准备好了，可以再往林子深处撤退一些。”

古德曼没有任何反应。我伸出手去拉他的胳膊，发现他紧张得一直在颤抖。“古德曼，相信我。我知道你现在的感觉。我真的、真的想知道他们是谁。但是我们要把艾斯特蕾放在可能发生战争的战场中间吗？”

“带、带她走。”他下了命令，愤怒使他说话结结巴巴。

“在这样的林子里，我可能一英里都走不了。”

他站在那里，对我给他的选择感到左右为难。有可能什么事也没有。有可能是一辆游览车赶路赶到天黑，车上的游客正在寻求帮助。也有可能是一群狂热的华兹华斯拥趸正在月光下寻找金色水仙花。甚至有可能是迈克罗夫特的手下赶来帮忙——最后这个真是一个可爱的想法。但是在确定之前，我们必须把它看作一次入侵事件。我可以感受到他在做决定时内心的那种挣扎，做完决定后，他全身放松了下来。

“那么，我带你们出去。”

“谢谢。”我说，让他在前面带路。

但是当我弯下腰从贾维茨怀里抱回艾斯特蕾的时候，她醒了，一看到自己身处一个黑漆漆的陌生环境里，就大声地哭了出来。

我对着她做出嘘的动作，将她拉回自己胸前，以便能将她的声音压下来。同时，我试图告诉这个机灵古怪的孩子发生了什么事，想用一个合理的理由让她安静下来。

但是，这次，她不乖乖听话了。她听我说完后，只是不停地摇头。“不！”她不停地重复着，还带着一种没睡醒的愤怒。最后，我不得不想办法捂住了她的口鼻。

然后，她终于止住了哭声：“我想要我的洋娃娃。”

“你的洋娃娃？在这儿呢。”书、鞋子、雕刻的动物园，甚至她很喜欢的旧外套都在，但是古德曼给她买的洋娃娃还是落在了一团乱麻似的床铺上。

“抱歉，宝贝，但是——等一下，别哭了——安静！”

“我要我的洋娃娃！”

我不能不让她说话，甚至也不能像对待成人那样威胁她，我该怎么办——啊，贿赂。“艾斯特蕾，”我用平静的语调说，“如果我给你拿回洋娃娃，你能保证乖乖地不出声吗？一点声也不发吗？”

她把拇指伸进嘴里，然后点了点头。

我叹了口气。我怀疑夏洛克·福尔摩斯是否也曾在他数次的人生历险中因为失误而面临这令人抓狂的喜剧场面：“我保证，艾斯特蕾，我会把你的洋娃娃拿回来。”

“我去拿。”古德曼对我说。

“等等，”我脑海中突然闪现了一个想法，“如果——很抱歉，你介意带着艾斯特蕾和贾维茨现在离开这里，然后再回来找我吗？如果能知道这伙人是什么来头的话，对我来说太有价值了。”

“给我一个小时，我会提着他们的头来见你的。”

这是一时气话，不是深思熟虑之后的建议——一个曾经在战争中驾驶救护车的人，一个现在住在森林里，甚至手里都没有一杆猎枪的人，是不会大开杀戒的。

“请你，古德曼·罗伯特，把他俩带到一个安全的地方。在你回来找我之前，我会保证自己的安全。”

贾维茨在听到我们的决定之后，执意要将那把左轮手枪还给我。“不，”我说，“为了保护艾斯特蕾，你也许能用上它。”

让他肩负起保护的职责，或许能稍微帮他找回作为男子汉的尊严。他把枪别进了腰带，然后挣扎着站了起来。

三十秒之后，林子里只剩下我孤身一人。

# 三十三

我先是在房子前面的空地上因为没有看清路面而绊倒摔了一跤，进入房子后又摔了一跤，屁股不小心撞到了桌角，疼痛不已。我花了很长时间才在柔软的被褥里摸到洋娃娃，然后将它别在我的腰上，转身要离开。

眼前闪过一道光，转瞬即逝，是从空地的东面过来的，那正是我们第一晚来这儿时的方向。我迅速闪入卧室，打开窗户，跳了出去。

我顺着空气中发酵的味道走到了橡树下，树身很宽，作为一个临时的侦察点来说，足以让我藏在后面不被发现。我看到草地上有人在移动，忽明忽暗的灯光彻底地改变了我的想法，来者不可能是游客或者诗人粉丝。这些正在接近房子的人经验十足，悄无声息地分散开来，慢慢地包围了这栋黑漆漆的房子，在这个过程中，他们一直非常谨慎地使用灯光。包围圈在不断缩小，缩小，直到我听到一个声音:“门是开着的。”

我看不到房子另一面的情形，但我能想象到其中两人非常迅速地进了房子，因为连续的撞击声后伴随着一分钟的沉默。有一支火把进了房间。三十秒后，其中一人的脑袋从卧室窗户探出，接着有一道光朝果园的方向扫射过来，但没有照到我。那个脑袋缩了回去，有一个声音响起:“他们跑了。”

三支火把立即跟上，其中一支离我只有十英寸远，他们跑到了房子前面。有人打开了房间的灯。我一边小心翼翼地提防着逗留在黑暗里的人，一边匍匐着向前爬过去，一直爬到开着的那扇窗户下面。我能听到他们的对话：有五个人。

“——报纸，打开在讣告那页上。”一个深沉的伦敦口音。

“灯泡还是热的。”另一个说。

“能看出那个姑娘在这待过吗？”

他说的是艾斯特蕾还是我？是布拉泽斯召集了手下，指挥这五个暴徒到这儿来抢回他决意要留下的孩子吗？

“有两把椅子从桌子下面抽了出来。”

“这说明不了什么。”

“一个独居的人会吃这种食物吗？”一个陌生的声音说道，声音里充满了困惑。

当另一个声音在离我只有几英寸的地方响起时，我一时之间心惊肉跳：“有人睡在这儿的地板上。”

“就是这儿，对。你认为他们去哪儿了？”

“十英尺之外，他们消失了。”第一个声音说。

“要在这里坐着等吗？”

“没有意义，我认为。我们可以给这位世外隐士送一份小小的谢礼。”

我根本不关心他们的声音。我从房子那儿撤了回来，考虑该怎么办。

一次对付一个，我有可能将他们统统搞定。而且我迫切地想俘获他们中的至少一人来问话，但是五个人一起？而且他们中至少有几个——我毫不怀疑——还带着枪。

我本人，我必须说，擅长投掷东西——飞镖、飞刀、板球以及石头。当人们提到武器的时候，总是忽略一只能精准投掷的手臂所拥有的优势。

毋庸置疑的是，如果我面前的这些人亲眼见到我四处寻找大石块，肯定会觉得太滑稽了。

现在他们聚在一起，而且打开了所有的手电筒，这就让事情变得容易多了：我基本上不会失手。我想起了一句话，瓮中捉鳖。我计算了一下投掷所需的角度和石头的飞行路线。

七块像拳头一样大小的石头像雨点一样砸在他们身上，都砸中了目标。在他们反应过来、关掉灯并作鸟兽散之前，我看见他们中的两人倒在地上，另一个用胳膊护着头将身子蜷缩起来。我还看见三把手枪，于是赶紧撤回到那棵老橡树的后面。

黑暗中，我听见呻吟声和咒骂声，还有人恼羞成怒地低声下达命令。但是我没有听到枪声。这毫无疑问地说明这些人经验足够老到，没有向一个不明的攻击者发起射击，因为这样既浪费子弹又会暴露他们的位置。

如果他们是业余选手，我会更开心。虽然万分不愿，我却不得不放弃或许能逮住一个的想法。

他们和伤者一起撤回房间，并拉上窗帘，关上前门，然后打开了灯。令我感到欣慰的是，这栋房子盖得毫无章法，混合了好几种不同结构的屋子。即使他们拉上了卧室的窗帘，连接卧室的门还是半开着。

我悄悄地走到窗前，松开了窗帘扣，这样我就能透过窗帘的缝隙看清围绕在桌子周围的人了。

他们正在检查各自的伤势。一个手上拿着白毛巾的人走了过去，接着我听到了一声开门声，卧室的门突然被打开，一个人径直向我走来。我立刻缩回到窗台底下，但是没有火把或是光束从窗户射出来，窗帘缝隙透出的一丝光亮还在。我轻舒一口气，小心翼翼地回到刚才的位置，然后继续从窗帘的缝隙往里看：这次，卧室的门开得很大，足以看到好几个人，其中一个正在撕扯一大块纺织品——他想要床单。

他们在包扎伤口，清理现场，同时不停地咒骂着。其中一个在抱怨，剩下的人互相争吵。我没法看清他们的长相，因为灯光在不停地摇曳，而且投下了很多阴影。但是从口音可以判断出他们不是本地人，而且他们更像是罪犯或者久经沙场的战士，而不是警察。

那个嗓音深沉的人，也就是我听到的第一个声音，非常坚决地表示他们要一直待到清晨。其他的人大声地表示反对。他们在房间里来回走动，直到之前一直都在骂骂咧咧的人指出，一旦进入林子，到了白天，他们会更危险。

听到这个提醒，甚至连那个操着伦敦口音的人也陷入了沉默。

“好吧，”他停顿了一下，“只要迈克能走路，我们就离开这儿。但是在走之前，我们要放火烧了这个地方。把这个王八蛋的灯打翻在地板上，还有——”

我无法坐视不顾，我直接行动了。放火烧掉这个可怜人的家？就因为他唯一的罪过是帮助了三个陌生人吗？绝对不行。我伸出右手将其中一扇窗帘猛地往下一拉，用另一只手从靴子中抽出了匕首。银光闪闪的匕首离开了我的手指，穿过两间屋子，插入了那人的上臂。他大叫着从我眼前消失了，我赶紧躲藏起来——从抛出匕首的角度和靶子的位置判断，那人的伤势并不严重，但这也能吓唬他们一下了。如果幸运的话，这件事会给他们提个醒，这片森林的守护神不喜欢听到放火烧屋的言辞。

五分钟之后，黑暗里有人影在朝我的方向移动，我知道是林中绿人赶来了。“来。”他说道。

“等一下。”我回答道。

他在我身旁蹲了下来。夜晚再次陷入一片寂静。火焰燃烧时噼噼啪啪的声音正在接近我们，我也做好了正面对抗的准备。但是，那几支火把出现在房子前面，然后五个身影一拐一拐地走远了，他们穿过了空地，打算原路返回。

我站了起来。“我想看看他们是不是把我的匕首留下了。”我告诉他。

“他们为什么会有你的匕首？”

“他们中有一个说要放火烧了你的房子，我只是希望能阻止他。”

他拉着我的胳膊将我拽了回来。片刻之后，我再次听到了之前听见的声音，同样的树枝断裂的噼啪声。紧接着传来了数声惨叫和怒骂。

罗伯特·古德曼，这位看起来像好人罗宾一样的隐士，开心地大声笑了起来。“在这儿等我。”他说。我听见他离开了。窗内有微弱的光亮起，大概只有两秒钟，紧接着又漆黑一片。几秒之后，我听见细微的吱吱声——是鸡圈的门，但是古德曼为什么去了鸡圈？

在他将匕首的刀柄放进我的手里之前，我已经明白了吱吱声的意思：古德曼已经预计到他会离开很长一段时间，而他养的鸡会被饿死在这儿。

他抓起我的手，带着我转身离开，走入了他这片夜色无边的森林中。

# 三十四

“你想要车吗？”古德曼非常有礼貌地问我，就好像在问我茶里要加一块还是两块糖。

“你有一辆车？”我大吃一惊。开车的普克小精灵？

“他们的汽车停在路上，如果我们比他们先到，就能开走那辆车。”

“古德曼先生，”我用一种赞美的语气说，“你在下三滥的阴谋诡计方面确实才华横溢。”

他窃笑起来，然后改变了行进的路线，并且加快了脚步。

我完全不辨方向，如同一个瞎子一样。我握着他的手，手虽然不能说话，却将信息准确地传递给了我，让我免于昏迷或受伤：他用手指告诉我何时左转，何时右转；如果手掌轻轻向上扬起，是提醒我前方路面高低不平；而手掌向下则提示我需要避让头顶的大树枝。二十分钟后，我感觉到周围的树木渐渐稀少，我们已经来到一条林间小路上。

现在他开始加速，像拽着孩子一样拉着我往前跑。起初我很害怕，很快便开始感到异常兴奋。森林精灵牵着我的手，而我则深信不疑地跟着他在黑暗中奔跑。我只能祈祷这位专注的向导不要突然停下来。过了八九分钟之后，他放慢了脚步，我闻到空气中有汽油燃烧的气味：这说明我们已经到了汽车停靠的地方。

他停住脚步，认真地倾听着夜色中的动静。然后，他说道："我们有三四分钟的时间。我来推车，半英里之后有一个斜坡，足够我们发动汽车了。"

"等等——我们可以冒险点个火吗？"我问。

"只能用很短的时间。"

"我也许可以绕开汽车的点火锁。"我让线圈的触点相连：车子启动了。我猛地一下坐直了身体，大力地关上门，打开了汽车头灯，挂上了挡。汽车在颠簸中向前行进，我听到树林里有人愤怒地朝我们开枪射击。

如果不是身旁的这些树，我们有可能被子弹击中。但是在枪手们到达小路之前，我们就已经脱险。我将搁在油门上的脚放松了一下，脸上露出一个拘谨的笑容："他们来得比我想的更快。"

"像这样开车的话，我们会让你上前线的。"他说。

"你确定贾维茨和艾斯特蕾在这个方向吗？现在调头可不是一个好主意。"

"向北两英里，"他表示同意，"然后再走十分钟。"

"就这样？如果这些人追上来，就会抓住我们。"

"他们怎么可能抓到我们？我们可以去卡莱尔，或者纽卡斯尔。他们只会返回村子。"

"但愿你是对的。"我有点不安。

"你知道他们要什么吗？"

事实上，我不知道："其中一个人提到了一个女孩，但我不知道女孩是指艾斯特蕾还是我。"

沿着道路开了两英里之后，他让我停车。汽车的头灯暗了下来，接着我切断了电线，灯光全灭了。机器渐渐冷却，但熄火的声音还是很大。我们已经走得够远了吗？这些人不会注意到汽车的噪音突然消失了吧？他们会重新追上来吗？

古德曼下车时，我赶紧小声说："不要关门。"

“好的。”他说。我再次变成了一个盲人。他绕过车头走到我这边来，车门开着，咯吱咯吱地响：“你看不见吗？”

“抱歉，”我说道，“如果我们能等一——”

他上前牵住了我的手，再次带着我走进了道路崎岖的山野中，树叶扫过我的腿和我的胳膊。我需要对他保持高度的信任，才能相信他不会将我领到悬崖绝境或是撞在树上。之前在黑暗中奔跑时，我的内心十分恐惧，但是我迅速调整心态，恢复了自我控制能力——当然不包括我的视力——让剧烈波动的情绪重归冷静。每往前一步我都在做决定：是选择相信，还是选择拒绝？最后，我能继续跟着他的唯一方法是想象我握着的手是福尔摩斯的，和福尔摩斯在一起时，我曾盲从地跟着他到过比这更险恶的地方。

一旦我把自己说服了一半，这条路就变得容易多了。

又过了大概不到十分钟，我们就找到了贾维茨和艾斯特蕾，尽管对我来说像过了一个小时那么漫长。从贾维茨声音里透出的如释重负判断，他也感受到了时间的压迫感，一个人坐在黑暗之中——谢天谢地的是，艾斯特蕾很快就睡着了。我从他手里将艾斯特蕾和大衣接过来，听见他挣扎着站起来的声音。

“我会扶着你，”古德曼低声对贾维茨说，“但是路很窄，你拄着拐杖，用你另外一只手扶着我的肩膀。罗素小姐，你能跟上的，对吗？”

“出发吧。”贾维茨说。我调整了一下，换左手抱艾斯特蕾，然后一寸一寸地往前挪动，直到我的手指触到了他的肩膀，然后我们上路了。

噩梦一般的夜晚显得尤其漫长，伴随着跌倒、咒骂、混乱以及不断滋长的恐惧。

最后，我们的向导终于无法忍受。他停下脚步，我们一股脑地都撞在了他身上。他说："我会回来接你们。"

不等我们回答，他就不见了。我怀着感激的心情跌坐在地，让我负重的双手休息一下。贾维茨保持直立，用拐杖支撑着自己。我们谁也没有说话。

五分钟过去了，八分钟过去了。贾维茨打起精神说道："他会回来的。"

"是的。"实际上，我并不是特别在意。我已经做好了就坐在这儿的准备，有了大衣和孩子带给我的温暖，我可以坐在这里等到天亮。

但是古德曼确实回来找我们了。先是一阵轻微的沙沙声传来，紧接着是他轻声的耳语："警报解除，再走一百码就到了。"

我挣扎着站起来，结果吵醒了睡梦中的艾斯特蕾，她不安分地在我怀里扭动着，所以我先让她安静下来，然后把我的手放在了飞行员的肩上。

我从来没有像现在这样对脚下的这条乡间小路心怀感激。

我们花了点力气才让贾维茨坐进了汽车的后座，接着，我把艾斯特蕾放在他的膝盖上，轻声地问："你这样抱着她可以吗？"

"我开不了车，"他在我的耳边说，"所以就好好抱着孩子吧。她是个好孩子。"他补充了一句。

"可不是吗？"我美滋滋地回答说，然后回到了驾驶员的座位上。

我往前开了不到一英里就停了下来，但并没有将汽车熄火。

"古德曼先生，对您为我们所做的一切，我感激不尽。但是我不能让您继续牵涉其中了。我建议您回家之后一段时间内都要多加小心，因为不知道他们会不会卷土重来，但是我觉得您能搞定。”

“我要——要和你们一起走。”

“您没有必要——”

“走！”他咆哮着。

我们继续一起上路了。

因为南面有五个人对我们穷追不舍，所以我们被迫朝北开。林间的小路十分狭窄，有时候近乎没有，但是后来又慢慢延展开去，渐渐变得宽阔起来，最后我们的车终于开到了可以称为道路的路面上。我要感谢那些歹徒，他们在进入林间探险之前考虑得很周到，给汽车加满了油。这意味着有足够的燃料支撑着我们将车子开到文明社会。

或者，即使开不到文明社会，至少可以开到一个有两栋建筑的十字路口。其中一栋是由石头砌成的，外表整齐而干净，但在这个时间，整栋房子一片漆黑。另外一栋看上去曾经是一家古老的铁匠铺，但在20世纪已与时俱进变成了汽车修理厂。在修理厂的前院放着一台汽油泵，被挂在上面的一盏灯照得锃亮，那盏灯让我想起悬挂于现代祭坛上的圣灯。

现在离天亮还很早，所以参拜祭坛的人都没精打采。但是，我作为其中一个参拜者，需要活动活动双腿，进入这个镇子，并考虑下一步的行动。

我将车开进了加油站的前院，拉上了手刹，然后摸索着切断点火的电线。电线一旦中断连接，汽车就熄火了。车刚停下，一个小小的带着睡意的声音尖声尖气地问：“我们在哪儿啊？”

真是一个好问题。

我们从车里下来，依次去灌木丛里方便了一下。我给艾斯特蕾几块饼干，从加油站后面的水龙头接了一杯水递给她，取水时惊醒了拴在漆黑的石头房子后面的狗，狗随后又吵醒了狗的主人。一个男人从楼上的窗户探出头，大声训斥着，让狗安静下来，接着问我们在这儿做什么。

不等任何一个同伴回话，我马上开始了长篇大论。我忙不迭地表达歉意，用精心雕琢过的音调，专挑那些让铁石心肠的工人听了都会心软的词语：首先拐错了一个路口，接着提到生病的母亲，突发紧急状况，孩子，然后又说到绝望，万分抱歉，恐惧和饥饿。但是直到我说会支付给他一大笔钱，他才关上窗户，打开了房间的灯。

“表现得绝望一点，你俩。”我建议道。所以贾维茨斜倚着拐杖，几乎就要躺在上面了，而古德曼比他表现得稍微好点，他直接离开，隐入了夜色中。我紧紧地牵着艾斯特蕾，她已经完全醒了，对周围的一切都感到好奇。我站在灯下，等楼上的男人穿上衣服走下来。

根据他的肩宽判断，在汽油发动机取代他的职业之前，他应该是一名铁匠——他的手上带着无法彻底清除的发动机润滑油的痕迹，不过依然能看出他曾经经常使用铁砧或者锤子。在神话故事里，人们对于出现在英国大地上的铁匠总是怀着极高的崇敬之情，而不仅仅是略加在意：一个铁匠只对自己负责。

好在，金钱能安抚大多数性情暴躁的神。在看到了我们的供品之后，他很快就启动了油泵。直到油箱装满，他终于基本上从睡梦中醒了过来。我看了一眼天色，注意到星星已经渐渐消失在东方。我给他来了一个相当灿烂的笑容，同时语气欢快地问道：“如果你要给自己倒杯茶的话，我猜应该不介意卖给我们一杯吧？”

他回了我一个鬼脸，然后转头走进了房子，我就当他是同意了。

在他走开的时候，我借着油泵上的灯光检查了一下汽车上的各种袋子。

正如我预料的那样，这辆车是租来的，汽车的尺寸证明了他们出发的地方并不远，因为挤在这么小的车里待不了太久。这就说明这些人是先得知了飞机失事的消息，后来又发现一个本地人买了一些奇怪的东西，然后才从南部上了火车。他们要么是行事神速，要么是走了狗屎运，才能这么快就找到我们。

袋子里装的东西并没有提供太多有价值的信息，除了几张地图。这辆车的大小最能说明问题：装五个人就满了，所以他们根本没打算将我们带走。

我拿着两张地图走到车前，在发动机盖上摊开，将画着湖区地形的那页放在最上面，整个湖区的面积在地图上相当于三个先令大小。贾维茨走了过来，古德曼也再次现身，甚至艾斯特蕾也从我的胳膊下凑过来盯着地图看。我把她抱起来放在暖和的发动机盖子上，她的膝盖上放着她的洋娃娃，用小手托着小脸，宛如一个监工坐在那儿。让人感到诡异的是，我仿佛在她身上看到了她祖父的影子，每当他等待进一步的消息时，手指也都是这样放在嘴唇上。

我将目光从孩子身上转移到地图上，开始比对我看到的几个路标，来确定我们接下来要去的地方。奇怪的是，我们旅程起始的位置在地图上并没有按照惯例被标注出来：那里应该是一个私人领地，这也正好解释了那里的植被保存完好、人迹罕至的原因。地图上的那一部分区域有可能还在沿用一种古老的地图标注方式。

“这里就是我们现在所在的位置，”我说，指向几条细线的连接点，然后换了一张整个国家的大地图，“我周六早晨之前必须到伦敦，但是需要为你们找到一个安全的地方。我在想——”

古德曼突然将手插入他的口袋，然后将身子向外半转。我挑了下眉，但发现他只不过是望着路边垂下来的树，被某种很明显却不知道是什么的动静吸引了。

“你有什么建议吗？”我问道。

他向后退了一步，用一只手在他乱蓬蓬的头发里抓来抓去，又后退了半步，好像要冲向那边的树林，然后他停下来了。

“我——他——”

他的脸剧烈地抽搐着，仿佛一道电流正在穿过他的肌肉。这是一种惊恐的表情，战争期间，我曾在一家医院的病房里见过炮弹休克症的病人流露出这种恐惧的表情：战争让人的大脑遭受创伤，让人的声带肌肉变得僵硬，导致病人语言表达困难异常。

他人所能做的鼓励就是提供词语，任何的词语：“我们可以——”

他伸出手制止了我，然后转过脸去看艾斯特蕾，她现在看上去像是一个坐在汽车发动机罩上天真活泼的滴水嘴怪兽。我们在一旁等待着。他咽了口唾沫，当他再次说话时，他的声音变得异常浑厚，而且有条不紊，就好像是从嗓子眼每次拿走一个字，然后一个一个地摆在唱片机的转盘上：“他——我——有家人。”

听说这个男人有家人要比知道他有一辆汽车更具有冲击力，我被这个消息震撼了。我几乎要脱口问他，他的家人当中是否有人叫洛基或者阿尔忒弥斯[1]。庆幸的是，此刻他脸上痛苦的神情让我意识到不该这么问。我只是简单地问道：“他们在哪里？”

他把目光从艾斯特蕾身上转移到地图上；从他不情愿的

1　都是北欧神话中的神。——译注

表情来看，这地图似乎是一片燃烧的火焰。他用一根手指轻轻地敲打着伦敦郊区西部边缘的位置。“远——”他停了下来，艰难地吞咽了一下，神色凝重，然后重新开始说道，“远亲，我们关系并不亲近。但是他们会让你……他们会欢迎我们的。”

“这些对我们穷追不舍的人会找到他们吗？”

“这里没有人知道我的名字。”当他说单音节的字时，表达顺畅了很多。

“那你的房间里呢？有没有什么东西会让他们顺藤摸瓜找到你的亲戚？”我问，“信件、官方文件，或者其他东西？”

“有一些。一位律……律师寄给我的信件。他住在意大利，但这需要时、时间。”

我朝贾维茨挑起了一条眉毛。贾维茨说：“我本想提议去我一个老朋友那儿，我们是在英国皇家空军认识的，但是我已经好几年没见过他了，而且他的房子比机舱大不了多少。”

我原本打算去一位现居爱尔兰的朋友那儿，他在乡下有一套房子，但是既然追我们的人并不是来找住在林子里的人，正如古德曼所说，他们要花一点时间才能发现其中的关联。“好吧，”我决定了，“就去里士满。”

加油站的主人给我们端来了茶，不过当他发现我们一行四人时，也并没有回屋去为第四个从夜色中冒出的人多取一个杯子。茶水又热又浓，我们四个怀着感恩的心情分着喝了。当茶杯、茶壶和牛奶罐都空了的时候，我才将托盘还给了加油站的主人。

当艾斯特蕾和贾维茨再一次安坐在汽车后座上时，我向下伸出手去接线点火。我朝那位由铁匠变身的修理厂老板挥手告别，然后挂挡加速，汽车发出巨大的轰鸣声，开始朝北行驶，而我的三位乘客中已经有两位对此表示抗议。

我心情大好，继续往北开了三分钟，然后减慢了速度，接着将车驶入一条有很多岔路的弯路，然后调头向南。在离修理厂还有半英里的地方，我熄灭头灯，身子向前倾了一下，对还在喋喋不休的批评家们说道：“现在，请大家统统保持安静。”

发动机被调到接近空转的状态，我们缓慢地前进着，在一片漆黑的夜色中，静悄悄地开过了加油站。加油站的主人回到了厨房，在我们再次经过的时候并没有将头伸出窗外看。狗没有叫。我在十字路口朝着向南的那条岔路继续开了一百米，然后打开头灯，用脚往下踩油门。

# 三十五

开车走二百五十英里要比乘坐飞机花更长的时间。但在另一方面，即使我们在快接近威根的地方发现其中一个轮胎爆了，也不会导致我们从天上坠落下来。我始终认为这种交通方式无比安全。

不过，我们越朝南走，古德曼看上去就越不安。在等待修理车胎的时候，我们去了附近的一家餐馆吃午饭。就安全而言，我们已经远离了我们出发的地方，但是，当我看着那个身穿杂色工作服的工人从汽车上拆卸轮胎时，还是会忍不住想我们会不会是最显眼的游客。

在我们走近餐馆门口时，古德曼靠近我的耳边说道："帮我随便点些东西就行。"不等我提出反对意见，他就径自走开了。我一手牵着艾斯特蕾，另外一只手还得为飞行员开门。如果林中的隐士不想加入我们，那是他的损失。

餐馆让人感到轻松惬意，环境清幽雅静，空气中弥漫着令人振奋的味道。我们一瘸一拐地走向了靠近火炉的一张桌子。贾维茨点了三杯威士忌和一杯啤酒，而当我一脸狐疑地看着他时，他咆哮着："我的腿痛死了！"

我朝女主人惨笑了一下："我要半瓶苦啤酒，谢谢，给孩子来一杯柠檬水。还有，你这儿提供午饭吗？"

在其他情况下，我也许会认为店家报出的菜名不过如此，并不会让人食欲大振。但有了过去九天的经历，要么是待在天上，要么是寄宿在一个素食主义者的小屋里——此刻这些食物的名字听上去虽然充满异国情调，让人难以理解，却足以让我们垂涎三尺。我们点了餐，也为那位消失的同伴点了一份。当我们点的酒水端上了桌，贾维茨仰起头将威士忌猛地灌了进去，然后闭上了他的眼睛。慢慢地，他脸上的表情开始放松了。接着他睁开眼睛，朝着艾斯特蕾眨了下眼，继续去喝他的啤酒。

在我们差不多要结束午餐的时候，餐馆的门开了，一个胡须刮得干干净净、头发油光锃亮的年轻人走了进来。他停了一下，注意到我们坐在火炉前面，就朝着我们的方向走来。我停下了手里的刀叉，可是当我注意到他长着一双绿色的眼睛时，心里着实大吃一惊，手里的刀叉顿时掉了下来。

“天啊。”我说道。

“是的，好吧。”年轻人用奇怪的磕磕绊绊的声音回复道，“我不能像一头熊一样去见我的家——家人。”

“罗伯特先生！”艾斯特蕾喊了起来，“你刮了胡子！”

“也理了发，不是吗？”他回答道，“给我留吃的了吗？”

贾维茨和我继续吃饭，但我们的注意力已经不在食物上了。我们面前的这个男人不仅仅皮光肉嫩，而且全身都透出一种优雅的气质：理发后的他好似换上了另一套不那么引人注目的伪装，此刻的样子对于一个习惯了他作为一个沉默懒散的隐士的人来说，无疑是一种巨大的冲击。这位罗伯特·古德曼如果去伦敦的夜店一定会如鱼得水，加上他敏捷的身手和强健的手指，必会大出风头，引人侧目。

看到他这样，我不禁在想，他对于即将见面的家人应该是有一点惧怕的。

但是，古德曼的亲戚最终并没有在那里迎接我们，我们见到的仅仅是留下来的仆人而已。我们停在一幢宏大的三层建筑前，这座房屋由石头建成，有着16世纪风格的轮廓和18世纪风格的装修。房屋的窗户在第一道晨曦中闪闪发亮。一个十二岁左右的男孩站在门口，我们看见他开口讲话，一分钟后，一个上了年纪的人出现了，他匆匆地调整了一下很显然刚刚戴上的领结：这位管家应该是在不当值的时间被叫了出来。他身后跟着一位体形圆润、头发灰白的妇人，大概六十出头的年纪。妇人看到我们就惊叫起来，这种惊叫通常都是因为看到长期流落在外的浪子最终回到了家中。古德曼伸出一根手指，轻轻地放在妇人唇上，老妇人顿时安静了下来，但她眼中的巨大惊喜却无法掩饰。

我觉得这三个人慌慌张张的样子还有他们出现的顺序说明家中主人出了远门，所以仆人们才懒散且没有条理。果不其然，一旦古德曼移开了表示噤声的手指，那位终于能自由发言的女管家就开始了滔滔不绝的叙说，家中主人刚刚前往爱尔兰去参加一个婚礼，两周之后才会返回。

古德曼身形晃了一下，接着走下几级台阶。过了一会儿，他清了清嗓子，开始有点含糊不清地发出命令，让仆人们为我们准备房间，把汽车找一个隐蔽的地方停好。

而他的声音——那种磕磕绊绊的困难症状已经消失，在发号施令时温柔而不失幽默，又回到了他之前的表达状态，那时他的家并未有外人入侵，那时他不用被迫回到外面的世界，那时他也不用痛下决心带着我们投奔他的家人，而他的家人，很显然会产生某种让人不可忍受的恐怖，以至于他不堪重负。我真希望能在来这儿之前就看出来：那样的话，他今天就不会一整天都沉浸在巨大的痛苦之中了。

仆人们赶紧应声附和着行动起来，甚至擦靴子的男孩也走了过来。看起来他们的百无聊赖千真万确。

尽管已经到了晚饭时分，但直到房间里残存最后一抹余晖时，茶水才急急忙忙地被端了上来。家具上盖着的布被掀开，法式的房门朝着阳台打开。我们强忍着在房间里坐了一会儿，就端着茶杯出了门。艾斯特蕾正一脸严肃地在那个男孩的陪伴下在雕塑花园里跑来跑去，而我们就站在那里，品尝着茶，等待着耳朵里的轰鸣声慢慢消失。

“明天早晨我要做的第一件事就是进城。”我告诉两位同伴。

“我和你一起去。”两人异口同声道。

我看着手中的茶杯，一股怒火涌上心头。为什么男人总是急切地要展现自己的骑士风度，而不管这是不是会让自己陷入痛苦？和我并肩作战的战友包括一个不怕死的瘸子，一个必死无疑的三岁孩子，还有一个普克小精灵。

而对于我即将面对的战争，我已经本能地感觉到了它的存在。在我们的森林家园被偷袭之前，甚至在得知迈克罗夫特的死讯之前，我身边突然发生了很多事，这让我隐隐地感觉到，在我所热爱的这个国家里，这些事都是不对的。

在回到英国后的三周半里，我必须承认，从第二周开始，我就一直处于逃亡的状态——我在英国的日子突然之间变得匪夷所思，异常热闹而且节奏极快。一开始，我以为是伦敦这个大都市和平静的南部丘陵休养地之间强烈的对比所致。后来我告诉自己，在国外旅行八个月，已经让我忘记了真正的英国是什么样子了。还有，当然，我心里一直都放不下布拉泽斯的案子，这个案件让人感到十分不安。不仅仅是因为案子本身，更重要的是，我意识到有史以来，宗教狂热总是与危险的政治和社会动荡密切相关。

那五个手持枪械的恶徒是这种动荡另外的征兆之一吗？

还是说现代生活本来就该是这个样子？一个嗜血成性的神棍被当成智者，受到拥戴，乘坐飞机的孩子会被人从空中击落，一个好撒马利亚人[1]会被持枪的暴徒赶出自己的家？

多么希望能跟福尔摩斯聊聊这些事啊！

我对敌人一无所知。我也无法理解一个狙击手或者出现在湖区的那群带枪的人跟托马斯·布拉泽斯有何关联。我不知道迈克罗夫特因何而亡，又是死于谁手。我也没有办法知道达米安和福尔摩斯是否安然无恙。我不想抛弃达米安的女儿，任其自生自灭，也断然不愿带着她踏上一条危机四伏的路；不过，她看上去和贾维茨、女管家，还有那个小男孩都相处得很愉快，和跟我待在一起一样。截至目前，我们已经三次遇险——狙击手的子弹，飞机坠毁，还有带着枪的那伙人，他们开着一辆根本无法装下人质的小车——把她放在我的身边已经差点要了她的小命。

我在心中祈祷着，这次我离开她的时候，不用再担心她的安危。如果一个孩子不能安全地藏在一个私人的住处，那么，英格兰群岛就没有她的容身之所了。

所以，我想到了一个折中的方案。我从茶杯上收回目光，转向贾维茨："我必须请你留在这儿，保护这个孩子。"

---

1　基督教文化中一个著名的成语和口头语，意为好心人、见义勇为者。——译注

# 三十六

福尔摩斯站在船尾的甲板上，用外套裹紧了自己，即使这样也难以躲避北海海水飞溅到自己身上。他在思考自己这个决定是否正确。

抉择真是一件让人感觉糟糕透顶的事情。将达米安留下来，让他深刻地体会到一种将自己的后背留给一个手持匕首的人的感觉——为什么他没有预料到这个问题，没有哄骗着戈登让他继续留在这里？可是，如果他试图带一个身负重伤的高个子年轻人和一个身材娇小一头红发的苏格兰女士搭乘肯定会被严密监视的轮船的话，就需要花大量的时间来指导他们学习伪装的技巧，但他恰恰没有时间。他也没有时间去找一个荷兰人替换戈登，而且这个荷兰人还要愿意在大白天偷渡三个英国公民（其中只有两人有护照）。

他已经尽全力了。前一天晚上，他一下火车就在车站租了一辆出租车，一路狂奔回到了茅屋。当他发现他的儿子和医生正平静地坐在火炉前，互相为对方朗读《匹克威克外传》时，竟然感到一阵头晕目眩。

他将目前的情况大致地跟两人说了一下，希望能使两人保持警惕。当主宅的灯熄灭之后，他借走了房主一辆汽车——好吧，坦率地说，是偷走了一辆汽车——同时把这不太般配的一对儿也从艺术家们的群体中偷走了。

接下来，他花了十二个小时带两人一起玩了场猜豆子游戏，目的是要挫败一切跟踪行动。先开车前往莱顿市，将他们二人藏在一个酒店内，然后将偷来的车停在中央火车站附近，接着穿过冷清的市区住进一家豪华酒店，第二天天刚亮就租用了一辆出租车，设法甩开了司机（还好只是用了个小计谋而不是暴力），接着去酒店重新接上两个年轻人，然后带着他们兜了一个大圈子，终点是一个小酒馆，距离他们出发的地方不到四十英里。

他给两人设定了新的身份，一个是年轻的法国艺术家，一个是雇来的英国护士，艺术家与他的一位兄长闹翻了之后就跟家里断了联系。训练他们在必要时尽可能多说法语，告诉他们的房间能保留多久就保留多久，他将钱包里所有的钱都放在了医生的手里，然后转身离开前往荷兰角。他在那儿将偷来的第二辆汽车停在一条街上，下周一之前不会有人发现它。然后步行了最后两公里登上哈里奇号汽轮。

即使到了这个时候，他的一天也并未结束，对于一个身无分文又时间有限的人来说，只能依靠创新精神了。他提醒自己，道德对于此刻的他来说没有实际意义。福尔摩斯在二十四个小时之内完成了他第三个自鸣得意的行为，堕落成了一个最低级的窃贼。在离开船时间还有二十分钟时，他撞上了一位银行家，当时这位银行家正在逗弄婴儿车里的小孩子，而福尔摩斯则顺手牵羊地偷走了他的钱包。

命运女神总是笑到最后。因为，这个摩洛哥人的钱包本身甚至比里面的钱更值钱一些，里面的钱只够他买一张最便宜的前往英国的单程船票。与其冒险在这艘狭小的船上再次行窃，不如选择在开放的甲板上度过这段旅程。甲板上冷风阵阵，冻得人有些麻木，反而有助于缓解饥肠辘辘的痛苦。

但是，没有什么能减轻焦虑带来的折磨，因为他的家人正流落在外。哦，如果他只需要担心一个人的安危，而那个人是华生医生，事情就会变得容易很多。

当轮船最终到达码头时，他跟着人流往下走。因饥饿而脸色惨白，缺少足够的睡眠以及过度吹海风使得他双眼通红，每走一步他都在跟内心深处嘶吼的冲动做着斗争，感觉自己像足球运动员一样快速地走下舷梯，朝伦敦走去。

等着接站的人群中站着一个男人，一个身形高大的男人，穿着一件暖和的外套。他有可能是阿姆斯特丹那位监视者的兄弟。

# 三十七

彼得·詹姆斯·韦斯特看着手里的报告，心中强忍着因为胜利而欢呼的冲动。他的直觉是正确的。夏洛克·福尔摩斯在瑟索雇的那艘渔船并没有在英国登陆，而是去了欧洲。斯堪的纳维亚还有特工驻扎——极具讽刺意味的是，他们是被迈克罗夫特·福尔摩斯派去的——因此只要从阿姆斯特丹打一个长途电话就能很容易地部署他们再次展开行动。

事情进展得如此顺利倒让人有点失望了。

尽管还没有发现福尔摩斯的行踪，他的儿子以及他们在苏格兰带走的那名女医生也下落不明，但这些都不重要。

周日就是举行葬礼的日子。无论是福尔摩斯还是他的太太都不会错过这场葬礼的。

# 三十八

周五晚间时分，莱斯特雷德总督察从座位上站起来，但目光依然注视着报纸上关于葬礼的通知。很难理解一个像神一样的人，竟然死在了一把刀下。而且，似乎是自己的行为莫名其妙地导致了他的死亡。

他并不相信迈克罗夫特·福尔摩斯是因为冒险进入了一家令人疯狂的夜店而遭遇谋杀的。

一个挥之不去的念头在他脑海里浮现，迈克罗夫特的死亡和近期发布的非官方命令有关——一个非常紧急却不易被忽略的命令——他对夏洛克和他的太太发布的通缉令。

他十分确信的是，福尔摩斯和那个画家达米安·艾德勒之间存在着某种联系：那个精明的侦探不会因为尤兰达的尸体是在距离他家一英里的地方被发现，就多管闲事地插手这个案子。

他感觉自己就像一个身处旋涡之中的人，没有任何坚实的物体可以抓靠，他之前熟悉的所有地标都变得模糊不清。但是，此刻他的内心比之前几天的任何时候都要平静，因为当天下午的晚些时候，他已经撤销了对夏洛克·福尔摩斯和玛丽·罗素的逮捕令。

如果没有其他意外的话，做完了这件事以后，他就能内心无愧，抬头挺胸地参加周日的葬礼。

# 三十九

周六一大清早，我下楼的时候，古德曼已经在早餐室了。

我们的代班主人刚刚刮完胡子，穿着一套浅灰色羊毛外套，搭配了一条公学的领带。他的上唇留着一条跟铅笔线一样细的小胡子，他的指甲经过修剪，整齐洁净。只有那双绿宝石一样的眼睛和他那桀骜不驯的头发，才能看出曾经那个住在森林里的人的一丝痕迹，他的头发尽管抹了头油，却蕴含着一种难以抑制的能量，好像随时随刻都会朝上肆无忌惮地炸裂开来。

“外套很帅气。”我说。

“是我堂弟的妹夫的衣服。”他回答道，得意扬扬地低头看着自己的装扮。当他站起身时，很明显能看出这位正在说话的绅士裤子短了一英寸，而肩膀那儿又宽了一英寸。

不过，人确实要靠衣装。所以，古德曼穿上这身行头后走起路来也跟之前大不相同，他的后背挺得更直了，周身上下的肌肉变得更加紧实。男管家开车将我们送到火车站，当我走下售票窗口的台阶四处寻找我的同伴时，我几乎没认出来。这个绿色的男人已经变成了灰色的男人，灰色是他身边这个城市的颜色。

报刊经销商正在往外摆放晨报，我买了一份《泰晤士报》。我们找了个地方坐下来，而我则打开了报纸。读到福尔摩斯的消息的那一瞬间，我感觉就像触摸到了他的手。我在想我离他现在的位置有多远。

“你有计划吗？”我的同伴问我。

“是的，他给我留了一条消息，告诉我在葬礼上与他会合。但是我们要先去一到两个地方。”

我感觉自己有点福尔摩斯上身，他在办案时一旦因案情没有进展而受挫就会大声地喊：“证据，我需要证据！”在展开下一步行动之前，我需要信息，也需要协助：想满足这两个要求，我知道应该去哪儿。

我跟古德曼在滑铁卢车站下了火车，从刺耳的鸣笛中走出来，走向出口。很久以前，福尔摩斯还是贝克大街上一名积极向上的咨询侦探，曾雇用了一帮孩子为他工作，他称他们为编外人员，这些孩子的人数并不固定。其中的关键人物是一个身手敏捷，聪明伶俐，手指灵活，长相一般的孩子，他有一个酗酒的母亲，但不知道父亲是谁。自从为福尔摩斯工作后，他的人生就被重新改写了，从一个彻头彻尾的罪犯最终变成了一位咨询机构的专业人士。

事实证明比利将自己的事业经营得相当成功。他甚至能取得更大的成就——从经济角度来说——如果他不是继续待在他长大的那个街区的话。他现在的办公室设在萨瑟克区，但那些有钱的客户依旧络绎不绝，他组建了自己的从业大军，雇用了自己的堂兄弟、邻居、发小，还有不少有重罪前科的人。

如果有人能够提供信息和人力协助的话，那这个人就非比利莫属。

泰晤士河的南岸是一个商业王国，这里更多充斥着货物和服务行业，政治和金融的色彩则相对淡了许多。因此，没有受到现代交通的辐射。如果朝北走半英里，我们或许就能搭乘地铁，但在这儿，我们走上了似曾相识的乡间小路。

但这种感觉并不完全熟悉。每走一步，心中异样的感觉就增长一分，最后我低声对古德曼说：“跟我来。”然后走进了一家破旧的咖啡馆。女招待忙碌地招呼着客人，我点了两杯咖啡。

三十秒之后，咖啡就端上了桌，我对古德曼说：“事情有点不对劲。”

他问：“什么？”

真是一个好问题。我并不像福尔摩斯一样，对伦敦了如指掌。但是我在这座城市里生活了很多天，也在任何时间段来过这里，包括周六早晨的八点钟。“确切地说，我不清楚哪里不对，但是直觉告诉我这里不对劲。”

其他人或许会面露怀疑之色，但我面前的这个人是一个对森林十分熟悉的人，他能在夜色无边的林间奔跑。“你看到了什么吗？闻到了什么吗？”

“是声音，”我缓缓地说道，“还有一些东西看不见了。往回走两条街，一般情况下，周六的时候，人们能听到房子一端的钢琴老师打节拍的声音，以及一个年轻男人为了盖过节拍而在另一头用留声机播放音乐的声音；但是今天他们都很安静。不仅这条街很安静，街上的人也不见了。”我伸长了脖子，透过雾气蒙蒙的窗户看出去，然后指了指对面的街角：“每次经过这条街的时候，我都会看到一个上了年纪的意大利男人站在高高的凳子上。他在为楼上一个赌博集团全天候站岗放哨。”

“警察在执行任务？”他猜测道。

我努了一下嘴：“警察执行任务时是不会影响到孩子的。孩子哪里去了？现在是周六早晨，他们应该随处可见。”

付完账，我们回到了街道上。

路上的所见所闻让我的精神高度紧张：一家从不歇业的店铺现在却门户紧闭，原本应该活跃着一群小混混的街道上却一个小混混也没看见；一位将楼上租给了两个本地姑娘的店铺老板正透过窗户向外看，脸上挂着一副小心翼翼的神态；街道本身，正常情况下应该是喧哗热闹的，现在却透出一股危险逼近的气息，变得如同室内一般安静。

我越来越不喜欢这种感觉，似乎继续在萨瑟克区往前走就相当于冒险走入对方的圈套。

距离比利家三条街远的地方有一个蔬菜水果店，那里有一个公用电话亭。我走了进去，塞入硬币，拿起听筒等待对方接听。

有人接听了电话，是一个即将成年的男孩子，说话时将头两个音节的音调拖得很长，听着有点别扭。

“请问是小兰德尔吗？”我问道，“我是玛丽·罗素，你爸爸——”

他急忙打断了我，紧张得声音都在颤抖：“爸爸让我告诉你，跑！”

“但是我要见他。”我答道。

“他在你们第一次遇见的地方，现在，跑！”

我扔掉手里的电话，一把拽起古德曼的手，拼命地跑了起来。

# 四十

我们一路沿着街道往下跑，拐进了一座庭院内，院子里因为有一口井，地面长满了青苔，所以湿滑难行。接着我们又猛地钻进了庭院尽头一条狭窄的巷道里。虽然我觉得我们还没有被人盯上，但还是一边在窄巷内快跑，一边脱去了我的羊毛衫，然后麻利地把我的衬衫从裙子的腰带里扯出来，遮住我的臀部。在我看见的第一个垃圾桶处，我打开桶盖，将我的羊毛衫和我们两人的帽子扔了进去。接着我从后面拽住古德曼外套的领子，以迅雷不及掩耳之势将他的外套扯了下来。我们放慢了速度，当我们从巷道里出来的时候，脚步轻快，就像刚散步归来，毫无破绽。一辆红色的公共汽车停在了二十英尺开外。我拉着古德曼上车买票，然后快速地登上了环形的楼梯。

公共汽车在嘶嘶的震颤声中出发了。让我大松一口气的是，车下面的路上没有出现高声叫喊，也没有急促的脚步声。我们找了座位坐下，我戴上了我的眼镜，发现古德曼变了个样子，不再是早上出门时那个成功有为的年轻白领：没有戴帽子，穿着一件长袖衬衫，看上去甚至比他实际年龄要年轻许多，而且毫无疑问，风度翩翩。他看上去……已经不完全是个老实人了，他比我更快地融入了我们周边的环境中。

他的眉毛向上扬起。

我解释道："电话里是我想见的人的儿子。他的父亲开了一家咨询中心，他给我留了一个口信：跑。”

“跑多远？”

“现在，我要见到比利才行——也就是他的父亲——在河对面的一个公园里，虽然我们要先去干点别的事。办完事之后，再看情况吧。你确定你要……”

“我要留下。”

我点了点头，表达谢意，在我们穿过熙熙攘攘的内河运输码头走进市区时，我一直都低着头。

比利和我第一次见面的地方是距离剧院大街不太远的一个小的绿地广场。那是1919年，那天晚上我和福尔摩斯去看歌剧，却因为比利没有看成，比利当时被人打晕了，不省人事，而且他乘坐的那辆古老的四轮马车也四分五裂。在那次“幸运”的初次会面之后，我又见过他几次，尽管我并不是很了解他，但我们毕竟师出同门。不过他跟他儿子有联系，所以如果我全然不顾那危险的警告，用了一个小时才走了两英里，他应该不会感到惊讶。

所以，我们没有直接奔向目的地，而是乘坐公共汽车穿过了人潮汹涌的商业区，在距离福尔摩斯一个藏身处两条街远的地方下了车。福尔摩斯在伦敦还保留着几个藏身处，全都隐藏得很好，基本上固若金汤，备有可供选择的逃跑路线，还储存着大量的食物、衣服、基本的武器、周全的药品，以及用于伪装的工具。将藏身处暴露给陌生人是大忌，但这应该是我唯一一次这么做。

穿上既干净又合身的衣服让人感到很轻松：一条轻薄的半截裙和一件白色的衬衫；一件可以正反两穿有着不同颜色的夹克，一双再普通不过的鞋子；两条围巾，一条橘色，一条尼罗河蓝色，便于瞬间改变造型。我坐在一面又大又亮的镜子前修饰我的脸型以及改变我头发的颜色，换了另外一副眼镜，顺手往左手腕套上了一块有着现代风格但几乎无法看出时间的手表，右手腕上是一串五彩斑斓的塑料手镯，同时搭配了一对能闪瞎人眼的耳环。

打扮停当后，我转了过来。那个目睹了这一切的男人一副看傻了眼的表情，像个孩子一样好奇地望着我。我对他说：

"我们可以出发了吗？"

任何一个其他男人也许都会问："你到底是谁？"而这个人却只是戴上了他的草帽，调整了一下缎带上的猫头鹰羽毛，随后，打开了门。

我们到达小公园的时候，已经是午后了。我们在公园周围来回溜达，在街角逗留了一会儿，在此期间，我还故作招摇地看了看我的手表。最后，我们朝着公园漫步而行，手牵着手，俨然一对年轻的小情侣。

和古德曼手牵手，即使是作为伪装的一部分，也应该有一种不舒服的感觉——我，毕竟是一个已婚妇女。但是我发现他手掌的力度以及他抓着我的方式并不是成人的感觉，或者说并不是以一种异性的方式在牵着我的手。我感觉更像是牵着个头高一点、身体壮一点的艾斯特蕾的手：彼此陪伴，单纯而没有杂念，我们之间无须语言，只通过相握的手掌跟对方进行沟通，通过这种微妙的方式，我知道他何时保持着高度的警惕，何时发现路过的行人毫无危险，何时被两个孩子绕着树一圈又一圈地玩耍时发出的高声尖叫逗乐。当他握着我的手时，我能感到油然而生的信任，全身心的放松。当他的手指要从我的手中抽离时，我知道他看见了比利。比利躺在公园的一张长椅上，一份报纸盖住了他的脸。

我轻轻地攥了一下，告诉他我也看到了那个昏睡的身影，然后在经过长椅时清了清嗓子。报纸动了几下，五分钟后，比利来到了厕所后面。

他看起来十分疲倦，我认为他那不修边幅的脸比伪装更有欺骗性。他最近这几天过得很不好，一只眼睛乌青，说明他刚经历过一场肢体冲突。

“你不能待在城里，你也不能去迈克罗夫特先生的葬礼。”这是他开口说的第一句话。

“很高兴见到你，比利。”我语气平静。

“我是认真的。”他坚持着自己的观点，同时向前迈了一步，我感觉他是试图威胁我，让我屈从于他的意见——不过就算他和我一样高，也很难达到他想要的效果，何况他还比我矮了三英寸。古德曼双手插兜，与其说一脸警惕地看着我们，倒不如说是饶有兴趣地观察着我们。

“比利，到底发生了什么事？为什么你告诉我让我逃跑？为什么萨瑟克区的不法之徒都转入了地下？”

“你注意到了。”

“很难不注意到。他们都被通缉了吗？”

“不，就像你说的那样，都转入了地下，我让他们暂时躲一下风头。”

“但是为什么？”

“好像有大事要发生。我不知道是什么事，但是有人在房顶上监视，有人在垃圾桶里搜寻线索，还有人在窗户外面偷听。”

“你确定他们不是警察吗？”

“不是，他们不是警察，不过，他们也不是罪犯。他们都是些狠角色，他们正在找你和福尔摩斯先生的下落。”

“这就是你让兰德尔告诉我逃跑的原因吗？因为有人在你家窗户外面偷听？”

“我不想因为我而让你被他们抓住。我已经有三天没有在家过夜了，因为我害怕他们跟踪我，然后找到你。我不想冒险。”

“你是一个很好的朋友，比利。”我说，这句话既是无可争辩的事实，也想让他冷静下来。“但是，你要告诉我关于这些人的一些情况。如果他们不是警察的话，那他们是谁？”

“他们和警察一起共事，但绝对不是本地人，甚至也不是苏格兰场的人。”

“所以，是某个犯罪团伙转移到了新地盘吗？”

“不，”他几乎要不耐烦了，“他们不是犯罪团伙。”

“我不明白。”

“如果是犯罪团伙的话，他们不会劫持我，审问我，然后又放了我。就算我拒不合作，苏格兰场也不会威胁我的家人。”

我不得不同意他的话，因为这些事听上去很不对劲：“我明白你的意思了，这是从什么时候开始的？”

“周四。”

“第二天迈克罗夫特就……”说出那个词很困难。比利的脸色越发地阴郁了。

“这是那天早晨我得知的第一个消息，一个小时后，他们就出现在了我家门口。他们在下午茶时间将我放了，然后我就让我全家一起都去了——”他第一次看到了古德曼，突然意识到这是一个新的危险。

“抱歉。”我说，然后为他们俩互相介绍认识。两人握了握手，“好吧，比利，我建议你在我们把事情搞清楚之前，回家叫上你儿子和家人团聚，福尔摩斯应该——”

他打断了我：“我已经将我的家人送走了，但是这并不意味着我也要藏起来。这是我的城市，他们不能就这样把我抓起来，暴揍我一顿，然后还指望能拍拍屁股走人。完成福尔摩斯交代给我的任务后，我就会回到家里，然后静观其变。”

古德曼将比利脸上的瘀青和目前的情况联系在一起通盘

考虑之后，开始兴奋起来。

我对着怒气冲冲的比利笑了笑：“你这么说，我还真是一点都不感到惊讶呢。”

“我认为福尔摩斯先生对此并不知情——不管怎样，他周四都不知道。我告诉他最近并没有看见迈克罗夫特先生，但那是我知道的所有情况。”这就说到福尔摩斯的事情了。

“你和福尔摩斯通过话？”

“通了个电话，”他说，“还有一件事，他是从阿姆斯特丹打来的——”

“阿姆斯特丹？”

“他是这么说的。我知道我也许对这个现代化的工具并不精通，”比利承认，“但是事情发生的时间实在太可疑了。我的意思是说，他周二给我打了电话，周三我的家门口就出现了这些狠角色，迈克罗夫特先生周三晚间过世，我周四被抓去审问。”

“所以，在你和他通话的时候，迈克罗夫特还没……”

“对。在那之后，他可能告诉任何人他和我通过电话。萨瑟克区应该和迈克罗夫特先生没有任何关系。但是如我所说，这只是……非常可疑。”

“好吧，我希望能尽快见到福尔摩斯。我确定会是在明天之前，但是他为什么要给你打电话？”

“他让我调查布拉泽斯这小子。查一下他是否和犯罪团伙有勾结，也许是一个从东方打入伦敦的新团体。”

“他知道布拉泽斯还活着吗？”

“他还活着？你确定吗？”

“几乎可以确定。”

“不，他告诉我布拉泽斯已经死了，但是人们或许还不知道这件事。福尔摩斯先生希望我能调查一下布拉泽斯跟犯罪团伙是什么关系，除了将布拉泽斯除掉之外，他们是否还有其他的行动？”

“复仇，是的。那你有什么发现？”

“我放出了风声，但是刚刚开始收到反馈，我的电话线就被……切断了。我确实发现有一个小子为布拉泽斯工作，马库斯·冈德森——他一年前刚有了一份稳定的工作，住在一间不错的公寓里，与平时交往的朋友们都断了联系。”

“这是什么时候的事？”

“还不太清楚。”

“有可能是去年11月吗？他是那个时候为布拉泽斯工作的。”

“也许，本来上周就可以有消息的，但是现在这些人处境艰难，无法确认这件事。你认为布拉泽斯和迈克罗夫特先生有关系吗？”

“除了事情发生的时机，如你所说，非常可疑之外，其他大部分的关联都很勉强。我知道你和我接受过同一个人的训练，但是你必须允许毫无关联的事件同时发生。”

他看起来很不开心，从另一方面来说，我也不开心。

“我在想，我要抓住他们中的一个人，然后问几个我自己的问题。”他猛地冒出这么一句。

我想开口反对，但随后又放弃了。两周之前从布拉泽斯的手下冈德森那里获知的残忍的消息，至今让我反胃。不过要想搞清楚伦敦到底发生了什么事，最快的方法就是逼问其中的一个混蛋。可是，我十分希望福尔摩斯能在现场指导审问过程：“他们肯定会在葬礼上出现的。我们可以将他们各个击破，然后抓住一个，看看我们能做些什么——”

但是，他往前走了一步，面露惊恐之色，双手抓住了我的肩膀。“你不能去！你要保证你不会去那里自投罗网！”

“哦，比利，放手！”他松开了双手，但是脸上的表情却并没有放松，“听着，我不能不去迈克罗夫特的葬礼。”除了这个原因之外，我还有一个要去的理由，如果福尔摩斯没有在藏身处出现——一切皆有可能——我就得去葬礼上找他。

“他们会抓住你的。你会和迈克罗夫特一样没命的，如果那样的话，福尔摩斯先生怎么办？”

他忧心忡忡，所以表情有些狰狞，但我还是很感动。同时也觉得很有趣，因为他把福尔摩斯担心的人放在了第一位。虽然我很清楚，他对于威胁的判断是对的，但我能想到一个降低风险的方法。

“你也许是对的，”我说，然后我笑了起来，“你觉得你的一些亲戚朋友也会愿意去参加葬礼吗？”

# 四十一

根据报纸上的消息，葬礼会在墓地旁边举行，时间是周日下午四点。离现在还有二十七个小时。我不知道迈克罗夫特的遗嘱上对于自己的身后事是否有过明确的要求——但是坦白说，我曾认为我丈夫的哥哥会喜欢简单的火葬——不过如果他没有提出任何要求，那么是谁安排的这场葬礼？他那位灰色的秘书，索萨？他的管家，考伯太太？无论是谁负责安排后事，他都非常了解迈克罗夫特，没有在教堂举行葬礼。

我要见到福尔摩斯，我在内心深处无比地渴望。虽然我已经渐渐习惯有古德曼陪在我身边，甚至为此而感到庆幸。从实用角度出发，任何警察在搜寻一个高个子年轻女人和她身边那个身材更为高大的满脸伤疤的美国人时——还可能带着一个孩子，这要看警方是否截获了最新消息——都不会对陪在一个身材矮小、金发碧眼的英国男人身边的高个子女人多看一眼。除此之外，我还发现古德曼身上同时具备了两种品质，寻回犬的平易近人和杰克罗素梗的精力旺盛。他的确非常疯狂，当然，他的这种精神反常和迈克罗夫特身上的那种疯狂截然不同，我能感觉到这种无知的疯狂像电流一样在我周围滋长。如果一种未知的危险像即将来临的雷雨那样能让一个人感到头皮刺痛的话，古德曼就是放在虚掩的门上的一桶水：简单粗暴，却能让人重新集中注意力。

但我还是很想见到福尔摩斯。

我看着几个小男孩追逐一个足球，在草坪上奔跑，然后我下定了决心。

“我需要离开一会儿，”我对他说道，“也许两个小时。你希望我是回到这里和你会合，还是在别的地方见面？”

他的眼睛也盯着足球：“我会待在这儿。”

要孤身一人穿过这座城市，我既感到如释重负，又出乎意料地觉得格外伤神。当我走到第一个目的地时，我不得不坐了一会，平复我的心情。

福尔摩斯并不在第二个藏身处。第二个藏身处隐藏在伦敦一座豪华的百货大楼墙内。他把这儿叫储藏室，这是我们相识的早年间我见到的第一个藏身处。如果他没有来过，说明他目前不在这个城市。

我又去检查了其他四个藏身处，都没有发现他的踪迹。尽管其中两个藏身处有他和达米安上一个月出现过的痕迹。

如果福尔摩斯在伦敦，那他就是在撒谎，非常低级的谎言。

我乘坐出租车回到了剧院大街，一路上看着那些在我眼前变得陌生的街道，突然感受到了一股从未有过的奇特电流，这是一种完全陌生、不可预测的危险。

熙熙攘攘的街道能够隐藏任何形式的风险；头顶上的电线或许正在对狙击手传达着取我性命的命令；街角戴着警盔的巡逻警察也有可能是一个“狠角色”，他正在用一种完全不同的角度审视着伦敦这座城市，和我的角度完全不同。

一个美好的新世界里，却存在着这样的怪物。

在这座奇怪的伦敦城里，我发现我在期盼着再次看见古德曼，一个身材矮小，却能让人开心的男人，他的血肉里生长着古老的英国森林，他救起了三个从天空燃烧着的狂妄自大的飞行器上坠落的凡人，而当他目睹这一切时，他只简单地觉得这件事滑稽，他嘲笑现代文明，他用弯曲拉紧的树枝恶作剧一般地战胜了一群凶残的武装暴徒。

我看见他的时候，他正盘着腿坐在草坪上，借来的裤子膝盖上沾了些青草，外套随意搭在身上，衬衫的袖子也挽了起来。他正在和四个小女孩玩一种叫作掷刀的游戏，女孩们的妈妈在一旁围观，脸上的表情一半是有趣，一半是狐疑。不过当我叫古德曼收起那把极其锋利的匕首和我一起离开时，这些妈妈和她们的女儿一样流露出满眼的失望。

我不确定的是，古德曼身上那种警惕性十足的丛林意识是否已经适应了城市街道，因此在我们离开公园之后，我打起了十二分的精神，不时地观察映在明亮的玻璃上的倒影，又走进各种不同的店铺去研究秋季流行时尚或者最新出版的图书，同时透过店铺的橱窗观察过往的行人——甚至更加仔细地研究那些并没有路过店铺的人。我看见三个穿着制服的巡逻警察和两个便衣，但是即便机警如此，我也没有在迈克罗夫特公寓附近发现警察的身影，也没有发现“狠角色”的身影。

在那儿待了二十分钟后，我们走入了一条标着天使法院的通道。在离门廊三步远的地方，别人就看不见我们了。

“待在这儿别动。”我在黑暗中对古德曼耳语，空气潮湿，我的声音竟然有了回音。我用手顺着墙壁摸索着去找火柴盒。摸到火柴盒后，我划着了一根火柴，然后将蜡烛放在了带有玻璃罩的烛台上。我高高地举起蜡烛，照亮了通往迈克罗夫特公寓的一条像迷宫一样的狭窄通道。

最后，我将蜡烛放在了壁架上，从一个不显眼的地方找到了钥匙，接着掀起了覆盖在观察孔上的盖子，朝迈克罗夫特那间没有窗户的书房里看去。房间内有他常年亮起的微弱的灯光，这足以说明这个房间并没有外人进去过。

我将钥匙插进了隐秘的钥匙孔，然后对古德曼轻声说道：

“这个房间里面没有人，但我不能保证其他房间没有人。”

“让我先进。”

“不。”我说道。

“如果他们抓住了我，这有什么要紧的呢？如果他们抓的是你，有人会因此而痛苦。”

他的意思是艾斯特蕾会痛苦。我说道：“那好吧，不过不要打开任何灯。”我旋转了钥匙，让我的肩膀对着墙。书架移动了，我朝后退，让出空间以便于他能走进去。他一进去就把这扇隐藏的门关上了，几乎只留了一条缝给我。我透过缝隙，看到他悄无声息地穿过地毯，走出了这间屋子。

我一边等待，一边在心里默数过去了几秒。我的一只手拉着门，一只手随时准备转动钥匙。

我继续等待着。

他仔细地检查了房间的每个角落，还朝床下和壁橱里看了看，然后啃着一颗苹果就回来了。我再次深呼吸——很遗憾福尔摩斯不在这，不过又因为没有人来过这里而松了一口气。我将门完全打开，然后走进了这个熟悉的书房。

“我们要找什么？”古德曼好奇地检查着书架，书架上的书和福尔摩斯兄弟二人一样特立独行——不同之处在于，弟弟的书架上全是犯罪和艺术类的图书，而迈克罗夫特的书架上则摆满了犯罪和政治的图书。

“迈克罗夫特喜欢独自处理业务，”我说，“我知道他的办公室在哪儿，也或多或少地见过几次他的秘书，但是我却不知道他同事的姓名。如果能找到一本办公日记或者通讯录就太好了。我希望能找到一个藏起来的保险箱，对于迈克罗夫特来说，有可能将它藏在一个比较显眼的保险箱后面。”

古德曼朝我露出年轻男孩独有的灿烂笑容，背过身去，双手交叉放在背后，变成了一堵陷入沉思的墙。

大多数的男人会将一些私人贵重物品藏在卧室里，而把专业性的收藏放在书房。迈克罗夫特也只会选择这些地方，不过为了和敌人斗智斗勇，他或许能将一个人逼疯：这个人也许会用抛硬币的方法试试。

我对于他的书房、客房和起居室都非常熟悉。这么多年了，我都没能在这些房间里发现和他藏起来的保险箱有关的一些线索。所以，我这次会从迈克罗夫特的卧室开始找起。

不过首先我要确认我们是安全的。我穿过屋子走进厨房，想搬一把椅子放在前门把手那，然后我看到了一个署着我名字的信封，信封靠着水果盘，正放在桌子中央。我做了激烈的思想斗争，因为这有可能是一个抓捕我的圈套，但最终我还是拿起了那封信，撕开信封，读了起来：

罗素女士：

我已经撤销了对您和您丈夫的搜捕令。对于迈克罗夫特·福尔摩斯的离世，请允许我表达我的哀悼之情。请尽可能在最快又方便的时候与我谈谈。

敬上

约翰·莱斯特雷德（总督察）

我第一反应并不是因此而放下了心来，反而感觉好像看到了捕猎者的踪迹：我立刻搬了一把椅子放到了前门。但是因为古德曼还没有走过来，我再次读了一遍那封信，这次读得很慢。莱斯特雷德工作能力不错，行事一直谨小慎微，还有他也从来没有表明他是一个既冷酷又狡猾的人，所以也无须在这样的情况设下圈套。

正是那些有下划线的字眼促使我开始接受它的字面意思：这三个词语，下笔时极其用力，表现出一种迫切感，甚至是一种绝望感。

尽可能在最快又方便的时候。

我读了三遍，然后将信收起来，交给了寻找我的古德曼。

走进迈克罗夫特的卧室，他强大的气场扑面而来，一时之间让我不知所措。片刻之内，他那身材高大，性格多变，智商高得令人害怕的形象在我脑海中重新鲜活了起来。

接着，回忆汹涌而至。我发现自己坐在角落的椅子里，双眼止不住地眨动，心情激动，如鲠在喉。

迈克罗夫特·福尔摩斯并不是一个可爱的人，不过要想了解他——真真正正地去了解他，了解他的方方面面，他的冷漠，他的焦躁，他的傲慢，和他的以自我为中心——这个了解的过程最终变成了尊敬他的过程，而且最终，你会无奈地去爱他。我也爱他。他横尸街头的念头让我愤怒不已。我想找到那个凶手并用利刃刺穿他的身体，他让这个世界变得太不安全，缺少庇佑。不过，首先我想坐下来大哭一场。

这是一个众神凋亡的时代。

我就站在那里直接擦去脸上的泪水。我没有时间哭泣。我强迫自己拉开抽屉，搜查架子的背后，掀开地毯，轻轻地移动家具。我检查了他那张又矮又宽的床铺的底部，又去装着脏衣服的篮子里检查了一遍，还抬起了马桶冲水池的盖子。我倒空了他放在卫生间壁橱里的药，在浴缸边上跪下来，去触摸瓷砖，站在椅子上去摸灯具。

接着我到了客厅，按着同样的步骤来了一遍。

在书房的中间位置有一把椅子，我发现古德曼正坐在里面，盯着其中一面墙看。他或许感觉自己正置身于一个画廊，在研究一幅古老的经典作品：作品的名字叫作《奇书静物》。

“我有一个想法。”我说道，从桌上拿起一盏工作灯，插在离书架最近的入口的插座上，然后拿着灯走进了昏暗的通道。我将灯举起来，光线从上而下照着地板，我的一侧是新书，另一侧是旧书，我想找找有没有不同寻常的地方。过了一会儿，古德曼的手进入了我的视线，他从我手上接过了灯，并高高举起，这样一来，我就可以毫无障碍地继续我的搜索了。

二十分钟之后，我已经走到了光束能照到的最远的地方，可是却一无所获，除了墙壁。

我将灯放回了原处："好吧，这只是一个想法而已。"

"这书架有点奇怪。"古德曼说。

我吃惊地看着他："很好，能注意到这一点的人并不多。"

迈克罗夫特曾经在墙壁上人为地隐藏了一个书架大小的空间，现在我将书架上的书拿开，用手在后面摸索着，找到了一个毫不起眼的钉头，我拔起钉头，书架的后背板向前掉落在我的手里。

这个隐藏的隔断里只有一些普通的贵重物品——不同币种的现金，迈克罗夫特、他弟弟还有我的护照，护照名字不同，但都与我们的描述相符，一页写着一排数字的纸，这些数字如果按照数学的八进制翻译，就会变成一个在欧洲的银行账户，这个账户存着他的外币存款。这些都和他真正的秘密无关。这些东西没有一个能将他和特工世界联系在一起，无论是大写的I[1]还是小写的i。

我决定不再留在书房了，理由是，如果一个普通人会把秘密藏在离自己近的地方，那么一个非同一般的人就会将秘密藏在远离自己的地方。一旦做了这个决定后，我就转向了起居室。突然之间，房间的电话铃声大作。"不要接。"我说道。电话响了很多声才断。我们两人都盯着电话，一直等到

---

1 Intelligence：首字母大写意思是情报机构，首字母小写意思是智商。——译注

不响了才开始继续行动。

我沿着过道走向起居室，卷起了通道上的地毯，沿着地板和墙角线一路摸过去，又拧开电表箱检查了一下，然后将墙上的画摘下来，对后面的墙壁凝视了半天。

一路这么走过来，我身上原本干净的衣服已经脏兮兮的了，而且还在撬起其中一块地板时碰断了一根手指甲。

我一边吮吸着手指，一边用脚踢着被我卷起来的地毯，然后我才发现，我不应该从卧室开始。迈克罗夫特曾经在招待了几位重要客人之后不久就要求考伯太太对厨房进行了翻修，那天的晚餐极为丰盛：一只烧鹅，全套的配菜，两盘馅饼，还从酒窖里拿了几瓶瓶身布满灰尘的好酒——酒瓶一开始被固定在上菜架上，后来却从四层的上菜架上跌落了。也就是在那个时候，他修建了进入自己家的一个秘密入口，用改造厨房的幌子掩盖了另一个工程。

我现在回想起来，发现当时确实是一个非常理想的时机，可以在一个不可能的地点存放一个隐蔽性极强的保险柜——为什么一开始我没有想到去厨房看看？这样就不用了解他有哪些脏衣服没洗，又新添哪些药了。

# 四十二

迈克罗夫特并不经常下厨，在大多数时间里，厨房是女管家的天地。一条带褶皱抽边的围裙挂在合页门后的挂钩上，一张孙子们的照片放在食物保温箱边上，一幅巨大的国王画像挂在墙上，当她在厨房里忙活的时候，油画反射出的光芒会照耀着她，——迈克罗夫特对国王如此忠诚，我怀疑那幅肖像画应该是他让人挂在那里的。

房间收拾得井井有条，我不出所料地发现了迈克罗夫特藏东西的地方：看上去非常现代的烤箱架。

我从安装着隐形合页的狭小面板上取出一个一英尺左右厚度的金属盒。我坐在地板上，用后背抵住墙壁，这样，一旦古德曼进来的时候，我就能看见他，接着我打开了盒子。

盒子里面装了十六页纸，有打印的，有手写的，全和殖民地以及同盟国的统治者的行为有关。我快速浏览了一下，发现任何一页上的内容就算不会引发一场战争，也会清楚无疑地让人感到恶心。

但这并不是迈克罗夫特秘密的全部。

这个金属盒子的盒身有两层，中间填充了一些石棉之类的绝缘材料，以此来保护盒子里的物品。但是，当我将这些纸按照原来的顺序放回盒子里，然后拿一块洗碗巾擦拭我的指纹时，我发现盒子的顶部比侧面和底部要厚一点。我放下抹布，把盒子拿到了灯光下，接着我看到：盒子顶部有一个隐藏的隔层。

里面只有一页纸，是迈克罗夫特的手笔。

亲爱的夏洛克：

如果你看到了这封信，那么我很可能已经死了。祝贺你终于找到了它。

我请求你，一定要将盒子里的东西销毁。这些报告一旦披露出去，所造成的国际影响是非常可怕的。

如果和我预料的一样，你可能不愿意一把火烧了这些纸，但是我请求你，请在你死之前销毁这些东西，不要有一丝的犹豫。一旦这些骇人听闻的暴行的真相被揭开，无疑会永远地损伤我们的名誉。

最后，我向你推荐两个人，在他们将来有需要的时候，希望你能照顾他们。一个是我的管家，考伯太太，一个有很多潜藏才能的女人。另一个是我的秘书，你很久以前就认识，他多年来一直在帮我翻译所有类型的数据和资料。

愿你享受你伟大的侦探生活。

M上

签名只有一个首字母，但我的眼睛却好像看到了他通常的签名，他会将姓名中的字母T写成一个十字下划线，让整个签字看起来很华丽。我把信取出来，然后又检查了很长时间盒子，确保里面没有隐藏其他秘密，然后才将它放回原处。我留下了信。

这时，厨房的合页门打开了，古德曼的头探了进来。我慌忙爬起，将信收好放进了口袋。

“你在一个保险柜里找到了一个保险箱吗？”他看到我将

架子和锅弄得乱七八糟后，一脸困惑。

“多多少少吧。”我含糊地说道，“那么，你在书房里没有什么发现，是吧？”

“只找到了这个。”他走了进来，拿出一把钥匙。

我好奇地接了过来。我以前从未见过这把钥匙，钥匙的样式极其普通，但是却在扁平手柄处刻着希腊文的第十八个字母，Sigma。

他转身离开，我关上灯，跟着走了出来。

这把钥匙是在这间公寓里发现的唯一线索。我将它放在灯下仔细观察，但是它真的再普通不过了，除了上面的希腊字母。最后，我将它放进了我的口袋，口袋里还有钱、银行账户密码和护照。

迈克罗夫特以后再也不会用到这些东西了，如果上帝眷顾的话，我很快就能将这些收藏品亲手交给福尔摩斯。

当我们从隐秘的入口出来时，身后留下的唯一东西就是迈克罗夫特十六页的政治炸弹和一地狼藉。

闪烁不定的烛光陪伴我们沿着过道走到迈克罗夫特另一个在圣詹姆斯广场的隐秘出口。我收起蜡烛，通过窥视孔往外看，以确保我们从一面无窗无门的墙上突然出现时不会惹人注意，然后打开了机关。

我们回到了外面的世界，秋叶在夕阳的余晖里显得愈加绚烂。也许是一种感应，我大脑中的一个小角落亮了起来，我的手指触摸到了口袋里的信。

迈克罗夫特·福尔摩斯的思维模式如同俄罗斯套娃一样一层套着一层。他是一个秘密里藏着秘密的人。任何第一层隐含的意义都指向另一层，或者是更深一层的含义。

在他公寓内对角的两个位置，他分别留下了一封给弟弟的信，以及一把来历不明的钥匙。换成任何其他人，这两个信息都可能没有联系。而迈克罗夫特，却极有可能留下分开来看没有任何意义的两个信息，但联系在一起时，就会产生第三个信息："线索[1]就在译员[2]里。"或者是第四个，或第五个。

我迫切希望能和福尔摩斯好好谈谈这件事，但是，我身边还有另外一双有着高度洞察力的眼睛在看着我。

"我们找个地方吃晚饭吧。"我说。

一条小巷子的尽头有一家很小的意大利饭馆，我曾经在那里大吃过一顿。他们还没有营业，但仍然很开心地为我们上了红酒和餐前开胃小吃。当服务生走远了，我从口袋里拿出迈克罗夫特的信放在了古德曼面前的桌布上。

"我找到了一封信，藏在一个绝对不会想到的地方。我想让你读一下。告诉我有哪些地方让你印象深刻。"

他读了两遍，然后将信叠好递回了我："信里有隐含的意思。"

"是的，"我很满意他的回复，"我也这样认为。"

"和那个秘书有关，我不得不说。他和管家不同，他没有被提及姓名。"

我打开信纸，我的眼神再次落在了"翻译"的首字母I[3]上，这个字母本不应该被大写。

"在这里等我。"我告诉他，然后悄悄地离开我的座位，走到了外面的大街上。

十分钟后，我再次坐了下来，桌上已经摆好了一个浅盘，里面装着一点小吃和一满杯红酒。我将买来的东西放在桌上。

我扫了一眼目录，找到了我要找的页码，然后又花了几

1 原文为key，有两个意思，一个是钥匙，一个是线索，这里有双关之意。——译注

2 原文为Interpreter，前文信中出现了Interpret，翻译。——编者注

3 翻译原文为Interpret。——译注

分钟浏览了整个故事。我眼神放空了一阵，直到服务生经过身边，我回过了神，问道：“你这里有伦敦电话号码簿吗？”

“有。您要找哪个字母开头的？”

“K，我想。”

服务生离开了，古德曼虽然有点困惑，不过心情却很愉悦。他问：“不是Sigma的S吗？”

作为回答，我将那本书放在他面前，打开了一个二十年前的短篇故事，对他说道：“希腊译员。”

除非那个大写的I是不小心手滑的杰作，但我完全不相信这个假设，否则这个I就是迈克罗夫特为弟弟留下的方向箭头。迈克罗夫特第一次出现在华生医生的笔下，是在那个名叫《希腊译员》的故事里。迈克罗夫特楼上的邻居是一个病态而幼稚的兼职翻译，名字叫梅拉斯，陷入了一桩盗窃和欺诈案，差点因此而丢了性命。

故事并没有提及梅拉斯的教名，但是那个被盗窃嫌疑人夺去了性命的受害者，是一个名叫克莱蒂特的年轻男子。导致他沦落到如斯境地的关键人物是一个名叫索菲的修女。索菲（Sophy）这个名字在希腊语里就是以字母Sigma开始的。

电话簿里S字母的目录下，什么也没有，也没有找到索菲或者克莱蒂特的名字。不过当我翻找M的目录时，我发现有一个梅拉斯，而她的教名就是以S开始的。

也许迈克罗夫特留给我们的信息可以这样理解：线索就是翻译。

# 四十三

S. 梅拉斯住在贝尔格莱维亚区一栋幽静而整洁的黄色砖房。这里离迈克罗夫特的住所不到一英里。房子的前面打扫得很干净，一盆红色的菊花正开得轰轰烈烈。房子的砖擦洗过，新刷的油漆，门上黄铜材质的门环被擦拭得微微发亮。

一名女仆来应门。我递给她一张名片，上面的名字并不是我，我先道歉说来晚了，然后又问是否可以跟梅拉斯太太谈谈。

她并没有让我们进门，而是拿着那张名片转身返回，把我们留在了门口的台阶上对着紧闭的大门发呆。很显然，这家的主人非常谨慎，并且注重社交的细节。

女仆并没有让我们等太久就回来了。她领着我们走进了一间通风良好、装修风格稍微过时的会客室，可以闻到薰衣草和柠檬的香味。片刻之后，这所房子的主人走了进来。

索菲·梅拉斯是一位年近六旬，身材高挑，气质高贵的女士。除了盘在头顶的浓密黑发中冒出的几缕白发外，她保留着完好的地中海传统。

我对自己的冒昧来访表示歉意，但除了直言不讳之外，没有更好的方法了：“女士，您认识保罗·克莱蒂特先生吗？”

她漆黑的眼睛闪过一丝机警：“保罗是我弟弟，是的，我认识。”

“您嫁给了一个名叫梅拉斯的希腊译员，他数年前费了一番力气，从恶棍的手里解救了您和您的弟弟，对吗？”

“我觉得你们应该离开这儿。”

“我丈夫的哥哥是迈克罗夫特·福尔摩斯。”我告诉她。

她的身体晃动了一下，仿佛有一阵疾风穿过房间，但是语气依然很冷静：“这和我有什么关系吗？”她的口音里有希腊人的味道，又带着数十年在英国生活的印记。

“我相信迈克罗夫特或许在您这儿留下了一些信息，我想知道信息的内容。”

“你为什么认为那位绅士会给我留下一些信息呢？”

我叹了口气，掏出那把带有装饰花纹的钥匙，放在她摊开的手掌里：“我本来可以在您家前门试一下的，但我觉得那样不礼貌，您觉得我有必要这么做吗？”

她用拇指摩挲着钥匙上刻着的字母，然后抬起头看着我：“你那样做不会有任何意义。我几年前就换了锁。还有，你们还是请坐吧。想喝点什么？咖啡？”

我接受了她的热情款待，当精美的银质咖啡用具端到我们面前时，她说：“听说了福尔摩斯先生的死讯，我很遗憾。世界越来越小了。”她用的是官方措辞，没有夹杂任何感情，如同《泰晤士报》上的讣告一样。

“您和迈克罗夫特是什么关系，我能问一下吗？”

“我是……他的朋友。有时候我会担当他的秘书。”

“肯定是最近才任命的吧。”我最后一次见到瘦弱无趣的理查德·索萨是在12月份，当时迈克罗夫特生病了，让我们在周日中午给他的秘书带一封信。但是，在我不在国内的时间里，任何事情都有可能发生。

“不是最近，我为他断断续续地工作已经超过二十年了。从我返回这个国家嫁给梅拉斯先生开始。”她补充了一句。接着她出人意料地笑了，“我有时候还担任他的打字员，但是我的首要任务是充当他的耳目。”

我饶有兴趣地看着这个女人。她不仅知道迈克罗夫特的情报机构，还声称她也曾经是一个情报员。而且，从她的话里可以听出，似乎迈克罗夫特把她当成了一个共鸣板，用来咨询意见。

如果真是这样的话，迈克罗夫特对于这个女人的信任程度就超出了我的预期。这个超然不俗的，甚至无法看透的女人知道迈克罗夫特不会跟其他人分享的秘密。

“对于他的死，您都知道些什么？”我问道，“我所知道的全部消息就是他在一家疯狂的夜店外被杀了。《泰晤士报》上的讣告写得好像他是夜店的一个客人。”

“无稽之谈。”她直截了当地反驳。

“我同意，但是他为什么会出现在那里？”

“我能想到很多个福尔摩斯先生出现在那里的理由。他打算在这种最奇怪的地方约见他的同事。”

我内心升起的希望被怀疑浇灭了：虽然迈克罗夫特的智商深不可测，但他一直是一个循规蹈矩的人。“有趣。”我轻声说道，“我觉得迈克罗夫特几乎不会去参加这样的会面。”

“如果放在过去的话，肯定没错，”她说道，“不过，当一个男人审视自己的内心深处时，他需要直面很多的恶魔。我认为在他心脏病发之后，福尔摩斯要面对的其中一个恶魔，就是渐渐从日常生活圈子生出的厌恶感，他的这些日常习惯让他的行为变得可以预测，也很危险。他在努力改变以往的生活习惯。”

我曾经认为迈克罗夫特在最近进行的体能训练仅仅是为了减肥。我应该想到这里面藏着不止一个用意。

“那么，那晚他在夜店是去见谁的？”

“哦，很抱歉，你误会了我的意思。他偶尔会谈到个人的遗憾，有时也会说起他的同事，但我从来都不参与到他的秘密中。当然，并不是所有的事都跟他的工作有关。你应该知道，他的那些话有时候对我来说很难理解。在谈论一些大众的话题时——音乐或者是艺术或者是正在发生的丑闻——他会突然冒出一些完全和话题无关并且非常隐晦的评论。就好像他很乐意看到我对这些事的自然反应一样。”

“能给我举一个例子吗？”

“让我想想。是的，上个月我们去剧院看了两场萧伯纳关于诈骗的戏剧，走路回家时，我们谈起戏中会客厅的结构，以及一个演员的生活，他问我对煤矿工人对于薪水的要求有什么看法。这在当时是新闻中的一个热点。”

“我明白了。他有没有碰巧提起过跟夜店有关的事？”

“我不记得了，不过我相信最近一段时间他有心事。”

“是什么心事？”

“那我就不清楚了。我只是最近注意到他看上去有些心神不宁。”

古德曼突然大声插了一句话，我这才想起他也在这儿。“您刚才说福尔摩斯先生问了您一个奇怪的问题。”他声音中带着一种不容置疑的语气。

“是的，他问了。一个跟忠诚度有关的问题。一开始我很吃惊，因为我觉得他是在暗示我的忠诚度，但看上去那并不是他的重点。”

“如果不是和你有关，那么是和谁的忠诚度有关？”我问她。

“我不知道。”

“他当时用的词语是……”古德曼循循善诱。

“信念是在哪里和忠诚分道扬镳？”她回答道，“他当时正在读一本希腊哲学家的书，是探讨美德的。他说了一些和有人守法而其他人丧失理智有关的话。我很抱歉，我读的书少，所以经常无法理解福尔摩斯先生说的话。”

信念，希腊语里有忠诚的意思，蕴含着始终不渝的信念；忠诚在拉丁语里和法律相关，是一个法定的承诺。信念深植于骨，没有一丝的犹豫，而忠诚却伴随着一种威胁的意味以及失败的可能性。

我问道：“他说这话的时候，有没有给你一种感觉，他在说他自己？比如说，他拷问自己是否需要保持忠诚度？还是说其他人？”

她缓缓地说道：“听起来——现在回想起来，确实；我不太确定我当时的感受了——不过我必须要说，他的话听上去好像他正在试图理解某个人关于忠诚这个概念的基础。而不是他自己的。”

“这就是他说的所有内容吗？”

“这是我能记得的所有内容了，当时我问他是什么意思，可他却笑着岔开了话题。”

“新话题是？”

“哦，就是关于我们两个同时都在读的一本小说的一个问题。”

迈克罗夫特·福尔摩斯会谈论一本小说？或者说，迈克罗夫特会和一位女士讨论工作？而且他是在一场犯罪过程中和这个女人相识的？那么，这个女人肯定还有不为人知的一面。

“他是什么时候跟您说这些的——是您跟他最后一次对话的时候吗？”

“8月27日，是个周三。那几天他非常忙碌，以至于取消了一个音乐会的安排，不过他那天早上给我打来电话，说他当天有几个小时的空闲时间。”

那个周三，我正在飞往奥克尼的途中，而福尔摩斯正在北海上颠簸。那天，如她所说，正是迈克罗夫特与我们失联的第一天，也正好是他被莱斯特雷德叫进警局问询的前一天，之后，迈克罗夫特就消失了。

“您刚才说迈克罗夫特偶尔会谈到他的同事。其中有什么人比较特别吗？”

“最近吗？”

“在过去的几个月里。”

“我确定他谈到过他的同事，但我现在并没有想到什么特别的事。让我想想。他的秘书——他的工作秘书，索萨先生——请了几天假外出，根据我得到的消息，他请假是因为一种令人尴尬的疾病，虽然我无法告诉你们具体的细节。他的一位在德国的同事已经失联了一段时间，从3月开始，我确信是从3月开始失联的。还有，迈——福尔摩斯先生变得十分忙碌。”

“您知道他的这位同事是否重新出现了吗？”

“我认为福尔摩斯先生应该曾经提起过，不然他不会毫不在意。让我的大脑稍微休息一下。”

一名失踪的特工，我记了下来：如果迈克罗夫特是在德国丢了性命，我应该十分清楚从哪里开始调查。

“还有其他的人吗？”

“冬天的时候，他有几次谈到你和你的丈夫，”她回答道，“当你顺利离开印度时，他松了一口气，但后来你在加利福尼亚遇到麻烦的时候他又开始担心起来。”

我眼睛眨了一下：迈克罗夫特会对人谈论工作的事情已经让人足够吃惊了，而他竟然还会毫无顾忌地谈论家庭，这更是非同寻常了。

“还有，就是最近——也是那个周三——他告诉我一个年轻同事的故事，这名年轻人从远东地区游历归来，打破了纪录。在他手下的年轻人里，如果有人能拿到像这样的冠军，他是极为欣赏的。让我想想，其他的人？他提起过首相麦克唐纳一两次。还有一位同事，韦斯特先生——彼得·詹姆斯·韦斯特，他这么称呼他，三个名字一起说——这个年轻人曾经做过一些意料之外的事情。谈到了他的上级，我相信是他的上级，这是众多隐晦的话题之一，所以并不会像那个年轻人在远东的游历故事那样告诉我许多细节。哦，他确实告诉我他在几个星期前跟国王有过一次谈话，当时他们碰巧都正经过圣詹姆斯公园。”

“您还记得那场对话的内容吗？”

她乌黑的双眼意外地亮了一下，带着抑制不住的笑意。“我相信是关于河面上的鸭子犯了大不敬的罪的事。”

我笑了起来，古德曼也发出了幽默的哈哈声。

我对梅拉斯太太的帮助表示感谢，接着站了起来。她看上去有些吃惊，面露犹豫，似乎有话要说但却欲言又止，但不管她想说的是什么，她最后都改变了主意，站起身来，拿出了那把钥匙。

“你希望留着它吗？”

“不，”我告诉她，“我觉得这把钥匙的唯一目的就是让我们找到您。”

“你这样认为吗？我在很多年前将这把钥匙送给了福尔摩斯先生，当时他第一次帮我开门立户。他一直作为念想保留着，想起来真让人觉得开心。即使我已经更换了门锁。”

这根本不是我想表达的意思，但我看不出有什么理由去纠正这位女士的想法，在她看来，福尔摩斯保留着这把钥匙是出于情感而不仅仅是实际功用。

在门口，梅拉斯女士问道：“我——你认为如果我去参加葬礼，有人会反对吗？”

“他们为什么要反对？”我回复道。我的回答其实也抛出了一个问题，那就是到场的人谁会反对？

“我们，好吧，并没有被他公开承认过。”她说道。

只有在那一刻，当她和我并肩而立时，我的脑海中闪过这样的问题：迈克罗夫特？这个女人冷静的外表下其实是在挣扎着恪守信仰吗？当她告诉我迈克罗夫特对于在德国的特工表示关心时，她是要喊出迈克罗夫特这个名字吗？这意味着迈克罗夫特铁石心肠的内心以及不修边幅的性格里有柔软的一面吗？迈克罗夫特……梅拉斯太太……

我再次表达谢意，然后匆匆地走出了门。

沿着街道往前走，我开始意识到罗伯特·古德曼的存在，他在我的身边如影随形。我笑了起来，一个感到不舒服的影子。“从这个女人的反应来看，有人会几乎认为……”

“有人会。”他表示同意。

荒谬。难以置信的荒谬。

不是吗？

# 四十四

“谈话到了最后的时候，她似乎有所期待。”古德曼观察了一段时间后说道。

“你的意思是说看上去她好像想问一个问题？”

“她看上去更像是希望你向她发问。”

我停下脚步，回顾了一下我们对话中的那一幕，她站起来之前脸上的神情：“或许你是对的。我感觉她差一点就打算说出真相，但是也隐瞒了一些事情。她是在等我给她某种密码吗？”

“有点夸张啊，如果这样的话。”

我笑了起来，不仅因为古德曼的话，还因为这个女人的来历：“你没有读到那个译员故事的结尾。”

“我没看完你就拿走了那本小说。”

“那两个男人绑架了索菲·克莱蒂特，杀害了她的哥哥，还殴打了梅拉斯先生，后来被发现死在了布达佩斯。表面上看，是两人在争吵中刺伤了彼此；但是，和他们一起旅行的希腊女孩也失踪不见了。”

“更多的刀。”古德曼喃喃地说。

“是私人的东西。”我说。

“你下一步打算怎么做？”他问。

“我必须找迈克罗夫特的同事聊聊。”我告诉他。

“今晚吗？”

我看了下时间，惊讶地发现已经快十点了。“也可能不是今晚。不管怎么说，我都不确定去哪里能找到她提到的那个人——彼得·詹姆斯·韦斯特。他可能会出席葬礼；如果他不去，那我们就必须等到周一。但是迈克罗夫特的秘书——那个办事妥当的秘书，那是，不……”无论索菲·梅拉斯扮演的是什么角色，“索萨住在离这儿不太远的地方，我们至少可以走过去看看他家的灯是否还亮着。不过，我们在接近他的时候必须小心——他不会谈起任何他认为是官方机密的事情。他认识我——我在想我们是否可以想办法让他相信你也是一个特工。你可以保持沉默并看上去很神秘吗？”

古德曼试图调整自己的表情，但看上去更像是怒火中烧而不是神秘莫测，不过对于一个官僚来说，也许已经差不多了。

古板而缺乏幽默感的理查德·索萨一辈子都是公务员，他为迈克罗夫特工作超过了二十年的时间，负责管理预约簿并打印信件。他和他的母亲一起住在伯克利广场拐角处的一栋房子里，他母亲住在楼上，而他住在楼下的地下公寓里。

站在寂静无声的街道上，我仰起头研究那道华丽的门廊。古德曼喃喃地说：“没有人等我们。”

我表示怀疑，因为他只花了三十秒的调查就得出了这个结论：“你是如何确定的？”

他并没有回答我，这让我觉得我问了一个无须回答的问题，于是我换了一种问法：“你确定吗？”

“确定。”

很好，我相信他在夜色森林的视力，所以也许也应该相信他在夜色笼罩的城市拥有同样的眼力：“好吧，让我们看看他是不是在家。”

他不在家：窗帘是放下来的，门上贴着一张广告宣传页，我在其他几家的门口并没有发现。我们走回人行道上，以免引起一个遛狗的男人或者喝得烂醉的情侣的注意，我们十分小心地走到街道的尽头，然后朝着新邦德街的灯光走去。

“我正打算建议你找个隐秘的地方藏起来。”

“我打算四处走走，也许会对着树林唱会儿歌，我觉得。”

没有一秒钟的犹豫，他转身朝着海德公园走去。我望着他远去的背影，心里在想不知道他是否有可能真的按他说的那么做。我只是希望他不会因为流浪或者是精神不正常被警察抓起来。

我绕着街角走到了索萨的门口——或者说是其中一个门口——当大街上空无一人时，我选了一堵低矮的墙，并在墙根底下坐下来开始等待。我度过了有多乏味就有多乏味，有多不舒服就多不舒服的九十分钟，周围房子里的灯都已经变暗了，街上已经悄无一人。

本地的巡逻警察每隔半小时就会巡逻一次，所以我一直等到他们经过之后，才站起身来，掸了掸衬衣上的灰尘，然后打算想办法闯入这位间谍首脑助理的家。

地下公寓的门锁十分结实，我对于这种锁能咒骂一个小时，房门显然不是为舒适而安装的。不过，房门和锁都固若金汤时，人们经常会忽略其他破门而入的方式——事实上，房门旁边的那扇窗户，虽然安装在采光井的上面，但不仅宽大而且一点也不结实。我的刀刃只花了十秒钟的时间，窗户上的闩就已经缴械投降了。

在梅菲尔区，每栋房子的窗框都保护得很好，所以往上抬起的时候没有发出一点噪音。片刻之后，我就已经进来了。

我站在那儿，仔细地听着房子里的动静：房间空荡荡的，我认为整栋房子空无一人。当我转过去往下拉窗户的时候，什么东西掉下来砸在了我的脚上；我先把窗户拉下来（为了快速撤退，我并没有上闩），然后弯下腰，打开了装在口袋里的手电筒。从窗户上掉下来的是一个小巧的日本雕塑，叫作坠子，是一只表情夸张的青蛙，做工十分精细。我把坠子放回原处，然后各个房间走动了一下，确认公寓里确实空无一人。房间是空的，剃刀和牙刷不见了，卧室的架子上多了一个手提皮箱的空位，所有这些都表明他今晚并不是偶尔外出。

理查德·索萨的家是一间精致而设备齐全的公寓，由大厦分配给仆人们使用的地下室改造而成，虽然这位仆人的经济情况要比人们想象的富裕得多——或者说比一个领着秘书薪水的人还要有钱。这些财富的一部分是继承祖上的遗产而来，精美的东方象牙雕塑，两条新毯子，墙上的画——这些都不是一个领着公务员薪水的人负担得起的。

一进前门的桌上放着一张卡片：总督察 J. 莱斯特雷德，新苏格兰场，上面留了一个电话号码和他的笔迹：

请尽早给我回电话。

我回到了一开始进入的房间，检查了垂下来的窗帘，确保一丝光亮也没有透出去。窗帘的第一层重叠在一起，但是第二层却有一个细小的缝隙。当我将两侧的窗帘用力往中间拉扯时，有什么东西掉在了地板上：另外一个小巧的坠子，是一只兔子，扁平的耳朵紧贴着后背。

我小心谨慎地用手遮挡着手电筒，透过剩下的窗帘发现了另外一个雕塑，这次是一只麻雀，栖息在窗户的上边缘。麻雀保持着一种极不稳定的平衡，身体的一半探出了刷了油漆的木头。当我松开手掌，让更多的光线从手电筒中发散出来时，我发现了触动麻雀的开关：一根线，一头连着窗帘，一头随意地拴在麻雀的象牙脖子上。我用另一只手将窗帘从窗户上推开，这个坠子就掉了下来，麻雀的重量让它挣断了那条线。

很好，很好：这个灰色的小秘书也学会了几招新把戏。

我看了下我进来的这扇窗户。有一块厚地毯铺在窗台下面，所以我有可能忽略那只象牙青蛙落在地上的声音吗？很有可能。

我将兔子和麻雀放回了原处，但是我没有花心思重新将那根线拴好——任何一个能想到设法留下强行闯入者痕迹的人，同样很清楚自己设置这些陷阱时的角度。

这些雕塑让我深感意外。但这至少说明了两点：索萨是一个谨小慎微和心思缜密的人，还有就是他的想法非常灵活。迈克罗夫特的秘书并不像他外表看上去那么毫无特色。

我彻底搜查了整个公寓，花了很长时间来消除我在这里出现过的痕迹。就在我探索秘书的生活时，外面巡逻警察的脚步声传来了四次，每次时长大概有三十四到三十七分钟。他家里办公室正装的颜色从纯黑一直排到炭黑，领带的样式是小公立学校的样子，休闲装基本上都是法兰绒质地，以及带有图案面料柔软的无袖套装。

他浴室的壁橱告诉我他正经受咽炎的折磨，为了治疗咽炎，他正在服用硝酸甘油处方药。

我发现了两本艺术类的书。我并没有发现毒品，也没有女性伴侣出现的痕迹（事实上，根本没有任何女性的痕迹）。

他的书房狭小而整洁，桌上放着一部电话，还有一本皮面装订本，里面是1924年的日记。我仔细地翻阅这本日记，将不同的时间和数字抄写下来，但是索萨要么是十分谨慎，避免写下过多的信息，要么对自己足够自信，相信自己能牢记关键数据：记录预约时经常只使用一个首字母和一个时间，有时候就写“H医生”或者“牙医”和时间。他一共写了三个电话号码，其中两个是缩写的电话局的号码。第三个写在迈克罗夫特失踪的那天，和迈克罗夫特使用同样的电话局，但并不是迈克罗夫特的电话号码。我只需要直接拨打这些号码就能查出这些电话是打给谁，但由于不知道会引发哪些设置好的警报，所以也许最好把这个确认号码的任务留给福尔摩斯。

我将日记本放回电话旁边，然后将注意力转移到了桌子的抽屉里。其中一个抽屉装着文件夹，有几个文件夹里装着迈克罗夫特的信件的副本，信件上都有一个华丽的大写的 M，表明都是官方的复印件，而不单纯是为了好玩。这些信都是写给现任和前任首相的，或者是写给大报社的社长，或者是议会的一个议员。

总之，他的家透露出这样一些信息：

他日记本里的标注。

墙上六幅崭新而昂贵的油画。

一位顶级画商的名片。

还有一张卡片，来自一栋我知道的房子，就在一英里外。

一个巧妙隐藏在墙壁内的保险箱，在我竭尽全力打开保险箱时，外面巡逻的巡逻警察走了两个完整的来回。

在保险箱里面，我发现了一个绒布袋，里面装着一把克拉数很大的钻石，三沓高面值货币（英镑、法郎和美元），一些金币，一个签着 M 的文件夹，里面装有会议纪要和信件，以及一本始于1920年的银行存折。

文件夹里装着三份复印件，内容是要求提供托马斯·布拉泽斯和马库斯·冈德森的相关信息。复印件上还用曲别针别着一张布拉泽斯的照片，这张照片是迈克罗夫特在上海的手下带来的，以及一张马库斯·冈德森的照片，照片上的冈德森双眼圆睁。

银行的存折能说出最多的秘密。数年以来，进账那栏的数目几乎没有什么变化，似乎跟他的工资以及定期股票收入还有继承的基金相吻合。直到去年3月份，那段时间，几笔巨款突然不定期地打入了他的账户，有时候是二十个基尼，有时候是三十五个。在6月中旬有一笔一百个基尼入账。

我不得不对这种白痴的犯罪行为感到悲哀而又可笑：一边谨慎一边粗枝大叶；紧闭的大门旁边却是不堪一击的窗户；小心翼翼地保存着记录非法收入的银行存折。

接着我看到了存折的最后一页，我的笑容僵住了：

8月29日星期五，收到五百个基尼。

这正是迈克罗夫特失踪的第一天。

五百个银币。

我将找到的一切归于原位：我有了银行的名字，存款的日期——还有和他做生意的艺术商的信息，他报刊经销商的信息，他管家的信息，他律师的信息，以及他母亲的信息。如果去检查一下他母亲的账户应该会很有趣，虽然我并不认为这些巨款会出现在她的出账栏下。

已经到了巡逻警察经过的时间，所以我站在窗帘处，关上了手电筒，等待着那特别容易分辨的脚步声逼近。

索萨今年五十多岁，很多男人在这个年纪都只会往上看，他们看不见自己拥有什么，只会看见自己缺少什么。尤其当一个男人承受了很大的压力时，这句话就更可信了。——在12月到3月之间，当迈克罗夫特心脏病痊愈后返回工作时，他的助理肯定承受着巨大的压力。

我想到的最主要的问题是，迈克罗夫特是什么时候发现索萨隐瞒收入的？是什么时候发现索萨生活中不为人知的一面的？以及犯了叛国罪的？

很难想象这个毫不起眼的男人是如何在迈克罗夫特敏锐的嗅觉下工作而没有暴露自己的。不过直到上个月，自从他心脏病发以来，我都不曾见过迈克罗夫特，当时他病着，精神也很差。我不能否认存在着这样一种可能性，无论这种可能性有多小，他没有注意到秘书的背叛，直到最近。

十天之前迈克罗夫特曾向索菲·梅拉斯谈论过忠诚。信念是在哪里和忠诚分道扬镳的？

在那个时候，他就已经知道了。

难道是因为他发现了这个秘密而招致杀身之祸吗？

还是说他知道这件事已经有一段时日了，但是却按兵不动，要么是因为他在试探秘书背叛的底线，要么——我觉得可以这么想——是因为他想利用索萨来引出藏在其身后的一个人或者几个人？我能想象，迈克罗夫特将一个敌人放在身边长达半年之久，目的就是梳理出整个阴谋的内容。他甚至还会把这件事当成是一次机会，来证明他的病情并没有损害他的能力：与一个敌人每天都在一起紧密地共事，故意为他提供信息，一次也没有被发现过。

俄罗斯套娃一样的思维模式。

难道是这种狂妄自大害了他自己吗？

布拉泽斯是怎么进入这场混乱之中的？索萨家的书架上并没有发现这个人的《圣经》——《证据》，我也没有在我参加过的光之教堂的祷告仪式中见过他。无论是谁在背后支持托马斯·布拉泽斯，是否同样具备收买迈克罗夫特的秘书的可能性？正如我告诉比利的那样，同一时间发生的事件并不能证明事件存在着因果关系，但是巧合仍旧让我感到焦虑不安。

巡逻警察靠近了索萨家，然后又走了过去。我将象牙青蛙放回原处，并设法在我离开之前锁住了窗户。

在我走向贝克大街时，几辆跑夜班的出租车经过我身边却没有停下来，脚下的每一步都提醒我，在开展夜间侦察时应该打扮成一个男人的模样。不过，藏身处离我下一个目的地并不远：我可以在那儿完成变装。

睡眠严重不足，又历经长时间的步行，再加上处于一种心烦意乱的状态，是没法进入一个秘密藏身处的。幸运的是，唯一一个躺在地上等我的人是一个金色头发的淘气包，他从一楼的拱门门廊下脚步轻快地走过来，差点吓死我。我狠狠地骂了他几句，走上前去打了他几下，恨恨地大步走向了入口。

“你为什么站在外面？”我咬牙切齿地问道，“你是忘记了怎么进去吗？”

“夜晚的城市是一个宁静的地方。”他说道。这根本不是在回答我的问题，而且显然很不真实——在我的城市里，夜晚几乎从来都不宁静。“看到你没有被警察抓进去，我很高兴。”

我从门锁上抬起头，将眼睛眯起来，心里充满了怀疑。“你是怎么知道我今天晚上都干了什么的？”

“我不知道。你今晚都干了什么？”

“为何——哦。”我将注意力转移到锁上：他并不是在说我破门而入的事。“我忘了告诉你在迈克罗夫特的公寓里发现的那封信的内容了。信上说我和我的丈夫已经不再是警方的通缉犯了。”我对他说了信里的内容，以及送信的人是谁。

“所以你可以公开露面了？你和你的丈夫？”

“可能不行。因为莱斯特雷德或许会设下一个陷阱，我们中任何一个上了当，都有可能让他找到达米安——我的继子，尤兰达的丈夫。”

“艾斯特蕾的父亲，”古德曼补充道，“也是一个患有幽闭恐惧症因而无法坐牢的人。”

“你有幽闭恐惧症吗？”我问道。

“完全没有。”

“很好。”我说，然后打开了福尔摩斯藏身处的门，这个藏身处又热又闷，即使是蛰伏的松鼠也会感觉很不舒服。

在古德曼查看房间的各个角落时，我检查了物资供应的情况和通风井的状态，以免有鸟在里面筑巢安家。

一切都很好。

我向古德曼介绍了所有东西摆放的位置，然后告诉他："一旦发生意外，就封锁入口，另一个出口就在这下面。"他脸上一副毫无兴趣的表情。不过一旦发生紧急情况，我确信，他能够应付："冬天的时候有点麻烦，因为这栋建筑的取暖锅炉在底部，不过现在应该还好。"

"你又要走了？"他问道，虽然这根本不是一个问题。

"我必须和莱斯特雷德聊聊。他可能不负责调查这个案子，但他一直持续关注案件的进展。离开这里之前，我要给福尔摩斯写一封信。如果我对莱斯特雷德的判断有误，导致我被捕，福尔摩斯需要知道的事情都会写在里面——如果你看见他，就告诉他信在这儿。另外，我建议你尽快回坎伯兰郡，请允许我表达对你的万分感激之情。"

我让他待在卧室，独自一人换了衣服，然后坐下来记录艾斯特蕾和我自从与福尔摩斯和达米安分开之后发生的一切。

我在结尾写道：

我现在打算去和莱斯特雷德谈谈。我相信他在迈克罗夫特公寓的留言条是出于真心实意。

当然，我也有可能判断错误。（是啊，即使如我也会犯错。）如果是这样，你也许需要去保释我。不过，我请求你，一定要在查清案情和确保达米安跟艾斯特蕾的安全之后再这么做。我知道有人即使在线索很少的情况下也能完成这件事。

最后，我向你推荐罗伯特·古德曼先生，也可以叫他好人罗宾。他独一无二的性格会让你对他产生巨大的兴趣，对于这一点，我毫不怀疑。

你的罗素

写完之后，我发现自己写了六页纸，虽然我已经尽可能地长话短说了。然后我开始将一些关键的内容设成暗码：如果这封信被人拦截了，因为这些暗码，迈克罗夫特那十六页骇人听闻的文件也会很安全。不过我并不介意将艾斯特蕾的位置透露给一些不怀好意的人。古德曼也没有必要知道他的幼稚行为已经将我们暴露给了敌人。

我将信折好放进了一个信封，又装进了莱斯特雷德的便条和迈克罗夫特的信，并在信封上写上了福尔摩斯的名字和我们在苏塞克斯的地址，随后我将这封信——已经贴好了邮票，但没有密封——放在了桌子上。

# 四十五

约翰·莱斯特雷德总督察自出生以来就一直住在这所房子里，已经有四十五年了。他的父亲，也是苏格兰场的一位探员，在战争中牺牲了，将这所房子留给了自己的儿子，和房子一起留给儿子的还有一张命运多舛的面孔，一个比普通警察灵活的头脑，以及长期建立的与不停制造麻烦的业余探员夏洛克·福尔摩斯的一段孽缘。

我很久以前就知道莱斯特雷德家的位置，但从未去过。凌晨三点左右，我走过四条街又转过一个街角，然后站在一棵繁茂的丁香树下观察街面上的情况。

很少有监视者在凌晨三点还能保持一动不动的姿势，尤其是一切如常的情况下。即使那些机警的监视者不会点燃香烟，也会双脚上下抬起，以减轻毫无收获的监视任务所带来的无聊和乏味。

我一动不动地站了半个小时，直到确定他家前门和围墙周边除了一只发情的虎斑猫站在墙头上以外，并没有其他的威胁存在。然后我才走到人行道上，为了避免被那些因为失眠困扰而正在凝望窗外的人看到，不得不忍着疲倦，轻手轻脚半弯着腰往前走。

整栋房子漆黑一片，我悄无声息地穿过通往门口的小院，很庆幸他没有整晚在院子里留着灯，然后我弯下腰开始开锁。

像大多数警察一样，莱斯特雷德也坚信自己刀枪不入。

我花了六分钟，只用感觉和听觉就打开了锁。我转动门把手，走了进去，然后关上了门，没有发出任何声响。

然后，我停住了。

如果说一个监视者都很难保持一动也不动的姿势，那么要保持几秒钟完全的沉默就是几乎不可能的事了：我听到衣服发出的微弱的摩擦声，人的屏息声，还有一个人努力倾听时喉头的气息。

这些声音让我汗毛倒立，我意识到有一个人正站在离我很近的地方。

“总督察？”我低声问道。

对方晃了一下，暴露出他的位置。我说：“很抱歉这么闯进来，但我要跟你私下谈谈，这很重要。我是玛丽·罗素。”

我听到一声快速的呼气声，衣服带起的沙沙声，接着我身后前厅的灯亮了。

我往后退了一步，然后看到了莱斯特雷德：头顶稀疏的头发乱七八糟，光着脚，身上穿着长睡袍和条纹睡裤，手里紧紧握着一个板球拍。

“我差点就让你脑袋搬家了。”他一脸怒容。他压低声音说话，这告诉我要么家里还有其他人在睡觉，要么他是担心被人发现。

“晚上好，总督察先生。”我答道。

“已经不能算晚上了，被人吵醒然后发现有人正闯入自己家，这哪里好了？”

“你说在尽可能最早的时间，就是现在。我并不想吵醒你的家人。”

“你触发了一个警报。”

也许我的判断有点操之过急。“你留在迈克罗夫特公寓里的纸条，”我说道，“关于撤销我们的通缉令的事，是真的吗？”

他盯着我，一脸沮丧地摇着头，然后将手里的球拍靠墙放好，又穿上了刚才落在一边的拖鞋：“来这里，这样我们可以谈谈，而不会吵醒我的太太。”

他指的是厨房，往下再走两个台阶就是，正对着花园。我朝窗外看去，判断了一下，然后迈下了台阶。他朝一把椅子指了一下，我坐了下来。

“你吃过饭了吗？”他问道，同时取了一把水壶去水龙头处接水。

“吃了。”

“那么，不用再费尽心思四处躲藏了吧？”

“只是比较小心而已，你是认真的？”

“是的。”

“是什么让你改变了主意？”

“在葬礼上逮捕你们，我不喜欢这个主意。另外，我一开始就不完全相信威胁有用。茶还是咖啡？”他打开了煤气灶准备烧水。

“哦，茶，谢谢。”

“你的丈夫在哪儿？”

“我不清楚，我已经有一个星期没见到他了。”

他坐在一把硬木椅子上，看上去非常疲倦，并不像只是一晚上没有睡好：“达米安·艾德勒呢？”

“我最后一次听说关于他的消息，是他已经离开了英国。”

“那个孩子呢？”

“她目前很安全。”

他的倦容一扫而光：“你知道她在哪儿了，那么？”

“她目前很安全。”我重复道。在他继续发问之前，我问出了我的问题，虽然我已经确定答案是什么了。“你不负责有关迈克罗夫特的调查了？”当这个问题涉及个人时，使用死亡或者谋杀这样的字眼出奇的困难。

“对，还有，我很抱歉。”他停顿了一下，然后继续说道，“我的意思是说，听说你失去亲人的事，我深感遗憾。迈克罗夫特是一个好人。人们会铭记他的。这让整个案子更加难办了。”

“这指的是什么？谁在负责这个案子？”

“没人负责。”

“请再说一遍？”

“据我所知，没有人负责这案子。你可以说这个案子被内部封锁了。看上去迈克罗夫特·福尔摩斯对于苏格兰场里那些卑鄙的小人来说太重要了。”

我的身体猛地往前倾了一下：“你能解释一下吗？”

“周三晚上，不是我当值。接到报警电话的时间是差一刻半夜十二点：在一条小巷发现有人死亡。值班警察驱车前往出事地点，抵达后发现他面前站着一个穿着套装的人，手里举着一张闪闪发光的证件，穷尽一生你也不曾见过的一种证件。这位先生将在尸首上发现的一张报纸交给了我的同事，并告诉他说情报机构会自行处理，然后就扬长而去，走的时候还带走了尸首。我的同事有点蒙，想不出下一步该怎么办，所以就回去睡觉了。”

“情报机构会自行处理——这句话是他说的？”

“一字不差。我第二天才听说这件事。当时我……”

炉子上的水烧开了。他站起来走到灶前，背对着我拿出茶叶和茶壶：“我十天前叫他来警局询问——迈克罗夫特·福尔摩斯，对。第二天早晨他的管家打电话过来抱怨说他没有回家。一周之内都没有任何人见过他，直到在一条小巷被发现，然后又被一个举着闪亮的SIS证件的人夺走了尸体。所以我开始打电话并追踪尸体的下落。二十分钟以后，我的上级走了进来，命令我停止调查。”

他默默地泡好茶，默默地端来了一瓶牛奶，又默默地拿了两个马克杯放在桌子上。

我一边对着热茶吹气，一边思考。接着我问：“你为什么去理查德·索萨的家？”

“谁？”他的脸上闪过一丝不解，然后转为迷惑，就好像他记得这个名字，但想不明白为何突然提起。

“理查德·索萨，在梅菲尔区，你在桌上留了你的名片。”

“很多桌上都有我的名片。这个很浪费钱，而且是一个持续的浪费。现在也是。”

“但是你为何去他家呢？”

“哦，为了——”他伸手去拿糖罐，往杯子里加了两勺糖，很显然被这个毫无逻辑的推论给激怒了，“他是一个公务员，有一个好管闲事的母亲，他的母亲认识一些大人物，至于是什么样的大人物，你可以想象一下，和她一样都住在梅菲尔区。如果她的小儿子有一天晚上没回家，她就会抓狂。她会找到首相办公室，然后首相会亲自打电话给我过问此事——注意，早上从他家给我打电话——问我能否帮忙看看这个失踪人口的案子。太荒谬了——最重要的是，她的儿子失踪还没到一天！但我就得亲自过去，从他妈妈那儿拿到房门钥匙，以确保她亲爱的儿子没有倒在血泊之中，我在他桌上留了一张我的名片，同时告诉她可以在第二天向警局报失踪案。周五，我在办公室开了一个最令人不悦的会议，两个小时后，电话响了，是她的管家——管家！管家打电话来说不用担心，她的儿子已经回家了。既不是他妈妈亲自打电话，语气中也没有一丝的歉意。像她这样神经质的老太婆给我们带来了很多麻烦。现在告诉我你为什么想知道关于他的事，或者说我们要调查另一起毫无关联的罪案吗？”

“理查德·索萨是迈克罗夫特的秘书。”

他吃惊地看着我：“迈克罗夫特的秘书？”

“是他的得力助手。也许这可以解释为何有人会要求调查他的失踪，并不仅仅是因为一位母亲的焦虑。”

“天啊！”他说道。

“你确定他周四在家吗？”

“如我刚才说的那样，她的管家打了电话。我也回拨了过去——索萨先生的号码——以确定那个电话确实来自于索萨家。接电话的人的声音和打电话的声音是一样的，所以我就挂了电话。发生了什么事？他还没有回家吗？”

“我觉得是有人最近闯进了他的家，让他恐慌不已，然后逃走了。”我简要地描述了一下我发现的日本雕件，清楚地意识到我又提供了一条可供指控我自己的罪名。我在想，一个人最多允许带多少本书进监狱？

“他没在家，还有你说他的妈妈也没见到他。你或许并不想知道太多细节，不过我可以确定的是，索萨的保险柜里有关于布拉泽斯的资料，还有他的存折记录了好几笔打入他账户的巨款，其中包括一笔五百个基尼币，是在迈克罗夫特失踪后的第二天到账的。我必须扪心自问，这个人到底都知道些什么？”

他坐回椅子上，眉头紧锁：“那确实是非常可观的一笔钱。”

“迈克罗夫特可是一个值钱的人。”

“你觉得是有人收买了秘书，让他出卖迈克罗夫特吗？”

“我认为你也许愿意跟索萨谈谈。既然他夜不归宿，他妈妈就会发飙，那么你或许可以问问她最近有没有给儿子送礼物，迈克罗夫特曾经说过一些关于索萨的事，暗示他和他的妈妈相处得并不是很好。”

他看起来若有所思，而不是深信不疑。不过我还有另外一个问题要问他："总督察先生，能不能告诉我你是否收到了奥克尼的一例死亡报告？确切地说，是在斯坦内斯立石那儿。"

"一例死亡报告？"

"上周五。"

"没有。虽然确实从那里收到了一个奇怪的报告。是什么事？一个恶作剧？那就对了，有一些孩子引发了火灾，听上去像枪声，不过等本地的警察到达现场时，发现只有满地的灰烬。为什么这么问？你认为谁死了？"

我一直担心的事被证实了：立石现场没有引起警方的关注是因为那里没有人。这就意味着如果尸体不是被人立刻处理了的话，那么布拉泽斯仍然是一个活跃的危险分子。也许会变得更为活跃：转世大计彻底被摧毁，肯定会让他更迫切地为他的谋杀计划展开复仇行动。

我并没有直接回答他的话。相反，我问道："你还认为达米安·艾德勒谋杀了自己的妻子吗？"

"你们两个对那个年轻人这么有兴趣，是为什么？"他反问道。

我很开心听到这个问题，这意味着他并不知道达米安的身份："正如你所知，总督察先生，福尔摩斯吸引了各式各样的客户，也包括有着波西米亚风格的艺术家。你——"

"我需要审问艾德勒。你需要告诉他，躲避警察对他并没有帮助。"

"我向你起誓，总督察先生。达米安·艾德勒绝不是你在他妻子被害案里要寻找的那个人。"

"好吧，他当然不是我唯一要找的人。"他举起茶壶给自己的杯子里添了一些水，"我也不指望你知道我或许发现了布拉泽斯这个疯子？"

“所以你正在追踪布拉泽斯？”

他将手里的茶壶重重地放在桌上，茶水溅了出来：“他和三个被害人有关，其中两个是刀伤，第三个是枪击，所以是的，我可以说我现在正在寻找他。”

我抗议道：“总督察先生，我们几个星期以前就曾经试图告诉你有关布拉泽斯和他的教堂的事。不要——”

“是的，现在我去的每个地方，都要给你们收拾烂摊子。你们在布拉泽斯的教堂；他的房间里都是你的指纹，包括一把插在桌上记事簿上的刀；你让约克的警察给我打电话，询问我是否可以了解一下其中一个案子；还有你绑了一个叫马库斯·冈德森的恶棍，用毯子裹着送过来交给了我。”

“可是你却让这个恶棍走了。”

“我为什么要扣着冈德森？他也是那所房子里的受害者。”

“对于这个人，你还知道些什么？”

“他是个恶棍。因为抢劫在斯克监狱待过一段时间——他殴打他楼上的邻居还偷了他的退休金。幸运的是，那个老人的头盖骨很结实，不然的话，他将以谋杀罪名被指控——但是从那之后，他就一直清清白白的，据我所知。”

“你是否知道他对枪支很熟悉？不仅仅是手枪，还有步枪？”

“他没有参过军。狩猎？也不像是一个城市长大的孩子的经历。为何这么问？”

“有人用枪朝我射击，就在几天前。那个人要么是非常幸运，要么是接受过严格的步枪训练。”

“你认为那个人是冈德森？不是吧，在布拉泽斯的命令之下？”

“布拉泽斯似乎在我们遇到的每件事背后，自从我们回国以来。”准确地说是二十七天之前——以前的我曾有过这么忙碌的四周吗？

“是的，你一直说艾德勒和这件事毫无关系，但是我却发现他为布拉泽斯的书画插图，而他的妻子是布拉泽斯诡异宗教的虔诚信徒。”——（所以他并不知道尤兰达之前实际上是他的妻子）——“我曾见过至少三幅他为布拉泽斯画的画——其中一张被他的妻子挂在自己家的墙上，另外一张在布拉泽斯的家里，第三幅在售卖他的画的画廊。所以你不能告诉我说，艾德勒和布拉泽斯之间不存在某种联系。”

“当然有联系——布拉泽斯正打算杀死他。”

“所以协助我让他停手。”

“总督察先生，我不知道达米安·艾德勒在哪儿，我最后一次看见布拉泽斯是上周五，在奥克尼，当时他试图谋杀达米安，并在那场冲突中受了伤。”

话一出口我就懊悔得要打自己，我说多了。莱斯特雷德身体后仰，靠着椅背上，眼睛眯着；他的表情让我不得不谋划如何离开，这时他突然抓住了我的手腕。

“你愿意告诉我你是怎么知道这些的吗？”

“你愿意告诉我你为何要审问迈克罗夫特吗？”

他的神情一变，从一个看见猎物进入视野的猎人变成了一个犯了错误的小学生：“这件事和案子有什么关系？”

“大有关系，总督察先生。你代表的是苏格兰场，迈克罗夫特是……好吧，他是迈克罗夫特。到底是什么促使你采取了一起专门针对迈克罗夫特·福尔摩斯的行动？当时那么多人都涉案。”

“他妨碍了警方的调查。”莱斯特雷德语气强硬地说道。

我希望我的眼睛在愤怒时能像福尔摩斯那样保持冷静的灰色，而不是像现在这样血丝密布的浅蓝色，希望我的眼镜能遮挡一下。“你跟踪他的行为不仅不必要，也是十分反常的。

加上我越来越怀疑布拉泽斯背后有高层支持，还有……”我挥动着一只手，“这就是我为什么要凌晨三点撬锁而不是去你的办公室找你。”

莱斯特雷德的脸色变了：“你是在指责我是一个腐化的官员吗？”

“如果我这样想的话，就不会坐在这儿。不过，很明显，有人在帮助布拉泽斯，这个人不是冈德森，而是另有其人。有人帮他在去年11月份回到这个国家时拿到了一个新的身份。有人帮他掩盖了他的罪行。即使过去的两周里我一直都在逃亡，但我已经开始有了这种怀疑。我的问题是，那个人是不是也找过你，向你施加影响，让你切断迈克罗夫特的电话线，闯入他的家中？”

他突然起身，从一个抽屉里找出一个破旧的香烟袋。他点燃了一支烟，站在漆黑的窗户前望出去。厨房里的炉灶渐渐冷却，发出咔嗒声，不知道放在房间哪里的钟表突然开始报时，已经凌晨四点了。

“有可能。”他最后说道。他回到桌前，面无表情。“我不受贿。但是你想知道是否有人收买了我，我是否屈从于压力，改变了更好的想法。回答是，是的。”

“听着，”他继续说，“我服从命令。我工作的特点给了我很多自主性。但是当有命令下达时，我会服从。最近从上面接到一个近似于命令的指令，是对迈克罗夫特·福尔摩斯施压。”

“上面是哪里？”

“这个不重要，发起人并不是下达命令的人，这就意味着下达命令的级别非常之高，有可能完全超出了苏格兰场的范围。坦白地说，我并没有仔细询问。只有当警察被赋予在需要时开展独立调查的权力时，这个社会才会正常运转。没有人能凌驾于法律之上。即使是警察本人。你和福尔摩斯已经数次踩界，但总是设法不去越界。我能看出哪些是个人冒犯，哪些是官方不当行为。”

“这就是你对我和福尔摩斯发布通缉令的原因吗？”

“也不全是这个原因，但这会帮助我向那个方向前进。说实话，”他说道，“这不是我第一次想给你的丈夫戴上手铐了。”

“我明白这种感受。”我说。他眨了眨眼，笑了。

“这次，是迈克罗夫特·福尔摩斯踩界并越线，不需要花太多力气就能确信是时候将他带回线内了。你丈夫的哥哥不是上帝，你知道。”

“一周之前，我或许没法认同你这个观点。”我悲痛地说道——事实上，他在表达中使用了一般现在时，这说明他和我一样都相信迈克罗夫特是无所不知的。

“不过，我已经开始考虑我是否有可能一直都错了。”他说道。

“关于他是神的事吗？”

“关于将他作为案件调查的目标之一。”他用手指去抓他稀疏的头发。“迈克罗夫特·福尔摩斯要求和我私下会面，就在他来我办公室的那一天。他是一点钟离开的。二十分钟之后，我收到了他留给我的一张字条，约我在自然历史博物馆会面，在博物馆即将闭馆时去查尔斯·达尔文的雕像下面会合。他告诉我让我保密，并独自前往。”

“但是你没有去？”

“事实上，我去了。虽然我是最后一分钟才到的。他爽约了。我再次听说关于他的消息，是他死了。”

# 四十六

死亡这个字眼重重地落了在我的心里，难以置信却又无可逃避，迈克罗夫特死了。

我试图不去回想和他有关的事情，他令人吃惊的好胃口，以及更令人吃惊的记忆力，还有……

却不知道能和谁说。

孤身一人。

信念是在哪里和忠诚分道扬镳的?

我看着莱斯特雷德，陷入了沉思。罗素，你需要睡一会儿，不然你会忘了如何思考的。“那，最后，这次会面的事，你有没有保密？”

“我保密了。”

“有一件事很确定，收到一个单独赴约的要求，应该会引起一个警察的怀疑吧？你难道没有考虑过也许这是某种陷阱吗？”

“如果是其他人这样要求，而我没有告诉手下我的行踪的话，我就是个傻瓜。但这次是迈克罗夫特·福尔摩斯——我进行了确认，确实是他给我留的字条。虽然理论上说，我对他知之甚少，但事实上我很清楚，如果他想对付我，根本不需要我去找他。不，我觉得他要求单独会面的原因，就是他不能在办公室告诉我的那个理由。”

“那个理由是……”

“还有一个可能性，他想考验我，要么看看我是否会按他说的做，要么是想告诉我一些违法的事，这些事有可能让我或者他的职业生涯毁于一旦，所以不想冒险被人偷听。又或者，他怀疑队伍里出现了叛徒。”

我心里默默地对我面前的这个人表达了一种歉意，福尔摩斯这些年对他蔑视的评价有失公允。

“你的队伍还是他的？”

“我认为当时他指的应该是我的队伍。不然的话，为何要让我离开警局？虽然我对我的同事十分信任，但不可否认的是，哪里都有害群之马。贿赂或者威胁——一个执着的人通常都能找到一个可以被收买的警员。”

“你现在还认为是你队伍当中的人吗？”

他向我挑了一下眉，脸上的表情很纯粹，福尔摩斯脸上也曾出现过这种表情，并不像因为缺少睡眠而导致的不悦。“我可不是明天要入土的那个人。”他尖锐地指出。

我长长地叹了一口气：“这确实让人非常想知道。”

“知道什么？”

“是谁能近身接触迈克罗夫特，还放倒了他身边的警卫。”

“你认为是他的组织——无论怎样——有可能出现一个叛徒？这就是你问索萨的事的原因？”

“迈克罗夫特最近跟一位朋友聊天时，非常突然地谈到了关于忠诚的话题。还有谁比他的秘书更适合成为背叛他的人选吗？还有比这更让人心痛的背叛吗？”

“什么样的朋友？”

我摇了摇头：“迈克罗夫特没有说，只是暗示他在思考忠诚这个话题。”

“我需要知道他跟谁聊天。”他尖锐地问道。

“很抱歉，总督察先生，我不会告诉你的。你只需要相信，如果有任何你需要知道的重要事实，我都会告诉你的。”

他以一种少有的方式粗暴地拧着香烟蒂，咬牙切齿地说道：“如果让我束手束脚地工作，我们不如把整个国家都交给秘密情报局来管理，让我们统统变成农村的警察好了。”

“我认为我们会找到其他办法的。有人曾要求你调查索萨失踪案。你肯定希望跟着查下去吧，这样你就能亲自审问他了。”

他看着我。“我会丢掉工作。”与其说他是在反对，不如说他是在斟酌。

“我希望那是你唯一会丢掉的东西。”

他不相信地哼了一声：“我代表的是苏格兰场——他们会用文件而不是武器来跟踪我。”

“那么他们是怎么对付迈克罗夫特的呢？”

过了片刻，他的眼睛不自觉地朝上看去，朝向他熟睡中的家人。

“是的。”我说道。

“但是索萨是一个秘书！”

“我认为出问题的人并不仅仅是索萨。不过有可能是有人控制了索萨。那个人在苏格兰场也有帮手。”

“但是会是谁？为什么对迈克罗夫特下手？”

我能想出很多国家，它们都会付钱来结束迈克罗夫特的干预。其中关于十六个国家那些骇人听闻的信件现在正静静地躺在迈克罗夫特家的烤箱旁边。但是没有事实证据，我的答案就好比往一个不停旋转的地球仪上扔飞镖，不知道会投中哪一个。

“这需要我们去查。首先，你能查到更多关于索萨的事吗？”

“我会试试。”

“除此之外呢？”

“我会封锁所有会造成国际影响的消息。”

“这很有趣，鉴于布拉泽斯神父在上海住了很多年。”

莱斯特雷德眼珠转了转：“又是布拉泽斯。”

“如果迈克罗夫特的死亡和索萨的失踪跟布拉泽斯神父的阴谋诡计没有任何关联的话，我不得不相信这是一种巧合。如果这样的话，我以后就再也没法面对我的丈夫了。”

莱斯特雷德拿起了自己的空杯子，然后又放下：“你想喝一杯吗？来杯酒，我是说。”

“不，谢谢。不过你可以喝一点。”

“如果我满嘴酒气去教堂，我的太太会离开我的。也许你是对的。我会看看在有人插手之前我能调查多少。那样的话，我们应该也能得到一些消息。”

“但是关于迈克罗夫特。如果我不用担心被捕的话，就没有什么可以阻挡我去找他的上司询问关于索萨的事，对吗？”除了狙击手和狠角色之外就没有什么可以阻挡我了。

“上帝知道我从来都没有办法阻止你询问问题。但我不确定他们是怎么想的。”

“什么，一个刚刚失去了亲人的市民，正沉浸在巨大的悲痛中，想找他的秘书问问——他跟迈克罗夫特关系非常紧密——这会有什么麻烦吗？”

他的嘴角浮现了一个若隐若现的笑容，用一种钦佩的语气说道：“我觉得应该不会遭到袭击，不过还是祝你好运。”

我朝窗户看了一眼，想知道天色是否已经渐亮。我需要让他追踪那个电话号码吗？不，如果他决定去搜查索萨家，他就会自己发现那个号码：“还有最后一件事。我知道，从理论上来说，你对迈克罗夫特的工作一无所知。不过，你是否知道我怎样才能跟他一个叫作彼得·韦斯特的同事联系上？我觉得他可能会比海军上将辛克莱更愿意和我谈谈。”

“我听说过他，但从未谋面。”

“我希望能在周一之前跟他谈谈。”

“在周末追踪一个情报机构的工作人员有点困难。”

“如果你能悄悄地确定韦斯特的位置，让我在葬礼之前跟他谈谈就好了。不过，不要在非必要的时候让自己变得引人注目。”我喝光了杯中的茶，然后站了起来。而他却依旧倔强地坐在椅子上。

“罗素女士，我真的需要跟达米安·艾德勒谈谈。”

“我向你起誓，总督察先生，我真的不知道他在哪儿。”

“他的女儿呢？”

“我把她放在了一个安全的地方。”

我看着他一脸倦容，心里十分不忍。我有可能占用了他今晚唯一能睡一会儿的时间。不过，如果将善谈的艾斯特蕾交给他的话，她就会告诉他达米安是福尔摩斯的儿子。在确保达米安的安全之前，在他洗脱嫌疑之前，我不能冒险。

我伸出手：“谢谢你，总督察先生。”

他看了一眼，然后站起来和我握手：“稍后给我打电话。我看看是否能搞到韦斯特先生的地址。”

“谢谢你。”

“还有，罗素女士，多加小心。布拉泽斯和冈德森还在逃，更不必说还有索萨之类的人。总而言之，很多你不想见到的人都在暗处。”

“我倒真想见见暗处的某个人。总督察先生。”我回答道。在门口，他为我开了门，然后我停了一下：“你去参加今天下午的葬礼吗？”

“去。”

“谢谢你。”我说。然后我探身亲吻了一下他满是胡楂的脸颊，这让我们两人都一下子愣在了原地。

## 四十七

全新的经验都是有益身心的，福尔摩斯这么认为。在长达四十年的时间里，他曾匍匐着穿过伦敦的背街和小巷，但从没像今天这样遇到这么多没完没了的挫折。虽然他的身体会因为蜷缩在路面之上十二英尺的狭小空间里而抗议，但这对于他来说无疑是一种不错的挑战。他希望这么做能让他获得比现在所知更多的关于追踪他的那些人的消息。

要绕过正在哈里奇码头上等待他的人。

那人站在接站的人群中，但因为人并不多，所以很难忽视他的存在：他身材高大，表情机警，而且还带着武器。

福尔摩斯一看见他就狠狠地踢了自己几下，恼恨自己为何没有预计到这种情况。时间不够，缺乏化装品，没有可以更换的衣服，这样的他是无法神不知鬼不觉地走下舷梯的。这给了他两个选择：待在船上返回荷兰，或者换另外一个出口。

轮船的卫生间为了使用便利，设在了靠近出口的位置。卫生间的服务员已经开始协助进行下船的工作。当最后一位绅士离开之后，就是在卫生间的垃圾桶里点燃明火的时机。（福尔摩斯将垃圾桶放在了瓷砖中间，毕竟他并不希望将这艘船完全烧毁。）放火之后，福尔摩斯就开溜了。

警报响起时，能听到的船员全部跑动起来，留下了几个地方没人看管。福尔摩斯开展了自救行动，走到了下层甲板上。

对着有可能相信的人讲一个悲伤的故事（大概就是在码

头上站着等他自投罗网的债主，听这个故事的是一个因为酗酒而导致酒糟鼻的人)，然后再将偷来的一张钞票塞到他肥厚的手里之后，福尔摩斯就变成了一个令人尊敬的船员，负责将来自荷兰的货物和乘客留下来的垃圾搬到岸上。

他穿上了新得到的夹克，并戴上了一顶他热切盼望的帽子，然后将一大包邮件扛上肩头，加入了装卸工人的队列，步履沉重地沿着船舷而下，走到码头上，躲过了监视的人。此刻，还在下船的客人已经不多了，褐色外套下的双脚——这是福尔摩斯在负重状态下能看见自己的唯一部分——正慌张地往前移动。福尔摩斯走下船，将肩上的麻布袋送到国王陛下在岸边停靠的卡车上，然后继续往前走，来到一处仓库。他在那里找到了一个能观察监视者的位置。

那人一直等到最后一名乘客下船，福尔摩斯饶有兴趣地发现，他并没有上船进行搜索。这意味着他没有权力这么做，或者他接到命令让他不要太过招摇。另一方面，这也能显示出他对自己的伪装过于自信，而且缺乏搜寻技能。

最后，这个人放弃了自己的位置，大步走下了码头。福尔摩斯看到他身边停了几辆空出租车，但是他并没有转向出租车，也没有走向附近停着的汽车。相反，他走进了马路对面的酒店。

退房？就餐？福尔摩斯万分不情愿地渐渐习惯了自己所待的角落，可是最后，那人在四分钟后又出现在街面上，径直走向了一辆停在前面的车。福尔摩斯已经做好了朝出租车全速奔跑的准备，但是让他吃惊的是，那个人走到了乘客的座位一侧，脱下了外套和帽子，然后坐了进去。接着一道白光闪过：那是一份报纸。

他在等下一班船。

福尔摩斯继续待在阴影里。

半小时以后，一艘小船抵达了，但这个人只是身体前倾看了一下船在哪个码头靠岸，然后又开始看报纸。他不是在那里等所有的船，而是只等下一班从荷兰发出的船。从阿姆斯特丹来的那艘船会在——福尔摩斯看了一下怀表——大约两个半小时后到达。加上这个人在放弃上一次监视之前已经等待的四十分钟，给了一位疲惫不堪、饥肠辘辘的侦探将近三个小时的时间来准备他需要的东西。

福尔摩斯转身往城里的方向走去。两小时十五分钟后他返回这里，填饱了肚子，刮了胡子，穿着一件干净的衬衫，手里拿着能打开监视者汽车的工具。但那辆汽车不见了。

茶摊上的老人告诉他，那个身穿厚大衣的高个子男人回了酒店一趟，出来以后就急急忙忙地离开了，大概是在半小时之前。有人打电话给他了，福尔摩斯想。又甩掉了一个跟踪者。

哈里奇发生的事耽搁了他五个小时，而他仅存的理智和谨慎迫使他采用了最迂回的路线潜入伦敦。从荷兰角到利物浦大街十一个小时的旅程花了将近二十四个小时，当他到达伦敦大桥火车站时，这个城市已经进入了夜晚。伦敦大桥火车站出行不便，不会有人觉得一个从荷兰来的游客会从这里上车。事实确实如此，在出口位置并没有身材高大的探子出现。

不过，事情很快就变得有趣起来，那就是当他发现自己在一个离地十二英尺封闭起来的窗口时。

由于考虑到打电话的安全问题——任何一个能够操纵苏格兰场的人必会轻而易举地收买电话局的话务员——所以他并没有和比利联系。他从伦敦大桥火车站步行出发，专门选灯光昏暗的街道走。虽然他保持着高度的警惕，但还是差点被抓到。

当时他正站在比利家对面的街道上，心里在盘算，所有窗户都没有透出灯光，整栋房子寂静无声，这样的景象在一个周六晚上是否正常。正在这时，他头顶上的一扇窗户里突然传出警哨声，随后立刻从街道两头冲出来好几个人。他只看了一眼就知道，无论是否戴着警哨，他们都不是警察。然后，他就开始奔跑。

在伦敦寻找逃走的路线变得困难起来，这件事让夏洛克·福尔摩斯非常不习惯。曾经的他，对于这座城市的每一条街道和布局都了如指掌，对于政府大楼周边几英里的范围内的任何小区，他都再熟悉不过，他知道哪些门是虚掩着的，哪些胡同是死胡同，哪些楼梯直达屋顶。

后来战争爆发了，炮弹从天而落，从那之后，这个城市就发生了不可阻挡的变化。算起来他已经退休了二十年，虽然他很不情愿承认，但是生活变化的速度越来越快。再加上他有八个月的时间远离家乡，现在他的感觉，就好像一个人要重新开始学习曾经说得很流利的一门语言，原来的细微差别突然变成了天壤之别。

他并不在乎这种感觉，一点也不。虽然他所掌握的城市地理学甚至在并没有太大变化的萨瑟克区也多多少少有点过时了，但他十分幸运地发现了废弃很久的一条小巷，里面堆满了建筑垃圾，有一扇窗户被砖块堵上了，却能轻而易举地撬开。他很感谢那些砌墙时走捷径的建筑工人，他们从墙壁里面掏了一个洞，留出了一个窗台的宽度，福尔摩斯站在上面，身体东摇西摆，晃个不停。

也许是时候承认他的城市已经被他人接手了。

在小巷尽头出现了一个身影，一道手电筒的光束照了过来。那人看到了脚手架，并走近查看，却没有想到去对面的墙壁检查一番。福尔摩斯保持一动不动，希望那人再走近一点，站在他的下面——紧接着，第二道光束照了过来，这人走过去跟他的同伴会合了。

小巷再次变得空无一人，福尔摩斯这才小心翼翼地移动身体，让自己坐在窗台上，双脚悬空摇晃着。镇定下来后，他出神地望着如同幽灵一般的脚手架。他并没有从墙上跳下来，相反，他朝旁边挪动，开始从侧面往上爬，沿着一条曾在一个飞贼的指导下走过的路线，那是二十三年前的事了。五分钟后，他已经爬上了屋顶，四十分钟后，当周日破晓的第一道微弱的晨曦在东方升起时，他已经走在了滑铁卢大桥上。

在过时的信息条件下，一个像他这把年纪的人能做到这样，也不算十分不堪。

还有，白天会让人保持清醒。他曾告诉海宁医生他在伦敦有很多可用资源，只要他愿意去跟他们联系，但是这个城市的变化太多，他开始怀疑自己。莱斯特雷德被收买了，迈克罗夫特被捕，甚至比利被赶出家门，他居住的小区也被接管了。这位新上任的首相——毕竟是一名社会党党员——会把夏洛克·福尔摩斯当成一块活化石吗？如果他能绕过政府门口的警卫……

不，不到最后关头，他不会亮出那张牌。

他现在活动自由，也适应了环境，而且还是在自己的地盘。他在大桥一头停了下来，向上游望去。光线渐强，他能看见两侧堤岸上的路，更远一些，是坐落于国会大厦主体之上的大本钟钟楼，以及新苏格兰场那座砖砌的建筑。不过，他的眼神并没有落在这些权力中心上，而是看着地铁入口。

乘大都会线往北四站地就能到达贝克街。只要半个小时就能确认罗素是否赶回了城里，还有她和孩子是否安全。

但是如果他没有出现呢？她会待在她认为安全的地方，等到必须现身时，她也会比平时更加小心。

他转身离开了大都会线。在葬礼之前，要做的事太多了。

# 四十八

回到藏身处，我发现古德曼正坐在壁炉前看书，壁炉里的火光很柔和。他看见我后就站了起来，像一只年幼的惠比特犬一样伸了个懒腰，然后将手里的书扔在了躺椅上。

“你看起来有些疲倦。”他看了看我，说道。

“是非常。”

“我正好相反，我休息得很好，现在需要呼吸一点空气。我会回来的。”

我一开始反对，后来却决定不反对了。即使只能补充两三个小时的睡眠，也会让我的一天完全不同。毕竟，这个城市里没有人在搜寻罗伯特·古德曼：他是我们中那个能和警察和狠角色走在一起而安然无恙的人，身家清白，毫不扎眼。如果要将艾斯特蕾和贾维茨交给警察，他早就这么做了，至于会不会将警察引到这儿来——无论是有意为之还是无心之失——我都是安全的，因为他并不知道后门在哪儿。

我将反对改为点头同意，然后提醒他在进出那个隐蔽的入口时要注意检查周围的环境。

当我蜷缩在沙发上，身上盖着旅行小毯时，我不禁在想，福尔摩斯会藏在这个偌大的城市的哪个地方。我发现我对此很确定，然后笑了一下：我甚至都没有怀疑过他一定会回到这里。

然后我脸上的笑容又慢慢凝固了。迈克罗夫特尚且都全身冰冷地躺在棺材里，我们中还有谁是安全的？

当我醒来的时候，壁炉里的煤已经烧成了灰烬，整栋建筑都静悄悄的，古德曼并没有回来。我看了一眼钟表，吃惊地发现已经将近十点了：我已经睡了几乎五个小时。

我快速地洗了个澡，然后换了衣服，古德曼还是没有回来。我拿起笔想写一张便条，告诉他我很快回来，但我发现我之前写给福尔摩斯的信不在桌上。我睡得并不是完全失去了意识，不会听不到他回来的声音，这就意味着古德曼在离开的时候带走了这封信。

为什么？

我想不出能让我安心的理由。另一方面，我也想不出古德曼任何的所作所为或者是他的言语之间有背叛的威胁。也许他决定自己去送信——他知道葬礼的地点。我打消了恐惧，然后沿着出口一直走到尽头，拐进了相邻的建筑。

我走进了其中一间办公室里，找到一张桌子，然后拽出了一本伦敦电话簿，开始给莱斯特雷德打电话。

他正要外出，他说，但是在我道歉之前，他告诉我等一小会儿。有脚步穿过地板的声音，我听到他的声音，还有两位女士的声音，一个年纪大一些，一个年轻些。我听见他说让她们先走，他打完电话就跟她们会合。

说话声渐渐弱了下去，然后是关门的声音。后来脚步声又往回走。

“现在好多了。”他说道。

“很抱歉耽误你去教堂了，”我说，“我只是想知道你是否找到了韦斯特先生的电话或者地址。”

“我需要时间，那位绅士似乎不想见到普通的客人。电话号码就更困难了，明天才会有消息。”

“你要问谁？”

“别担心，”他说道，“我太太有一个老朋友，在选民登记处工作。她会去办公室帮我找他的电话号码。她会保密的。”

他给了我一个从威斯敏斯特走到河对岸的地址，我写了下来，然后说道：“这看上去不像是个地址。”

“我知道，那里并没有很多房子，不过即使在那个地区，你也能找到一两个住家。”

“我会尽力一试。”我说，同时告诉他我希望享受布道的乐趣。我看了一眼钟表，在葬礼之前我有大把的时间去找韦斯特。

但是首先，我还有一个电话要打，是打到里士满的。

管家接了电话。等待了一两分钟之后，贾维茨带有美国口音的大嗓门就在耳边响起了。

“喂？是玛丽·罗素吗？”

“你好，贾维茨机长，我还以为——”

“马上带我们离开这儿，”他急切地说道，“比如，现在。”

一阵冷风从闷热的办公室吹过，我发现我站了起来：“为什么？发生了什么事？”

“你知道那个疯狂的隐士古德曼是谁吗？”

“我知道那是谁的家，不过——”

“但是你不知道他是谁，对吧？”

“是的，不知道，他是谁？”

“我还以为——哦，听着，我真的不能在这儿说这个。不过，你来接我们需要多久？”

“几个小时吧，我不知道火车的时刻表。”

“那我和孩子现在就出发，尽快到滑铁卢去。”

“等等！你不能拄着拐杖往外走，你会受伤的。”

“我是不会待在这儿的。叫一辆车然后赶过来吧。”

“看在上帝的分上，发生了什么事？”

“一个小时后，我们就会离开这儿。”电话挂断了。

我骂了句脏话，然后看了一下手表：即使我立刻出发，也有二十五英里的路要走……但是首先，还有最后一个电话要打。

“旅行者俱乐部。”有人接了电话。

“我找路福特上尉。”路福特是我最后的希望，这位从上海来的快步如飞的旅行者，曾经给我们提供了有关布拉泽斯的资料。

“我很抱歉，”那个悦耳的声音说道，“路福特上尉已经不和我们在一起了。”

一阵恐惧袭来，我以为他是说——不过他继续说道：“我认为他近期都不会回来的。”

“他是回上海了吗？”

“我很抱歉，女士。旅行者俱乐部是不会泄露会员的行踪的。”

“这真的万分重要。”我请求道。

肯定是我声音中的某些腔调打动了他，他沉默了片刻后，说道：“他一周前离开的，我相信这位绅士周五的时候收到了一个消息，命令他返回东方。”

敌人太卑鄙了，我想；路福特如果在的话，将会是一个足智多谋的同伴。比利现在已经联系不上了，福尔摩斯走了，迈克罗夫特其他的情报人员都已经被收买了。我只能利用我现有的一切，也就是说，我自己。

我对俱乐部的人表示了感谢，挂上了话筒，然后匆忙赶回藏身处拿了一个旅行箱，里面塞满了我认为有可能会用到的一切。

古德曼还是没回来。我想给他再留一张便条，但是不知道该说什么，于是我关了灯，走进门廊——然后我停下了脚步。

我把手伸进口袋，里面装满了所有和案子有关的数字，我的拇指掠过一块碎片，是我在理查德·索萨的公寓找到的便条。

上面的一个号码突然引起了我的注意，因为我刚刚才打过这个电话。索萨在周四写下了这个旅行者俱乐部的号码，就写在了放在电话旁边的日记本里。我想，他打了这个电话，要么是当时要么是周五，将除了福尔摩斯和我之外这个唯一能把迈克罗夫特和托马斯·布拉泽斯的调查联系在一起的人送出了国。

我向上帝祈求他只是将路福特送走了而已，我不想因为这个勇敢的人而良心饱受谴责。

一刻钟的时间过去了。我突然清醒，急急忙忙地冲下楼，来到街上，叫了一辆出租车。

# 四十九

贾维茨站在房子的门外，宽敞的马路上空无一人，十分安静。一个满脸瘀青的男人身旁一侧站着一个小姑娘，另一侧站着一个头发花白的管家，整个画面看上去非常诡异。贾维茨将身体多半都重重地靠在拐杖上，小姑娘在一堵矮墙上无聊地踢着鞋跟，头发花白的女人不停地在搓手。贾维茨要到了一个过时的毛毡手提包，现在正放在他的脚边；他的手在出租车停稳之前就已经拉住了车门的把手。

“过来，艾斯特蕾——我的心肝。”他说道，声音听上去更像是一位父亲而不是被强行塞给了一个孩子。艾斯特蕾从墙上跳下来，然后钻进了汽车，手里抱着一个玩具，站在我的腿边，开始问我：“罗伯特先生在哪儿？”

“我真的不知道，”我告诉他，“贾维茨先生——”

她打断了我：“但是他跟你在一起，他什么时候回来？”

“他没有告诉我，”我说，“贾维茨先生，你需要帮忙吗？”

他将他的包和拐棍扔了进来，算是对我的回答，然后对着车门跳过来，把自己挪进了车里。

“我想见他。”艾斯特蕾继续追问。

“但是，先生。”管家说道。

“我会尽力的，”我跟艾斯特蕾说，“我们把椅子给你往下调一下。”

“非常感谢您的款待，”贾维茨对女管家说道，“我们要走了，后会有期。”

然后他把双脚放进车里，对着女管家狠狠地关上了车门。

司机摇下窗户，问我们要去哪里，我只能告诉他调头回伦敦，我们在路上再决定去哪儿。他摇起了窗户，我转向了贾维茨。

“究竟是怎么回事？”

他意味深长地看了艾斯特蕾一眼，艾斯特蕾眨了眨她那明亮清澈的眼睛，然后说：“他不想在我面前说这个。爸爸有时候也会那样看着我。”

“我想象得到，”我说，“你爸爸是不是也跟你说，你有点聪明过头了？”

“有时候。我认为一个人不可能太聪明，你觉得呢？”

“要是能给别人提供方便，当然可以更聪明一些，”我说，然后告诉贾维茨，“我不确定能把你们带到哪儿去。他们在盯着我朋友的房子，所以肯定也会监视当地的酒店。我甚至试图联系路福特先生，他在任何情况下对我来说都是特别有价值的伙伴，但是他已经回上海了。”

“你是不是已经知道这些神秘的人是谁了？”他问道。

现在轮到我对这个坐在我们对面椅子上的小人儿流露出一种意味深长的“不要在孩子面前讨论”的眼神，她一脸嫌弃地转动了一下眼睛，然后看向了窗外。

“找个公园怎么样？”贾维茨语气中透出一股绝望。

也只能找个公园了。周日早晨的公园作为玛丽·罗素的任何敌人所能想到的能找到她的最后几个地方之一，确实有一定优势。

我付了车费，我们下了车，慢慢地往前走，穿过修葺整齐的小路，在这个即将过去的夏天里，今天必定是为数不多的阳光明媚的周末之一。艾斯特蕾歪着头向上看我，问了一个忍了很久的问题："你可能想让我走开一会儿，不是吗？"

"但是不能太远。"我表示同意。

她转过脸去，轻轻地叹了一口气，我放下毛毡手提包，喊住了她："艾斯特蕾？"

她转过头，我跪下来，非常慎重地将她抱在了怀里。

她也用小手搂着我，然后久久地抱着我。这是她感到恐惧或者是孤独时释放出的唯一信号。我在她耳边小声地说着话，告诉她我希望我们很快就可以见到她的爸爸，然后她就可以见到她的爷爷了。她是一个非常勇敢非常聪明的女孩，她的父母对她引以为傲。她现在必须要忍耐，我正在加紧让所有的事都好起来。她最后终于松开了我，她的脚步又开始变得轻快起来。

贾维茨已经小心翼翼地在一张长椅上坐了下来。

"你的腿怎么样了？"我问，然后坐在他的旁边。

他将双腿伸直，脸上虽然露出痛苦的神情，却矢口否认。"不算太糟糕，"然后又补充了一句，"不管怎么说，正在好转。"

"对于发生的一切，我很抱歉。"

"嘿，不用担心。战争并不会因为停战协议而结束。"

"是，但你找的是一份开飞机的工作，而不是照顾一个小孩子的保姆。"

"是的，好吧，你的确雇了我来帮你解救那孩子和她的父亲，"他表情愉悦地指出重点，"这才是我现在多多少少在做的事。"为什么此刻他的话听上去如此发自肺腑？我在想，可是在电话里他的情绪却十分激动。

"整个事件的解决比我预想的时间要长。"

"我现在也没别的事要做，只是暂时不能飞而已。"

"再次说声抱歉。"

"你并没有让飞机失事，是我。"

“那是在有人对我们开枪之后——”我停了下来，这样的对话继续不下去了。

“你必须告诉我的关于古德曼的事是什么？”

“那不是他的名字。”

“我从来没想过那会是他的名字。”

“那你知道他是谁吗？”

我摇了摇头，我们离开的那栋房子里的家族我并不认识，而福尔摩斯既从来没有调查过这个家族，也没有为这个家族服务过：“我要在《德布雷特英国贵族年鉴》上查查。”

“声名显赫的温弗雷德·斯坦利·莫顿，他的父亲是一位伯爵。”

“我应该认识他吗？”

“今年春天他的名字在各大报纸上随处可见。”

“我那时不在国内，他做了什么？”

“他是个疯子！”

“那也是不言而喻的事吧。”

“我的意思并不仅仅是无忧无虑的笨蛋，我的意思是疯人院里的疯子，穿着条纹病号服，被锁在房间里的疯子。他是个妖精。”

我已经把古德曼当成普克小精灵很长时间了，所以这个评价我并不惊讶。不过，显然这并不是贾维茨想说的意思。

“还有，他涉嫌一起谋杀，和他众多妖精朋友中的一位。”

那个词引起了我的注意。

“谋杀？古德曼？”

“他的名字是——”

“是的，是的，他蓄意谋杀？”

“今年春天。好吧，不，不是他，是他的一个朋友——约翰尼·麦卡尔平——蓄意谋杀，每个人都认为古德曼——

莫顿——隐瞒了很多真相。”

“贾维茨先生，你真的需要跟我解释一下这件事。”

他尽力解释，但他已经记不得多少法律细节了，而那些耸人听闻的细节，他却说得非常清楚。

死亡案件发生于1917年夏天的爱丁堡。遇害人是一个中年男人，在某种吸毒者俱乐部非常有名。这些俱乐部里的男歌手，常常打扮成女孩子在台上唱歌。这起谋杀这些年来都没有破案，直到今年1月份，一个被约翰尼·麦卡尔平新甩掉的男人告诉他的朋友们说，麦卡尔平有一次喝醉后，曾对他炫耀是如何杀了一个人然后逍遥法外的。

警察听说这件事后逮捕了麦卡尔平。他为了最大限度地给自己脱罪，说出了能想到的每一个朋友——也包括温·莫顿，他和其他朋友们一起被要求配合调查和求证。

满脸胡子，满头乱发，听上去有一点精神失常的莫顿在法庭上轰动一时。他拒绝承认他叫“莫顿”，只是说麦卡尔平曾是他的朋友。古德曼差点因为蔑视法庭而被判监禁，如果不是他姐姐提供了一份有关她弟弟过去的文件的话。文件证明，莫顿确实认识麦卡尔平，两人曾经在1917年的4月和5月间在同一个酒吧里喝醉过，但是莫顿6月就离开了爱丁堡，也就是谋杀案发生的前三周，没有证据表明他后来回去过。

莫顿是一位授勋英雄，那个春天在爱丁堡接受炮弹休克症的治疗，虽然身患疾病，但即使在病情最严重的时候也没有暴力倾向。

最后，麦卡尔平一人被判有罪。但是在公众舆论的法庭中，对于光荣的温弗雷德·莫顿的审判却从未中断，而且判词非常明确：他肯定犯了某种罪，有可能是谋杀，也有可能是其他指控。

这个故事听起来要比事实更有趣一些，所以最后我打断了贾维茨，问他是从哪里听说的这些事。

他弯下腰，从手提包里拽出了一个超大信封，塞进了我的手里。我打开袋子上的按扣，发现里面乱七八糟地装着很多页纸，有剪报，有信，还有袖珍日记本。我拿出来，仔细地阅读，试图将其中的细节连在一起。

与此同时，贾维茨在一边跟我解释是如何无意间知道这些事的，擦鞋的小孩告诉他谁是“古德曼”之后，他就跑去找仆役长，而仆役长带他去找了管家，管家向他展示了自己收集的众多剪报中的一类，然后，他提出想了解得更多一些，管家又带他去看了仆役长的食品储藏室以及袋子里的收藏。

“这是你偷来的？”我问道。

“是借的——如果你愿意，还给他们就好了。但是我需要你看看，了解情况。”之前发自肺腑的神情不见了，他换了个姿势，他的腿在折磨着他。

我合上信封，努力更新整个事件发展到现在的情况。我感到贾维茨对于允许一个疯子和一个被控谋杀的人接近艾斯特蕾确实非常重视。我也想到他对于让一个有可疑关系的男人靠近自己有点过于担心。我想象不出五英尺半高的古德曼可能会给一个身材魁梧、六英尺高的人带来什么影响。不过，男人和女人对事物的敏感度一直都是不同的。

除了这种关心之外，我想我捕捉到了一丝尴尬，我之前在他身上也见到过。他是英国皇家空军的一位机长，一个英雄，一个身手不凡的男人，却最终允许我强迫他回去和孩子待在一起。而他竟毫无怨言，为了孩子将自己的自尊心放到一边——而且，继续这样做——证明了他是一个真正勇敢的人。既然他已经认定了这件事，那么振振有词的争辩毫无益处。我需要找到一种能让一个男人恢复自我的方法。

我将目光投向艾斯特蕾，她正认真地用数字和干草搭建洋娃娃大小的一个小屋，我望着她，让思绪里的故事和解释慢慢消散。然后我往后坐了坐。

“我无法告诉你这些报纸的指控是否是真的，我会调查清楚的。不过，我们还是需要决定把你们两个送到哪儿去——还有，如果你真的不介意，照顾艾斯特蕾。不会超过一天的，最多两天。”

他向后靠在了椅背上，这个动作让他的尴尬更加明显。但当他意识到我并不是要指责他的懦弱，或者是指出他莫名其妙的恐惧是来自于一个甚至从来都没有斜着眼看过他的人时，他放松了下来。他突然坐起来，掏出了他的手表：“你要在什么时间到达葬礼现场？三个小时后？”

“比那久一点。”

“那你就不必浪费时间在我和孩子身上了。”他说道。

我长舒一口气。如果能减轻他的内疚的话，就能激励他自愿做很多事，我还需要和他去争辩吗？我赶忙说了一句让他宽心的话：“三个小时很久的。告诉我，你认为肯特怎么样？”

我花了半小时才找到了一辆出租车，司机不仅沉默寡言，而且还愿意拉客人一路开到坦布里奇韦尔斯。我用美国口音解释说我受伤的哥哥性格内向，不善言辞，不过却愿意为沉默支付一大笔钱，他和他的女儿要去城里最大的那家酒店。坦布里奇韦尔斯是一个海滨胜地，也是游客如织的旅游景点，即使这样一对不寻常的搭配——一个身材高大的美国男人和小巧的欧亚混血小女孩——也不会立刻成为人群中的焦点。

我告诉贾维茨，对门房的人可以解释说行李在船上丢了，然后留给了他足够的钱买衣服和吃的，够他和孩子用两天，同时又告诉了他如何让酒店的伙计既开心又保持沉默。

但是我要承认，看到出租车扬长而去时，我内心充盈着巨大的恐惧。

四十分钟后，我换上了参加葬礼的衣服，朝着彼得·詹姆斯·韦斯特那个不像是地址的地址走去。让我吃惊的是，这座仓库有内部装修过的痕迹，添加了窗户和门，是为人而不是为了货物而安装的。大门上有一个闪闪发亮的狮子头青铜门环。我抓起门环，重重地拍打着铜盘。声音响彻了整栋建筑，我等待着门里出现的脚步声。

# 五十

在太太和女儿的陪同下去教堂是莱斯特雷德总督察周末的重头戏。他尽可能不让工作成为陪伴家人的阻碍。一旦到了教堂，他就无比热诚地投入到赞美诗和祷告的信徒中。

他甚至很享受布道的过程。但他也许需要跟站在讲道台上的年轻人谈谈，建议某些话题更适合在喝茶的时候讨论而不是在周日早晨布道的时候大谈特谈。比如说——是的，他开始想：那位新牧师有可能会觉得他是一个拘谨的人。

不过罗素小姐无疑会感恩新流行起来的布道方式。想象一下，为了能和苏格兰场的官员谈谈，竟然选择在凌晨三点撬开这个官员的门锁。或早或晚，这个年轻的女人都会发现自己深陷泥潭，即使苏格兰场和夏洛克·福尔摩斯合力也无法将她解救出来。不过，跟她那些成天浑浑噩噩的同龄人相比，她身上所展现出来的热情还是很让人欣赏的。

（集会的人群中有一阵轻微的骚动，牧师对着人群说着“注意了，注意了”，莱斯特雷德清了清嗓子，以表明自己同意这个观点，然后集中注意力听了几分钟，接着又开始走神了。）

还有，那个可怜的姑娘应该非常难过，她丈夫的哥哥过世了。这消息几乎如同国王的死讯一样让人震惊。他期待着去看看谁会出现在葬礼上。由于死者的重要身份极其隐秘，所以不会成为威斯敏斯特教堂的大事件，但是如果在葬礼上出现了首相和皇室派遣的代表，他也不会觉得吃惊。

他在脑海里过了一遍有可能出现的各级政府机构代表，他们虽然十分低调，但是身居要职，这也表明了那些知道迈克罗夫特身份的人对其的重视程度。他，莱斯特雷德，必然会代表苏格兰场。他要穿哪套衣服去？新做的那身衣服或许能最好地在追捕凶手这件事上体现出苏格兰场的实力和权威。另一方面，那件衣服的款式略有些现代（是莫迪为他选的，他自己还没有拿定主意），也许会让人感觉有一些轻浮。或许那件旧一些的、颜色更黑的、稳重的——

人群中又出现了骚动，莱斯特雷德再次将思绪拉了回来，点了点头。不过这次，骚动并没有安静下来，相反却升级了。过了一会儿，牧师陷入了沉默，他稚嫩的脸上出现了困惑的神情，牧师看起来要发怒了。

不，莱斯特雷德想，罗素这个姑娘肯定不会来这里阻拦——

不是玛丽·罗素。是警局里的一个伙计。这是个新警员，能看到他在一顶软帽上戴着警察的头盔。莱斯特雷德转向太太，说“抱歉”，接着站起身来，从跪在靠背长凳上的人群中挤了出去，对讲道台上一脸震惊的牧师也表示了自己的歉意。

警员侧身靠上前来，在他耳边大声说道：“他们认为他们发现了布拉泽斯，在圣——”

但是莱斯特雷德伸出手去抓住了对方的胳膊，手劲如此之大，让他尖叫着将剩下的话咽了回去。莱斯特雷德反拧着他的双臂将他带到了过道外，对他做出噤声的姿势，并说道：“看在上帝的分上，孩子，在教堂时摘下你的帽子。”

现在的年轻人对于什么是适宜的礼仪，简直完全没有概念。

# 五十一

彼得·詹姆斯·韦斯特坐在桌子上，悠闲地用布拉泽斯的匕首那邪恶的刀尖往吸墨纸上刻着图案。匕首刀刃的曲线让触摸的人感受到一种来自东方的异域风情，令人心满意足。刀身上折射出的光泽让他觉得淬炼这把匕首的金属确实是从陨石而来。

所以，他们已经发现了布拉泽斯——虽然现在还没有确认他的身份，但是很快就会发现的。他曾经希望再等上几天的。不过，他也看不出这有什么要紧。他和那个从上海来的疯狂的宗教领袖之间没有任何可以产生联系的东西。除了那把匕首。韦斯特将匕首拿到灯光下，继续玩赏着。他在想，在布拉泽斯生命的最后时刻，对于死亡带来的对称性是否会有一瞬间的感激，他最终还是死在了出生之际被赠予的一件艺术品之下。

他曾打算在周三让冈德森带走这把刀，拥有一件不仅杀死了托马斯·布拉泽斯，还杀死了迈克罗夫特·福尔摩斯的工具，是一种极致的快乐，但最后他觉得，这会更像布拉泽斯的想法。所以与此相反，他只是告诉冈德森对杀人的事守口如瓶，然后将他送走了。

韦斯特本人欣赏对称性，不管是死亡还是活着。他桌上物品的摆放都是对称的：收文盘在这侧，发文盘在那侧，铅笔放在一边，一个相框紧挨着另一个相框（一个小相框，里面放着他和首相鲍尔温在一个花园聚会上握手的照片)。他起居室里的家具也是对称的：一个中等沙发左右两侧各放了一把椅子，镜子对面挂着一幅有相框的水彩画，壁炉架的左侧摆放着两尊塑像，而右侧摆着两个瓷花瓶。他的领带总是和套装搭配，他的鞋子也要和他的皮带、他的外套和帽子相配。

在生活里，对称意味着结束的方法和结束本身。一个存在的事物消失了，另一个就会取而代之。

人类在熟悉的环境中才是最开心的。这对于在战场上的男人来说尤其真实——军队，如果你非得这么说的话——实际上指的是那些军官。一场革命最终走向失败，并不是因为一开始的变革太小，而是因为新的社会秩序让人感到太过陌生。

目前情报人员部署方面的巨大改变——在全球范围内隐蔽地分散在不同地方的情报人员，正在往回撤——只有在能够迅速消失的情况下才会得到允许。他曾经需要很多的人——非同寻常的大批人员——而他的职位也曾允许他在不受质疑的情况下召集他们。但如果目前的情况持续的话，总会出问题的。

但是，这不应该是必然。今晚过后，这些不合时宜的变量将会迅速消亡。明天，或者最晚在周二之前，冈德森就会从奥克尼的第二次行动中返回——这是一次清理行动——那些迅速从巴黎、伊斯坦布尔以及纽约召集而来的人会神不知鬼不觉地返回他们的位置。在韦斯特的上级产生怀疑之前，局势就会稳定下来，骚动平息了，而权力的缰绳——无上的权力——就会握在新生的、更有能力的人手中。

迈克罗夫特·福尔摩斯会被人哀悼，奓起的羽毛会平顺，而政府的工作也会继续下去。

外面传来了急切的敲门声。韦斯特抬起头，谁会在一个周日下午来这呢？即使冈德森迅速完成了任务，他也不会来这里的。和匕首的前任主人一样，他将匕首放入了摩洛哥皮革质地的刀鞘内，戴上了帽子（另外一种对称的触感），然后站了起来。当他调整衣服时，他看了看用匕首的刀尖刻在绿色吸墨纸上的完美螺旋曲线，螺旋的图案不可逆转地向中心聚拢。正如他的人要在葬礼上做的事一样。

彼得·詹姆斯·韦斯特走过去开门。

# 第四部

9月7日 周日—9月9日 周二

1924年

# 五十二

这份文件是关于尊贵的温弗雷德·斯坦利·莫顿的，也就是我们所认识的罗伯特·古德曼。

**罗伯特·古德曼写给亨利·莫顿爵士的信**
**莫顿庄园，里士满，伯克郡**

1917年4月3日

克雷格洛克哈特，爱丁堡

亲爱的亨：

抱歉，抱歉，抱歉让你失望了，我总是一次又一次地让你失望。抱歉让你对所有的事情都感到失望。

不，这对你是不公平的，尤其是当你不辞辛苦横穿英国来看望你这不靠谱的弟弟。你真应该待在家里，和孩子们在一起。孩子们才是最重要的。告诉他们叔叔爱他们。当然也要告诉萨尔我也爱她，尽管，她并不稀罕我的爱意。

一旦他们同意我离开几天的话，我想在坎伯兰郡待一段时间。家里的老宅子封上了，不过我在哪儿都能住。但我不清楚什么时候才能回去。

对于我带来的失望，我再次表示抱歉。也抱歉我的笔迹如此潦草。至少我现在能握住钢笔了，比刚到这里时好多了。你不喜欢我在这里交的那些朋友，对此我也感到很遗憾，他们其实并不是一帮狐朋狗友。

我

## 罗伯特·古德曼写给腓尼基·莫顿·布朗女士的信
## 莫顿庄园

1917年5月15日

克雷格洛克哈特

亲爱的平：

他们今天跟我说了亨利的事。我为萨尔和孩子们感到难过，但是我听到这个消息时并不吃惊。所有的好人都死在了那里。我希望你要每天为詹姆斯的脚感谢神，如果不是因为他的脚，他也会死在那里的。

抱歉，今天我这儿的天气并不是太好。

不过，我不知道要写信跟萨尔说些什么，可以给我带句话，说我在想着她吗？我想我还是不要去参加葬礼了，因为我现在的状态真的不是很好。

在你俩为将来打算的时候，不用考虑我了。如果父亲不介意的话，我想留在坎伯兰郡，但除非他们在我死后将我的尸身拖回家族墓室，否则此生我都不会再踏入伯克郡或者伦敦一步。所有的一切都属于孩子们，因此一切依你的意思去处理吧。任何需要我签字的文件都可以发给我。

不过，这一天或许很快就会到。让所有人包括我自己都大吃一惊的是，我似乎正在康复中。医事委员会的计划排到了6月中旬。他们迫不及待地想让我回去，但是即使他们这么做，我也要先离开一段时间，在坎伯兰郡待着。这里是我唯一想待的地方。想到这里的森林会让我觉得我还活着。

代为亲吻宝宝。

你的弟弟上

## 克雷格洛克哈特官员医院的W.H.R.里弗斯的报告
## 爱丁堡
## 罗伯特·古德曼/温弗雷德·斯坦利·莫顿

1917年6月9日

通常情况下，我的出院审核报告都会以病人的姓名开始。不过，就这位病人的情况，我打算用莫顿上尉这个名字来指代他在1916年之前的人生，而用罗伯特·古德曼来指代那之后的人生，原因马上揭晓。

罗伯特·古德曼在1917年3月来到克雷格洛克哈特，当时身患严重的战争神经症。而在前一年的11月，莫顿上尉所在的部队在博蒙·阿梅尔附近遭到炮击，全军覆没。他连队里所有的士兵要么被屠戮，要么撤退，而莫顿则被上报失踪。他的家人收到了他牺牲的消息，他的所有私人物品也还给了家人。

两个月之后，也就是1月中旬，在距离前线二十英里的战地医院，一辆救护车不翼而飞。五天后，救护车和失踪的司机，罗伯特·古德曼，出现在了靠近法国香槟区的前线阵地，距离失踪地点六十英里。古德曼因盗窃和临阵脱逃而被捕，并被移交至英国远征军的军事法庭接受审判。不过，对于他真实的身份却无法进行确认。

据我了解，古德曼是11月底出现在英国阵亡士兵清点站里的，当时他驾驶着一辆满载着伤兵的救护车，而他自己满身泥浆，外加中度脑震荡。他的救护车受到了炮火的袭击，能证明他身份的文件以及他的制服都不见了，不过，休息之后，他看上去恢复了，声称自己可以继续战斗。

当时，司机人手极度匮乏，而医院也急需援手，所以有关他身份文件缺失的问题就暂时被搁置了。

1月份的时候，古德曼突然消失了，正如他突然出现一样。不过这次他开走了他的救护车。虽然具体细节并不清楚，不过看上去他一路南下到达了法国前线阵地。就跟之前一样，他混在一支法国救护车的车队里，在某一天突然出现在战场上，将伤者运送到法国前线营地。一旦有人问起，他就说自己是从英国远征军那儿被派遣过来的。这种毫无可能的说辞需要几天的时间才能被调查清楚。在此期间，古德曼继续驾驶着救护车，同时四处寻找一个孩子的下落，他很着急，但后来越来越让人无法理解。

也就是在那个时候，有谣言传播开来，说一辆未经许可的救护车出没在前线。其中一家战地报纸用了很小的篇幅报道了整件事，称其为天使艾伯特，从似乎无人生还的战壕里拯救伤员。事实上，一位两周前刚刚去了克雷格洛克哈特的官员也偶然告诉了我有关天使的事，所以看上去，这个传说还在继续流传。

不管怎样，古德曼最终还是被逮捕了，他和他的救护车都被送回了英军的阵地。在详细的盘问之下，他的身份被证实了，他正是那位已经失踪很久的莫顿上尉。士兵，甚至军官的数量都因为战争而减少了。不过，在开救护车期间，他却为英国尤其是法国，做出了令人敬佩的贡献，他英勇地拯救了几位法国军官和士兵。在他接受军事法庭审判时，有三位高级法国官员和一位来自英国军方的官员为他向法官求情。（我的理解是，从那时起，古德曼/莫顿就被法国政府授予了荣誉勋章。）

在这种情况下，军事法庭将他的临阵脱逃和随后的犯罪行为归咎于炮弹休克症，然后他就被送往了克雷格洛克哈特。

尽管此前几个月他作为一名司机工作非常出色，但是刚被送到这儿的时候，他却反应迟钝，四肢无力，饱受无法控制的颤抖的折磨，还有就是说话结结巴巴，基本上让人无法理解。（要提请注意的是，很多来到这里的军官都说话结巴，这是身体对于发号施令的一种过激反应，或者是神经受损导致的。无论是哪种情况，治疗方法都是一样的，好好休息，和人好好沟通。）

到了3月底，他的情况大为好转，已经能够自行行走和进食而不出现问题，说话虽然很慢，但是能让人听懂了。

不过，我们发现一旦喊他的真名字，就会导致他进入四肢无力的颤抖状态，特征是不受控制地默默流泪。在他到医院两周后的医护人员会议上，大家决定在有疗效之前不再继续称呼他的真名，并且问他希望被别人怎么称呼。

他的回答是司机的名字，罗伯特·古德曼，虽然这个名字同时代表着力量（尤其是苏格兰这里）和美德（好人[1]），但这份报告却不是用来进行这种分析的地方。

在这种近乎荒唐的治疗方法下，他的病情继续好转。他的结巴只有在疲劳时或者压力特别大的情况下才会出

1　古德曼原文是Goodman，好人。——编者注

现（比如3月底他的哥哥来探望他时）。同时，他手指的灵巧度也有了进展，他能控制纽扣，桌上的小物件，能握住笔，还能去城里逛一会儿。但是在4月中旬，医护人员试图喊他的真名，让他的神经受到了刺激，病情恶化了一些时日。

随着语言能力的恢复，谈心疗法变得日益有效。数周之后，古德曼告诉我一件在战争期间发生的有关一个孩子的事，正是这件事让他向南走到了法国前线；不过，他并不愿意告诉我更多关于这件事的细节。追问只会让他哭泣。

6月初，医院判定他可以接受医事委员会的复查了。应该提请各位注意的是，完全治愈病人并不是这家医院的任务，我们的任务是要么让他处于可以返回工作岗位的状态，或者是对他无法继续履行工作职责做出声明，从而要求让他出院。对于古德曼来说，他似乎一直都坚信“其他人”（比如莫顿）是首先将世界置于战火中的人，而他，古德曼，希望和那个人没有任何关系。我不相信他字面上的意思——他说他的家庭在某种程度上也要为这场战争负责——如果不是这个国家贵族阶层和特权阶级根深蒂固的体制，就不会导致在这种局势中，战争只能是唯一的选择。

如果阅读本报告的官员允许他保留罗伯特·古德曼的身份，我相信，他最终能回归社会，成为一个对社会有用的人。他不希望回到他原生家庭的土地，或者是回到他的军队，我会强烈地建议不要强迫他这么做。他痛恨暴力，所以他无法作为前线的军官执行任务。他更愿意作为一名救护车司机服役，虽然这和他理解中的救护车司机有着天壤之别。

如果委员会认定他可以重新服役，我强烈建议让他安静地做一名普通士兵而不是恢复他的官阶：他最恐惧的事情就是发布命令，他在医院里所结识的朋友，无论是来自于病友中还是社区，都是那些有着绝对优势，基本上可以肆意恃强凌弱的人。一旦他被恢复了官阶，并有了发布命令的权力，那么他就会做出伤害自己的事情。

在病人的人生中，战争经历带给他的改变是巨大的，从所有的表现来看，也是永久的。他的家庭（我发现我想写他的前家庭）对于莫顿的描述是，有条理，爱清洁，爱好科学。但是，作为古德曼，他崇尚自然，喜欢画画和泥土（或者是刻刀和木头，一旦允许他使用刀和木头的话），一旦遇到对称的排列就会感到不自在——比如，一副摆放整齐的国际象棋会让他焦虑不安，直到他将其中一颗棋子放在了一个不可能出现的位置。他有时候会轻声唱歌，歌声悦耳，但看起来是自从青春期后都没有再唱过，比起复杂的旋律和赞美诗，他更喜欢简单的歌曲和童谣。

如果委员会因古德曼表面上看起来的轻松而感到吃惊，我请求委员们牢记他的英雄事迹——在前线英勇无畏地服役了二十七个月，在随后的两个月里又驾驶着救护车去拯救他的战友。如果允许我在病人报告之外做出人类学上的评论，我也许会说，一个社会通常对于战争创伤的反应是集体放弃责任，并反过头来草率地做出决定。一个人也会选择同样的自我保护方式，这并不应该让人感到惊讶。

我建议该病人可以出院，并建议在他回归家庭之前，对他发放全额退伍金。

最后，我建议委员会要清楚地意识到，如果选择称呼病人出生时的姓名，会立刻给病人带来巨大的痛苦。

充满尊敬的

W. H. R. 里弗斯上

这份报告还包括十七页的报纸剪报，内容是对爱丁堡的约翰尼·麦卡尔平的审判，以及在此期间有关莫顿历史的指控和其心理稳定性的报告，他于1917年4月到5月间在克雷格洛克哈特附近的一家酒馆认识了麦卡尔平。法庭没有对莫顿进行指控。他受到了法官的感谢，并被允许回到他位于坎伯兰郡的家园。

# 五十三

罗伯特·古德曼一生中只参加过两场葬礼。而作为另外一个人，他参加过不计其数的葬礼。这些葬礼或是在肃穆的绿色墓园中举行，或是在污秽遍野，混乱得令人震惊的战场上发生，但那是另外一个人，而他，古德曼，却不必去考虑这个问题。

所以他对于这场葬礼有一点好奇。这场葬礼不像他的两个邻居在小教堂里举行的葬礼那样，因为漫长的一生终于走到了终点，在埋进坟墓时，参加葬礼的人与其说是悲伤，不如说更多的是释然和解脱。今天要举行葬礼的人是一个据他推测还很强壮有力的男人，而他的猝然离世对于每一个认识他的人来说都是一种难以承受的震撼。

他喜欢这个名叫玛丽·罗素的年轻女人。如果生活中有一些更像她的人存在，他也许就不会选择住在远离尘世的地方。作为对她个人的尊重，他认为她爱的任何人，比如迈克罗夫特·福尔摩斯有可能也是一个他罗伯特·古德曼会喜欢的人。

所以他有点伤感，同时也为错过的机会感到难过，不过更多的还是好奇。围绕着这个男人的死亡发生了太多事情，而其中任何一件都可能成为让葬礼变得有趣的原因。

他的人生变得过于简单了。那架从天而降的直升机让他意识到他的生活是多么单调和无聊。但是现在，所有的事情都开始令人感到兴奋，所有的事情都至关重要并超出预期，事态的发展让他欲罢不能，他想要参与其中。

而现在他想，他或许能想出一两个点子，可以让今天下午的葬礼增加一些和他有关的东西。

是的，实际上，为什么不能让这个葬礼变得让人印象深刻，让那些和葬礼有关的人都无法忘记呢？毕竟，是谁说葬礼就必须要像一个葬礼呢？

至少，他能为罗素小姐做点什么了。

# 五十四

罗素来过这儿，福尔摩斯看得出来。

而且她还带着另外一个人，一个男人。

从她给客人提供的衣服来看，这个人身材并不高大；剃须刀上留下的毛发说明他长着一头金发；从这个人阅读的书籍来分析，他要么兴趣广泛，要么性格沉闷。

同时很明显的是，这个人曾独自在这里待了很长时间——即使不是单独待在房间里，也是在罗素的注视下轻松自如地搜寻了房间的每个角落。这个人甚至找到了隐藏起来的壁橱，虽然他并没有带走任何东西，只是将金币重新堆成摇摇欲坠的一摞，并将八枚珍贵的钻石重新摆成了大概意味着R的形状。

福尔摩斯非常期待见到这个小个子，一头金发，好奇心很重的男人，而他的太太竟然对他如此信任，能放任他一个人待在这里。或者，他更正了一下自己的想法，一个他太太在头脑清醒的状态下带到这里的人。

如果是后一种情况的话，他就更加期待见到这个人了。

他将书放回书架，锁上了柜子，重新整理了一下遮掩在柜门前面的书籍，小心翼翼地清洗并擦干了剃须刀，接着，他换上了一套适合去参加自己唯一的哥哥葬礼的衣服。

# 五十五

墓园的角落里长着一棵树，一只画眉鸟停在树枝上。这是一棵枝繁叶茂的大树，这里也是一座年代久远的墓园。一代又一代的伦敦人死后都曾被埋在这里，他们的尸骨被挖出又重新被掩埋。遍布着青苔的石头被挪到一边，就像是一个个排着队见证死亡的幽灵。

那只画眉在早晨被妈妈填饱了肚子，出来晒太阳，而光线并不强烈；这只年幼的画眉还不到离开鸟巢的时候。它正开心地站在树枝上，斜着一只眼睛好奇地打量着树下来来往往的人。

今天的早些时候，一群掘墓人带着铁锹来过了，他们像平常一样穿过草地，来到了为墓地的新住户预定的长眠之处。他们接到的命令是要挖一个比往常更大的墓穴：如果一副超大尺寸的棺材在放入墓穴途中被卡住了，既是对他们职业自豪感的一种羞辱，也会受到死者家人的责备。

因此他们用铁铲在坚硬的伦敦土地上挖得更深一些，于是最后挖出的这个墓穴比实际安葬的人要大得多。

最后，墓穴终于挖好了。在墓穴里的人先将铁锹扔上来，然后伸出了一只手，让其他同伴把他拉上来。他们在刚刚刨出的土堆上整理了一下自己的衣服，为哀悼者营造了一种平和的气氛，然后将带来的工具扛在肩上，走出去找地方吃午饭。

两个小时过去了，除了附近教堂里的钟声，整座墓园一片寂静。画眉鸟飞来又飞走，然后又飞了回来。天空中一会儿乌云密布，一会儿又晴空万里。有三户人家前来墓园吊唁，在墓碑前放了鲜花。一对情侣在树下耳鬓厮磨，一群住在附近街区的孩子从墓园中跑过，带来一股和墓园格格不入的欢乐气息。

然后，一切都恢复到寂静无声。

正午时分，一个男人走了进来。穿着一身颇为正式的黑衣，却戴着一顶软呢帽。他站在墓穴边上，静静地待了一会儿，然后开始检查周围的树林、石头，以及大理石坟墓。他来来回回地走了几趟，在一个巨大的花岗岩十字架后找到了一个位置，接着转移到了停着画眉鸟的树下，最后走进了一座宏大的家族墓室的阴影中。一束光线射在了他擦得锃亮的皮鞋头上，于是他往后退了一步，退进了阴影里。对于其他人来说，这个男人或许从来不曾在这里出现过。

灵车最终来到了墓园，这是一辆老式的灵车：车身高大，车体黑色，拉车的马同样是黑色的，还戴着羽毛做成的头饰。神父走在灵车前面，黑色的长袍下露出了镶边的大白衣，他低着头，戴着一顶天主教四角帽，手里拿着祈祷书。

棺材又大又沉，由六个人从灵车上往外抬。他们小心翼翼地将棺材放在各自的肩上，然后迈着平稳的步伐，将遗体送往他永远的家园。

走一步，停一步，走一步，停一步。再走一步。

乌云遮住了太阳，下午的天色渐渐变得阴暗起来。哀悼者们抬头望了一眼天空，然后用手摸了一下雨伞。如果作为一个旁观者，无论是从高高的树枝往下看，还是从家族墓室往外看，都会注意到人们对同行的两到三个人是如何俯首帖耳：很显然，在这个场合，这几个人的身份非常尊贵。这个场合是如此庄严，如此重要，因此并没有通知那些具有煽动性而又狂妄自大的记者到场。

现在，鸟又飞了回来，不过却发现根本没有野外下餐的迹象。

棺材慢慢接近了墓穴，先是停在半空中，然后从肩上放了下来，最后放在了墓穴的旁边。六个负责扛棺材的人往后退了回去，暗中放松了一下各自的肩膀。神父上前走了一步。

“我是复活和生命，上帝说。”这既令人悲伤又能给生者带来慰藉的古老语言从哀悼者的中心响起。

哀悼者中有一位女士，身材高挑，身形健美，在她黑色的面纱下举着一条手帕。一位男士，头发凌乱而稀疏，黑色的套装稍微有点过时，身体晃了一下，然后又恢复了平衡。另外一个男人，长着一个拳师犬的鼻子，戴着一条对于这个场合来说过于华丽的领带，心无旁骛地环顾四周，但似乎并没有发现他想找的东西，随后他抬起胳膊，将手慢慢地放在他抹了头油的头发上，这个动作显得如此刻意，或许是打算传递出某些信息。

落在树上的画眉鸟注意到远处有些动静。一群男人，也许总共有十二个人，各自在不同的位置，将毫无察觉的哀悼者们围在中间，形成了一个很大的圆圈。现在这些人开始向前移动。他们块头很大，面容冷酷，其中两个脸上有瘀青，好像刚刚撞到了树上，或者是岩石上，还有一个腿瘸了。一群受惊的麻雀从另外一棵树上飞走了，但是画眉鸟还待在那里。

紧接着，又出现了其他的动静。这次也是从四面八方包抄过来，但是人数远远地超过了十二个。沿着墓园的小路，从低矮的土坡后面，从四处散落的古树身后，三三两两的男人和女人们聚集到墓穴和棺材周围。男人统一穿黑色的西服套装，有些人的尺寸完全不合适；女人都穿着适合参加葬礼的裙子。女人的头发颜色各异，长短不一；男人中有两个谢顶，戴着帽子。所有的男人都至少六英尺高，很瘦，至少都有四十岁；而女人们都一样高，身材苗条，没有一个超过四十岁。

所有的女人都戴着眼镜。

这些人个个表情凝重，不动声色地走到了已经聚集在墓穴旁边的那二十三个人身边。原来站在墓地的那群人看着这些莫名其妙突如其来的哀悼者，脸上表情各异，有的非常惊讶，有的是震怒。但是这群男人和女人却彬彬有礼，安安静静，耐心十足。

现在，参加葬礼的人数几乎有九十个了。神父注视着这场面，吃惊地张开了嘴巴，过了一会儿才镇定下来，开始履行自己的职责。他回到了自己的位置上，继续祈祷。而宏大墓室下的阴影却一动不动。

面容冷酷的人正在不断缩小包围圈，但是突然被打断了。这些奇怪的后来者集体出现，穿过他们涌向了坟墓。面容冷酷的人安静地与同伴交换了一下眼色，看了那个身材魁梧长着拳师犬鼻子的男人一眼，然后无可奈何地退回到原来的位置。

祈祷的声音再次响起，那个身材高挑的女人将一块白布拿到面纱下。麻雀们都回到了原来的树上。

可是，这一切再次被打断了。这次是音乐声，微风中断断续续地传来微弱的音乐声：是一支军乐队。哀悼者们转过身去，然后面面相觑，对于这种不顾他人感受的轻浮举止纷纷表示不赞同。神父往上看了一眼，然后努力继续进行祈祷仪式。

不过，军乐队并没有走远。事实上，喧嚣的音乐声似乎越来越大，好像一支非常不合时宜的救世军乐队选择了这个既高贵又悲伤的地方作为排练场地。音乐声越来越近，直到能够分辨出乐曲的名字:《摇滚年代》是在行军时用于鼓舞士气的。神父提高了声音，加快读祈祷文的速度。一些哀悼者互相交换眼色，其他的则裹紧了外衣，打算坚决充耳不闻。头发凌乱穿着过时套装的男人对站在他身边年轻一些的男人说了几句，那个年轻男人就戴上了帽子，迅速地朝着发出干扰音乐声的方向走去。

哀悼者们朝着年轻人走去的方向看，发现他做出了一个紧急停车的动作。他举起了两只手，做出的动作让人立刻想到一个巡逻警察正在指挥交通，但是他的权威却没有什么效果：音乐声越来越近，越来越响亮。

然后，哀悼者们就看到了正在走近的他们，一支行进中的军乐队，包括一支管弦乐队里所有音量最大最刺耳的乐器：大号，长号，圆号(所有的喇叭都有些走调)，还有两面大鼓(基本都不在鼓点上)，一个长笛的方阵，单簧管，短笛，还有一个矮个子的大肚男。

走在队伍最前面，以高抬腿动作前进，拿着一根巨大无比、夺人眼球的红色球状指挥棒的，是一个身材结实的金发男人，穿着维多利亚时期的丧服，戴着一顶软呢帽，帽子对他来说有些大，上面插着一根羽毛，一脸都是对于宗教的虔诚感，那神情更适合去参加教堂的唱诗班。但即使身着丧服，也不能掩藏他那双绿色眼眸中流露出来的顽皮狡黠，那眼睛里闪烁的光芒要比他手里那根超大的指挥棒反射出的太阳光更明亮耀眼。

围绕在坟墓周围的人陷入了恐慌。男人们敲打着自己的帽子，女人们则围在了一起。而神父，由于发生了紧急事件，提高了音调，继续说道:“人，为母所生……”但是很快就意识到他的努力毫无作用。他猛地合上了书，然后走上前去表示抗议。

毫无作用。乐队奏完一曲马上开始演奏下一曲——不如说他们同时演奏了两首不同的曲子。演奏者漏掉了几小节，然后又仓促地在主调中寻找该从哪里接起。金发男人背对墓穴站着，激情无比地上下挥动着指挥棒，完全没有节奏感。那个被派去阻止乐队的年轻男人返回一头乱发的男人身边，开始说话——大声对着他的耳朵喊话。男人低头去听，然后挥动着双手，大踏步朝着金发的指挥员走去，并跟他交涉，但是完全没有效果。

那六十个穿着相似的后来者看看彼此，又看向原来的哀悼者，又看了看那些音乐入侵者，脸上出现了极度困惑的神情。

那个戴着厚面纱的女人首先做出了激烈的反应。她拿手帕遮着脸，低头转身向外跑去。她穿着高跟鞋，在矮茬的草坪上奔跑十分不便，直到跑到了小路上，她的步伐才变得轻快起来。她已经跑到了最近的一棵树下，这时，一个面目冷酷的人猛地蹿了出来，扯掉了她的面纱。她挣脱出一只手，在冒犯她的那张泛着瘀青的脸上狠狠地甩了一个巴掌。对方将她面朝树干推去，抓住她的手腕，笨手笨脚地给她戴上了一副手铐。

头发凌乱的男人看见了发生的一切，便跑过去进行干预。而他年轻的同伴也跟着他的脚步跑了过去。乐队配合着金发男人不断增加的指挥手势进行演奏，调整节奏和音量。

好像人群中的开关被打开了，半数哀悼者都迫切地想赶快离开这里。又有五个人也跟着跑起来。穿着类似的男人和女人看了看彼此，看了看棺材，看了看面前的乐队，也从这个场面中调头离开了。一开始跑得很慢，接着越来越快，直到八十多个人在混乱中仓皇逃窜，就像在晃动的巢穴中四处逃窜的蚂蚁。

神父在集会和遗体中左右为难，最后选择了逃生，将棺材遗弃给了军乐队和乐队的金发指挥，以及那位无比招摇地捋着头发的身材魁梧的男人。

在坟墓周围的那个大包围圈里，十二个面目冷酷的人开始手忙脚乱起来。他们其中一些人给一些穿着类似的人戴上了手铐，并带着他们朝坟墓走去。乐队在继续演奏，声音喧嚣又刺耳，旋律欢快而明朗。身材魁梧的人一直在怒视着乐队的领袖，但在注意到几个自己的手下正推搡着抗议的哀悼者朝这边走过来时，他迅速地转身离去了。远处，第一个发起攻击的人和他的犯人被赶过去的两人拦住了，犯人一头乌黑光亮的长发散落在肩上。年轻一点的男人对着女人被捆的手腕弯下了腰，而年长一些的男人对着那个鼻子乌青、脸颊通红的人劈头盖脸地一顿痛骂。

看起来，这两个人应该很快就能阻止这混乱的场面了。但在此之前，脸上瘀青的男人无意间看了一眼唯一一个留下来的哀悼者。这次，这个身材魁梧的男人的手没有捋他的头发，而是伸出了头顶，摊开手掌，急速地摆动着，发出了明显的停止和结束的信号。

狠角色和他们的犯人互相推搡的动作慢了下来，随后完全停住了。这些人依次弯下腰来，为犯人们解开手铐。重获自由的男人和女人面露恐惧，一窝蜂地朝那些站在安全距离之内的人走去。这些人回到了没有受到伤害的人群里，有人轻拍着他们的后背，稳定他们的情绪。有些女人摘下在混乱中歪了的假发，而有些男人则猛地从硬领上一把拽下了领带。当他们所有人重新聚集到了一起时，他们便沿着道路往外走，从墓园正门的出口走了出去，最开始的那二十三个哀悼者早已经从这儿离开了。

乐队演奏完了正在演奏的曲子，又迅速地开始演奏起一开始到达墓园时演奏的曲子。此时此刻，那双绿色的眼睛充满了胜利之光，他的策划成功了。这位金发的指挥家将指挥棒往空中一扔，从排列得密不透风的乐器中抽身离开，继续以高抬腿的姿势穿过草地，朝着来时的方向走去。乐队一下子乱了起来，受到他之前激情的手势的影响，变得更不着调，也偏离了节奏。一些面容冷酷的人围在“拳师犬”周围，假装要阻止他们。但是那人用手做出了一个切割的动作，然后转身离去，上身因为愤怒而显得僵硬无比。十二个人先是面面相觑，后来又看了看乐队，然后转身跟着一起走了。

乐队走了。那个拿手帕的女人现在泪流满面，无比伤心，手里拿着面纱，步履蹒跚地跟在所有人的后面走着，墓地空无一人，只留下了一个哀伤而孤独的背影。

那两个将她从逮捕者手中解救出来的人从高处走了下来，在空空荡荡的墓穴和被遗弃的遗体旁站了一会儿，然后也转身朝着出口走去。

墓园恢复了周日下午的宁静和祥和。

落在高高树枝上的画眉开始歌唱，虽然它的歌唱季节已经过去了好几个星期。画眉的歌声长久地回荡在空无一人的墓园里，后来夜晚来临，画眉便飞走了，去寻找自己的栖息之所。

直到夜色笼罩整座墓园，那个一直待在宏大家族墓室旁的人才悄然离去。

# 五十六

我用我们的老办法找到了福尔摩斯，那就是在街上溜达，等着他猛地出现在我面前。熟悉的身影在一家古董书店的门廊里突然出现。因为是周日，所以书店没有营业，但是店主正在店里忙，他的房门开着，有助于挥散那累积了几个世纪的木浆和印墨所带来的让人昏昏欲睡的气味。

福尔摩斯已经换去了身上的教士服和白色花边长袍。他一把将我拽进书店，对我的打扮皱起了眉头，我现在的样子是一个邋遢懒散的年轻女人，放在比利的亲戚堆里，真的很难分辨谁才是真的。他对我的伪装表示了认可，然后仔细检查了一下我是否受了伤，又责备我在恶魔暴露自家领袖之前就将恶魔赶跑了，还埋怨我将一场好端端的葬礼搞成了一场闹剧——所有这一切都是他表达很开心见到我的方式。但是关于最后一个指控，我觉得我应该否认一下。

“那个不是我干的，福尔摩斯。”我抗议道。

他停了一下：“不是你？”

“好吧，不完全是。”

“你是说比利自己想出的主意，让他每个身形差不多的朋友和亲戚都穿着同样的衣服出现在葬礼上？”

“哦，不，那是我的主意。但军乐队是另外一码事。”

“哈，是那个矮个子的金发男人，你带进靠近贝克大街的藏身处的人。”

“他待在那儿的时间比我长，但是，就是他。听上去你反对他进入藏身处？”

他脸上出现了惊讶的神色：“我为什么要反对？很显然你允许一个陌生人进入藏身处是有理由的。”

在我对此做出回应前，他将身子转向柜台后坐着的老古董一样的文物研究者，并向他致谢，谢谢他同意我们暂时借用他的铺子，然后就拽着我的胳膊向后面拖去。我挣脱了他的手——同时也甩掉了一瞬间的回忆：我和古德曼手牵手在夜色森林全力奔跑的感觉。

“他的音乐插曲，我要承认，令人印象深刻，也卓有成效，”他在冷嘲热讽，“不过我没有预料到有那么多对手埋伏在那儿等着我们出现。”

“我也没想到。福尔摩斯，你都去哪儿了？”

“先是在威克，然后是阿姆斯特丹。”他简短地回答了我的问题。

“比利告诉了我你在那儿，虽然他不知道原因。从那儿返回伦敦是绕了个大远，不是吗？”

“我们顺风而行，避过海浪的话，达米安会觉得舒服一些。”

“他现在恢复了吗？”

“他的肩膀正在痊愈中。我将他留在了一位温柔的女医生那儿。”

“你在阿姆斯特丹找到了一位女医生？”

“我们从威克绑架的。”

“绑架？哦，福尔摩斯，你认为——”

“不得不做，罗素。你穿着这身连衣裙能爬上爬下吗？”

“不得不的话，福尔摩斯。”

外面的梯子通往书店顶上那间公寓，很显然是属于店主的。福尔摩斯走过去打开煤气炉，在上面坐了一壶水，然后告诉了我关于他和达米安以及这位女医生的旅途的一些细节。

当我从一堆古老的杂物中找到一把椅子，并捧着一杯茶坐下来时，我又开始发问。

“当我问你你去哪里的时候，我的意思是最近，我曾期待能在藏身处见到你。”

“人生变得比我预期的更复杂。”

“你去了萨瑟克区。”我推测道。

“要么是他们很厉害，要么是我老了，因为我两次差点落在他们手里。”

“如果他们能在比利家门口袭击比利，他们就应该知道自己正在干什么。”

“你呢？”他问，“从苏格兰回来的这一路上遇到了什么困难吗？”

“啊，古德曼没有给你那封信吗？”

“古德曼就是你那位金发朋友吗？没，我没有收到信。”

当然没有。即使是我，也需要一点时间才能看穿神父的伪装。我喝了一口茶，让自己振作起来，开始汇报过去八天里发生的事。说了三十秒时，他突然打断了我。

“布拉泽斯还活着？”

“那本书，福尔摩斯。布拉泽斯身上有一本杀戮日志，大概是放在胸前的口袋里，子弹射中了那本书。我觉得奇怪的是，奥克尼郡的警方看起来对于犯罪现场毫无兴趣，是莱斯特雷德确认了一点，今天早晨我去过他家——他收到的消息是，现场发生火灾，并出现了枪声，然而并没有发现尸体，这就是他所知道的所有内容。”

“那确实会改变很多事。”

“但是，我没法看——”我突然停下了。自从知道迈克罗夫特的死讯后，我一直未曾见到福尔摩斯，他对过去一周进行了简短的回顾，但对那件最重要的事却只字未提。我放下杯子，握住了他的手："我很抱歉，福尔摩斯。我是在《泰晤士报》上看到那个消息的，周三的报纸。是关于——我无法相信这是真的。"

"我也不信，"他的语气十分果断，"我已经浪费了一周的时间。"

"福尔摩斯，我看不出二者有什么关联，活着的布拉泽斯和迈克罗夫特的……"

"和迈克罗夫特的死讯？政府里有人支持布拉泽斯，要么是直接获得帮助，要么是通过他人从政府那里用钱换来的。我目前的行动思路是这样，他是在一个上海犯罪集团的赞助下来到这里的，随后犯罪集团对他失去了控制，而与此同时，他失去了理智。如果他还活着，就会提供另外一条线索，帮助我们发现目标，但是无论如何，我们面对的都是一个拥有足够多资源的团伙：在荷兰和哈里奇出现的人，护照办公室的内部人士，还有今天下午出现的这十二个人。迈克——"

"在瑟索出现的狙击手。"我在他的名单里加了一个。

他一条眉毛上扬，然后陷入了沉默。我开始把一切都告诉他：贾维茨，直升机，狙击手，飞机失事坠毁，森林里的野人，电报和报纸留言，五个携带武器的入侵者，其中两个出现在了今天下午的葬礼上，我们到达伦敦的旅途，贾维茨和艾斯特蕾。我告诉了他我在空无一人的理查德·索萨住所发现了什么，以及在迈克罗夫特公寓里的发现：一张来自莱斯特雷德的便条，十六页能够颠覆世界的文件，一把钥匙，以及一封带有一个不规则的大写字母I的信件。

"索菲·梅拉斯。"当我告诉他最后一件事时，他说。

"你认识她？我的意思是说，你很久以前就认识她，还是最近才认识的？”

“我们曾经见过面。我知道自从她回国后，迈克罗夫特一直跟她有接触。她今天就在葬礼现场，戴着面纱的那位。”

“那个唯一流泪的人。”我说，思绪随之飘远。我问：“我在那儿看见了首相，但是那个灰白头发一脸愤怒的人是谁？”

他说出了那个人的名字，是一位皇家权贵，性格十分内向，据说迈克罗夫特曾在多年前对他施以援手。其他的哀悼者包括辛克莱，秘密情报局的局长；弗农·凯尔，负责秘密勤务局。但是显然没有彼得·詹姆斯·韦斯特，也没有理查德·索萨。

“当然，莱斯特雷德也在那儿。”我补充道。

“你去了他家，你说？”

“我是后半夜溜进去的，发现他在等我。”

“我猜他很高兴见到你。”

“嗯，我并不想吵醒他的家人，还有就是他应该换一把好一点的门锁。”

“仅仅凭他的便条，就能让你相信去他家拜访不是一个陷阱吗？”

“他这点小伎俩还难不倒我。除此之外，”我继续说，“那是凌晨三点，我要比他反应快得多。我觉得值得冒险。”

“就像闯入理查德·索萨的公寓一样？”

“唯一能说明我出现在那儿的证据就是在我拉窗帘的时候，一个小雕塑被碰掉在了地板上。我把它放了回去，但是不确定是否放在了正确的位置。如果真有正确位置的话——索萨看起来是一个奇怪的混合体，既异常谨慎又粗心大意。”

“那也许会让人思考一个问题，并不是大多数罪犯都是因为一时疏忽而被捕的。”

“所以，福尔摩斯，你还想知道些什么？”

“你的飞机驾驶员。他会照顾孩子吗？——他会安全地照顾艾斯特蕾一到两天吗？”让我高兴的是，他最终想起了自己的孙女。

“贾维茨机长是一个意志坚定、值得尊敬的人。他和艾斯特蕾相处得很好，非常亲密。他为自己最近一两次软弱的表现感到有点难堪，这也就意味着他在照顾孩子时会尽心尽力。至于古德曼，我却不知道他会怎么做。我最后一次见到他——不是作为一支可怕乐队的指挥——而是今早在藏身处。他像一个玩偶匣，总是忽然出现忽然消失。后来我发现他带走了我写给你的信，上面记载着过去这一周发生的所有事情的细节——我想如果莱斯特雷德决定逮捕我的话，我应该把事情都写下来。我在信封上留了苏塞克斯的地址和邮票。我希望他记得将它投进邮箱。”放进去之前应该先密封一下。

“你怀疑他不会这么做？”

“我无法预料这个人要干什么。他是一个特立独行的生物，就像来自另外一个世界的人。”以后我会有大把的时间来告诉他古德曼的历史，“我们也许最好回贝克街去确认一下。我需要换换衣服，不管下一步去哪儿，最好都能从那里出发。”

“你不相信他会寄信，却将他带到了藏身处？”他的语气听上去并不是生气，仅仅是好奇。

我无法对他解释我对这个奇怪男人的信任是从哪里来的，甚至对自己也无法解释。

“我不得不和他一起行动，福尔摩斯。比利已经出局了，我们的大多数朋友都太过出名，迈克罗夫特的公寓暴露了，我也不想冒险去住酒店。等你见到他的时候，你来判断我带他进入藏身处是否正确。”还有，你有五个其他的藏身处，我心里想，但并没有说出来。

“很好，我们现在就回去。那里会有一些质地粗糙的衣服，我相信。”他端起茶壶和茶杯，放到了水槽里。

“质地粗糙？”我对着他的背影重复道。我不是在意他的发音：“我们为什么需要粗糙的衣服，福尔摩斯？”

他转过身来，面露惊讶：“哦，如果你愿意穿着裙子的话，当然可以，穿吧，罗素。我只是猜你更愿意在掘墓的时候穿上实用的衣服。”

# 五十七

“福尔摩斯，别这样。”我抗议道，一路小跑跟着他走过一条通道，即使不是晚上，这里的光线也很昏暗，“你不是认真的吧，掘墓？”

“还有别的方法能知道谁躺在那里吗？”

“你为什么会觉得那是别人而不是你哥哥呢？”

“我昨天晚上去了太平间，但他们说棺材已经被封上了。当我继续逼问时，才知道他们周四早晨收到棺材的时候就已经是密封的状态了。”

“如果不需要进行防腐措施的话，这很反常吗？”

“我……”他也回答不了这个问题。要么他也不知道，要么这就是一个正常的流程。

“我很惊讶，你在那儿竟然没有打开棺材。”

“我确实有这个打算，但是那栋楼没有一刻是闲着的。谁能想到太平间竟然如此忙碌？”

“福尔摩斯，我觉得你有点不理智了。”

“你自己说的，你也不相信迈克罗夫特死了。”

“那是一种修辞手法！”

“好吧，我的不是修辞。如果亲眼看到他的遗体，我会相信的，但在那之前我不相信。”

那天早晨我跟莱斯特雷德谈话时，我发现很难使用死亡或者谋杀这样的字眼，这已经不仅仅是厌恶，而是变成了一种难以接受的事实。如果是其他人，我会认为骨肉之情已经蒙蔽了他的理智，现在需要进行肢体干预，以及长时间的安静谈话。但毕竟这是福尔摩斯，尽管他已经上了年纪，我还是怀疑我能不能成功地将他拦下来。

所以，我闭上了嘴，竭尽全力去跟上他的脚步。

马里波恩路的背街上看起来空无一人——这里毕竟是办公区，而现在是周日的晚上——不过福尔摩斯还是在街道的高处停了几分钟，这样我们可以观察到所有的门廊和窗户。他对于自己的观察结果感到很满意，然后我们迂回了一下，迅速穿过一个维修口，从藏身处的入口旁边钻了出来，片刻之后，我们就消失在大街上，进入了藏身处。

但是我发现门口外面的地上有一些奇怪的东西。“等等，那是——”我朝那东西伸出手去，同时喊道，“福尔摩斯。”

“安静。”他回头说道，同时停在那里，全身绷得笔直。我深吸了一口气，发现了分散他注意力的东西：做饭的香味，完全不像是这里应该有的东西。

“应该是古德曼，”我说，“他把这个留在外面，粘在了铺路石上。一根猫头鹰的羽毛。他最喜欢的鸟，不过在伦敦并不常见到。”

他的眼睛眨了眨，在昏暗的灯光下审视着我的脸，然后转身继续往前走。

当我们进入这间狭小的公寓时，首先映入我们眼帘的是罗伯特·古德曼穿着袜子靠在墙上的双脚。他正在倒立。

“你好，罗伯特。”我一边说着，一边想等他回到直立的状态时，介绍他们互相认识。但是他继续保持倒立，只是用一根脚趾指着桌子，然后说道：“先生，我相信桌子上的信就是有人让我送给你的信。”

福尔摩斯看了一下桌子，然后回过头来对古德曼说：“是的，我同意，这是一个是非颠倒的世界。”

古德曼马上就将腿放在了地板上，跳着回到了直立的状态，满脸通红，头发也垂了下来。他整理了一下身上的衣服，将塞在衬衫纽扣之间的领带拿了出来，用手捋了捋头发，然后伸出了右手。

“我的房东。”他说道。

“古德曼，我猜你是。”福尔摩斯回答道。“我知道是你，必须谢谢你为我哥哥的葬礼带来了音乐。”

“不用谢我。”古德曼回道，虽然这并不是福尔摩斯想表达的真实意思。

“不管怎么说，我哥哥应该会感觉到特别……开心的。”

古德曼脸上现出了一种幸福的自在感：“我很抱歉，你的孙女没能过来。”

福尔摩斯没有说话，只是转眼看着我。那是在责备我让这个陌生人知道了太多有关我们的事情。“你觉得那孩子也会喜欢吗？”

“绝对不会。她会捂住她的耳朵的。”

福尔摩斯冷冷地接话道：“你觉得那孩子天生是一个音乐批评家？”

“啊，你说对了——你还没有见过那个小宝贝。或许你还不知道吧？艾斯特蕾音准非常好。她会觉得不协调的音乐让她非常痛苦。”

这次，福尔摩斯不置可否，而古德曼点点头，好像已经听到了回复：“她期待着见到你。”接着他走进狭窄的厨房，厨房太小了，就像是将他的头伸入了一个格子间。

“古德曼先生，我相信你炉子上的饭是为我们准备的？”

“对，”我们的客人回答道，“虽然我不得不说这是一个挑战，要从那个食物储藏间里找到一点能吃的东西可真不容易。

或许那些罐头是用来当武器的，而不是用来吃的吧？”他将头伸出门外，礼貌地补充道。

福尔摩斯拿着那封信回到了里间，而我则将盘子和餐具摆上桌。当我正在清洗玻璃杯上的灰尘时，我听到福尔摩斯在喊我的名字，语气十分急切。我朝里走去，他正坐在床上。

“你为什么没有告诉我迈克罗夫特是怎么签自己的名字的？”他向我发问。

“他是怎么签自己的名字的？”

“他写了个字母M。”

“这有什么特别之处吗？”

“你曾经见过我哥哥只用首字母签名吗？”

“他一直都这样啊！”我反驳道。我的眼前浮现出了他的签字笔迹，围绕着一个小圆点，用铜板字体画出M的曲线。

“那在给我的信里呢？”他继续问道。

既然他提到了这点，我必须同意，通常迈克罗夫特都会写下自己的全名，甚至发电报时也这样。不过我最近确实见过那个M的签名。然后我想起来了：“在索萨的抽屉里发现的迈克罗夫特的信，都只签了首字母。”

“确切地说，只限于他的工作信件。首字母一开始是作为他的一个记号，表明他已经看过一份文件，后来逐渐演变成一个正式的签名。”

“那又怎样？这封给你的信是工作信件吗？”

“我想说，他的意思是让我们理解为他在写一封正式的信件，而不是以亲兄弟的角度写的一封信。”

我看不出这有什么特别之处。“如果你非要这样说的话，福尔摩斯。”我说道，然后回去继续摆桌。

从里间走出来的时候，他已经脱下了身上正式的套装，换上了一条敞口的裤子，一件跟工人身上没什么两样的黑色衬衫，并将袖子挽到了胳膊肘处。他在门后的地上放了一盏古老的黑色提灯：看来并没有什么神奇的魔法能驱走他挖掘迈克罗夫特坟墓的念头。

古德曼独创了一道食物，将豆子做成的大杂烩浇在一团米饭上——令人大开眼界，尤其是考虑到可用的食材十分有限的情况。福尔摩斯想了一会儿之后开始吃第一口，然后撇了撇嘴，好像食物的味道已经证明了某些内心的推测。古德曼一边大口吃着饭，一边开始讲他的故事，他是怎么找到并雇用了一支演奏水平如此不着调的可怕乐队，还描述了很多有趣却毫无逻辑的细节，在他讲话的时候，他明明看到有双灰色的眼睛对他目不转睛，但他就像完全没有看见一样。

当盘子见底的时候，我将男人们留在桌边，自己去洗碗，然后去服装间翻找适合去盗墓的衣服：我穿上了和福尔摩斯一样的裤子和衬衫，脚上是一双式样过时的粗革皮鞋，戴着福尔摩斯驾驶四轮马车时戴过的一副手套。我选了另外一件衬衫并拿进了另外一间屋子。厨师正在刷锅，福尔摩斯正在用干布擦拭盘子，并将擦好的盘子放回架子上。其中一位煮了咖啡。

“古德曼先生选择加入我们的行动。”福尔摩斯告诉我。

“我就没想过他会忍住不去。”我拿出了衬衫，“你那件白色的衬衫在夜里太显眼了，如果我们被发现的话。这件衬衫会很适合你的。”

古德曼将锅挨着水槽倒着放下，然后解下了领带，像个孩子一样懵懂无知地脱下自己的衬衣。我转过身去，而福尔摩斯看着他，一脸茫然无措。

我宁可相信，考虑到今天的现场环境，被迫中断的入土环节已经被推迟到了明天，而我们有可能会在墓穴的边上发现那口棺材。但是，坟堆已经堆好，上面的草皮也已经到位。坟堆的高度说明体积增大了不少。

我们将草皮卷起移到一边，福尔摩斯戴上他的驾驶手套，拿着一把从工人屋中偷来的铁锹干起活来。我用提灯为他照着亮，放得很低，用我的身体挡着光。

十五分钟后，古德曼从墓室顶的位置慢慢地溜下来，拿起了铁铲。第二个十五分钟之后，我在周围很远的地方勘察了一遍后返回现场，然后戴上手套，拿起了铁铲。

一阵毛毛细雨飘落在我们身上，地面起了雾，和霏霏细雨融为了一体。朦朦胧胧的半个月亮时不时地透过云层探出头来，将淡淡的月光洒在古德曼浅色头发上，照在他的牙齿上，和福尔摩斯眼睛里闪烁的光芒交相辉映。

我们依次下去掘墓，当这个排序进行到一半时，正好轮到古德曼站在墓穴里，而他的铁铲碰到了木头。让我惊讶的是，他一下子扔掉铁铲，手忙脚乱地爬出了墓穴，就好像他感觉到坟墓里伸出一只手抓住了他的裤脚。

福尔摩斯自己下去开始寻找棺材。

棺材很快就露了出来，油漆已经有点被划花了，还有凹痕。福尔摩斯扔掉铁铲，从裤子的后兜里拿出了一把螺丝刀。他转着螺丝刀，将螺丝拧松，然后将螺丝刀换成一根又长又轻的绳子，他把绳子的一头系在棺材盖的把手上，然后捡起绳子的另一头，这时，他被古德曼拦住了。

“让我来。”他说道，礼貌到让人觉得夸张的程度。然后他伸出了手。福尔摩斯将绳子的另一头放进古德曼的手里。古德曼将绳子缠在手上，然后静静地等待。福尔摩斯和我站在坟墓这边，在他的对面，用灯照着墓穴里的木头。然后他开始往外拉，让剩余泥土的压力和重量与铰链较劲，棺材盖打开了，空气中弥漫着一股浓烈的尸体腐败的气味；灯先摇晃了一下，然后恢复了静止的状态。我们朝铺着丝绸内衬的棺材里看去。

一张脸躺在一个白色的缎质枕头上。

那是一个大块头的男人的脸，他的死亡特征已经出现了，头部开始变得肿胀。

但不是迈克罗夫特。

# 五十八

福尔摩斯心中的大石头终于落了地，抑制不住激动，低声哼了一下。不过，他只是告诉古德曼继续抬起棺材盖。他的腿往下放，站在棺材的边上，我将灯挪到尸体的上半身，福尔摩斯将尸体往上抬了一下，正如我所想的那样，这口棺材并没有大到可以容纳两具尸体。

他是被谋杀的，但并非如报纸上所报道的那样死于刀伤，而是丧命于枪伤。中枪三次，事实上，其中一颗子弹击中了他的心脏，导致他失血过多而亡。尸体并没有进行防腐处理，也没有进行尸检，死亡时间已经好几天了。

福尔摩斯双腿摇摇晃晃地往后仰，背靠着草地，我继续拿灯照着死人的脸部。死亡让他的面目全非，很难辨认他的身份，但是他左边眉毛上那个新添的粉红色伤疤一下子让我想了起来：那是我两周之前亲自打伤的。

“你认识他？”福尔摩斯说道。

“马库斯·冈德森。”

沉默整整持续了一分钟，然后他开始喃喃自语：“越来越奇怪了。”

“我们的敌人正在清理战场，”我说道，“将所有与整个事件有关联的人一个一个地除去。他下一个要找的人是索萨。”

“也许索萨正和迈克罗夫特躲在一块儿。”

这种想法虽然让人开心，但完全不合逻辑，我大吃一惊。

我能感觉到古德曼的怀疑态度，虽然天色太暗，我看不到他的神情。迈克罗夫特没有被埋在这儿，并不意味着他还活着。

“如果迈克罗夫特还活着，那他为什么不跟我们联系？”

“你弄完了吗？”从坟墓对面传来了一声疑问。福尔摩斯迅速地缩回腿，棺材盖落了下来，绳子松松垮垮地落在了地上，福尔摩斯将盖子再次拧紧，然后拿起铁铲。空气慢慢变得让人越来越舒适了。

“你还有什么信息是没有告诉我的？”福尔摩斯一边往回填土，一边问道。

“现在还没有想到。”我说道。

“那么，为什么冈德森代替我哥哥被埋在了这儿？”

“他听起来生气了。”古德曼的声音在黑暗中传过来，他有点被逗乐了。

“他不在这儿，我也很开心，”我说道，“但是说真的，这意味着什么？”

“你想想，罗素。谁有能力这么做？谁能一路跟踪你到苏格兰，然后一夜之间在瑟索安排一个狙击手在那等你？谁能从电话交换机那儿得知一个长途电话是从哪里打出来的，两天后就在阿姆斯特丹安排了全副武装的人？谁能在苏格兰场的辖区内转移一具尸体，并制作一个假身份和伪造的验尸报告？”

福尔摩斯停下了手里的活，身体倚靠着铁铲，于是古德曼从夜色中伸出手，从福尔摩斯那接过了铁铲。福尔摩斯往旁边移动了一下，填土工作继续。

“迈克罗夫特可以做到所有的一切。”我指出。

“回答正确。虽然我哥哥在安排一名狙击手追踪自己的弟媳妇时也许会有点犹豫不决。”

我没有理会这个笑话，虽然古德曼安静地发出了一声

"哈"。"任何位于迈克罗夫特这个位置能做到的事情，我猜他的秘书都可以，他可以伪造出文件，假传命令。当然，他可以一直这么做到周三，无论周三之后，迈克罗夫特被人找到，或者找不到。"我补充道。

"任何一方都可以做这些事，但是毫无疑问的是，所有这些都会被认为是出于迈克罗夫特的命令。"

"但是，福尔摩斯，如果迈克罗夫特还活着，他不会给我们发个消息吗？"

"也许他正在肯特郡，与你的贾维茨先生和——"

我赶紧给他使了个眼色，虽然夜色很深，他也看到了。不过已经太晚了，填土的声音停了。

"你让他们离开了？"坟墓那传来一个声音。

我感到一阵酸楚，然后搜肠刮肚地想着怎么解释：跟一个孩子的安全相比，我们所关注的政府犯罪行为和暗杀事件对于古德曼来说一文不值："是的，我很抱歉没有告诉你，但是你今天早上走了之后，我跟贾维茨机长谈过话，他……他有点担心，所以看起来最好是把他俩送走。他们会安全的。"

"什么担心？"

怎么回复他呢？说他家的仆人将他出卖给了一个美国人？而那位机长怀疑我们古怪的救命恩人不仅是个真正的疯子，而且还是一个同性恋谋杀犯的朋友？我不得不指望贾维茨帮我照看艾斯特蕾，所以除了答应他的要求之外别无选择？

"很复杂。"

"他知道了。"古德曼冷冷地说道。

我感觉福尔摩斯正直勾勾地盯着我的脸，但是我径直走了过去，伸出手放在身材矮小的男人的肩头："罗伯特，我欠你太多了。你能再答应我一个请求吗？我们不要讨论刚才的话题了，好吗？"

过了很久，他眼睛里闪烁的光芒在微茫的夜色中没有任何变化。后来他说：“她知道了吗？”

“不。”

“不要告诉她。”

“好。”

没有再多说任何一个字，他继续开始填土了。

我感觉我身边站着的这个男人心中充满了疑问：知道什么？如果换成另外一个人会这么问，但是福尔摩斯只是说：“我哥哥不在这儿，说明所有的事情都是为他的需要而服务的。他希望表面上看起来他死了。”

“我问第三次，为什么不能留个消息？”

“我能想出一百个不能留消息的理由，”他有点恼羞成怒地说道，“他被软禁了。他投往《泰晤士报》的信件被拦截了。他觉得留消息要么不合适，要么不必要。”

“不必要？我们怎么能猜出报纸上的讣告是假的？”我故意用了猜这个字眼，因为我知道这会激怒他。

“读他的讣告时，我就觉得不对劲。”

“好吧，是什么？”

“报告本身不对，是的。普通大众并不知道迈克罗夫特·福尔摩斯是何许人，那么为什么《泰晤士报》会发布一封正式的讣告？在任何情况下，即使一个人年纪太大，身患疾病，在他去世后的第二天就会发布讣告的情况多见吗？”

我想抗议，但是放弃了：贾维茨曾注意了这些，但我忽略了。不过我还是说道：“你认为迈克罗夫特会期望我们从一封仓促发出的讣告里看出端倪吗？”

“我认为当我们找到他时，他会觉得我们不得不掘墓才能确认这件事太好玩了。”

“好玩，”我在夜色中重复着这个词，同时看了看我一身的脏衣服和满是水泡的手："当他发现他对我们的侦察能力太过自信，导致我们因为掘墓而被捕时，不知道还会不会觉得好玩？"

"我们实际上没有偷任何东西。"福尔摩斯温和地指出。

"跟要逮捕我们的警察去这么说吧。可以铺草皮了吗？古德曼？"

我们尽力将土压实，然后把草皮转移回了坟墓上。一两天后，这些草皮就会看上去是从坟墓上自然生长出来的，尤其是这场雨继续下的话。但就算掘墓人发现坟墓被人动过手脚，他们又能做什么呢？重新挖开坟墓，然后却发现里面的东西原封未动？

我们熄灭了提灯，将铁铲放回了棚屋，然后从寂静无人的墓园里悄无声息地抽身离去，全身脏兮兮穿过湿嗒嗒的大街，回到了藏身处。

# 五十九

彼得·詹姆斯·韦斯特放下电话，走出房间，走进被雨打湿的城市里，漫步在无边的夜色中，整理自己的思绪。仅仅一个小时以前，他曾准备结束一切，并看看自己能从精心构筑的计划的瓦砾中抢救出来些什么。

那天下午的敲门声让他提前半个小时坐上了出租车，那意味着他有额外的半小时隐藏在潮湿的家族墓室的凹陷处，等待着哀悼者的到来。他站在那里，渐渐感受到更多的寒意，尤其是看到他的计划像迈克罗夫特·福尔摩斯坟墓边上的泥块一样土崩瓦解。而现在，几个小时之后，他终于能够承认，自己精心策划的计划遭受了来自两个不同方向的打击，对手甚至让他产生了一丝敬意，虽然他并不情愿。巴克纳完全没有机会——虽然他认为，即使是冈德森也不可能做得更好。

那个金发的乐队指挥肯定是莫顿，一个住在坎伯兰郡密林深处的疯子。问题是，那女人上周才认识他，还是处心积虑地找到了他？他曾认为他是那个女人路上捡来的一个宠物，因为她还捡到了（表面上看差不多是这样）那个机长和一个孩子。如果是这样，说明夏洛克·福尔摩斯的妻子要比他预期的更加情绪化。如果不是——如果那个乐队指挥的加入是计划好的——那就说明一定程度上可预见的危险正在逼近。

索萨难道也去找了她，并躲藏在她的羽翼之下？如果索萨没有跟她在一起，那么他在何处？他上司的死讯让他不得不面对背叛的后果，迫使他逃离了这个国家？如果是这样，可他并没有带走他那些邪恶的收入。还有，如果这个人从自己的银行账户里取钱，韦斯特就会知道。无论如何，索萨应该很快就会被抓住的——他没有长久潜逃的脑子和技能。

但是，所有这些绝望的阴霾随着一个电话烟消云散了。只需要在棋盘上走一步（一个白痴的游戏，几乎是在模仿现实），小卒子就能成为女王，并且回身一击，给对手带来毁灭性的后果。

电话的内容就是他的一个小卒子已经加冕为女王的事。他现在有了清除旧时代最后残余的工具，可以打造一个新的时代。

忍辱负重的态度，锲而不舍的精神，科学的方法，再加上现代技术的支持：这才是新时代的情报人员。这是彼得·詹姆斯·韦斯特的时代。

# 六十

让人感到庆幸的是夜晚的大厦空无一人，因为如果是工作日的话，肯定会有人注意到从一根看不到的管子流出了大量的水。我要求第一个洗澡，也就意味着福尔摩斯的洗澡水肯定是冷的。不过对于他的不适，我一点也不感到抱歉。

当他洗完出来的时候，我的头发已经干了，他的皮肤跟鱼肚一样苍白。古德曼在他面前放了一碗热气腾腾的汤，还有一盘像是从空气中变出来的烤饼。我等福尔摩斯吃完饭才开始我的发问。

“所以，如果迈克罗夫特有能力导演这场戏，但又不是他，那么还有谁能做这些事？谁处在一个类似的位置上？”

“如你所说，我想到了索萨。他一直都更像一个助手而不仅仅是一个秘书，还有，他也有可能一直希望能继承迈克罗夫特的一部分权力。”

“那个韦斯特呢？他叫什么名字，彼得·詹姆斯？我去莱斯特雷德给我的地址找了，但他不在那里，我觉得他有可能去了葬礼。”

“韦斯特是史密斯·卡明在战后吸收的一个年轻人，我也想到了他，但是他职位太低，不可能那么野心勃勃。再过二十年，也许就会了。他的上级辛克莱更有可能：辛克莱和迈克罗夫特在什么才是帝国最大的威胁这个问题上一直意见相左，互相看不顺眼。辛克莱不止一次表达过对迈克罗夫特这支队伍的不满，用辛克莱的话说就是，一个业余情报公司。

“我在葬礼上看见他还挺吃惊的——还有，他看起来更悲痛而不是解脱。辛克莱一直都坚持着主流观念，那就是德国才是终极恶魔，应该立刻进行清理，并且这种清理要永远持续下去，以免他们渗透到我们的灵魂里。迈克罗夫特在某种程度上对此表示同意，但却拒绝批准实施的日期。到目前为止，位高权重者都认为迈克罗夫特看问题比较全面，而这更印证了辛克莱关于迈克罗夫特碍手碍脚的看法。”

福尔摩斯伸手拿了一个银质的香烟盒和一个漂亮的玻璃烟灰缸。随后他点燃了一根有些过期的香烟，然后将香烟盒递给古德曼，但古德曼并没有伸手去接。我们坐了一会儿，情报机构不同分支间的钩心斗角让我们都陷入了沉思。

“我不得不同意，”最后我说，“这整个阴谋如此扑朔迷离，肯定是迈克罗夫特的杰作。”

“如果那样的话，这就会是一个美梦：我哥哥和他的助手，一边抽着雪茄，一边在棋盘上挪动着棋子，与此同时，他的情报机构还在运转。”

“我们需要找到他。”我说出了一个显而易见的话题。

“我们需要找到所有缺失的部分，”福尔摩斯纠正道，“我们需要跟索萨的妈妈谈谈，看他是否有最想去的藏身之地。还有布拉泽斯，他有可能和某个教堂的核心成员在一起。”

“我建议我们先找迈克罗夫特。”

“同意。”福尔摩斯说道。他熄灭了香烟，然后看着我们的客人，“古德曼先生，你觉得哪里有可能找到我哥哥？”

“他家。”小个子男人不假思索地回答道。

我哆嗦了一下，想起我离开迈克罗夫特公寓时房间里的情形，然后反对道：“他昨天并不在那儿。”

“他今天有更多的理由在那儿。”福尔摩斯说道。

古德曼和我们一起去，当然了。我无法判断他会因此而受伤还是会让别人受伤。虽然当时我有一瞬间在想，或许福尔摩斯会要求他留下，但是他没有。

我们从圣詹姆斯广场的入口走了进去，跟在福尔摩斯摇晃的烛火下，排成一列纵队，穿过那个狭窄的迷宫。门廊上细小的缝隙中透出的光亮说明书房里的灯还是亮着的，福尔摩斯挪动了一下门上的窥视孔，我朝里面看去。

我看了一会儿，然后后退了一步。

“我在桌上没看到他那支金色的钢笔。我非常确信周六的时候还在。”

古德曼伸手要去拉门闩，但是福尔摩斯一把抓住了他的手。我表示同意：“罗伯特，他是对的，上次我们闯进去顶多也就是被捕，但现在里面的情况可能会更危险。”

“所以更应该进去。”他说，在我们两人中任何一个能阻止他之前，他用另外一只手打开了门闩，用肩膀顶开了隐蔽门。

这一次，我拉住了福尔摩斯的胳膊。

这个特立独行的人第二次对迈克罗夫特的公寓随意地进行了一番检查。没有呼喊声，没有枪声，一分钟后他回来了，手里再次拿着一个被咬了一口的苹果。

“有人来过。”他有点不太确定，然后坐进了一把椅子里，从附近的桌上拿了一本被丢弃的书。

福尔摩斯将门推开，我跟着他进入了房间。

首先，我看不出有人来过这儿，我之前弄的满地狼藉原封未动。然后我发现，那把我用来顶着门的椅子并没有放在我记忆中的位置上。我放在那里的莱斯特雷德的便条也改变了角度。还有碗里的水果——肯定不止少了一个苹果。

为了安全起见，起居室的灯是不能开的，但是厨房有门。我走进厨房，把门紧紧地关上，然后打开了一盏小灯。

是的，前一天下午我搜查过房子后，有人来过这里了。

几分钟后，福尔摩斯的声音从外面传来：“你昨天来的时候，那把左轮手枪还在他的床头柜里吗？”

“在的——现在不见了吗？这里——稍等一下。”我说道。我熄灭了灯，让他进来，然后又打开了灯：“茶叶盒空了，分类食品不见了，考伯太太的椅子移动了几英尺，还有，她不是每天早晨都会往他的茶盘里放药片吗？昨天瓶子里的药片要多一些。”

他盯着我看了一会儿，那是我太熟悉不过的眼神：“关于那把钥匙，你是怎么跟我说的？”

“那把罗伯特发现的钥匙？我只是推测钥匙和信隐含的意思——信里翻译这个单词的第一个字母 I 被大写了，是为了将二者结合起来，透露出线索和译员有关的意思。或者如事实所示，线索就是那个译员，确切地说，是译员的太太。”

福尔摩斯脸上恍然大悟的表情出卖了他，他原来对于局势估计得太过乐观了。他的表情发生了变化，他朝天花板看去，好像是要感谢上帝。突然他像个小孩子一样高兴起来，一边搓着自己的双手，一边环顾房间四周，最后将目光停留在一张皇家画像上，画像前的椅子被放错了位置。

厨房里的上菜升降机，在三十年前安装的时候代表了当时现代化设备的最高水平，对于这栋楼的大多数居民来说，一直都是弊大于利的一种设施。去年迈克罗夫特翻修这里的时候，在升降机开口上方增加了一个面板，用螺丝固定在墙上，但是他并没有封死那个洞口，只是挂了一幅考伯太太喜欢的画像，乔治五世国王陛下的肖像。

福尔摩斯拉开装餐具的抽屉，找到了一把刀，然后三步两步走到墙脚，开始对付面板上的螺丝。拧了两圈后，一个螺丝脱落了。他弯下腰捡起来，摊开手掌看着：一颗标准尺寸的螺丝头只配半英寸的螺丝杆。螺丝被从中锯断了，长度不超过面板的厚度。

六枚螺丝都经过了同样的处理，没有一个起到固定的作用，只是看上去被拧紧了而已，但是当他将餐具刀的刀尖戳向面板底部的边缘时，面板并没有被打开。打不开的原因，也并不是我一开始推测的刷漆的缘故，而是面板从背后被固定了。

如果是在我们家，我们可以立刻找到各种各样适合入室盗窃或者破坏装修的工具，但是迈克罗夫特在他的职业生涯里从来不需要为这种事亲自动手。还好，考伯太太的厨房用具一应俱全：我只希望我永远不用向她解释我们对她的肉锤和切肉刀做了什么。

洗碗巾和锅垫能帮助降低撕裂木头产生的噪音。但是我们还是不得不关了两次灯，一次是因为要从起居室拿一个枕头，另一次是好奇心爆棚的古德曼要进来。

最后，面板里面的插销终于打开了。福尔摩斯将木屑拨到一边，然后从口袋里掏出手电，将头伸进那个黑洞，上下左右转动着，从各个角度对洞口进行检查。

退回来的时候，他看上去一脸骄傲，像极了一个弟弟应该有的神情。他将手电递给我，我站在了他的位置上。

原来这里的上方应该有一根悬着的粗绳，一头连接着盒子，一头连接滑轮装置。但是现在除了一根落满灰尘的方形柱子之外，并没有发现绳子的痕迹。而这根方柱子让我想起某些藏身处里的应急出口。这里十分宽敞，着实让我大吃一惊。

我转动着我的脖子，像福尔摩斯那样，然后看到了一些东西：很多很窄的木板，每两个相隔大约十英寸，用螺栓固定，并消失在上方的黑暗里。看起来几乎像——

“梯子！”我将头缩了回来，对上了福尔摩斯的灰色眼眸，那双眼睛闪烁着兴奋的光："哦，肯定不是，迈克罗夫特可爬不了这样的梯子。"

"去年的迈克罗夫特肯定不行，但是今年的体型……"

"天啊，你不是想说……"

"我哥哥决定减肥是为了在这儿大展身手？那确实需要巨大的毅力和绝对的前瞻性。"

迈克罗夫特那俄罗斯套娃的思维模式，装修厨房是为了掩盖修建一个秘密入口的噪音和灰尘，与此同时又修了另外一个甚至更隐秘的入口。

古德曼将我拉到一旁，然后去看我的发现。以他的身高很难看到里面的情形，于是他拽过考伯太太的椅子，然后站在了椅子上，把上半身都伸入了那个洞口。等他回身的时候，手里多了一根大金属条，一端有一个小钩子。

福尔摩斯检查了一下金属条，然后弯下腰用挂钩钩住了肖像上的金属丝。"这是一种在门完全关上之前将肖像放回原处的工具。"他说道。

"这根柱子通向哪里？"我问福尔摩斯，压低了声音，"厨房的地下室还在用吗？"

"我觉得他对地下的兴趣要远小于上面。"

"上面通往哪里？"

"梅拉斯的公寓，"福尔摩斯心满意足地回答道。但他的脸色突然大变，同时猛地从我身边冲了过去，这是在几分钟内第二次又晚了一步。

"古德曼，停下！"他发出嘘声，同时用手死死地拽住了绿人的脚踝。古德曼既没有退回来，也没有回答，只是等在那里，所以，福尔摩斯除了放他走之外没有其他办法。福尔摩斯用拇指按着手电，跟着小个子的脚步往上爬，我跟在后面，心里祈祷着这些木板既然能承受迈克罗夫特的重量，那么肯定也能撑住一串体重更轻的攀爬者。我脚下离地面至少有四十英尺远，而我头顶上还有两个男人。

福尔摩斯手里的手电晃来晃去，基本上除了照亮了古德曼的鞋底之外什么也看不见。当上面的人停下来时，我只往上爬了几英尺的距离。我一边努力将身体靠在墙上，一边看向福尔摩斯。我发现古德曼的左手在梯子旁边的墙壁上摸索着，那是迈克罗夫特厨房的楼上。福尔摩斯将胳膊收了回来，于是灯光打到了墙上；我听到了一声轻微的咔嗒声。

突然，一道强光进入了方柱所在的空间，古德曼向前倾斜身体，把手放在入口的底部。

接着，他突然一动也不动了，他用一只手撑着自己身体的重量，就那样悬在我们的头顶上。

福尔摩斯换了个姿势，低声说道："迈克罗夫特？如果是你的话，就移开你的枪，让古德曼先生进去。"

光线似乎变暗了，一个身影出现在洞口对面的墙上。"我亲爱的夏洛克。还有玛丽，我明白了。我的讣告看来有些过于夸张。我相信你们肯定给我带了晚饭吧？"

# 六十一

迈克罗夫特看起来已经瘦脱了相，就好像他的躯壳被安在了另外一个人的身体上。不过，他在借来的厨房行动自如，扮演着主人的角色给我们煮咖啡，虽然右手的两根手指上缠着橡皮膏。他的左轮手枪放在桌上，旁边是同样干瘪的面包袋。

“我猜是梅拉斯太太告诉了你们这间公寓的事。”

“她没有。”我回答道。

古德曼对我说：“她就是等你问这个问题。”迈克罗夫特比福尔摩斯还要对古德曼感到好奇，盯着他看的神情就好像一个小孩子见到了一屋子眼花缭乱的稀奇玩意儿。

“是的，我应该可以想到，你不会忽略两间相邻公寓的作用。”如果福尔摩斯也没有发现的话，我没发现装修的特别之处这事就太丢人了。

“我已经在想晚上是不是要溜出去抢劫邻居的橱柜了。”

“我周六确实洗劫了你的公寓。”我告诉他。

他朝我转过来，面露诧异：“是你干的？玛丽？翻箱倒柜了好几个小时？”

“没有几个小时。是的，是我。”

“你把公寓翻了个底朝天，到处都乱死了。”

“我知道，抱歉。”

“我以为是警察又搜查了一遍——我估计楼下的电话也是他们打来的，整个周末都让我不得安宁。不过，感谢上帝，电话铃声最后终于停止了。我一直都在担心他们会发现升降机的方柱子并顺着梯子找到这里来。”

“那里被隐藏得很好。”

咖啡好了，精致的盘子上放着少得可怜的食物。迈克罗夫特领着我们走进了梅拉斯的起居室，这里是按照维多利亚时期的风格装修的，光线很暗，褐红色的丝绒窗帘非常厚，我们根本不用担心光线外泄的问题。房间里摆着蛋壳形状的杯子和碟子，大概是索菲·梅拉斯和她那位希腊丈夫的结婚礼物。咖啡的味道很清淡，牛奶是罐装的，饼干少得可怜，已经不够新鲜了。古德曼对小点心完全没兴趣，他绕着房子走了一圈，然后转过头去听福尔摩斯给迈克罗夫特讲达米安的伤势以及他在荷兰和哈里奇遇到的危险。然后我也简要地说了一下我的历险经历，在我们说话的时候，古德曼已经失去了兴趣，他索性脱掉自己的鞋子，蜷着身体躺在了角落的长沙发上。在我说完之前，从他待的那个角落已经传来了轻微的呼噜声。

然后，轮到迈克罗夫特了。“我认为，”迈克罗夫特开口说道，“一切都开始于去年6月，也就是十五个月之前，当时卡明去世了。”看到他半数的听众一脸茫然，他便娓娓道来。“乔治·曼斯菲尔德·史密斯－卡明爵士是负责国外事务的秘密情报局的负责人。1909年，情报机构划分为国内和国外两个部门——尽管空军和海军有自己的情报机构，那是理所当然的事。卡明在战争期间表现出色，但是后来，他的健康出了问题，加上他做出了一些令人质疑的决定，这两者严重动摇了他的地位。1920年11月，你们回忆一下，爱尔兰共和军[1]处死了十四个人。这是一次灾难性的打击——导致第二年政府出台了大幅削减秘密情报机构预算的决定。

---

1 Irish Republican Army，反对英国政府的武装组织，长期通过暴力活动实现政治诉求，故被许多国家视为恐怖组织。——译注

“卡明去世后，休·辛克莱继任。他是个能力卓著的人，能在预算有限的情况下尽其所能地工作。”

他清了一下嗓子，然后往自己的杯子里倒了一些有咖啡味道的水：“不过，经济并不是问题的关键——或者说，并不是我印象中的特别关键之处。这个国家的情报机构——收集潜在敌人的信息——有过动荡不安的历史。一般来说，间谍被视为一种不体面的追求，在战争年代是一种不幸的必需品。每次有冲突发生，国家都迫切而仓促地培养间谍并策反叛国者，最终的结果是收到片面甚至是错误的信息，以及培养一些本身就非常可疑的雇员。不讲究方法也没有前瞻性，我们就这样暴露在外面，十分危险。

“战争结束后，各种各样的情报部门被合并，被缩编，或者有些全部解散了。保留下来的组织是不健全的，就如我自己的部门一样。军人特工和平民特工被分在一起：更改名字，上交权力，政府唯一表示赞同的事，如我刚才所说，就是情报机构的预算要被削减。然后，预算减少了，减少到了可以对外公布的金额。

“而事实上，有几个军用和民用情报部门，不但没有被收编进秘密情报局，反而继续毫无后顾之忧地大力发展自己的组织。辛克莱去年接手情报局之后，花了一段时间辛苦地查证那些战时小组有哪些已经解散了。卡明曾经希望能保留这些编外情报人员，有人可能这么称呼他们——仅仅是一些私人会所和校友会，真的——因为他们偶尔会提供一些有价值的情报。辛克莱却想解散他们。”

我皱了下眉，想问一个问题。既然中央情报机构都被削减了预算，这些不同的组织是怎么找到运营资金的？这时，福尔摩斯插了一句：“你必须告诉她了，迈克罗夫特。”

我丈夫的哥哥换了个姿势，就好像那把椅子让他觉得不舒服；如果不是直直地看着他的话，我可能会忽略他这个泄露真相的姿势。古德曼呼吸均匀，没有受到任何打扰；迈克罗夫特压低了声音，继续往下说：

“大概三十年以前，我发现自己能够改变这种状况，也就是帝国情报机构总是不能长久存在的本质。那是1895年，中日甲午战争即将接近尾声。一笔相当可观的资金被政府……慎重地划拨了过来，用来支持中国并影响战争的进程。虽然首次付款延迟了，可是没有必要进行调查，于是就大事化小小事化无了，简单来说就是，当战争结束的时候，大笔的钱还分文未动，被人遗忘在脑后，变成了一个如果被日本人发现就会相当难堪的威胁。

“那些负责划拨资金的人因为已经酿成大错，就假装这笔钱已经被花出去了，名目要么是战争，要么是作为战争赔偿的一部分被支付了。我是仅有的几个详细调查这件事的人员之一。如果让他们返还这笔钱，就会导致一大堆麻烦事，而这并不是首相愿意看到的结果。所以，我……消灭了这可能会引发国际性尴尬的根源，我让这笔钱消失了。”

“什么？等等——你窃取了政府的资金？你？”

“我什么也没有偷。我只是换了个地方存放它们。在首相默许的情况下，也许应该补充一下，虽然这并不会记录在案。那笔钱的数目着实很可观，我明智地用它来做投资。每年的收益就能让我的部门保持运转。”

我看向福尔摩斯，他正在勤奋地研究着手里香烟的烟蒂部分，然后我转过头看着他的哥哥。我无法相信。盗用公款？迈克罗夫特？

我丈夫的哥哥继续往下说，就好像只是在承认一件小事，类似把办公室的词典带回家一样的小事：“正如我所说，自从卡明过世，几个月内，权力已经开始向好几个方向转移。我自己在情报世界的角色一直都首先是个观察者，尽管我有直接的下属，一般来说，当我需要用人时，从别处征用就行。

“我发病的时间很不好。去年12月的决定做得非常匆忙，当时虽然大选结束了，但工党还没有接手政权。也许有人会用‘恐慌’来描述那种心情。即将下台的首相和海军上将辛克莱联手制定了一些不可更改的情报规则，然后美化了一番，作为既成事实一股脑地提交给了即将上台的工党。而由于工党一直都在政策之外，他们也不知道事情本来不该是这样的。

“我生病期间，错过了非常关键的两个月。当我2月份痊愈后回到工作岗位时，我首先觉得身边发生的变化是因为新旧政权的更替。可即使你在处理海外事务时，也无疑会听到一些风声，各方都陷入了恐慌的状态，末世预言的观点大肆传播。八个月后，国家最担心的事还没发生，麦克唐纳却已经让所有人大吃一惊，不再像一个村里的菜贩子，更像是一个煽动者了。

“我觉得你在旅途中或多或少应该听说过一些。但是当我返回办公室时，我几乎不可能分清哪些是谣言，哪些是事实，哪些是政策，哪些是八卦。我感觉到事情不对劲，我感觉到有信息泄露，还在一定程度上被人操纵，但是我周围所有的事情全都被颠覆了，总之，政府的干预非常微弱。

“接着到了4月，有人敲诈了我的秘书。”

“啊。”我说。所以他对索萨的事情是知情的。

“现在，经过这么多年累积，我和你一样，夏洛克，有着各种各样的死对头。最直接的威胁是来自于内部的，不过这种危险是来自于秘密情报局中央，还是从其中一个不健全的组织里滋生出来的，完全是难以判断的事情。

“所以，我就设了个圈套。因为我的对手至少在我阵营里有一个内线，也有可能有更多。我行动非常谨慎，并试图表现出我对此毫不知情。”

“这简直太困难了！你是怎么做到的？扮演一个白痴，我的意思是。”

“戴上墨镜会有帮助，”福尔摩斯发表了自己的看法，“这样可以隐藏智商。”

“我的方法是戴上看不见的墨镜。”迈克罗夫特说道，“我发现上了年纪的容貌和疾病在保持健忘形象方面确实非常有帮助。如果不是我的侄子出现在现场，我应该已经设好了整个圈套，并开始投放诱饵了。”

“因为布拉泽斯？”

“布拉泽斯的案子可以说既是好事也是坏事。一方面，那个卑鄙之人的所作所为就像驾着一辆二轮马车冲进我整齐的伏兵阵营。突然之间，警察出现了，先是全力以赴地去搜捕达米安，然后是搜捕你们两个。

“可是，当我开始调查你的现状时，我意识到这可能是被我怀疑的死对头正在策划的另外一系列事件。一件事变得清晰起来，布拉泽斯在政府部门有一个保护者，一个对政府行贿的人。也许有人会认为，能提供一个新身份和银行账户的人并不多，但在实际生活中，一个能在部门里握有实权的人一般也可以操纵另外一个机构。既可以私下里操纵，也可以间接控制。

“当我正在缩小嫌疑人的范围时，五个警察走进了我的办公室，要求我陪他们去一趟苏格兰场。我必须说，当时我真的不知道是该放声大笑，还是该拿出我的左轮手枪。”

“你为什么不给首相打电话？”福尔摩斯问道。

“因为这或许能让我将嫌疑人的范围缩小到一个人。我知道莱斯特雷德必须听命行事——为什么不直接来找我谈话？——但是我想知道这是谁的命令。

“令人遗憾的是，我认为他也不知道。在我们面谈的过程中，他看起来几乎是一个懦弱的人，就好像被要求参演一出戏剧，而其中很多剧情都不符合他的审美。不过，这件事给我提供了一条调查的路径，因为苏格兰场虽然手段有限，但还是可以做一些调查的。”

“还有，如果不是有一辆摩托车出现的话，现在我可能已经发现了真相。摩托车朝着距离警局大门三十英尺的路障疾驰而来，坐在后面的一个大块头男人，左边眉毛有一块伤疤，手里拿着一把枪。”

“冈德森。”我说。我听到一声奇怪的呼吸声，然后花了一点时间才确认那是古德曼的呼噜声。“那个司机呢？”

“另外一种罪犯类型，当然不是公立学校的孩子。”

“他们给你戴了头套吗？”

“往我头上套了个麻布袋。然后他们将我打倒在地，我们坐着摩托车来来回回走了大概二十分钟，然后停在了离我们出发的地方很近的位置，一个位于伦敦兰贝斯区的仓库——一个很旧的仓库，将来也许会发展起来，但目前荒无人烟。我能听到大本钟的钟声，能感觉到河流的气息，但是我被严密地囚禁了起来，任何声音都没有人听到。

“每过八小时就有人给我送最低限量的食物，水里经常会添加麻醉药。直到这周三，三点钟给我送饭的人不仅脚步声不熟悉，而且还下了很重的药。我能看到杯子上残留的粉末。所以我将水倒在了地板上，然后开始等待。

“两个小时以后，理查德·索萨到了。”

我猛地坐直了身体：“他们派你的秘书去杀你？”

迈克罗夫特一脸的不可思议：“杀我？你在说什么？索萨先生是来救我的。”

# 六十二

迈克罗夫特三点钟的饭——今天是周三？他几乎能确定就是周三——坐在房间的角落里，正在嘲笑着他。他在杯子里看到了一些杂质，小心地尝了一口，然后将水倒在了地板上，接着他决定不去冒险尝试其他食物。

如果死神最终向他走来，他想站着和他面对面。

九十分钟以后，他听到了一种声音，但并不是他预期的声音，听起来有点像玻璃被敲碎了。

五分钟后，声音再次响起，而且越来越近。这次他走到房间最远的一个角落，抬头望着头顶那方形的天窗。

两分钟后，那声音第三次响起。停了两分钟后，第四次响起，这次被砸碎的是他的窗户。方形的天窗变成了一团漆黑——啊，迈克罗夫特心想，砸碎窗户的人应该是发现玻璃会四处喷溅，所以在第二次行动之前，花了三分钟的时间临时给自己弄了一个防护装置。

在阴影的中心响起了尖锐的敲击声，和手掌一样大小的玻璃碎片像雨一样纷纷往下落；阴影消失了，有人拿一根管子用力地戳着不断扩大的缺口，玻璃碎片继续往下落。当缺口已经到了窗户的边框时，管子被抽了回去。几秒钟后，一道手电的光束照在地板上，在角落里四处寻找，直到定定地照在迈克罗夫特的身上。

“福尔摩斯先生！”一个语气中透出欢迎的声音，颤抖得已经走了音，变得尖利无比。

“索萨先生，”迈克罗夫特难以置信，“你可真是意外的惊喜。”

“哦，先生，很高兴见到您。您还好吧？”

迈克罗夫特的嘴唇抽动了一下：“见到你之后就更好了。”

“呃，那确实，我很高兴，”秘书重复了一下，透出一种如释重负的激动，“你觉得我，我的意思是，如果你想的话，我可以去叫一个锁匠来？”

“或者你有一柄大锤子？门非常结实。”

“我确实有……我的意思是，我不确定你……我有一把梯子。”

经过了一段长时间的什么也做不了的等待之后，一个比窗户稍微小一些的东西落了下来，是绳梯。

迈克罗夫特将手在自己怦怦直跳的心脏上放了一会儿。手电的光照在了他身上，他听到有人在喊他的名字。他将手放了下来，小心地走到梯子那儿，毫无信心地拽了拽绳子，看起来很结实。

他最后看了一眼自己的监狱，以及写在墙上的方程式，然后将穿着袜子的脚放在了梯子上。

爬到顶的时候，他轻轻地松开了绳子，翻过窗框爬上了屋顶。

索萨满脸通红，正在打哆嗦。他已经用尽了全身的力气。他把头埋在双手里，坐在屋顶上。

过了一会儿，秘书一脸要哭出来的神情，摇摇晃晃地站了起来，走到了他的上司身边。

“提醒我给你涨工资。”迈克罗夫特说道。

这句话让索萨回过了神。“先生，我做这些并不是为了涨工资。”他抗议道。

迈克罗夫特大笑了起来。他笑了好一会儿，然后发现控制自己的表情变得非常困难，最终他强迫自己板着脸，站了起来。

“我的饭被下了很大剂量的药，看起来像是安眠药。”

“你吃了吗？”索萨机警地问道。

“当然没有。但是抓我的人会以为我吃了，所以很快就会回来找不省人事的我。我相信，索萨先生，你来得正是时候。”

“哦，天啊，也许不是。”

迈克罗夫特听出了秘书声音里的恐惧，一脸机警地往上看，然后迅速移动去看是什么吸引了秘书的注意力。

楼下空荡荡的大街上，一个大块头的身影从一辆厢式货车的车轮后闪出，那辆车看起来非常像太平间运送尸体的车。

“快，伙计，”迈克罗夫特催促道，“如果我们能走下楼梯，然后出其不意地拿下他——抱歉，那是什么？”

一把左轮手枪平躺在一个瘦弱的手掌里，显得特别不协调，但却最好不过。

“索萨先生，你真是一个人才。”

他们看起来不像一对复仇者，一个瘦弱的秃顶男人，穿着一件高领衣服，膝盖上满是泥浆，坚毅的脸上带着恐惧的神情，而且在不停地流汗。他前面是一个打着赤脚，胡子拉碴，曾经很胖的男人，一身脏兮兮的套装，腰上绑着一条过时的领带，快速地踮起脚尖踩着摇晃的金属楼梯，穿过了一个废弃的门厅。

紧接着，几声低沉的枪声响起。两个醒着的妓女听见了，一个在圣托马斯医院外吸烟的护士听见了，六个疯人院里的前陆军精神病患者听见了，三个在阳台上一边品尝雪莉酒一边召开秘密会议的上议院议员听见了，但是他们都以为是卡车回火。

# 六十三

“上帝，索萨做了我二十六年的左膀右臂，”迈克罗夫特一脸怒气，“我很惊讶你竟然怀疑我的看人眼光。”

“我，好吧。”我说。还有一句话差点脱口而出，我也没想到你竟然会盗用公款。

“假设索萨先生觊觎你的位置。”福尔摩斯说道。迈克罗夫特斜了我一眼，不屑于去确认这个荒谬的假设。

“索萨在被敲诈后第一时间就来找我了。他收到命令，只要提供几条无足轻重的信息，就可以让他不会因为丑闻而身败名裂，还能获得一小笔收入。对方拿着他姐姐的照片，这些照片与其说会引发社交场合的尴尬，倒不如说会引发政治场合的尴尬。而需要他提供的信息确实是小事一桩，只要稍微探究一下随处可得。”

“这只是第一步。”福尔摩斯评价道。

“完全正确。一件根本不需要一个人在道德上做过多挣扎就能顺从的小事。我自然允许索萨提供这种信息给对方。”

“然后设置陷阱。”

“为陷阱做的第一个不易察觉的准备，更像去握一条线的感觉。一条精美而复杂的线，比当时我仅有的怀疑只多了一点，但是我抓住了这条线，花了五个月时间，试图跟着这条线追溯它的源头。”

“一条二十磅重的鱼咬在了一根五磅重的渔线上。”古德曼睡意依旧，在角落里喃喃着。

迈克罗夫特吃惊地环顾了一下四周：“是的，很形象的比喻。我试图将我的对手钓上来。

“然后，正如我前面所说，你们两位回到了国内，我们马上就因为达米安的问题而变得被动起来。”

“他们为什么还让你活着？”福尔摩斯问道。

换作其他人，或许会对这个冷酷无情的问题表现出吃惊的样子，但是迈克罗夫特脸上没有一丝波澜，只是说道：“在被囚禁期间，我大部分的时间都在考虑这个问题，最后我认为，他们留着我这条命，是为了有一天让我的死更有价值。”

“你的秘书是怎么找到你的？”我问。

“我一直让索萨对我所参与的任何案子都有个大致的了解，当然也包括这个。周四我失踪后，他就开始不安，周四下午我也没有回办公室。当天晚上，他接到了一个电话，是敲诈他的人打来的，指示他将路福特上尉送回上海。周五的时候我依然下落不明，他的银行账户却多出了一大笔钱，他变得更加警惕，开始用他的方法调查我们最近档案里的主人公，布拉泽斯依旧不知所踪，而他的杂役，冈德森，也失踪了。

“虽然索萨先生只不过是一个秘书，但他这么多年跟我共事，也不是一无所长。他给路福特上尉打了电话，同时也给布拉泽斯和冈德森的邻居们做了安排，让他们一旦发现任何一个回家就告诉他。他竭尽所能地搜索我的下落，但收效甚微。我担心在听说冈德森家周二晚上有人出现的消息之前，这个可怜的家伙已经快崩溃了。一收到这个消息，周三早晨，他就在冈德森家对面的街上找了一个位置潜伏下来，处在一种极度的恐惧当中，既担心他的猎物已经离开了，又担心他出现的时候自己错过了。

“五个小时以后，也就是下午两点半，冈德森从家里出来了，手里拿着一个小袋子，朝泰晤士河的方向走去。

“冈德森没有回头看，不过即使回头看，他能看到什么呢？穿着浅褐色套装的小职员走在一千个小职员中间，在忙碌的人流中毫无辨识度。

“是的，我对索萨感到很满意。

“冈德森直接朝仓库走去。由于关押我的地方往上通往一个有很多破窗户的楼梯井，索萨便跟着他一直走到了楼顶。冈德森被派来给我送最后一顿饭，下了很大剂量药的饭。索萨看到他走了，鼓起勇气横穿了仓库。

“在仓库里，他的技能派不上用场——他这么多年确实学习了很多理论，但是实战经验却很缺乏。将来我要弥补这方面的欠缺：如果他会开锁的话，很多事情就轻而易举了。

“但是他不会。不过，围着这栋建筑绕了一圈，他看到了一套消防梯，摇摇晃晃地挂在那儿，其中不少踏板已经不见了，但大部分还保存完好。

“他花了两个小时才收集齐他想要的东西，接着，他穿着正装鞋爬过这些金属架子，然后爬到了楼顶上，沿着一排天窗走过来，走到第四个天窗的时候，他找到了我。”

迈克罗夫特描述了索萨是如何以一种自己都害怕的英勇和胆识解救了他的：“接着，当我要去对付冈德森时，我告诉他原地不动，但这个可怜的家伙并不愿意离开我。冈德森转过头来看见了我们，一个老头和一个懦弱的年轻人，当然拔出了自己的枪。我没有选择，只能朝他开枪。让我懊恼的是，他一点都不体谅别人的心情就立刻死去了，我还没来得及问是谁派他来的。

“但是他随身携带了一个包裹，里面的内容有趣得很。我的鞋子和皮带在里面，还有一件干净的衬衫，虽然不是我的，却正好是我的尺寸。一个大信封里的东西能说明一切：我的钱包，里面放着一张照片，照片上的女人看上去很有吸引力，但却穿得不够检点，一张粉红塔俱乐部的卡，一张伦敦地图，上面标明了粉红塔所在的区域，在附近的巷道处画了一个 ×，伦敦太平间举行葬礼的申请表；一份验尸报告以及简单描述，尸体和我身高一样，签字的人是一位出门在外的医生，日期是第二天。

“可怜的索萨先生，那天下午发生的事几乎让他崩溃。呼啸而来的子弹和面前的死人已经足够糟糕了，但我接着让他和我一起等在那里，直到天黑——希望冈德森的老板，或者至少是同事，可能会来找他，但是没有人来——由于我的身体很虚弱，所以没办法独自一人将冈德森的尸体搬到太平间的运尸车上。然后他要驾车，再然后要帮我将尸体搬下去。我觉得那时候他已经麻木了，因为当我告诉他我们还得等在那儿，直到警察出现的时候，他竟然一句抗议的话都没有说，就按照我的手势执行了，而这一切原本都是冈德森的老板为我安排的。

“我在运尸车的储物箱里发现了一瓶杜松子酒，让我的秘书喝了一大口，舒缓一下神经。当警察到达现场以后，他朝警察晃了一下自己的证件，展示出一种外人看起来傲慢和耍大牌的态度，但实际上只是因为纯粹的恐惧所致。然后我们从他们的手里迅速抢过尸体运走了，和申请表一起，送到了殡仪馆。

“接着，我让索萨将我放在天使法院入口处，并命令他去一个我所知道的酒店，离梅登黑德区很近，用假名字办理了入住。同时，我命令他把剩下的杜松子酒喝完后马上上床睡觉——他是一个禁酒主义者，但我想，要么喝酒要么崩溃，希望酒精作用能让他更容易面对所发生的事。”

说完这句话，迈克罗夫特拿起最后一块饼干，往后靠去，仿佛暗示他的故事已经讲完了。

“所以，你从周三开始就一直待在这儿？”我鼓励他继续。

“我和梅拉斯太太有一个长期协议，如果有一天我需要有个地方藏身，可能会使用楼上她的公寓。在我被囚禁期间，她甚至还来这里确认过——她在桌上留了一张条给我，希望我跟她联系。幸运的是，从那之后，她再也没有来过这儿。”

“她相信了你的死讯，和我们一样。和我一样。”我纠正了一下，尽管福尔摩斯关于他没有死的宣言并不完全让人信服。

迈克罗夫特脸部抽动了一下：“是的，我担心那则讣告会困扰你们。但是我能做的太少了。任何大众留言版面，比如私事广告栏，肯定有人监视。如我所说，我的对手头脑十分敏锐。”

我心里咯噔了一下，想到我和福尔摩斯在报纸上给彼此的留言可能不仅被人注意到了，还破解了。不过，要先知道我们的藏身处在哪儿才能跟踪我们，这位不肯露面的对手也有无法突破的极限。

“我知道一旦你们处理完布拉泽斯的事，就会返回伦敦。幸运的话，你们会在我开始吃梅拉斯太太的皮椅子之前找到我。但是你说布拉泽斯没有死，你们打算怎么找他？”

可恶的布拉泽斯，我心里诅咒着。然后我打断了他：“你把索萨送走了吗？”

“周四，应该是，”福尔摩斯搭话，“在他给你带来晨报之后。”

“还有食物，是的，我把他和他母亲一起送到乡下，让他和你们的哈德森太太以及我的考伯太太联系。此时此刻，我们有一大堆熟人正在因远方的风景而陶醉。”

可怜的哈德森太太，为了她的安全着想，再次被我们送到了乡下。至少这次华生医生置身事外了。

“我们不能继续任人摆布了。”福尔摩斯表示同意。

“那也是我的想法，不过我没有怀疑过索萨先生坚强的品质。他周四中午返回了圣詹姆斯广场，我答应和他在那儿见面，如果他想见我的话。他给我带了两个轻便的旅行箱，里面装满了食物和报纸。不过他身体抖得很厉害：那天早晨他回家收拾东西，发现家里有专业人士闯入的迹象。他接上他的母亲逃走了。我严厉地命令他放弃偷来的摩托车，并带着他母亲远远地离开这儿，至少两个星期之内不要回来。在他的家被人闯入后，我相信他会服从我的命令的。我只希望一旦这事结束了，我能说服他回来上班。”

“好，”福尔摩斯对他哥哥说道，“告诉我，你打算怎么对付你那位不露面的对手？”

“既然你回来了，我想——”

“等一下。”我说道。达米安寄宿在荷兰某个地方，贾维茨在保护艾斯特蕾。但是如果我们的对手对此了如指掌，那我们就只有一个成员需要考虑：“古德曼。”

叫古德曼的人用鼻子哼了一声，然后在长沙发椅上坐直了身体，双眼盯着灯看。我说：“你在坎伯兰郡生活的地方，是你家人的地方吗？”

“我……是的。”

“有人能从那儿查到你吗？”

他耸了耸肩，意思是这种可能性很小。我转过去看着福尔摩斯。

“如果我们的对手已经查出了古德曼的身份，如果他丧心病狂的话，他会利用他们——幸运的是，古德曼的家人都远在他乡，但是仆人们都在，而且都很脆弱。”

古德曼又哼了一声，这次是嘲笑：“家人？如果他是个正常人，威胁一个仆人，怎么能让家里的少爷屈服呢？但是一个疯子？没有人能操纵一个疯子，任何一个理智的人都不会这么做的。”

说完这句话，他在沙发上翻了一个身，继续睡去了。

我们三个互相看了一眼，不得不承认这个傻瓜的话确实充满了智慧。

“你刚才是要说什么，迈克罗夫特？”

“我刚才想说，有了帮助，我相信我们要重新布局了。在布拉泽斯突然闯入我们的生活之前，我就一直在谋划这个陷阱。或许没有几个人比我更能做出预判。不过，我相信我们可以调整一下，因为参与人员减少了。”

接下来的谈话一直持续到黎明时分，迈克罗夫特制订的计划，经过我和福尔摩斯的修订，确实很好：简单，牢固，万无一失。我们的对手也许还没有意识到迈克罗夫特还活着，但是他肯定知道冈德森失踪了。遗憾的是，迈克罗夫特不仅身体虚弱，又没有可以信任的人去监视那个仓库。不过，地板上的血迹，墙上的枪眼，破碎的天窗，这一切无疑会让一个最冷漠的路人陷入恐慌的情绪中。

迈克罗夫特只需要走进白厅的办公室，派出任何一个出卖他的人，这个人就会像老鼠一样急急忙忙地回到自己的老鼠洞。我在电话机旁守着，而福尔摩斯在出口守着，这只或者那只老鼠就会带着我们找到它们的巢穴。

周一早晨，在太阳升起之前，我们的计划制订完成了。

迈克罗夫特站在那里，像一个风烛残年的老人。福尔摩斯和我也没好到哪里去。我看了看壁炉架旁边的钟表，将近六点了。

“你很快就要走吗？”我问迈克罗夫特。

福尔摩斯看着他哥哥僵硬的身体，皱了一下眉头，然后开口说道："下午去就行。"

"真的吗？"我有点害怕听到他还有其他计划，"那现在干吗？"

"睡几个小时也许是最佳选择。"

"睡觉，福尔摩斯？"我大声喊起来，"我们要睡觉吗？"

"如果可以的话，不过还是想想梅拉斯太太的床上用品已经买了多久了吧。"

当我们开始争吵的时候，古德曼醒了，他在条纹长沙发上伸了个大懒腰，神情像极了艾斯特蕾。接着他跳了起来。

"如果你们不需要守着门或者阻拦入侵者的话，我要出去一趟。需要我将画挂回楼下的洞口吗，以免有人闯入？"

福尔摩斯想反对，但我已经对古德曼这种思维方式见怪不怪了，我对我的长期合作伙伴说："他知道后门在哪儿，他知道要小心，不要让别人看到他用过那个隐藏的门，他会小心的。"

"我会带一品托牛奶回来。"古德曼说道。

"但是别抱着一大堆生活用品回来，"我命令道，"任何东西都要悄悄地装进你的口袋里。我们不想你看起来像一个送货小哥。"

他戴上他的草帽，迈着愉快的步子朝厨房走去。我突然心痛起来，伴随着重重的疑虑——我们有可能被困在这里——但我强压着这个念头去找床铺。被褥需要通风，不过微微发霉的味道完全影响不了我的睡眠。

我觉得我刚合上眼就被人叫醒了。我勉强睁开眼睛，看见绿色的、亮晶晶的一只眼睛，我的头往回撤了一下，然后古德曼进入了我的视野，他的脸几乎就要挨上我的脸了。

我猛地坐了起来，四处看了一下，发现福尔摩斯不可思议地还在睡——谁能想到古德曼竟然在没有吵醒兄弟俩中任何一个的情况下进入这里？当我身体本能的警报机能恢复以后，我发现眼睛因为前面出现一个巨大的物体而模糊起来，当我将眼前的物件拉到足够远的地方，定睛一看，原来是一份折叠后的报纸。

他用一根手指指着报纸上的字："这是写给你的吗？"

我接过报纸，上面写着：

**养蜂人希望交换他的心爱之物，大本钟桥中央，两点半，单独前来，有意者在晚间标准确认。**

# 六十四

罗伯特·古德曼坐在屋顶上，双脚悬空，望向远处，来来往往、匆匆忙忙的伦敦市民繁忙的景象尽收眼底。这是一个洞悉万物的视角——在这出街头戏剧中，他坐在上帝的位置上俯瞰众生。

你在害怕着什么吗？

让孩子来吧，让孩子来到我的面前，因为他们会说出只有傻子明白的真相。[1]哦，耶稣知道他正在说什么，这是确定无疑的。

耶稣现在独自坐在高处，思考着即将到来的明天，心里想着不能就这么简单地转身离去，而让他的朋友们自己去发现真相。

一个单纯的孩子呼吸轻盈，浑身洋溢着生机；关于死亡，孩子又能知道什么？有趣的是，莎士比亚很少写有关孩子的作品，而华兹华斯却有很多。

一个单纯的孩子不应该知道和死亡有关的事，或是恐惧和饥饿。但是孩子们却知道，一直都知道。艾斯特蕾·艾德勒当然也知道，可怜的孩子——母亲被谋杀，父亲被追杀，但是那关她什么事？

一个救护车司机确实肩负重任，但是和官员的责任不同。司机们总是被要求立刻行动，任务明确，不需要有内心的挣

---

1 《圣经》中耶稣说的话。——译注

扎：人死了，但是如果你已经完成了你的职责，那么这些人死亡的责任就会被其他人，一些官员来承担。

即使在那时，即使是以前，他真实的灵魂——他曾经是另外一个人——作为一名军官，也很害怕处理自己和自己麾下的士兵的关系。并不是他胆小怯懦：他不惜自己的生命也要带兄弟回家，即使他可能根本活不到被送进战地医院。但是他没法领导他们。他没法一边深爱着他们，安慰着他们，一边哄着他们走进枪林弹雨。他会首先冲自己开一枪的。

你在害怕着什么吗，罗伯特先生？

一辆公交车停在他的双脚之间，一队渺小的身影挤了上去，又从上面挤下来一些人。耶稣可以在这些人中间出现而不被发现，因为在他们看来，他们就是上帝，是现代社会里的上帝。他们强大的指令能顺着叮铃作响的电话线一路传递下去；他们用蒸汽机和挖掘机让河流改道；他们让火像雨一样从天而降，落在蜷缩在战壕里的不幸的人身上；他们让雷神在火车的发动机里发出轰隆声，在摩托车的喇叭里发出嘟嘟声。

拿走这个杯子，因为我害怕。如果耶稣都无法通过交谈避免即将在他身上发生的事。那么其他人呢？

大街上一个小蓝点吸引了他的目光，是孔雀蓝。他身子前倾仔细看去，是一个女人头顶上的帽子。这生活中的小乐趣傲然地在浅褐色的大海上航行，直到她走进一间店铺，小蓝点被瞬间吞噬。

随着明亮小圆点的消失，他开始意识到脚下的街道拥有巨大的引力。这是一个疯狂的世界，疯狂的国王们，疯狂的一切！在柏油马路和瓦片下掩埋的泥土，真正的泥土在呼唤着他，他无法拒绝这呼唤。此时不走，更待何时呢？

毫无疑问的是，属于他和同样之人的时代已经远去了。

他脚下的城市就是一部机器，里面的人更像是制造产品和金钱的零部件。冷酷和理智在这片神奇的土地上蔓延着，那里的贵族为了私欲而窃取他人的财产。他能理解这一点——这些上帝制定了他们独有的规则，但是却从生活中享受不到任何乐趣。在这个英格兰，上帝是电影明星和那些提出低俗建议的领袖，相比于丛林生物身上那种深刻而柔韧的旺盛生命力，他们更喜欢不堪一击的浮夸。在这个英格兰，羚羊会穿着紧身衣，而哈姆雷特会成为随笔专栏的素材。

古德曼从帽檐上取下那根羽毛。这根猫头鹰的羽毛是一天清晨落在他的前门外，向他问候早安的，是住在那棵老橡树上的黄褐色女士送给他的礼物，那位女士常常在夜里吵醒他。他用手指将羽支一根根地按顺序抚平，但是羽支之间还是出现了一道缝隙。一根羽支不见了。是什么时候的事呢？他继续用手指不停地捋顺羽毛，就好像他从屋顶起飞要凭借着完美无缺的羽毛才行，但是靠近羽柄的地方依然有一个缺口。

你在害怕着什么吗，罗伯特先生？

猫头鹰羽毛缺口的形状像一滴被拉长变形的眼泪，让他想起了一个孩子的眼睛。一个有着一半中国血统的孩子的眼睛。

他浑身战栗了一下，松开了手，然后身子前倾，再前倾，直到一阵风吹过，卷走了那根羽毛，羽毛在风中打着旋，飞过街道的拐角，然后消失在视野中。

一个孩子的眼睛。

去年11月，他正陷于一场无尽的战争的深渊，这场战争没有开始，也没有尽头，只有恶臭的气味、铺天盖地的污泥和不期而遇的死亡。一个雨天，他手下所有的战士都阵亡了，而他开着一辆救护车，车上满是不停呻吟的战士和一个死去的司机。所以从那时起，他成了古德曼，再也不用做那个命令自己的兄弟去送死的人，他开着车，像一个恶魔，在死人堆里翻找着还在流血的人。

接着到了12月，上面下了命令，一定要攻下某块高地。但是这个小山头的重要性并不比过去二十八个月里占领或失守的任何一个小山丘更为明显。所以这次强攻行动让人感到吃惊。同样感到吃惊的还有那些不断遭受炮火袭击的居民，他们正设法从泡着水的田地里挖出一些土豆。

他看见了一个孩子。只有上帝才知道他的父母身在何处——那是一栋倒塌的楼房，里面的东西都在空地上裸露着。但是那个孩子在那儿，一个脏兮兮的小东西，穿着一件特别短的裙子，戴着一顶特别大的帽子，那衣物也许是偷来的，也许是别人给她的，她坐在一小截残墙上，扑腾着双脚，看着一辆辆的战车、一匹匹的战马从她眼前经过，士兵们排成方阵朝着一个方向前进，队伍里有的步履蹒跚，有的被别人搀扶着前进。

她的脸上没有恐惧，没有好奇，她只是那么坐着，望着，双手放在膝盖上，仿佛在她全部的年轻生命里，她一直坐在那儿，注视着前方。

只要随便看一眼，路过的士兵和救护车司机就能看出她不对劲。古德曼走近一看，发现她长着一双杏核眼，伸着小舌头，一脸的全神贯注。她就是人们所谓的唐氏综合征患者，也是他的母亲——或者是另一个他的母亲——所说的上帝的圣婴。那孩子坐在那里，就像是为三批上前线的士兵们准备的一个吉祥物。他又运送了两批士兵，才停下来去看她还在不在。但只有帽子留在原地，人却不见了。一路上都没有再看到她的身影，一直到天色暗下来。但是那天晚上她回来了，用她那双带有内眦赘皮的眼睛看着他，一连几个晚上都看着他。后来战事向前转移了几英里，他返回那个村子，找到了一位认识那孩子的老妇人，老妇人向他确认说，那孩子的母亲已经去世了，而父亲上了战场。那位老妇人并不知道那孩子现在在哪儿。他向战士们打听孩子的消息，又在战地医院的帐篷里到处寻找那孩子的下落。最后他开着自己的救护车，沿着前线一路开到法国军队的所在地，因为听到有传言说，这里的军队收养了一个聋哑孤儿作为保佑神，但是那个孩子并不是他要找的人。

然后他就被捕了，很快人们发现，古德曼是在战场上出生的，而另一个他已经死去了。他觉得自己可能会跟其他人一样排成一列被枪决，但是却传来消息，为了向法国表示友好，他没有被杀死，反而被送到了克雷格洛克哈特。他在那里认识了里弗斯医生，并给他讲了一点那个坐在墙上的小女孩的故事。

后来，他悄悄地回到坎伯兰郡，发现了看林人那间破旧不堪的棚屋。他在那块土地上重新活了过来，而那个小女孩似乎就这样永远地消失在了他的生活中。

直到那天一架飞机从天而降，带来了另外一个完全不同的孩子，却有着同样杏核形状的眼睛。

现在，他的脚下就是那个孩子的家园，她所生活的地方，她就出生在那个喧嚣无比、混乱不堪、冷血无情的世界里。用不了多久，她就会在如牢笼一般的屋檐下长大。他根本无法阻止。她不会生活在一座坎伯兰郡的房子里，与猫头鹰和刺猬做伴。他脚下的人们是和她一样的人。他的口袋里装着一幅她父亲为她画的像，这个小女孩长大后成了一个女人：那是她的世界。

是她的世界，但不是他的，他在这儿没有立足之地。但是因为另一个孩子长着和她同样形状的眼睛，他必须努力去看看机器世界的生活，去看看他们用什么生产幸福。他必须竭尽所能将这里变成一个配得上她的地方。

他曾希望能有时间和玛丽·罗素的丈夫聊聊有关蜜蜂的事。藏身处的书籍说明他对生物有兴趣，不过，他是一个毕生都在和人类最阴暗的一面斗争的人。如果是他从自己的双脚之间看到这一幕城市景象，他会看到什么？是一个蜂巢还是一部机器？他能看到同类在辛苦地劳作，看到知识酿造的蜂蜜是多么甜，还是会看到更多的机器，以及在机器中挣扎的人类自己？这个人现在正迫切地想利用智商帮助他的哥哥解决燃眉之急，他是艾斯特蕾的祖父，所以值得自己出手相助。

你在害怕着什么吗，罗伯特先生？

哦，亲爱的孩子，我当然十分害怕了。我害怕恐惧本身，怕得不行。我害怕束缚的枷锁，我害怕肩上背负着他人的性命，我害怕承担责任去阻止有悖常理的行为。

他很感激能认识玛丽·罗素：一个完美的女性，天意高贵的安排/给我们告诫、安慰和命令[1]。

给我命令吧，亲爱的女士，他想。告诫我，安慰我，并告诉我怎么做吧，因为我需要一个目标明确的任务。我很久以前就已经放弃了军官的职位，我需要知道有其他人在统领全局。

不过，葬礼上的乐队事件很成功，那是他自己完成的。也许他需要再次冒险，为目前面临的问题出一份力。

在这出戏里，下一步他能做点什么呢？他站了起来，伸出一只手臂，做出了一个他脚下街道上的人看不见的动作。“滚蛋吧，你们这些又肥又腻的人。”他大声地朝他们喊着，然后大笑了起来。

因此，在非常严肃地做出了暂时留在伦敦的决定之后，他戴上帽子，然后回到楼梯上。

他想起来他答应带一品托的牛奶。他的口袋很大，他的

---

1　出自华兹华斯的诗歌《她是一个快乐的幽灵》。——译注

大衣也很宽松，足以在里面藏一大堆食物，他从大厦底层的商店买了乳酪和饼干，从拐角的人那儿买了苹果，还买了一包咖啡、一块长面包。这位迈克罗夫特的新同事买面包的样子看起来仿佛在挑选一块熏猪肉。

哦，他想到了，还有一份报纸。玛丽的丈夫看上去对这种东西特别有兴趣。

# 六十五

“我推测大本钟桥应该就是威斯敏斯特大桥，他希望在《标准晚报》上收到答复，但是这个‘心爱之物’到底是什么意思？”我问道。

“我不知道。既然这条消息是发给夏洛克的，说明他相信我已经死了。”

福尔摩斯和我同时站了起来。

“楼下的街上有一个公用电话亭，你想去吗，还是我去？”我问道。

“打车去《标准晚报》的办公室，”迈克罗夫特说道，“在那附近应该会有公用电话亭。”

“你不是要答应他的要求吧？”我反问道。

福尔摩斯的脸上阴云密布。他绕着房子走了一圈，接着抓起迈克罗夫特的金笔和一张纸。“如果我们不回复——在中午之前——就没有这个选项了。我们中的一个人需要留在这儿，而……你不会被马上认出来。”他打开那张纸，在上面写了两个词语。

**养蜂人同意。**

我却开始感到犹豫了，昨天晚上的谈话中信息量太大了，虽然我之前将它们赶出了脑海，但现在又都浮现了出来。突然之间，想到跟我丈夫的哥哥一起被困在这里，心里就生出了许多厌恶。我没有做更多争论，抓起那张纸塞进我的口袋，然后去了厨房。爬进升降机的洞口时，我听见福尔摩斯对迈克罗夫特说，他需要去楼下取点东西。

我顺着方柱子很快爬了下来，走进迈克罗夫特的公寓，来到了客房。福尔摩斯找到我时，我正在衣柜里翻找衣服。

“罗素。”

“小偷，”我朝他啐了一口，“为了国家的利益而侵吞公款！哦，福尔摩斯，你们怎么能这样？”

“是不得不这么做。”

“欲达目的可以不择手段？这是历史上所有暴君俗不可耐的借口。”

“迈克罗夫特可不是暴君，罗素。”

“他不是吗？盗用政府的资金组建了一个金钱小帝国。他都用那些钱干什么，那些见不得人的事？行贿？暗杀？我知道里面有敲诈——敲诈，福尔摩斯！他的信上提过的那句话，这些会永远玷污我们的名誉。你恨敲诈的人，但是你却允许这样的事发生！”

“难道你看不出来我的哥哥对此心知肚明吗？难道你不知道三十年之前，他已经在有意识地让自己过另外一种生活，在做事之前先从道德的角度进行考量吗？”

“我过去所设想的是，迈克罗夫特已经不屑于做这些事。我所希望的是，他尽最大的努力去纠正情报机构所存在的虚伪，去抵抗行贿和敲诈，还有上帝才晓得的死亡和悲伤。我曾希望的是——”我突然停了下来，狠狠地关上了抽屉。我曾希望，迈克罗夫特要比我知道的做得更好。

“好人也许会被迫做出不道德的决定，我自己也做过。”

我抓起一把梳子开始梳头，尽量不朝镜子边角看，不去看那个身影。

“你是在跟我过不去，”福尔摩斯最后问道，“还是跟你自己过不去？”

我将梳子扔进了抽屉，将脱线的衣服踢到了墙角，然后给自己套上了一件宽松的衣服。我看着镜子里的我，可是过了一会，我不得不转移了视线。

迈克罗夫特一直都是以一个高于生活的形象存在的，即使在我认识他之前也是这样。现在发现……他到底是一个什么样的人之后，我太震惊了。当涉及迈克罗夫特时，我想当然地认为他会采用正大光明的手段开展情报工作，尽管我自己也会经常私闯民宅、做假口供、攻击……福尔摩斯是对的，我想事情太简单，太幼稚。

还好，他克制着没有说出来。

“好吧，”我说，“是的，他付出了代价。可这样做是不对的，但在这个残酷的世界里，有些事他不得不做。可是我很失望，失望透顶。但我还是会帮他。”我拿起了自己的钱包。

“我将达米安留在了荷兰的代尔夫特酒店，”福尔摩斯说，“当然，还有海宁医生，用的名字是丹尼尔·德·方丹。”

我在皮卡迪利大街上拦了一辆出租车，前往《标准晚报》登了一则广告，然后沿着街道往下走，找到了一个安静的公用电话亭。

我花了十分钟的时间才打通位于坦布里奇韦尔斯市的酒店的电话。接听电话的人十分友好，回答问题也很得体。但是他向我确认说，没有一个名叫贾维茨的客人在前一天办理入住。我的心顿时跳到了嗓子眼。

“没有——”我强忍着内心的不安，对接听电话的人大喊大叫不会有任何帮助。我深吸了一口气，改变了我原本想问的问题，以及说话的语气：“哦，亲爱的，或许他们不得不换了另外一家酒店，你们昨天是住满了吗？”

“不，女士，我们昨天还有空房间。”

“好吧，也许——”也许什么？他们不喜欢这个酒店的外观？艾斯特蕾大发脾气，闹着要回古德曼家？他们在去坦布里奇韦尔斯市的路上车子出了故障，车胎爆了，遭遇了可怕的车祸？

他们被迈克罗夫特的死对头劫持了？

不要慌，不要。“如果我描述一下他们的样子，也许你能告诉我你或许见过他们。他个子很高，是个美国人，一条腿受伤了，身边带着一个孩子——”

“啊，是的，你说的是罗素先生。”

我发现自己靠着墙，电话那头传来了沙沙的声响。

“女士？您好，总机，我们的电话断了吗？”

“没有，”我说道，“是的，我在听，抱歉，是的，罗素先生。他是昨天来的吗？”

“和孩子一起来的，是的，那小孩子真可爱。您刚才用的是什么名字？”

“哦，没什么，只是一个——他偶尔会用另外一个名字，这样他的继父就找不到他了。他的继父并不——呃，不关心那个孩子。”

这是我此时此刻能想出来的最好的措辞了，电话那头传来了义愤填膺的声音，正如我所想的那样：“我明白了，好吧，我会避免提起那个名字的。”

“不管发生什么事都别说。”我补充了一下。

“一定。”

“那么，我能跟罗素先生通个电话吗？”

“很抱歉，女士，他们目前不在酒店里。”

“他们什么时候离开的？”我迫不及待地问道。

“不到十分钟之前，”他回复道，这让我长舒了一口气，“我相信是因为小姑娘想去海边划船，所以他订了一辆车和一个司机，他们下午才会回来。”

“太好了，”我说，“可以帮我给他带个话吗？就说他的表妹玛丽在下午茶时间会再给他打电话。”

“他一回来我就告诉他。”他向我保证。我对他表达了谢意，然后挂了电话，把头靠在黑色的电话机上休息了一会儿。

要在威斯敏斯特大桥上交易的“心爱之物”绝对不是艾斯特蕾，会是达米安吗？

我又等了一个小时才拨通代尔夫特酒店的电话，其间还被切断了两次，每次都需要重新拨号。虽然最后我终于拨通了酒店的电话，但是接听电话的女士却只会说荷兰语，所以她第三次挂断了我的电话。第四次我试着用法语而不是英语，这回她听了一会儿，然后我试了试德语，虽然这两种语言她说得都不流利，但能听懂，我可以从她的声音里听出来，是旁边的某人教她说的。

是的，她认识方丹，和他的某个同伴（红色的头发，也许是？海宁医生有红色的头发吗？）。他们在那儿住了两个晚上，然后离开了。周五和周六？我继续用法语问——周五和周六？不是周日吗？

接着传来一连串荷兰语，肯定和我的问题有关——我将电话紧紧地压在耳朵上，仿佛这样能有些帮助一样。接着，我从那连绵不绝的荷兰语里听到了一个在好几种语言里发音都类似的词。

“旅行箱？”我问道，“你刚才说的是旅行箱吗？”

对面的人沉默了一下，然后费劲地大声说出了几个音节：“他的旅行箱在这里。”

“谁的旅行箱还在那儿？”我继续问，“男的，还是女的？

还是两个人的都在？”

但是这么细节的问题已经超出了她的语言能力，就更别提区分数量和性别了。她叽里咕噜地说了一大堆，声音越来越高，然后，电话挂断了。

我实在没有勇气再拨第五个电话了。

我又打了两个电话。第一个打给索菲·梅拉斯，她在家，声音里充满了困惑，却没有一点焦虑，当我问那天晚上除了我和古德曼之外，她是否在等其他的人。她回答说并没有，我在她问我打电话的原因之前挂了电话。另外一个电话打给我在苏塞克斯的家，蜂鸣声在我耳边响了很久，但是无人接听。

我将听筒放回原处，努力去想还能做些什么，还有没有其他可能被作为人质的人会出现在那儿。

一个也想不到了。

在回蓓尔美尔街的路上，我买了鸡蛋、奶酪和一长条面包，费劲地穿过迈克罗夫特的公寓，爬进了升降机的洞口，同时挂上了那幅肖像画，然后来到梅拉斯的厨房，将买来的食物放在了桌子上。

我发现迈克罗夫特在衣帽间，那里的家具款式也符合梅拉斯太太的品位。他站在窗户前，双手背在身后，聚精会神地从窗帘中间狭窄的缝隙往外看。我清了清喉咙，然后他转了过来，一脸震惊。

“啊，玛丽，好的，有什么消息吗？”

“外面有什么东西吗？”我问道。

他有点不自在地笑了，然后从我身边走过：“只有空气，我发现我自己特别渴望看一眼天空，我是从一个监狱换到了另一个监狱。”

“不会太久的。”我试图安慰他。

福尔摩斯和古德曼不在房内，虽然烟味告诉我福尔摩斯不久之前还在。

迈克罗夫特指着平铺在桌上的晨报让我看，今天的头条是墨索里尼遇刺。

“布拉泽斯死了。”他说道，“在圣奥尔本斯。”

这个消息让我从脑海中生硬的对话里跳了出来（还有什么其他的可以被描述为敲诈行为？）：“圣奥尔本斯？他是怎么到那儿的？”

“我不知道。”话语中有一种失去权力后深切的无力感，迈克罗夫特可不是那种从报纸上获取信息的人，“夏洛克决定冒险出去一趟，看看能否打听到一些消息。”

“去圣奥尔本斯？”

“我相信他会给莱斯特雷德打电话。在你问我之前，是的，他从楼下拿了一套伪装服。”我拿起古德曼给我们带回来的报纸，发现有一个很小的版块，内容有关一个周六在圣奥尔本斯死于刀伤的男子的身份。

刀伤。我仔细研读着这简短的信息，由于头条报道包含两个重要的信息，一个诡异的宗教领袖和一起残酷的刺杀行动，所以这条消息只能让出版面。最耐人寻味的是这件事发生在圣奥尔本斯，而不是伦敦或者曼彻斯特，这也解释了这件事出现在一份国家级报纸上的原因。

迈克罗夫特在厨房里切面包片、乳酪片和火腿片，一丝不苟，极其认真。

“福尔摩斯是带着古德曼一起去的吗？”我问道。

“我不确定古德曼先生什么时候离开的，或者去了哪里。”

这听上去确实像古德曼的行事作风。我告诉迈克罗夫特我打听到的消息，或者说没能打听到的消息，然后被楼下轻微的动静打断了。片刻之后，福尔摩斯从升降机的洞口钻了出来。他穿着一件硬领外套，戴着一副夹鼻眼镜，眼镜链挂在脖子上，像律师事务所的一名职员。他从自己的口袋里拿出一瓶啤酒，并放在了水槽旁边。

迈克罗夫特没有说话，往大浅盘里又放了些面包，然后端着盘子走到了客厅。我拿了三个杯子，福尔摩斯打开了酒瓶，泡沫从瓶口喷涌而出，我便用其中一个杯子去接。

“艾斯特蕾和贾维茨去了海边，”我告诉他，“达米安我不确定，部分是因为语言不通。我在下午茶时间会试着再给荷兰的酒店打一次。”在他倒酒的时候，我告诉了他两通电话的所有细节，然后我们端着杯子走到迈克罗夫特坐着的地方，福尔摩斯开始讲话。

“布拉泽斯死于一处刀伤，死亡地点是圣奥尔本斯一座几乎空空如也的房子。”他说，“警察通过他眼部的伤疤确认了他的身份。房间里的炉火加快了尸体腐烂的速度，但是验尸官确定死者死于周二或者周三。附近的一个邻居看见周二下午有两个人从一辆出租车下来走进了那房子。其中一人的左手绑着绷带，也就是布拉泽斯被发现时的样子。但这位女邻居并没有注意他们是什么时间离开的。

“布拉泽斯已经被铲除了——对我们的对手而言，对你也是一样的，迈克罗夫特。他要对付的下一个目标就是索萨，我猜还有我和罗素。我在想，在他判断自己已远离威胁之前，他还会做到什么程度？他会铲除布拉泽斯在奥克尼的助手吗？也许还包括教会核心成员中的几个关键人物？”

“可以确定的是，他至少会怀疑你还活着，而冈德森已经死了。”我对迈克罗夫特说，“冈德森已经失踪五天了，你自己说的，仓库那里留下的证据，能证明事情已经出了岔子。”

“如果不去掘墓，他就无法确定冈德森是不是在将我的尸体运到太平间之前就因为紧张而逃走了。还有，在不知道他手里握着什么珍贵之物——或者他声明他握着之前，夏洛克和我决定，最好不要将我们的对手逼得太狠。我们最不想看到的，是他止损后消失得无影无踪。”

“所以，你已经改变了主意，打算下午不去办公室了？”

“是的，我们改变了主意，”福尔摩斯替他的哥哥做了回答，“罗素，关于你的朋友古德曼的事。”

“是的，我希望他能在这之前回来。”

“他会带来麻烦。”

“不。”我断然否认。我明白他在暗示什么，但是我什么也不会相信，“罗伯特·古德曼不会出卖我们。”

“你怎么知道？”

我转过去正对着他：“因为你是艾斯特蕾的祖父，他和艾斯特蕾之间存在着某种联系，我也无法解释到底是什么，但是他绝不会做任何可能让他失去艾斯特蕾的事。”

“那么他现在在哪儿？”

“我不知道，也许他去看望艾斯特蕾了。”这只是瞬间冒出来的想法，但也不是不可能，我必须说，这很像他会做出来的事，放着具有重大政治意义的事情不管，而去和艾斯特蕾玩茶话会的游戏。是不是我随口说坦布里奇韦尔斯的时候被他听到了？我很有可能无意之间这么做了。

“好吧，如果他能及时赶回来，你打算怎么安排我们的人手？他可能是一支军乐队的好指挥，但是身处险境，他能做什么？”

“他会支持我们，是的，但如果你要问我他会用枪吗……”

我脑子里出现了贾维茨给我的那封信上的内容。最后，我只能说：“我不会去问他这个问题。还有，我也真的不想靠它活命。”

# 六十六

我们还有不到十二个小时去部署我们的计划，这个计划会挽救一个生命和一个帝国。我们义无反顾地将所有的注意力都集中在福尔摩斯从楼下迈克罗夫特书房拿来的地图上，竭尽全力，全然顾不上腹中饥肠辘辘，心中猜忌重重，焦虑万分。

四点钟，我离开大厦，去找另一个电话亭。当我听到电话那头传来贾维茨的声音时，我彻底放下心来，但却在听到艾斯特蕾闹着提出要见古德曼的要求后，我的心又悬了起来。我向她保证——好几次——我会尽最大的努力，然后赶紧打岔问她，带着洋娃娃去海滩玩得开心吗，最后让她把电话还给了贾维茨。

“明天一切都会结束的。”我对他说。无论怎样。

“如果你能让古德曼往这儿打个电话的话，会很好的。”他说，不过我欣慰地从他的声音中听出了顺其自然，而不是绝望。

“我会的，好吧，事实上我不知道他现在在哪儿。”我赶紧补了一句，“他有可能去找你们，如果他去了，在我跟你说之前，千万不要听他的话回到城里来。”

我挂了坦布里奇韦尔斯的电话，是时候给荷兰再打一个电话了。这次，我拨通电话花了将近两个小时，其间拨通了两次，都很快被挂断了。接电话的是一位男士，我们很快就锁定了共同的语言，法语。我们第一次对话只持续了大概四十五秒，就确认了一件事，“丹尼尔·德·方丹”和他的护士还没退房，虽然他不是完全确定此刻他俩在哪儿。不过，他已经给英国打了好几个电话，希望方丹的朋友会保证支付房费，因为——

可是我们的通话中断了。我担心我会朝总机话务员大喊，这并没有用，不过我最终还是和荷兰酒店的人再次通上了话。我马上信誓旦旦地向他保证说，所有的费用都会有人支付，而且会超过应该支付的金额，那位年轻绅士的朋友是一位非常慷慨的朋友，但我要先知道他在哪里。

就这样，我们陷入了一个僵局中。那人浪费了好几分钟，详细地跟我描述了一下那两位客人看起来是多么寒酸，我却不停地向他保证说，钱不是个问题。最后他终于绕回我们正在谈论的问题——那两位经常一起出去散步，丹尼尔·德·方丹看起来特别喜欢待在户外，虽然这一次那位女士似乎已经选了——

“拜托！”我喊了起来，“他现在在哪儿？”

那酒店的人吃了一惊，然后承认说他不确定。那位女士下午下楼来询问关于她同伴的行踪，当酒店的人无法提供他的下落时，她变得越来越暴躁。虽然一个那么帅的男人，也许并不喜欢一个头发那种颜色的女人——还有那种脾气！哦，她的那种坏脾气，如果那个男人选择去其他地方散一两天心也是完全可以理解的。不过说实话，酒店的服务人员还是密切留意着那两个房间里的财物，毕竟并不是没有那种客人，房间里保留着假象，却在支付酒店费用之前就悄悄地溜之大吉了……

“我会支付他们的费用，不要将他们的行李扔出去。尽可能地为他们提供任何所需的方便。”我想象不出一个电话那头传来的声音会被当成一个确切的保证，但这个人听起来似乎确实放心了，不过，这就是他知道的全部事情了。红头发的女人昨天夜里还在，但是她早前已经离开了酒店，已经有好几个小时不知所踪。是的，他会让那个姑娘住得舒服一些的——还有丹尼尔·德·方丹——不管他们什么时候回来。是的，我会明天再打电话的，在我打电话之前，他们要一直待在酒店里。

我放下听筒，突然感到胆战心惊。

我打了最后一个电话，打给比利。正如我希望的那样，他接听了电话，听起来火药味十足。我对他说了十一个清晰的字，然后挂了电话。

回到梅拉斯的公寓，古德曼还是没有回来。福尔摩斯听着我带回来的消息，脸上一片沉寂，但是当我试图安慰他说达米安只是需要一点独处的时间时，他迅速地挥手排除了这个可能性。

“迈克罗夫特的电话一直在响，从周六到周日然后到现在。当地的电话交换台能查出这些电话是从哪里打来的。”

我和迈克罗夫特都没有与他争论。无论怎样，我们很快就会知道那个“心爱之物”是谁。

目前的首要问题是，我们能相信莱斯特雷德多少。我感觉他在紧要关头会站在我们这一边，而福尔摩斯则怀疑他也许更想要我们的性命。迈克罗夫特最后投了决定性的一票，做出了妥协：给莱斯特雷德家打电话，让他知道我们迫切地需要一名狙击手，当然，我们会在必要的时间告诉他应该在何时何地出现。我们不会冒险去让警察严阵以待，去设置路障，安排令人绝望的阻击，所以我们会让他埋伏在暗处，直到最后一刻。

我们必须对莱斯特雷德太太表示抱歉：他对于这次安排

不会感到很乐观。

威斯敏斯特大桥横跨泰晤士河，泰晤士河自此一路向北，西岸汇聚着维多利亚大街和英国国会大厦，而东岸则是郡政厅、圣托马斯医院和兰贝斯宫的所在地。这座铁桥修建于六十二年前，一千二百英尺长，八十英尺高，桥面宽敞开阔，每隔七个桥墩立着一对装饰精美的路灯。平日里这座大桥上总是车水马龙，但是在半夜两点半，这里却没有一个人影，空旷而寂静。

国会大厦对面是圣司提反俱乐部，其身后是一栋华丽的建筑，那便是伦敦警察厅，也被称为苏格兰场。五年前，在一个深冬，发生了一件和我们知道的任何案件一样令人惊恐的事，那就是福尔摩斯和我在约翰·莱斯特雷德总督察的办公室里遭到枪击。那间办公室很小，距离地面还有几级长方形的台阶，尽管楼下长着一棵法国梧桐树，却仍然能将威斯敏斯特大桥的风景尽收眼底。

福尔摩斯应该会隐蔽在大桥西侧，以议会大厦周围的地形做掩护，因为那里的警卫认得他。早上两点钟给莱斯特雷德打电话，这样他就会有足够时间将他的神枪手带到苏格兰场，但却来不及集结大批警察，因为警察太多反而会妨碍我们的行动计划。

而我，与此同时，会在大桥的东侧等待，隐蔽在通往艾伯特堤岸的台阶处。在我身后是我用对比利说的十一个字召唤出来的帮手。那十一个字是“十一点在你小姨子家见面”。他妻子的妹妹是一位裁缝：那句话是他和福尔摩斯曾经用过的暗语，这次是让他在十一点到艾伯特堤岸的克娄巴特拉方尖碑那儿等我。我们之间放着两辆摩托车（骑摩托车是我几个月前在洛杉矶才学会的令人很爽的新技能）。我们的对手最有可能的是开车来这里。有了摩托车，我和比利就能像糨糊一样黏住他。即使我们的计划和预期一样，我们的恶魔独自驾车逃走，而且毫发未伤，我们也不能冒险让他全身而退。

十点半，我已经准备好出发并和比利接头，而古德曼还是不见人影。我站在迈克罗夫特的厨房里，极不情愿地向福尔摩斯说出了我的担忧。

“你说什么？你认为他掉入了陷阱？有人知道他的身份吗？”

“要想彻查他的身份并不简单，但不是不可能。”

“你说过，他不会出卖我们。”

我一想到那个无耻之徒会对罗伯特·古德曼做些什么，就感到很痛苦：“也许他去了坦布里奇韦尔斯，或者回了坎伯兰郡。”

“这有可能吗？”

“没有向艾斯特蕾告别？恐怕他不会离开的。”

一点钟，比利将摩托车放在了既定的位置上，我回到公寓，检查了一下所有的计划，然后报告说比利和摩托车都已到位。福尔摩斯已经出发了，但是迈克罗夫特还需要再等一个小时才出发。

我祝他好运，然后朝厨房走去。

“玛丽？”

我不知道我在期待什么，一个道歉，也许吧，也可能是感谢。但并不是，迈克罗夫特说道：“记住，不要伤害那个人，这很重要，我需要知道他都了解些什么。”

我点了点头，然后转身离去。我在想，知道了他的所作所为之后，以后和他相处时，不知会不会和以前一样让人感到舒服。

当然，在我顺梯而下时，我提醒自己说，这一切的前提是我们能活过今晚。

# 六十七

家人就是累赘，在午夜两点半的时候。对此彼得·詹姆斯·韦斯特深信不疑。他本可以选择另外的时间和地点。将夏洛克·福尔摩斯引到中午的荒郊野外会更容易——他应该已经到了。但是在议会大厦的脚下摆好这个最后的要素，为他这么长时间殚心竭虑的计划——转世，画上一个句号：除了他之外，或许没人知道，但这已经足够了。

他只希望冈德森会在那儿出现。他是如此了解冈德森，犹如一个木匠对自己斧头的熟悉程度，从这一点来说，他会毫不犹豫地命令冈德森朝他人开枪，或者朝他自己开枪。如果确定他的助手今天不会从奥克尼返回的话，他应该会重新安排会面的时间——他曾考虑过调整一下，但最终，他还是出发了，让巴克纳来驾驶车辆。这人是个笨蛋，可是他会开车。毕竟，在枪口下用一个人质交换另一个，能有多复杂呢?

在整个事情结束之后，他会感到开心的；因为一直和受到威胁的犯罪分子一起合作，即使像彼得·詹姆斯·韦斯特这样的人，也会不自觉地干一些蠢事。

他和巴克纳走下地下室的台阶。在挂着锁的门口，他戴上一个绸缎做的头套，上面有几个洞。这头套戴起来很不舒服，而且让他感觉自己非常荒唐，但是一旦事情败露，这是他最后的防线。

巴克纳看着他，问道：“你想让我也戴上一个这样的头套吗？”

“没那个必要。”

“为什么？”

因为我已经不需要你了，你这个蠢货。“你不用走出汽车，但我有这个可能。我头发里的伤疤太显眼了。”如果我们被迫不得不将这个交易进行到底，而不是将他们两人都抓到的话，我更希望艾德勒不知道是谁劫持了他。那样的话，唯一一个要对付的人就是那个年轻的妻子。至于索萨，他几乎没有考虑进去。

“明白了。”

“开门。”

巴克纳找到钥匙，打开了锁，然后闪到一边。房间里没有任何动静。艾德勒从昨天晚上开始非常不舒服，他被用卡车从荷兰运到这里，然后从卡车后面被拽下来（又是电话——人们是什么时候学会的，通过监听一个来过几个长途电话的号码就可以追溯到打来长途电话的位置？）。不过他感觉还好，有吃的，有水，经过了一晚上的休息后，他感觉恢复了一些。

“艾德勒先生，我来带你去见你的家人。”韦斯特喊道。

没有任何动静。韦斯特叹了一口气：“巴克纳，好好带我们的客人出去——要活的，神志清醒的，非常感谢。等等，先把你的枪给我。”

巴克纳拔出枪，递给了韦斯特，然后蜷缩着肩膀，弯下身子，像桶一样滚进了光线昏暗的地下室。达米安·艾德勒手无寸铁，再加上一只受伤的胳膊，根本无力反抗。巴克纳将他推倒在墙上，然后强行拖出门去，放倒在韦斯特的脚下。

韦斯特拿出一副警用手铐。在他们给艾德勒戴上手铐，让他站起来之前，艾德勒已经大汗淋漓，是痛苦让他流汗，而不是恐惧。他一脸愤怒地看着戴着头套将他抓来的人："你到底是谁？你对海宁医生做了什么？"

"我对你的同伴什么也没做，艾德勒先生。你也不需要知道我是谁。请你上楼去。"

囚犯向后退去，但是巴克纳抓住了他的胳膊，这让他痛苦不堪。"艾德勒先生，请合作。我是要让你回家。"基本上是对的，不过是暂时而已，"现在，上楼去。"

他们将他带到楼上，走进了院子，然后让他坐在汽车的前座上。韦斯特和巴克纳用一根绳子捆住了他，让他没有任何办法试图做出任何英雄主义的举动，然后给他套上了一个麻布袋——和他伯父十二天前套的那个麻布袋一模一样。

对称。

韦斯特拽了拽他的麻布袋，希望不会因为太紧而让他窒息，然后钻进了司机后面的座位。他将巴克纳的枪递还给他："我建议你把它放在门套里，不要放在人质旁边，如果意外走火可不行。"

"好的。"巴克纳说道，然后启动了汽车。

现在是午夜两点十分。他之前已经给巴克纳提供了第一阶段的指令：弯弯曲曲地穿过萨瑟克区的几条街道，再从泰晤士河的沃克斯豪尔桥上经过，然后调头向西走。两点二十分后，他开始下达下一阶段的路线指令，这条路线会带他们到达威斯敏斯特大桥。

在大本钟十四英尺长的秒针停在两点半之前，汽车已经到达了钟楼下。"在这里停一会儿。"韦斯特说道。他打开车门，走到路边去审视那座桥。

在夜里的这个时间，伦敦的人行道上非常安静。泰晤士河面上升起了雾，空气中弥漫着衰败的气息，但很快就会散去。议会大厦就在他的旁边，面对着泰晤士河。位于他身后的是大英帝国的全部机器。不知道从哪儿传来了马蹄声，听起来马匹非常疲倦。

路面上空无一人，桥面很长，一连串的路灯让夜晚不再那么黑。韦斯特抬步想返回汽车后座，然后停了下来。在另一端的地面上有个东西，远远地看不清楚是什么。是垃圾？还是一个孩子？在夜半三更的这个时候？不，那是一个人影，但是即使距离这么远，他也能分辨出这个人身材矮小，不是福尔摩斯兄弟俩，也不是他的美国妻子。

“在人行道上坐着一个人吗？”巴克纳问道。

“是的。”

“他在干什么？”

那个人影蜷缩在地，盯着地面上的什么东西。不，他只是看着而已。他好像在做什么事，他蜷缩的肩膀在动。他穿着长袖衬衫，戴着一顶夏天的帽子，可是一周前就应该换上秋天的帽子了。

“要我调头吗？”巴克纳问道。

韦斯特站到前踏板上，高了一些，他能看见那个人影转了过来。

“嘿，”巴克纳说道，“也许他在画画？两个月前有一个孩子就在路堤上画画，用粉笔画蒙娜丽莎，后来警察把他赶走了。我和我太太还在那儿看着他画了一会儿——画得真的很不错。”

巴克纳结婚了？韦斯特研究着那个身影，再次仔细地观察了一下周围的建筑，没有任何动静。头顶上那根长三百英寸的分针已经移动到了半点的位置，夜晚是如此安静，韦斯特都能听见钟声响起前，钟表内部的机械装置换挡的声音。

八声悦耳的钟声响彻大桥，然后渐渐听不见了。

韦斯特重新坐回车上：“从另外半边路过去，停在桥中央。

别让车熄火，要做好迅速离开这里的准备。”

“明白了。”

韦斯特用手里的枪在他司机的头上狠狠地敲了一下，然后关上了门。汽车轰鸣着向前开去，然后不偏不倚正好停在桥的中央。

韦斯特拿出从托马斯·布拉泽斯那儿得到的那把刀。他手里拿着刀，大衣口袋里放着枪，侧身滑过真皮座椅，打开了身边的车门。他下了车，让门弹了回去，但是并没有关上，然后打开前门，用那把刀划断了紧紧捆着囚犯的绳子。这把刀在三个半星期之前已经杀死了囚犯的妻子。

“下车。”他说道。

什么也看不见、又被戴上手铐的艺术家，跌跌撞撞地下了车。韦斯特把他从车上拖下来，然后用那把刀抵住他的后背。艾德勒显得很平静。

“太近了。”莱斯特雷德说。三百五十米之外，狙击手紧紧地盯着瞄准仪，手指已经放在了扳机的地方。他没有动，但是莱斯特雷德能感觉到狙击手对于他刚才的干扰存在不满。“抱歉。”他说，从开着的窗子处往后退了一步。

跪在窗户里的人并没有注视站立的那个人，而是瞄准了汽车的车顶，和司机在一条直线上。福尔摩斯很强硬：幕后黑手一定要留活口。这关系到整个王国的安全，要让这个恶棍交代出自己的秘密。

仿佛福尔摩斯从莱斯特雷德的声音中听出了他对此表示怀疑，也知道莱斯特雷德打算告诉狙击手必要时就开火。所以一刻钟后，电话再次响起，这次，是从皇宫打来的。

那个站着的人可以杀死他视野里的任何人，除非莱斯特雷德的狙击手能保证将那人一枪毙命，在这种情况下，人质就可以跑到安全的地方。

莱斯特雷德所能做的就是默默地在心里一边诅咒一边祈祷，而且还要用力相当。

我既看不到站在博阿迪西亚雕塑旁的福尔摩斯和站在福尔摩斯所在马路对面的议会花园里的迈克罗夫特，也看不到跟在我后面、突然从街上冒出来的比利。但是我看到了摩托车，正缓慢地往大桥上移动。一分钟后，我看到了两个身影，在人行道上互相挨得很近，几乎抱在了一起。

我也能看见罗伯特·古德曼，在离我三十米远的地方，竟然正在威斯敏斯特大桥的路灯下玩抛接石子的游戏。他到底要干吗？

福尔摩斯强忍着将视线从大桥中央转移到别处——那个人质是达米安，一定是他——福尔摩斯从桥上看过去，迈克罗夫特隐蔽在大桥对面的阴影里。没有任何信号——也不需要任何信号——但是当钟表的指针指向下一分钟时，黑影移动了，就好像是钟表神奇的魔力所致，迈克罗夫特走到了灯光下。他站在那里，正对着汽车。

那两个身影也动了起来——福尔摩斯有一瞬间喘不上来气，他以为他们在互相搏斗——但他们只是往前走，离开了路灯光线的范围，走到了他们之间光线最昏暗的位置。当他们看上去只显现出一个双人的轮廓时，路面上传来了一个声音。

“福尔摩斯先生？”

“其中的一位。”迈克罗夫特回答道，然后摘下了帽子。

那是一个信号，福尔摩斯确定，然后他也走出阴影，站在那里，他也没有戴帽子，就站在迈克罗夫特对面的路灯下。

令人震惊的安静被迈克罗夫特的声音打破了。

“恐怕你的冈德森先生不会回来继续为你卖命了。他正长眠于搞错了名字的坟墓里，就在离这儿不远的地方。”

一段更长时间的沉默，紧接着一个声音响起：“没关系，我们的约定依然有效。”

两兄弟站在各自的路灯下交换了一下眼神，接着福尔摩斯走到了桥中央。

我用我的双筒望远镜对准了桥的另一端，在桥面上前前后后地变换镜头的位置。我能听见微弱的声音传来，但听不清楚他们在说什么。不过，我看见福尔摩斯往前走了几步。我伸手握住口袋里的钥匙，停好摩托车，然后躲在医院后面等待着。

福尔摩斯已经走到了他和汽车中间的位置，我突然听到从汽车的前门处传来一个声音，注意到在那两个身影站立的地方有了动静，也看到了引发这个动静的原因是什么。

那个红发的身影走到了桥上，就在汽车出现的一秒之前，从人行道上拿了个什么东西，然后站了起来。古德曼——一定是他——调头往桥中央走，然后开始走得飞快。他的双手空空，似乎什么也没有拿，每走一步，他的右手都伸出去轻快地拍打着大桥一侧的栏杆。他用一种低缓的声音在唱歌，一首古老的、似曾相识的调子，他完全沉浸在自己的世界里，漠然地对待外面的一切，好像完全察觉不到桥上还有其他人。

福尔摩斯只能继续快走，希望挟持着达米安的人是个沉着冷静的人。

“停在那儿！”那人对着那个矮小的、朝他走过来的人大声喊道，但对方并没有停止歌唱，没有停下拍手，也没有停下脚步。

福尔摩斯距离那两个身影只有一步之遥时，那人命令他也停下来。他照做了，同时将双手摊开。

他现在离那两个身影已经非常近了，所以能看到两人都戴着头套，达米安全身罩着麻布袋，而另外一个人的头套只到脖子的位置，上面还有三个洞，两只眼睛和嘴巴露在外面。头套男瞟了一眼正在朝他们走过来的人影，还是一副忘我的神态，依旧在沿着栏杆前进。头套男再次恢复了冷静，向福尔摩斯问道："那东西是你带来的吗？"

"完全和我没关系。"福尔摩斯回答道，这句话确实不假。

"看住他，"头套男侧过身对他的司机喊道，然后对福尔摩斯说，"如果他为了钱再往前走一步，我就要了你儿子的命。"

福尔摩斯尽力使自己的声音听起来合情合理。"看看那家伙——他要么是喝醉了，要么是个疯子，他什么都干得出来，"他抗议道，然后语气更加温和地补充道，"你应该在你还可以的时候，钻进你的车然后离开这儿。你已经看到了，我的哥哥还活着，而且活得很好。如果你像我想象的一样聪明的话，你应该能在警察设置路障之前穿越英吉利海峡。"

"哦，我不认为一切都结束了。"

福尔摩斯听不出这是谁的声音，不管怎样，这个声音不仅因为戴着头套而有点发闷，而且还有一种人为的改变，音质和发音都做了调整。如果他有足够的时间研究这声音的话，也许能查到真实的来源。不过他怀疑他还有没有机会这么做。

"上车，福尔摩斯先生。"他用伪装后的声音说道。

"我需要首先看到人质。"

"不看他的脸你就认不出他了吗？很好。"

那个人将刀放了下来，去扯人质头上的麻布袋，然后又把刀放回了人质的脖子那儿。

眼前一阵尘土飞扬，达米安不停地眨着眼睛。他看见自己的父亲站在自己的左侧，身后是延伸向远处的大桥和议会大厦背面：看到眼前这一切，他的手不由得抽搐了一下，就仿佛要去拿一支素描铅笔。不过，咽喉处马上就又被刀刃轻轻划了一下，所以他不敢继续移动身体了。

现在，在另外一只眼睛的余光里，他看到了动静：一个矮个子的人穿着一条破裤子，一顶白色的草帽，一件长袖衬衣，正心情愉悦地大踏步穿过大桥，就仿佛独自一人走在一条林间的小路上。拿着刀放在达米安脖子上的人也在看他——达米安敢打赌，所有附近的人都被他吸引了。这个身影身上所蕴含的自我专注能力是如此令人印象深刻，甚至超越了囚犯的恐惧。

然后那个人突然停了下来，这让站在各个方向的人都打了个冷战。他直接站在大桥中央的灯光下，看着那两个因为一块加工后的陨石而纠缠在一起的人。他一脸郑重地将帽子摘了下来，放在了栏杆上。他的头发犹如一蓬扑倒的稻草，眼睛在路灯下闪着绿光，左手拿着一个小橡皮球。

他将皮球在地上弹起，然后看也不看就又抓住了它。他说道："你是父亲？"

我无法相信我看到的景象：古德曼正肆无忌惮地在大桥上走来走去，简直要找死。我从阴影里，感觉到迈克罗夫特精心设计的犹如钟表机械装置一样精准的计划正在打结，渐渐粉碎。

不，哦，古德曼，不，不要这样做。

他们在说什么？

"你想让我朝他开枪吗？"汽车里的声音说道。

"不，"拿着刀的男人回答道，"如果可以，要避免枪声。"

他的问题没人回答，绿色眼睛转移了看着父亲的视线，转向了路面。矮个子的人提高了声音问道："他就是那位父亲吗？"

当福尔摩斯也没有回答这个问题时，他从栏杆处走了出来。其他三人同时做出了反应。

“停下！”韦斯特厉声喝道。

巴克纳问：“你确定不让我朝他开枪？”

“他是一个可怜的嗜血成性的傻子，看在上帝的分上，”福尔摩斯大声喊道。

金发男人从宽阔的路面上后退了几步，然后停了下来。他将橡皮球弹起又抓住，来回反复了几次，心无旁骛地看着人质：“你是那个父亲，艾斯特蕾的父亲。”

“是的。”虽然被卡着脖子说不出话来，但最后还是发出了那个音。

那双盯着他看的绿色的眼神刹那间亮了，就好像那回答是一块让人欣喜若狂的金牌。那双眼睛里有朝气，无畏惧，还闪烁着狡黠的光。那双眼睛比山丘还要苍老。

“我真的认为你应该让我开枪——”

“够了！”韦斯特咆哮着。他现在认出了这个矮个子男人：那个乐队指挥，那位太太的宠物樵夫，坎伯兰郡房产的看门人。“巴克纳，下车，看着这两个人，我来除掉这个。”

汽车的门开了，司机走了出来，拿枪对着两个高个子，人质和很快变成人质的人。他的老板迅速穿过路面，和那个麻烦的酒鬼面对面对峙着。“你，”他说道，“赶紧走。”

“哈，”古德曼用一声大笑作为回答，“是的，我会走的，然后我会再回来，但是你呢？”

韦斯特在古德曼说完之前就行动了。

古德曼发出了一个声音，低头看着自己的鲜血从衬衫前面不停地溢出。

在那个戴着头套的身影朝古德曼扑过去的时候，我开始跑起来，我知道太晚了，我知道必须尽快赶过去。我全速冲刺向前奔跑，但不知道为何这条大桥却变得如此漫长，永远跑不到尽头。然后我看见绿人踉跄着向后退去，他胸前的衬衫瞬间变暗了。他倒在了地上，然后用两个膝盖交替，弓着身子，朝栏杆处移动。他的胸口上插着一把刀（有一瞬间，艾斯特蕾出现在我的脑海里，她在罗伯特先生的火炉前，坐在树墩做成的脚凳上，随意地晃动着双脚。）。接着，古德曼抬起一条腿，因为巨大的疼痛，所以动作很慢，用一只脚慢慢地翻过栏杆，将身体挂在栏杆外侧。他的双手握住了铁栏杆，然后他转动了一下，消失在了远处的黑暗中。

他走了。

桥上的四个人看着金发男人踉跄着后退，他们听见了轻微的呻吟声，当他的腹部碰到铁栏杆时，他发出了微弱的呻吟，但是他却一直在动，在宽宽的栏杆上移动着，就像一只要爬回自己洞穴的受伤动物。

那个金发男人向外翻了一下，然后消失了。

鲜血并没有喷溅出来。韦斯特手里拿着刀，在等待着。接着他回去了，确定另外两人还站在原地，而他的人也在警戒中，他走到桥边，将头伸出栏杆去查看虚实。

这时，一只手伸了上来，仿佛是从桥身上，或者是夜色中长出来的一只手。那只手曾为密林深处迷路的灵魂指过路，给孩子泡过茶，将负伤的战士转移到救护车上，现在那只手高高举起，死死地抓住了彼得·詹姆斯·韦斯特的后脑勺。

福尔摩斯向前迈出一步，他只想到迈克罗夫特需要留下活口，但是那个司机大喝一声发出警告，他只得停了下来，站在那里。

接着他知道自己身后有个人冲了过来，那人正在没有任何保护措施的大桥上狂奔。现在司机正在转身，他的枪口也朝着她转去，福尔摩斯突然行动了起来，朝正在搏斗的两人方向一把推开了达米安，然后开始大声喊道，“不要让他翻下桥去——迈克罗夫特需要活的！”然后他喊着“罗素！”，开始朝他认为值得付出一切的方向跑去。

警察的狙击手目标非常明确，稍微放松了一下扳机上的手，等着那个人转过身来。

达米安的双手被绑着，但是他的父亲已经发话了，他只能尽力去做。他蹦跳了六大步，跳到了劫持他的人身边，那人正在和桥下伸出的手搏斗，脚后跟已经离开了路面。达米安向他猛扑了过去，将他卡在桥面上。达米安的肩膀受到重击，尖叫了起来，但他还是死死地趴在那个僵硬的后背上，越过他的肩头，他看到了一双闪闪发亮的绿色眼睛。

那双眼睛里闪烁着的，很奇怪，是一种失望和沮丧。

我接近了搏斗现场。一声尖利的呼啸从我头顶很近的地方瞬间掠过，伴随着两声很短的枪声，一声很近，一声很远。我蹲下身子，将注意力从栏杆那儿转移到福尔摩斯身上，只见他和司机撞在了一起，正从对方的手里抢夺那把左轮手枪。

我站了起来，继续朝栏杆跑过去，在他们任何一个翻出去之前，抓住了他们纠缠在一起的腿和身体。黑色的头套已经滑落，坠入黑暗之中，我只能看见我们的对手黑色的头发里有一道白色的疤痕。他又猛地往栏杆外下滑了一英寸，达米安强忍着疼痛，加大了力气。

“停下来！”我喊道，“罗伯特，停下来，让我来帮你，我不能——”

“让我带他走。”桥下的人说道。

“不，罗伯特，拜托，抓住我的手，我会拉你——”

“拜托。”他在征求我的意见。这个要求听起来让人无法拒绝，“拜托。”

我低头看着这双眼睛，时间在一点一点流逝。我在他的眼睛里看到了死亡——我曾在医院工作过——我知道死神长什么样子——但是我也看到了罗伯特·古德曼，绿人，艾斯特蕾的捍卫者，我们之间的交流不需要语言。他的双手因为用力而颤抖着，他的双脚勉强地卡在栏杆的基座上，我能看出他这样悬着是多么困难的事情。

有一个声音从不远处传来。

达米安对着我的左耳说：“我来拉住他，父亲说的，迈克罗夫特需要他。”

福尔摩斯不知从哪儿也来到了我的身后：“我来了，罗素！”

远处，迈克罗夫特大喊道：“抓住那个人！”

古德曼看着我，没说一个字，但是我却听到了，拜托。

我的眼泪在眼眶里打转，我将手放在达米安的肩上，拉开了他。

两个人从大桥边上同时坠落了下去，而水面上却只溅起了一朵水花。

福尔摩斯将我拉到一边，手里拿着枪，探头查看。迈克罗夫特紧跟其后，面色阴沉，一脸怒容，一句话都没有和我说。很快，大桥上出现了很多穿着制服的警察，他们拿着手电顺河岸跑去，等待尸体在退潮的时候浮出水面。

我从栏杆上捡起了那顶帽子，发现上面的羽毛已经不见了，便将它丢到了河里。白色的草帽一开始还能看到，接着就漂出了路灯的范围，然后消失不见。

在大桥的另一端，我朝着比利走去，对他说我们或许用不到他的技能了，但是另外一件东西闯入了我的视野：一个小橡皮球。我捡起来放进了我的口袋。

彼得·詹姆斯·韦斯特的遗体一周后在靠近蒂尔伯里的一条河边和其他河面垃圾一起被发现了。但是却没有罗伯特·古德曼的踪迹。

# 尾声

绿人的传说是神话中众多自我牺牲的故事之一。绿人的形象将生长拟人化，就好比植物在春天里茂盛生长，只是为了能在秋天里被残忍地收割。他是生命力的化身，一生短暂而永恒，代表着生命的轮回和重生。

在彼得·詹姆斯·韦斯特从大桥上坠入泰晤士河后，他的离去使帝国权力队列中出现了一个真空地带，而任何真空地带都会让周围的事物处于无序的状态。

但是迈克罗夫特还在，不可避免的，他要重新打破真空，重建秩序，可是韦斯特消失了——因为他已经溺水而亡——所以他的阴谋诡计将永远无法大白于天下。韦斯特办公室用一套极其暧昧的政治说辞承担了所有责任，紧接着几周之后，工党政府被投票罢免。福尔摩斯告诉我说，他的哥哥并没有责怪我颠覆了一个政府，但我完全不信他的话。不管怎么说，直到很久之后，我和我丈夫的哥哥聊天才变得随意一些了。

我告诉艾斯特蕾，她的朋友罗伯特先生已经离开了，她抱着我哭了起来，我发现，在看到她的眼泪之后，自己也泪流满面。三天后，在去往爱丁堡的火车上，当达米安告诉她她母亲的死讯时，她又大哭了一场。

在爱丁堡，我们遇到了一艘来自荷兰的轮船。第一位上岸的乘客是一个身材娇小、热情似火的女人，她从船上一路飞奔过来，一头火红色的头发在风中愤怒地凌乱着。在看到自己之前照顾的病人后，她长舒一口气，同时又为自己没有保护他而自责，很明显，达米安对她来说已经不仅仅是一个病人了。我们从爱丁堡一路到了威克，在郊区租了一栋房子住了进去。我发现这里真的很适合休养，坐在炉火旁，辅导艾斯特蕾功课，给她读一些过期报纸上的新闻，清晨，捧着一杯浓郁的苏格兰茶，而傍晚，就喝点浓烈的苏格兰威士忌。

我们就在那里一直待着，直到发现莱斯特雷德在报纸私事广告栏上刊登的一条消息，他向我们保证说，达米安已经洗清了所有犯罪嫌疑。但是那时候，达米安已经不急着返回伦敦了。而那位医生也在考虑永远结束代班医生的工作，并打算搬到南方。

一件又一件的事让我们脱不开身，福尔摩斯和我并没有立刻返回苏塞克斯，一直等到10月的第三个星期，才终于回到我们的家，过了一个星期的平静日子。然后，我驱车去伊斯特本接达米安和艾斯特蕾。他们在去巴黎之前和我们一起过了几天。正如达米安说的那样，对于年轻的混血姑娘来说，巴黎是一个能允许她自由做自己的城市。福尔摩斯和我都期望着，海宁医生不久会在那里和他们会合。

那天是10月的最后一天，也就是万圣节前夜，在我帮着他们往车上装行李时，憋了一天的大雨劈头盖脸地落在了我们身上，艾斯特蕾缩着身子，达米安笑着，我们迅速地钻进车里，发动了车，朝唐斯的方向驶去。

“这是你的新车吗？玛丽？”艾斯特蕾问道。

“是的，你喜欢吗？”

“这车真可爱，我能按一下喇叭吗？”

“等我们到了我们的房子那儿，你就可以按了。”

“我现在会玩抛接游戏了。”她告诉我。

“你会了？你真的很聪明呀。”

“她玩游戏的时候假装有四个人一起在玩，”达米安说，“她跟一只斗牛犬一样倔。”

在家门口，汽车喇叭响了很多次，我让他们先进房子，自己一人卸下了行李。当一切都搬进房里，车也锁上了，我走上楼去，换了身衣服，然后湿着头发走下了楼梯，全身上下都流淌着开心的血液。

艾斯特蕾坐在炉火前，正在跟大家展示怎么玩抛接游戏。她的小手非常灵活，她的注意力，如她父亲所说，超出了一般孩子。她唱歌时气息平稳，声音很小却很真切，她用自己的语言搭配着“大麦约翰”的曲调，那是古德曼教她唱的。

游戏告一段落后，她跳了起来，一双灰眼睛炯炯有神。

“迈克罗夫特爷爷送了我一个礼物，”她告诉我们，“爸爸说等我到了这儿才能打开。”

“好吧，你现在已经到了这儿了。”

她抓起我的手，拽着我走向厨房。在一堆从汽车上搬下来的袋子和手提箱里，我们发现了两个盒子，仔细一看，并不是直接来自迈克罗夫特，而是在前一周寄到了他在伦敦的地址。一个木制的雪茄盒子是给我的，另外一个木制的板条箱上写着艾斯特蕾的名字。

达米安找了一把菜刀，但却被哈德森太太大声抗议着抢走了。当她给达米安找到一把螺丝刀的时候，我解开了我包裹上的绳子，然后好奇地去看里面的东西：一长条黑色不明物体，和孩子的手臂一样大小，另外一件则是一样烧焦的东西，和我拇指一样大小。我拿起那个沉重的黑色物体，打算仔细研究一下，却被艾斯特蕾检查她箱子的动静转移了注意力。

当箱子的顶部被打开后，刨花一下子跑了出来，撒在了厨房的桌子上，露出了里面某个深褐色的圆形小物件。达米安将上面的刨花拂去后，才将手里的东西递给了他女儿：一个精致的木质圆盘，直径大概两英寸，用橡木雕刻而成。另外一个在刨花下面，然后还有一个，最后，出现了一个茶杯，一个大人的指尖几乎就能装满。

我看着这一切，惊得合不拢嘴。孩子和父亲打开箱子，从里面拿出了一整套手工雕刻的茶具，工艺精湛的木盘和杯子，糖罐和牛奶壶。茶壶本身是一个浑圆的栎五倍子，上面安着一根弯曲的小树枝做把手，一根中空的芦苇做壶嘴。

哈德森太太将撒出来的刨花清理到一边，她在里面发现了一个异物。我看了一眼，将它捡了起来。

一根羽毛。尤其特别的是，这是一根猫头鹰的羽毛。

我看着福尔摩斯。我们同时看向了那个沉甸甸的冰冷的条状物体。我无法压制内心的厌恶，打了个激灵，一把关上了盒子盖，然后去拿绳子。

那黑色的条状物是一块陨石金属；而那被烧焦的东西是象牙刀柄的残留物。

要把那把刀恢复到它原始的状态需要多么高的温度，关于这一点我无法想象。

我抬起头，发现达米安在看我。“那是什么？”他问道。

“哦，是我问他要的岩石样本。”我平淡地说道，拿起绳子将盒子紧紧地捆上。

我把盒子放在一个高架子上，然后大人们一脸严肃地转移到了隔壁的房间，去参加小娃娃的茶话会。

但是当天晚上，福尔摩斯和我在家人熟睡之后，一路走到柏令海崖，搭乘酒店里的小艇，将船远远地划到了漆黑一片的大海深处。在那儿，我第二次解开绳子，将托马斯·布拉泽斯的遗物扔进了可以冲刷一切的深不可测的英吉利海峡，让它永远地在这个世上消失了。